Christian McLaughlin zog, sofort nachdem er seinen Abschluß an der Universität Austin, Texas, machte, nach Hollywood. Er schreibt Drehbücher für das Fernsehen und arbeitet gegenwärtig an seinem zweiten Roman.

D1927217

Dieses Buch wurde auf chlor- und säurefreiem Papier gedruckt.

Deutsche Erstausgabe Mai 1996
Copyright © 1996 für die deutschsprachige Ausgabe
Droemersche Verlagsanstalt Th. Knaur, Nachf., München
Das Werk einschließlich aller seiner Teile ist urheberrechtlich geschützt.
Jede Verwertung außerhalb der engen Grenzen des Urheberrechtsgesetzes ist ohne Zustimmung des Verlages unzulässig und strafbar.
Das gilt insbesondere für Vervielfältigungen, Übersetzungen,
Mikroverfilmungen und die Einspeicherung und Verarbeitung
in elektronischen Systemen.
Titel der Originalausgabe: »Glamourpuss«
Copyright © 1994 by Christian McLaughlin. Published by arrangement
with Dutton Signet, a division of Penguin Books USA Inc.
Originalverlag: Dutton, a division of Penguin Books USA Inc., New York
Umschlaggestaltung: Andrea Schmidt, München
Satz: Ventura Publisher im Verlag
Druck und Bindung: Ebner Ulm
Printed in Germany
ISBN-3-426-60433-7

5 4 3 2 1

Christian McLaughlin

Soap

Roman

Aus dem Amerikanischen
von Gabriele Fröba

Knaur

Für Chris

TEIL Eins

Zwei Wochen ist es her, da habe ich in Cyrindas Milchshake eine tödliche Dosis Gift gemixt – aber das Luder hat's überlebt. Trotzdem besteht immer noch eine verdammt gute Chance, daß sie aus dem Koma übergangslos ins Jenseits wandert und nie wieder ihrem erfolgsgekrönten Enthüllungsjournalismus für den *Crossing Herald* nachgeht. Diese blonde Klugscheißerin, die sich in alles einmischen muß … Wie gern wäre ich im Krankenhaus dabei, wenn ihre fetten Eltern sich entschließen, den Stecker rauszuziehen, und Cyrinda in den ewigen dunklen Schlummer versinkt, den sie verdient. Allein schon, weil sie es *gewagt* hat, sich mir in den Weg zu stellen …

»Simon?« Mein Blick, bisher gedankenverloren aus dem Fenster gerichtet, wanderte zu meiner Halbschwester Natalie. Sie stand im Türrahmen und machte einen richtig mitgenommenen Eindruck. Ein schlechter Tag in der Zahnarztpraxis? Hatte jemand seine Wurzelbehandlung mit einem ungedeckten Scheck bezahlt? Wortlos sah ich sie an. »Simon – sie haben Sean Nortonsen verhaftet. Er soll versucht haben, Cyrinda umzubringen.« Was für eine Überraschung. Die arme Natalie, wo sie doch sowieso so nahe am Wasser gebaut hat.

»Wie interessant«, bemerkte ich. »Dein kleiner Gespiele Sean versucht seine Exgeliebte außer Gefecht zu setzen, die zufällig die einzige Frau in Harts Crossing ist, die du nicht leiden kannst. Schmeichelt dir das nicht?«

»Wie kannst du so was sagen? Mein ganzes Leben zerbricht«, jammerte sie mit zusammengebissenen Zähnen.

Ich warf mich in einen Sessel am anderen Ende des Zimmers

und schnappte mir eine Zeitschrift. »Du solltest froh sein, daß du und Nortonsen es nie geschafft habt, eure romantische Flucht nach Hawaii anzutreten. Wenn du dich mit ihm verlobt hättest, wie du's eigentlich vorhattest, hättest du jetzt vielleicht auch was Gestreiftes an.«

»Du bist so verdammt selbstgefällig. Glaub bloß nicht, daß ich ihn für schuldig halte!« Natürlich ist er unschuldig, du hysterische Ziege, du kannst wirklich nur Blödsinn reden. Schließlich habe ich ihn angeschwärzt. Er wird hübsch artig schmoren wie ein Braten in der Röhre.

»Natalie, er hat es getan. Alles paßt zusammen. Und an deiner Stelle würde ich nicht mit irgendwelchen anderen Theorien kommen, sonst bittet dich die Polizei noch zu einem Plauderstündchen.«

»Manchmal kann ich dich nur verachten«, zischte sie und schluchzte dabei, als hätte sie Seifenblasen im Bauch.

Ich mimte Milde. »Ich will dich doch nur davor bewahren, daß du in eine häßliche Sache reingezogen wirst. Zusammen mit einem, der glatt zu einem Mord fähig ist.«

»Ich habe ihn geliebt«, flüsterte sie bühnenreif. Geräuschvoll marschierte sie in ihr Zimmer, nur noch ein Nervenbündel.

»Dann hast du den Kerl auch verdient«, sagte ich laut, warf die Zeitschrift zu Boden und angelte mir mein Jackett, das am Bettpfosten hing. Ich öffnete den Wandschrank und holte zwei Koffer heraus. »Hier wird es langsam ungemütlich«, murmelte ich und kicherte boshaft, löschte das Licht und machte mich samt dem Gepäck auf den Weg. In diesem Moment *war* ich Simon Arable, der diabolische Sohn des schon immer kränkelnden, inzwischen dahingeschiedenen Wissenschaftlers Dr. Jules Arable. Ein ruchloser Soziopath war ich, dem man nichts Gutes nachsagen konnte, außer, daß er clever war. Und so in meine Rolle vertieft, daß ich, während

ich aus der Szene schritt, kaum mitbekam, wie der Regisseur rief: »In Ordnung! Das war's!«
Schon bei der zweiten Aufnahme perfekt gelungen. Allison Slater Lang, einst Annette Bening, dann Tawny Kitaen und jetzt Natalie, schlug mit mir ein und drückte mich innig an sich.
»Vielen Dank euch allen«, ließ sich der Produktionsleiter Reese Jacobs über Lautsprecher aus der schalldichten Kabine vernehmen. »Willkommen im Team, Alex. Wir sehen uns dann in drei Wochen.«
»Du warst großartig. Eine wunderschöne Reise, Alex«, sagte Allison. Sie warf einen prüfenden Blick auf die Uhr. »O verdammt, Viertel vor eins, ich bin spät dran. Wir sehen uns ja bald.« Sie kniff mich in die Wange und rauschte davon.
Ich verabschiedete mich beim Team, das sich eilig zerstreute, und ging – nein: stolzierte geradezu in mein Umkleidezimmer. Der letzte Tag als Darsteller auf Abruf in *Hearts Crossing* – einer täglich ausgestrahlten dramatischen Serie, Nummer fünf nach der Einschaltquote – lag hinter mir. Wenn diese Episode in ungefähr zweieinhalb Wochen ausgestrahlt wurde, ahnten die meisten Zuschauer wahrscheinlich nicht, daß der Schurke, den ich gespielt hatte, nun für drei Jahre fest unter Vertrag stand und sich somit schon bald wieder in die Stadt Harts Crossing einschlich. Und zwar für immer und mit dem ansehnlichen Honorar von 1350 Dollar pro Episode (350 Dollar mehr als mein bisheriger Tagessatz).
Die Entscheidung, Simon zu einer festen Serienfigur zu machen, war für mich überraschend gekommen. Bei meiner Einstellung hatte man mir deutlich zu verstehen gegeben, daß der weitere Verlauf des Vertragsverhältnisses davon abhinge, »wie sich die Geschichte entwickelt«, was natürlich im Klartext hieß: wie ergötzlich und uneingeschränkt böse die Rolle in meiner Besetzung ausfiel. Allerdings war ich lange

genug im Geschäft (genau fünfzehneinhalb Monate), um zu wissen, daß man eine solche Bemerkung nicht allzu ernst nehmen durfte – was ich dann auch nicht getan habe. Und als sie mich vor drei Wochen anriefen, war das mehr als nur eine großartige Neuigkeit – es bewies, daß Belinda Carlisle vollkommen recht gehabt hat ... Der Himmel war wirklich hier, auf Erden.

Ich riß mir die Kleider vom Leib und zog mich in den Duschraum zurück, mit kühlender Hautcreme, Seife – aus dem gestern überreichten Geschenkkorb des Daytime-Senders – und einer Flasche Pellegrino, die ich mir den ganzen Tag vom Munde abgespart hatte. Ein paar Minuten später saß ich hinter dem Steuer meines Accords, das Gesicht geschrubbt und mit Karbonat behandelt, und fuhr nach Del Taco, um mich in einem Drive-Through nach Herzenslust vollzustopfen. Doch als die Sonne unterging, schlug ich einen Haken nach Westen und landete statt dessen bei Ralph's Market, einem Supermarkt, der vierundzwanzig Stunden dafür bereitstand, Hollywood mit Lebensmitteln zu versorgen. Ich war jedoch sicher, daß sie das fluoreszierende Licht nach Mitternacht deshalb heruntergedreht hatten, damit der Laden nicht allzusehr zu einem Einkauf einlud. Ich ließ mich nicht abschrecken.

Ich leerte den exakt auf meinen Geschmack abgestimmten Inhalt des kleinen roten Plastikkorbes auf das Fließband. Ein Weißbrot, Grüne Pfeffersoße, einmal *Sure*, geruchsneutral im Frischhaltepack. Eine Frau und ein Kind von ungefähr sechs Jahren betraten den Laden. Als ich sechs Jahre alt war, hätte ich nie, niemals um zwei Uhr nachts wach sein dürfen und wäre erst recht nicht in einen Lebensmittelladen mitgenommen worden. Meine Eltern haben mir – bis ich fünfzehn war – noch nicht einmal erlaubt, nach Kalifornien zu reisen.

Ich fragte mich, ob ich wohl als Erwachsener glücklicher war, weil ich als kleiner Junge um halb neun im Bett lag. Während die Kassiererin, die Ähnlichkeit mit einem Zombi hatte, die Pfeffersoße nahm und den Scanner darübergleiten ließ, schnappte ich mir schnell noch den *Soap Opera Digest.*

Ich füllte gerade den *Bitte-zahlen-Sie-den-nachstehenden-Betrag-an-Ralph*-Vordruck aus, als ich hörte, wie das Mädchen hinter mir in der Reihe zischte: »Stell die beschissenen Napfkuchen zurück.« Sie trug das übliche Sunset-Strip-Outfit: Lederbustier, Minirock und Stöckelschuhe. Seitlich an der Wade hatte sie sich einen geschmackvollen Dolch inklusive Blutstropfen eintätowieren lassen. Die Farbarbeiten auf ihrer metallicroten Mähne waren noch annehmbar frisch. Sie setzte ihren Korb, der nur Milch und eine Dose Ultra SlimFast Chocolate Royale enthielt, auf dem Fließband ab und blickte auf ihren kleinen Freund herab – jedenfalls schien es der Freund zu sein.

»Ich will die aber, Mann«, winselte er.

»Du brauchst heute nacht nichts Süßes mehr, verdammt.« Sie riß ihm das Päckchen Hosteß-Napfkuchen aus der Hand. Ich wandte meinen Blick wieder der Kassiererin zu.

»Sechs neunundsiebzig«, wiederholte sie.

»Ich hab Geld, Veronica. Ich bezahl die auch«, murmelte der Freund. Sie warf die Napfkuchen über seine Schulter, und prompt knallte die Packung gegen einen Graham-Papp-Teddybären, der über dem Ständer mit Graham-Aufstrich, Graham-Sandwiches und Graham-Keksen thronte. Der Teddy wankte, hielt sich aber wacker oben.

Während ich im einen Arm die Lebensmittel, den Gymnastikbeutel und das Kassettendeck zum Rausnehmen balancierte, öffnete ich mit der freien Hand den Briefkasten. Ich stopfte die Post in die Einkaufstüte und bemerkte, daß hinten im Kasten eine dieser gelben Postbenachrichtigungen festklemmte, auf der man mich wissen ließ, daß ein Paket für mich gekommen und im Apartment 102 abgegeben worden sei. Jetzt konnte ich das Paket nicht mehr holen, es war zu spät, und morgen früh mußte ich schon um acht Uhr am Flughafen sein, und das war dann zu früh. Ich ging die Treppe rauf und merkte zu meinem Erstaunen, daß sich eine Tür öffnete. Ein asiatischer Teeny kam aus 102 und versuchte, eine Hand in die Tasche seiner engen Jeans zu schieben.

»Schön' Abend noch«, sagte ich zu dem Teeny. Er drehte sich um, und in dem Moment spitzelte der Hausherr aus 102 hinter der Tür hervor.

»Oh, *hi*«, rief er mir zu. Er war ungefähr fünfzig, homosexuell, hatte kurzgeschorenes dichtes Haar, einen kleinen Bart und war in einen kurzen Seidenkimono gehüllt. »Du kennst meinen Schüler Chang noch nicht.« Das stimmte. »Chang, das ist mein Nachbar Alex.« Wir nickten uns zu. In 102 war ich schon einmal gewesen, vor vier Monaten, als ich hier eingezogen war. Eine Wand nur mit gerahmten Herb-Ritts-Drucken, sonst nichts. Und dann gab's da noch einen Fernseher mit gigantischem Bildschirm. Damals war gerade die Wiederholung einer Aufklärungssendung gelaufen.

Ich wedelte mit dem gelben Postzettel, war aber nicht mehr sicher, ob ich das Päckchen unbedingt jetzt von ihm haben wollte. »Meinst du, du kannst mir das Päckchen geben? Ich weiß, es ist spät, aber ...«

Ich mußte den Satz gar nicht zu Ende sprechen. »Aber natürlich!« Er verschwand in seinem Apartment und kehrte mit einem länglichen dicken Umschlag zurück. Der Teeny zog seine Autoschlüssel aus der Tasche und verschwand. Mein Nachbar übergab mir den Umschlag. Vom Sender.

»Wie läuft's mit der Serie? Ich hab dich mal gesehen. Sie haben einen richtigen kleinen Schurken aus dir gemacht.«

»Es macht wirklich Spaß. Nett, daß du's dir mal angesehen

hast. Und danke auch für ...« Ich winkte mit dem Umschlag in seine Richtung, wollte den Satz nicht mit »meine Fanpost« beschließen, auch wenn es sich mit Sicherheit darum handelte.
»Immer gern«, sagte er und blinzelte mir zu. Ich machte mich eilig aus dem Staub.
In der Küche belegte ich mir ein riesiges Stück Sandwich mit Hühnchenbrust, Tomaten und Mayonnaise, und während ich in dem Umschlag vom Sender stöberte, verzehrte ich es. Siebzehn der Briefe waren an mich, Alexander Young, gerichtet und acht an Simon Arable. Als erstes machte ich einen der Simon-Briefe auf. Fanpost von Zuschauern, die so besessen davon sind, mir zu schreiben, daß sie sich nicht mal die Zeit nehmen, meinen richtigen Namen herauszufinden, sind meistens am amüsantesten.

Hallo Simon,
Du Schweinehund. Es ist nicht zu fassen, was Du Cyrinda angetan hast. Du zerstörst das Leben in Harts Crossing. Ich überlege mir wirklich, ob ich die Sendung nicht boykottieren soll, bis Du hinter Gittern sitzt oder man Dich abgemurkst hat. Sag mal – bist Du eigentlich wirklich Natalies Halbbruder oder ist das wieder so eine von Deinen hinterhältigen Lügen?
Mit herzlichen Grüßen
Dein Arow Schank
9115 Wagon Wheel Lane
Carson City, NV 89701

Früher habe ich solche Briefe umgehend selbst beantwortet, das hat mir richtig Spaß gemacht, aber erst vor kurzem hat uns der Produzent von *Hearts Crossing* verboten, auf Post einzugehen, die man als »verrückt, bedrohend oder beleidigend«

bezeichnen könnte. Wirklich schade. Ich schob den Brief beiseite und probierte es mal mit einem Alexander-Young-Brief. Er kam aus Delaware.

Lieber Alexander Young,
ich habe jede Serie von *Hearts Crossing* gesehen und mir kürzlich Ihren Film *Blutjunge Bräute Christi* ausgeliehen. Ich wüßte gern, wie lange Sie schon schauspielern und ob Sie alleinstehend oder verheiratet sind (wenn die Frage gestattet ist).
Vielen Dank.
Ihre Freundin
Elaine Cloonan
P. S.: Könnten Sie mir auch ein Farbfoto von Ihnen mit Autogramm schicken (wenn die Frage gestattet ist)?

In Zukunft beantwortete das Studio meine Post. Immerhin stand ich jetzt unter Vertrag. Doch im Moment war das hier noch eine Sache zwischen Elaine und mir (wenn ich ihre Fragen gestattete). Ein Schwarzweißfoto genügte auch, hoffte ich. Meine Familie fand bestimmt Gefallen an dieser Korrespondenz, also beschloß ich, die Briefe in San Antonio zu beantworten.
Ich ging ins Schlafzimmer und legte den Umschlag auf die gepackte Tasche. Als ich anfing, mich auszuziehen, fiel mir der Anrufbeantworter ein. Es waren vier Anrufe darauf: meine Mutter, mein Agent, einer hatte aufgelegt, und dann noch ein »Hallöchen, Alex.« Das war er. Ich starrte auf die Wand. Im Film hätte dort ein Foto von ihm gehangen, das die Kamera nun näher heranholte, in Großaufnahme, während seine sonore Stimme von der Tonspur kam. »Sara hat mir erzählt, daß du morgen losfährst. Ich fänd's schön, wenn wir uns wenigstens noch mal sehen, wenn du nach Austin kommst. Ruf

mich also an. Und dann wirst du schon merken, was du davon hast, daß du jetzt ein Fernsehstar bist. Einverstanden? Bis bald also.« Er klang so liebenswürdig, beinahe verbindlich. Sagte all das so leicht dahin. Langsam ließ ich mich in meinen Perry-Ellis-Shorts aufs Bett sinken. Ich fühlte mich schwach. Und hatte die Hand bereits nach der Rücklauftaste ausgestreckt.

April 1990

Nick brachte mich so sehr um den Verstand, daß ich den Videorecorder zu weit zurückgespult hatte. Und da stand ich nun mit meinem dummen Gesicht und wartete darauf, daß der Film endlich anfing. So gut wie heute war ich als Starcat – meiner Rolle in *Psycho Beach Party* – noch nie gewesen. Daß Nick in Austin im Capitol City Playhouse unter den Zuschauern gesessen hatte und ich bereits wild entschlossen gewesen war, ihn noch diese Nacht zu küssen, hatte mich regelrecht elektrisiert. Endlich ging es los mit Kenneth Angers *Feuerwerk*. Ich setzte mich auf den Boden, direkt vor Nicks Stuhl. »Ist es okay, wenn ich mich hierhin setze?«

»Klar doch«, sagte er, als hätte ich gefragt, ob er ein Glas Wasser möchte. Ich lehnte mich zurück, und er schlang die Beine um meine Schultern. Ich zog ihm die Slipper aus und ließ meine Hände über seine nackten Füße und an den Waden entlang gleiten. Nach Monaten der verbotenen Leidenschaft berührte er mich und ich ihn. Es war ein Gefühl, als hätte man mir kurz vor dem Hungertod eine Gourmetmahlzeit vorgesetzt, die ich mir aber nur häppchenweise einverleiben durfte, und auch nur, wenn ich tadellose Tischmanieren an den Tag legte.

Ich hielt mich so lange wie möglich zurück, dann drehte ich mich um, immer noch zwischen seinen braungebrannten, muskulösen Beinen. Wir unterhielten uns weiter über das Theaterstück und meine Abschlußprüfung, während ich meine Hand unter sein Hemd gleiten ließ und behutsam seinen Bauch und die feste, behaarte Brust streichelte. Er hatte seine Hand immer noch auf meiner Schulter liegen. Ich sah ihm in die Augen – leidenschaftliches Stahlblau. Es war mir egal, daß er schon seit Jahren mit einem anderen Kerl zusammenlebte und nie eine Nacht mit mir verbringen würde. Ich flüsterte ihm die Worte zu, die ich seit sechs Monaten parat hatte: »Nick, ich möchte dich wirklich gern küssen.«

»Das sollten wir lieber nicht tun«, sagte er.

Ich ließ mich nicht abwimmeln. »Nur einen kleinen Kuß«, bat ich. Er schloß die Augen, als ich mich zum entscheidenden Angriff über ihn beugte. Ihn zu küssen, das war wie ein Regen im Tropenwald. Ich war die geopferte Jungfrau, und er der heidnische Gott der Liebe mit den empfindsamen Lippen eines Moviestars.

»Du hast dich in mich verliebt, oder?« hauchte er nach dem Kuß. Als diese Lippen mein Ohr streiften, durchzuckte mich ein heftiges Verlangen. Ich konnte ihm schlecht sagen, daß ich mich schon bei unserer zweiten Begegnung in ihn verliebt hatte. Statt dessen preßte ich mich fest an ihn, vergrub mein Gesicht an seiner Brust und beantwortete ihm die Frage so auf sinnliche, wortlose Art.

»Es ist ein gutes Gefühl, einen Mann in den Armen zu halten, oder?«

Diese Frage konnte ich gefahrlos beantworten. »Ja«, stieß ich beinahe keuchend hervor, »es ist ein wunderschönes Gefühl, dich zu berühren.«

Meine Hand auf seinem Oberschenkel. Und dann schlichen sich meine Fingerspitzen unter die neonroten Nylonshorts. Nun hatte ich mich nicht mehr im Griff. Es mußte ein anderer sein, dessen Hand sich immer weiter vorwagte und Nicks großen, steifen Penis ertastete, der im Netzfutter der Sporthose gefangen war. Irgendein anderer umschloß ihn fest, bis Nick die Augen zumachte und einen schaudernden Seufzer der Lust ausstieß.

»Alex ...«, sagte er. Also war ich's *doch* gewesen. Ich zog die Hand zurück.

Als wir gemeinsam seine Hose heruntergezerrt hatten, wippte sein großer Dicker gegen den Bauch. Ich sah Nick an, konnte einfach nicht glauben, daß es so weit gekommen war, brachte kaum noch einen Ton hervor. »Du bist so schön«, sagte ich. Er hielt meine Hand. Ich küßte ihn ab, von oben bis unten. Fünf vor zwölf ging er wieder nach Hause zu seinem Barney.

Lieber Alexander,
Sie sind einer meiner Lieblingsschauspieler! *Hearts Crossing* ist eine meiner Lieblingssendungen, und am liebsten mag ich die Szenen mit *Simon*. Mit einem persönlich signierten Foto würden Sie mir wirklich eine Freude machen! Einen frankierten Rückumschlag habe ich beigelegt.
Ruth Velverson
Tacoma, WA

Ich konnte nicht schlafen und schaltete das Licht wieder an. Schon zwanzig nach drei. Egal. Morgen, in diesem gottverdammten Flugzeug, konnte ich lange genug vor mich hindösen. Ich schloß die Augen, ließ meine Hand über Brust und Bizeps gleiten, stellte mir vor, es sei Nick, der mich in unserem riesigen Bett in Nichols Canyon liebkoste. Mit einem Ruck sprang ich aus dem Bett und schnappte mir die Fanpost. Ich schaute sie hastig durch, neugierig, ob wohl außer Arow Schank noch andere Kerle geschrieben hatten. Auf einem Brief entdeckte ich den Poststempel von San Antonio. Also wieder ein Brief von ihr. Ich riß ihn auf.

Lieber Alex,
Hi! Ich bin's wieder. Vielen Dank für das Autogramm! Es ist mir sogar egal, daß ich dafür mein Jahrbuch zerschneiden mußte, denn jetzt habe ich ein Erinne-

rungsstück an Dich, das in meine Brieftasche paßt und das ich allen meinen Kollegen zeigen kann. Die sind ganz schön platt, wenn ich ihnen erzähle, daß wir im Roosevelt zusammen im selben Algebrakurs waren!
Ich habe heute Deine Mom angerufen, und sie hat mir gesagt, daß sie noch nicht weiß, wann Du wieder nach Hause kommst. Aber wenn Du wieder hier bist, darf ich Dich hoffentlich mal zum Lunch einladen! Gratuliere, daß Du die bescheuerte Cyrinda von der Bildfläche geputzt hast! In Zukunft werde ich bestimmt keine Serie von *Hearts Crossing* verpassen. Wenn Du Zeit hast, schreib mir bitte.
Gott schütze Dich
Deine Juliana Butts
4950 Royal Glen Dr.
San Antonio, TX 78239

Erste Frage: Warum hatten meine Eltern keine Geheimnummer? In den vierzehn Wochen, die ich als Gaststar in *Hearts Crossing* mitgespielt hatte, war das Julianas siebter Brief.
Zweite Frage: Wer, zum Teufel, war dieses Mädchen? Keine Ahnung. Wenn ich erst in Texas war, mußte ich sie mal aus einem alten Jahrbuch raussuchen.
Ich schaltete den Fernseher ein, bin dann aber wahrscheinlich sofort eingeschlafen, denn als mein Wecker klingelte und mich aus dem Schlaf riß, flimmerte immer noch Trinity Broadcasting auf der Mattscheibe. Eine Aufzeichnung von Jan Crouch lief gerade. Sie ließ ihren Enkel, ein Baby mit verständnislosem Blick, auf der Hüfte hüpfen und säuselte: »Sag mal Jesus! Jeeezus!«. Der kleine Knirps, Christian, der nach dem letzten Schrei gekleidet war, schlug mit der winzigen Faust auf Jans steinharte, silberne Haarpracht, die mit

Haarspray zu einer bauschigen Masse aufgetürmt war, und krähte: »Deeza!«
Ich wechselte hastig zu MTV, wo ein Madonna-Rock-Block lief, und sprang aus dem Bett.
Als Trevor anrief, machte ich gerade das Bett – von einer Reise zurückzukommen und ein nicht gemachtes Bett vorzufinden, war für mich wie ein Schlag in den Magen. Ich würgte Trevor ab, schnappte mir die Tasche und eine Coke und ging runter in die Eingangshalle, wo er mich treffen wollte.
Trevor hatte einen extravaganten Touch und irgendwie was Titanisches an sich – der umwerfende Modeltyp, der dafür geboren schien, tropfnaß im Muskelshirt zu posieren, wie er's bereits auf vielen Fotoreihen für *Hawaiian Tropic*, *Nautilus* und *International-Male* bewiesen hatte. Ganz zu schweigen von diesem speziellen, recht intimen Foto, letztes Jahr als Faltposter im *Advocate Men*.
Im Januar, als wir bei Risa Bramon die beiden letzten Castingtermine hatten, lernten wir uns vor dem Büro kennen. Eine Rolle in einer Sommerschnulze mit Tom Cruise sollte besetzt werden. In der Wartehalle schielte ich immer wieder mal zu ihm rüber, und auch er musterte mich von der Seite und versuchte rauszufinden, wie ich wohl der neunzeiligen Rolle des Todd besonderen Pfiff verleihen wollte (Trevor hätte sie dann fast bekommen, obwohl er die falschen Textseiten erwischte und dauernd statt Risa »Rita« sagte). Trevor blätterte teilnahmslos im *Dramalogue*. Schließlich ließ er das Heft fallen, und wir traten in Blickkontakt. Und dann eröffnete er das Gespräch mit den Worten: »Erinnerst du dich an *Mordsspaß für Kinder*?«
Ach, guck mal da. Sah nicht nur gut aus, hatte auch seine kleinen Vorlieben? Wie interessant. »Ja, beim Zahnarzt hab ich das immer gelesen«, antwortete ich.
»Richtig«, stimmte er zu. »Das Heft lag immer in allen mög-

lichen Wartezimmern rum. Als ob die das nur an Firmen und Freiberufler ausgeliefert hätten. Mir kam's vor wie vom andern Stern, schon, als ich noch ganz klein war. Besonders der Teil *Denksport*, findest du nicht? Richtig raffiniert war der, da mußte man die ganz harten Nüsse knacken: ›Hat ein Baby Zähne?‹ ›Wie viele Schuhe gehören zu einem Paar?‹ Mein Gott, sie hätten es lieber *Mordsspaß für Zurückgebliebene* genannt. Und wie war das mit Goofus und Gallant? ›Gallant macht's nie ohne spermientötenden Schaum.‹ ›Goofus beschwatzt seine Freundinnen, mit dem Bus zur Abtreibeklinik zu fahren.‹ O Mann, du spielst doch in *Blutjunge Bräute Christi* mit?«

Er sprang auf und setzte sich neben mich. *Blutjunge Bräute* war mein erster Film. Ein Billigstreifen über einen frühreifen, ziemlich abgefuckten ehemaligen Meßdiener, der sich in einem Kloster in Dallas an die widerspenstigen Novizinnen ranmacht. Ich spiele ein führendes Mitglied des Stadtrates, das von der verruchten Schwester Bernadette verführt wird. Wir enden beide aufgespießt auf einer Mistgabel. Trevor war begeistert von dem Film. Ich stellte mich vor: »Alex Young. Hi.«

»Ich bin ...« Risas Assistentin spitzelte durch die Tür und unterbrach ihn.

»Trevor Renado«, verkündete sie.

»Warte hier«, raunte Trevor mir zu. Er stand auf, schüttelte mir dabei aber immer noch die Hand.

Ein paar Wochen lang waren wir die besten Freunde, und wir hatten sogar eine heiße Romanze, nur ganz kurz, bis er irgendwann mit so einem gutaussehenden Hohlkopf aus einem Janet-Jackson-Video in die Club-Szene abrutschte. Als ich merkte, daß seine alberne und doch wirksame Anziehungskraft nicht exklusiv zu haben war, fühlte ich mich – wenn auch nur kurz – wie ein Stück Scheiße. Außer der emotionalen

Unreife eines Mittelstufen-Gymnasiasten hatte er eigentlich nichts zu bieten. Und außerdem, jedesmal, wenn wir mit nacktem Oberkörper auf dem Boden balgten, alle Rekorde brachen und es auf sage und schreibe neun Orgasmen in acht Stunden brachten oder wenn ich einen Knutschfleck an einer ausgefallenen Stelle entdeckte, hatte ich das Gefühl, Nick zu betrügen. Soviel zum Thema emotionale Reife.

Wir blieben immerhin so weit in Kontakt, daß es mir nicht vollkommen unpassend erschien, als er mich vor ein paar Monaten fragte, ob ich ihn zum Flughafen bringen konnte. Jetzt war ich froh, daß ich ihm im Gegenzug ebenfalls diese Arbeit aufhalsen konnte. »Hi, Trevor.« Fassungslos stellte ich fest, daß er einen einteiligen Gymnastikanzug trug, der die Muskelpartien aussparte, die Einheitsgröße. So wie das Ding an ihm rumschlackerte, hatte er noch nicht mal was drunter.

»Guten Morgen!« Er schnappte sich meine Coke. »Das ist nicht gerade das richtige Kraftfutter zum Frühstück.« Er drückte mir eine Tüte in die Hand. Croissants, Orangensaft und kleine Döschen mit Butter und Erdbeermarmelade.

»Hey, vielen Dank.«

»Kannst du im Auto futtern«, sagte er, nahm mir die Tasche ab und rutschte das Treppengeländer hinunter. »Du siehst toll aus, Alex.«

Wir gingen die Straße runter und stiegen in seinen Miata. Trevor war richtig in Plauderstimmung. »*International Male* schickt mich nach Rio, zu den Aufnahmen für den Frühjahrskatalog. Bin schon ganz aus dem Häuschen ... Hast du diese Kristen-Bjorn-Videos gesehen? Wow! In zwei Wochen mach ich bei *Tollkühne schöne Jungs* mit. Bist du noch bei *Hearts*?« Er lenkte den Wagen in den immer dichter werdenden Berufsverkehr auf den Sunset.

Mit dem Croissant war ich fertig. Ich tupfte mir bedäch-

tig Finger und Mundwinkel mit einem Erfrischungstuch ab. »Hast du's in letzter Zeit nicht gesehen?« Ich machte mir einen Spaß daraus, ihn ein bißchen hinzuhalten.
»Nein … ich hatte 'ne Menge zu tun. Tut mir leid«, gestand er und warf mir aus weit aufgerissenen Augen einen schüchternen Blick zu, der gar nicht zu ihm und zu seinem Draufgängergehabe paßte. Eher zu den Gish Sisters.
»Um ehrlich zu sein: Sie haben mich vor kurzem fest unter Vertrag genommen.«
Trevor drehte den Divinyls den Saft ab und starrte mich an. »Soll das ein Witz sein?«
»Nein«, versicherte ich und grinste, obwohl ich eigentlich einen besonders coolen Eindruck machen wollte. »Für drei Jahre.«
»Ist ja 'n Ding«, sagte Trevor. So 'n Ding nun auch wieder nicht, du hinterhältiger Mistkerl. »Wieviel kriegst du?«
»Knapp anderthalb Riesen pro Folge.«
»Das ist ja waaahnsinnig. Und du spielst auch noch diesen wundervollen Psychopathen. Und hast dein eigenes Umkleidezimmer. Und kriegst bestimmt jede Menge Einladungen zu Talkshows und so … Wow! … Was willst du dann eigentlich in Texas?« Trevor ließ die Muskeln spielen, während der Wagen die Tenth runterschaukelte.
»Hauptsächlich entspannen, bißchen rumhängen, Freunde besuchen.«
»Auch Nick?«
Ich sah ihn an, ehrlich verblüfft. Er erwiderte meinen Blick, aber ich konnte nicht erkennen, welcher Ausdruck in seinen Augen lag. Sie waren hinter einer dieser grün verspiegelten Ray-Ban-Brillen verborgen.
»Ich weiß nicht«, erwiderte ich. »Warum fragst du?«
Er ging ein bißchen in die Defensive. »Na ja … es kommt mir eben sinnlos vor, wenn du dich wieder in was reinziehen läßt.

Er ist immer noch mit diesem Allerweltstypen zusammen, oder nicht?«

»Ich weiß nicht, vielleicht nicht.«

»Hat er dir gesagt, daß sie Schluß gemacht haben?«

»Ich hab fast ein Jahr lang kaum ein Wort mit ihm gewechselt. Ich fahr nicht hin, um Nick zu sehen.«

Trevor schob eine Kassette ein. Ein seltsamer Remix von *Book of Love* rockte los. Ich hatte die Kassette vor langer Zeit mal für ihn aufgenommen. »Also gut«, sagte er. »Ich frag dich, weil ich finde, daß du jetzt ein verdammtes Stück weiter gekommen bist und er deiner nicht mehr würdig ist.« Er hatte Nick natürlich nie kennengelernt, haßte ihn aber trotzdem. Obwohl es ihn, verdammt noch mal, eigentlich gar nichts anging. Weder jetzt noch irgendwann früher.

Wir überholten eine von diesen schleichenden Vorstadt-Familienkutschen. Nummernschilder von Utah und auf der Stoßstange jede Menge Aufkleber wie: MOM'S TAXI, BEI UNS LIEGEN PROVOS RICHTIG. Außerdem ein ziemlich heiß aussehender Bart-Simpson-Rahmen ums Nummernschild. Als wir vorbeifuhren, winkte ein pubertierendes Gänschen Trevor mit dämlichem Grinsen zu, während ihre Schwester oder Cousine oder das Glückskind, das sich beste Freundin nennen durfte, dem Gänschen auf die Schulter hämmerte und kicherte und glotzte. Trevor zog den Träger seines Einteilers über die linke Schulter und entblößte die erigierte Brustwarze. Wollüstig befeuchtete er sich die Lippen, was die Mädels vollends außer Rand und Band brachte. Mom's Taxi gab Gas. Ein ungefähr achtjähriger Junge hüpfte hinter der Heckscheibe herum, und als der Wagen vor uns auf unsere Spur scherte, drückte der kleine Rotzlümmel den nackten Arsch gegen das Sicherheitsglas.

»Verdammte Kids!« knurrte Trevor wütend, jagte an dem Wagen vorbei und schrieb die ganze Familie ab.

»Mit dir kann man wirklich was erleben«, sagte ich.
Er schenkte mir sein Sonny-Boy-Lächeln. »Wenn du mal 'ne Woche Zeit hast, kannst du ja zu mir nach Rio kommen.«
»Ja, vielleicht.« Ich zeigte mich höflich reserviert, nicht zu erfreut, das wäre unpassend gewesen. Ich würde mir den Vorschlag später noch mal durch den Kopf gehen lassen.
Wir kamen am Flughafen an. Trevor fuhr ins Halteverbot.
»Der Kofferraum ist auf«, ließ er mich wissen.
»Danke, Trevor.«
»Ich wünsch dir 'ne tolle Reise.« Er legte mir seine Pranke auf meine Normalmaßhand. Dann beugte er sich vor und küßte mich auf den Mund. Daß ich protestiert hätte, konnte man nicht gerade behaupten.
»Das Verdeck ist offen«, erinnerte ich ihn.
»Schon okay, du weißt ja, du bist noch kein Star.«
»Na gut, mir soll's recht sein.« Ich stieg aus und hievte mein Gepäck aus dem Kofferraum. Er gab Gas, winkte und verschwand in einer Wolke dröhnender Musik.
Das Flugzeug war voll besetzt. Zum Glück befand sich mein Sitz am Gang. Ein Ehepaar in den Fünfzigern trennte mich vom Fenster. Der Ehemann hatte seinen Hut, einen Tom-Clancy-Roman und ein Tütchen Pistazien auf meinem Sitz abgelegt. Als ich mich dem Platz näherte, nahm er – wenn auch nicht besonders erfreut – die Sachen weg. Ich quetschte mich auf den Sitz und versuchte gerade, die Beine unter dem Vordersitz auszustrecken, als die Ehefrau sich über ihren Mann zu mir herüberbeugte und sich mich den Worten an mich wandte: »Hi! Wir sind Buzz und Bernice aus Chinas Grove in Texas.« Ihr Mann, Buzz, nehm ich mal an, grunzte etwas. Ich stellte mich vor. Sie fragten mich, was ich mache, und ich erzählte ihnen, daß ich Astronom werden wollte und noch mitten im Studium steckte.
Wir rollten über die Startbahn. Ich zog ein Päckchen Kau-

gummi heraus und bot Buzz einen an. Der Trick wirkte, und nun stand unserer Freundschaft nichts mehr im Wege. Ich sah an Bernice vorbei auf L. A. Die Stadt war zu einem Fleck am Pazifik zusammengeschrumpft, ohne Höhen und Tiefen. Ich hatte mir geschworen, erst wieder nach Hause zu fahren, wenn ich mein Glück gemacht hatte. Ich fragte mich, wieviel Erfolg und Ruhm mir wohl noch zuteil werden mußte, bevor ich mich damit abfinden konnte, daß mir das große Glück meines Lebens entgangen war.

November 1989

Das alles wäre nie passiert, wenn ich mich damals dazu entschlossen hätte, nach Hause zu gehen und einen Mittagsschlaf zu halten. Oder wenn mir danach gewesen wäre, mich nicht im Lesesaal für die unteren Semester, sondern in der Fine-Arts-Büchersammlung herumzutreiben. Oder wenn ich nur eine Minute später gekommen wäre, weil ich noch einen Schluck Wasser trinken wollte. Oder wenn ich mich an einen anderen Tisch gesetzt hätte. Oder wenn der Jansport-Rucksack nicht offen und so auf dem Tisch gelegen hätte, daß ich einen Blick reinwerfen konnte. Die Sterne standen so günstig für mich, wie ich's mir nie zu erträumen gewagt hätte.

Die Gänge waren ziemlich ausgestorben. Ich holte alle Arbeiten zu Voltaire aus dem Bücherschrank und trug sie zu einem Tisch, der – abgesehen von dem marineblauen Rucksack – leer war. Der Rucksack war offen, wie gesagt. Als ich daran vorbeiging, blieb mein Blick irgendwo hängen. Was mich so in seinen Bann zog, war ein Stück von einem Titelbild mit dem unmißverständlich ordinären Grinsen des Pornostars Joey Stefano. Ich war neugierig geworden und sah mich um. Niemand weit und breit. Ich blieb zwar auf der Hut, wagte aber trotzdem, zwei Finger in den Rucksack zu schieben, um einen Blick auf die Zeitschrift zu erhaschen. Sie lag verkehrt herum, war aber leicht zu identifizieren – die neueste Ausgabe von *Jock*. Hastig, als ob ich mir die Finger verbrannt hätte, zog ich die Hand zurück. Der Inhalt des Rucksacks rutschte nach und ein roter Schnellhefter lugte hervor. In der rechten oberen Ecke stand *Nicholas Miller.* Ich stopfte schnell alles wieder rein und setzte mich zwei Stühle weiter hin. In dem

Moment kam der hübscheste Junge, den ich je gesehen habe, auf den Tisch zu.
Seine Erscheinung war so traumhaft, daß ich mich richtig anstrengen mußte, ihn nicht anzustarren. Ich war fasziniert. So sehr, daß ich nicht mal den einfachen logischen Rückschluß hinkriegte, daß der Rucksack, und damit auch die Ausgabe des *Jock*, ihm gehörte. Er hatte fast schwarzes Haar. Der Fünf-Uhr-Schatten gab mir den Rest: Ich stellte mir vor, wie es wohl sein mochte, wenn dieser wohlgeformte Kiefer sich an meinem Ohr rieb und diese behaarten Arme meinen schmächtigen, hellhäutigen Oberkörper umfingen. Unsere Blicke begegneten sich. »Hi«, sagte er in tiefem, honigsüßem Baß. Er schnappte sich seinen Rucksack, lächelte liebenswürdig und ging aus dem Lesesaal. Ich beobachtete, wie sich die Bewegungen seines Hinterns in der enganliegenden Jeans abzeichneten. Mit glasigen Augen starrte ich wieder auf Voltaire. Das wurde bestimmt ein langer Abend.
In der Universitätsverwaltung fand ich eine Menge Nick Millers, doch nur einen Nicholas: Er studierte im dritten Jahr Jura. Ich notierte mir die Telefonnummer und arbeitete dann das Jahrbuch durch. Im *Peregrinus*, dem Jahresbericht der juristischen Fakultät, war er in der Ausgabe vom letzten Jahr auf zwei Seiten aufgeführt. Auf dem Porträtfoto, das ihn als Studenten im zweiten Semester vorstellte, sah er leidlich hübsch aus, aber nicht so hübsch wie auf der Abbildung des Komitees der Aktivisten für Menschenrechte. Er stand ganz links außen in der Gruppe, eine nette kleine Geste unter Gays, wie ich wußte, und hatte nur die Andeutung eines Lächelns auf den Lippen. Trotzdem machte er irgendwie einen amüsierten Eindruck, beinahe fröhlich – wenn da nicht diese durchdringenden Augen gewesen wären. Ich klappte das Buch zu und versuchte, mir den Kerl aus dem Kopf zu schlagen.

An diesem Punkt meines Lebens sollte ich – der blonde, gutaussehende und nicht dumme Kerl, der sich in San Antonio im Bonham Exchange rumgetrieben und dort wie verrückt zu Erasure getanzt hatte – zu einem neuen Menschen werden. Ich, der Junge, der mit Mädels aus dem Club zusammengehangen und nie auch nur den Blick eines männlichen Wesens erwidert hatte, der seit dem siebten Lebensjahr aufregenden Träumen nachging, in denen Umkleideräume eine Rolle spielten, und in der High-School-Zeit bei drei oder vier Kapiteln von Nancy Fridays *Sexuelle Phantasien der Männer* und einigen strategisch geschickt versteckten Sonderausgaben vom *Playgirl* masturbiert hatte. Ich, der empfindsame, einsame Einundzwanzigjährige, der noch Jungfrau war und schreckliche Angst davor hatte, nicht mehr als einer von tausend Schauspielschülern zu sein, für den Romantik ungefähr den Stellenwert hatte wie für einen, der an der Straßenecke Gras von der billigen Sorte verkauft.

»Hallo?«

»Nicholas?« fragte ich. Zwei Wochen waren vergangen. In letzter Zeit war alles schiefgelaufen. Die Fakultät hatte *Maß für Maß* ganz groß rausgebracht. Ich hatte eine ziemlich verkorkste Nebenrolle in dem Stück, und vor kurzem hatte der Erstsemester-Betreuer, ein ekelhafter Griesgram übrigens, kritisiert, ich sei nicht »innovativ« genug. Eigentlich wollte ich ihn fragen, ob er sich deshalb im Bereich Innovation so gut auskenne, weil er bei den Theaterproben jeden beschissenen Tag dasselbe Antioch College Sweatshirt getragen hatte und weil er grundsätzlich jedes zweite Wort mit britischem Akzent aussprach. Doch statt dessen ersäufte ich meinen Frust und war dann so benommen, daß irgendwelcher Ärger mir nichts mehr anhaben konnte. Außerdem war mein Dad in seiner Praxis von einem stinkreichen, cokesüchtigen Patienten, dem er geraten hatte, in ein sauteures Reha-Zentrum zu gehen, angegriffen und zusammengeschlagen worden. Ich mußte natürlich so schnell wie möglich quer durch den Süden nach San Antonio hetzen, wo sich's mein Vater, abgesehen von gelegentlichen Wutausbrüchen, ziemlich bequem gemacht hatte. Und um dem Ganzen die Krone aufzusetzen, hatte der Typ vom Schwimmteam von gegenüber schließlich doch Vorhänge an den Fenstern angebracht.

»Einen Moment. Ich hol ihn«, sagte irgendein Kerl.

Ich hatte mich bäuchlings auf mein Bett gelegt und umklammerte den Hörer so krampfhaft, daß meine Fingerknöchel weiß hervortraten. Eine Ewigkeit ... dann: »Hi, hier ist Nick.«

»Hi, Nick. Hier ist Alex Young. Wir haben uns mal beim Komitee für Menschenrechte kennengelernt. Kann sein, daß du dich nicht mehr an mich erinnerst ...«

»Doch«, schnitt mir Nick das Wort ab. »Der Name kommt mir bekannt vor ... Alex Young ...«

»Ist auch egal, jedenfalls überlege ich mir, ob ich Jura belegen soll, und hab gehofft, wir könnten uns mal treffen und darüber reden.« Ich hielt die Luft an.

»Natürlich«, sagte er. Er hörte sich richtig lieb an, trotzdem schien er betont maskulin. »Wann hast du denn Zeit?« Heute. Jetzt. Komm sofort zu mir.

»Vielleicht könnten wir abends mal zusammen essen gehen«, schlug ich nicht ganz ohne Hintergedanken vor. »Freitag abend?« Heute war Sonntag.

Nick antwortete: »Laß mal sehen ... das hört sich gut an. Ich ruf noch mal an und sag dir, ob's klappt.«

Er notierte sich meine Nummer. Ich legte auf, konnte es einfach nicht fassen. Ich hatte eine Verabredung mit einem umwerfenden Mann. Ich schnappte mir Bananarama und machte mich auf zum Fitneßtraining, wo ich schon mal die wichtigsten Muskelgruppen durchwalkte. Nur so für alle Fälle.

Ich ging in die Registratur der Universitätsverwaltung, nahm mir ein Studienprogramm für Jura und füllte den Personalbogen aus. Tatsächlich hatte ich mal, wenn auch nur kurz, mit dem Gedanken gespielt, meine schauspielerischen Talente im Gerichtssaal einzusetzen. Bei einem Fakultätswettbewerb war ich nämlich durch einen humoristischen Monolog aus *Little Murders* so was wie eine lokale Berühmtheit geworden. Ein regelrechter Schwindel war's also nicht. Im Pendelbus las ich mir das Programm durch, und bei den Proben versuchte ich mich hinter der Bühne mit dem praktischen Test. Selbst wenn ich einen Einstufungstest machen mußte, war's den Versuch wert. Immerhin eine Möglichkeit, Nick kennenzulernen. Ich stellte mir das lustvolle Repetieren zu zweit vor (Betonung auf Lust), auf das ich mich dann freuen konnte.

Donnerstag morgen klingelte das Telefon. Ich nahm den Hörer ab, noch benebelt vom Schlaf. »Hallo?«

»Alex? Hier ist Nick Miller. Ich hab dich geweckt, sag jetzt nur nicht, daß es nicht stimmt.«

Er hörte sich an wie der Förster aus einem munteren, absolut jugendfreien Kinderfilm. »Hi, Nick«, sagte ich. Augenblicklich war ich hellwach und hatte eine knochenharte Erektion. »Ist okay, ich muß sowieso in zehn Minuten aufstehen.«

»Dann ist es ja gut. Ich wollte dich noch erwischen, bevor du zum Unterricht gehst, und unsere Verabredung für Freitag noch mal festmachen.«

Mister, ich bestätige dankend ihren Terminvorschlag. »Willst du so gegen halb sieben vorbeikommen?« fragte ich.

Mein Magen war in echten Nöten. Ich senkte kurz den Blick auf die riesigen Mengen an Essen, die ich bestellt hatte, richtete ihn aber schnell wieder geradeaus, um Nick in die Augen sehen zu können. Er erzählte mir von diesem psychopathischen Professor aus dem ersten Jahr seines Jurastudiums. Mein Mund führte automatisch die wichtigsten Bewegungen aus, lächelte, stellte angemessene Fragen. Währenddessen schwelgten meine Gedanken in voluminöser Sinnlichkeit.

Ich badete in der tiefen Stimme des Texaners und fragte mich, wie sie wohl bei gedämpftem Flüstern klingen mochte. Ich starrte auf seine unglaublich sinnlichen Lippen und hatte noch nie im Leben so sehr den Wunsch verspürt, jemanden zu küssen. Ich betrachtete die sehnigen Hände, die das fritierte Hähnchenschnitzel zerteilten, und stellte mir vor, wie er mir mit sanftem Druck die Hand auf die Schulter oder den Oberschenkel legte. Ich bekam keinen Bissen mehr herunter. Das Verlangen hatte meinen Verdauungstrakt lahmgelegt.

Er fragte mich, ob ich Filmstar werden wollte. Ich erzählte ihm, wie sehr ich schon immer die Schauspielerei geliebt hatte – diese Platte hatte ich schon tausendmal bei allen möglichen Leuten aufgelegt. Sie schien das einzige Bindeglied zu sein zwischen der Erbärmlichkeit meines täglichen Daseins und dem Wahnsinnsabendessen in diesem Moment.

Auf die Aktivisten für Menschenrechte kam er nicht zu sprechen und ich auch nicht. Wir redeten weiter über das Jurastudium. »Das nimmt dich wirklich voll in Anspruch«, sagte er, »besonders im ersten Jahr. Wenn du eine Freundin hast, kann es wirklich hart werden.«

O mein Gott, was sollte das jetzt? Wollte er wissen, ob ich eine hatte? In der Hoffnung, daß keine Speisereste in meinem Gesicht klebten, sah ich ihn geradewegs an und sagte: »Ich hab keine Freundin.«

Er schob sich einen Bissen in den Mund. Erwartete ich etwa, daß er jetzt sagte: »Schön zu hören!« Wir plauderten weiter,

und doch neigte sich das Essen mit rasender Geschwindigkeit dem Ende zu. Ich mußte etwas unternehmen.
»Hast du heute abend noch was vor?« fragte ich.
»Ich wollte mir um zehn mit meinem Mitbewohner und ein paar Freunden einen Film ansehen.« Ich lächelte ihn erwartungsvoll an, dachte eigentlich, er würde mich jetzt auffordern, mitzugehen. Im gleichen Moment merkte ich, wie mir bei dem Wort »Mitbewohner« der Magen in die Knie sackte. Wie hoch standen die Chancen, daß es sich dabei um ein sprödes Hindumädchen handelte? Er fragte nicht, ob ich Lust hätte, mitzukommen. Wir verließen das Restaurant. Als wir bei meiner Wohnung ankamen und er fragte, ob er noch kurz mit hinaufkommen könne, schöpfte ich neue Hoffnung.
Ich mixte White Russians und zeigte ihm meine Video-Sammlung, in der Hoffnung, daß er *Pink Flamingos* und *Mein wunderbarer Waschsalon* als Wink mit dem Zaunpfahl verstand. Er kommentierte alles mit einer höflichen Bemerkung und fragte dann, ob er mal telefonieren könne. Ich tat so, als würde ich etwas aus einem Notizbuch heraussuchen, und schielte ihm über die Schulter. Er wählte seine eigene Nummer.
»Hi, wie geht's. Ich bin noch bei Alex ... Es ist noch jede Menge Zeit ... Barney, es sind doch nur ein paar Minuten bis dorthin ... Okay. Tschüß.« Er legte auf.
»Bist du spät dran?« fragte ich, obwohl ich verdammt gut wußte, daß es so war.
»Ich fürchte schon, Alex«, sagte er und legte mir die Hand auf die Schulter. Ich unterdrückte die Regung, nach ihr zu greifen. »Ich fand's trotzdem schön, mich mit dir zu unterhalten. Hoffentlich hab ich dir das Jurastudium nicht vermiest. So schlecht ist es eigentlich gar nicht. Besonders nicht für so einen aufgeweckten Kerl wie dich.« Er ging zur Tür.
»Nick?«
»Ja?«

»Wir sollten uns bald noch mal treffen.«

»Du sagst es.« Dann war er verschwunden.

Entsetzt stellte ich fest, wie schnell sich ein zermürbendes Gefühl der Einsamkeit in mir breitmachte. Ich sehnte mich so sehr nach Gesellschaft, daß ich den Hörer abnahm und vier oder fünf Freunden eine Nachricht hinterließ. Sie waren unterwegs, amüsierten sich irgendwo. Ich setzte mich auf den Stuhl, der eben noch Nicks Platz gewesen war, die Lehne zwischen den Beinen. Der Stuhl roch nach ihm ... nach diesem blumigen Moschusduft, womöglich ein Cologne oder ein Shampoo oder vielleicht auch eine Bodylotion, mit der er sich, nachdem er aus einer dampfenden, heißen Dusche gestiegen war, den behaarten nackten Oberkörper eingerieben hatte. Ich vergrub die Nase im Polsterbezug, atmete Nick ein. *Barney*? Kein Mensch hieß Barney. Außer Barney Rubble.

Lieber Alexander,
ich habe Dir diesen Pulli gestrickt, weil Du so herzlos bist (haha). Ich hoffe, Du magst Rentiere. (Meine Katze heißt übrigens Rudolph!) Wenn Dir der Pulli nicht paßt, gib ihn bitte Cary Rietta, der ist, glaub ich, kleiner.
In Liebe
Narda Hudson
Duluth, MN

San Antonio, wo die Leute noch wissen, wie eine pikante Soße schmecken muß, ist ein charmanter Mischmasch aus texanischer und mexikanischer Kultur. Ein Tex-Mex-Cocktail sozusagen. Hier kann man sowohl konservative Glaubenseiferer als auch ausgedehnte schicke Vororte finden. Am besten kann man sich ein Bild von der Stadt machen, wenn man einen Blick auf die Sommerbibelschule wirft. Die Schüler gehen zum Mittagessen in ein rosafarbenes Restaurant na-

mens The Sombrero Rosa, das aus Lehmziegeln erbaut ist, von einem riesigen Sombrero beschattet wird (allerdings innen wie ein Schnellimbiß ausgestattet ist) und an der vielbefahrenen Walzem Road liegt.
Wir saßen bei einem typischen mexikanischen Familienfestmahl mit riesigen Fleischplatten zu Hause. Während des Essens versuchte ich meinem Vater klarzumachen, daß ein Dreijahresvertrag für eine Serie im Grunde nichts anderes bedeutete als eine Option auf viermal dreizehn Wochen oder viermal sechsundzwanzig Wochen – abhängig von der Entscheidung des Senders.
»Das ist Beschiß«, sagte er.
»Es ist so üblich«, belehrte ich ihn mit Kennermiene.
»Was hält sie denn dann davon ab, dich alle dreizehn Wochen rauszuschmeißen?« Eine erfrischende Wahrheit die Dad da von sich gab.
Meine Mutter mischte sich ein: »Sie werden ihn nicht feuern. Wenn du dir die Sendung mal angesehen hättest, wüßtest du, daß ein Teil der Handlung nur auf ihn abgestimmt ist.«
»Hey«, wehrte sich mein Vater, »ich guck mir die Sendung doch an. Ich habe die eine gesehen, wo du das blonde Luder überredet hast, den vergifteten Shake zu trinken.«
Das Telefon klingelte. Meine Mom stand auf und nahm den Hörer ab. Es war für mich, bestimmt Sara. Oder dieses Mädchen, Juliana. Wenn es nun Nick war, was dann? Scheiße! Daß ich mir aber auch nichts zurechtgelegt hatte. Ich hatte seit acht Monaten nicht mehr mit ihm geredet. Wie, zum Teufel, konnte er erwarten, daß wir über mein Leben plauderten, als seien wir nichts als alte Collegekumpels, die sich aus den Augen verloren hatten? Aber wenn er wieder was mit mir anfangen wollte, was dann? Wenn er nun …
Es war Sara.

»Das ist sie, das ist Juliana Butts.« Sie zeigte auf eine unscheinbare Blonde, deren Ponyfransen wie Flügelchen abstanden und wippten. Ein verträumtes Lächeln lag auf ihren Lippen. Sara und ich saßen auf der Dachterrasse ihrer Wohnung, die die obere Etage eines umgebauten Viktorianischen Hauses einnahm, ganz in der Nähe der Trinity University. Ich darf vielleicht hinzufügen, daß Juliana, wie alle ausgezeichneten Senior-Schülerinnen der High-School, einen dieser idiotischen Abschlußumhänge trug, wodurch sie sich deutlich von allen anderen abzuheben wünschte. Sara und ich hatten diese Auszeichnung nie erhalten – Sara hatte sich, eine Woche bevor die Seniorfotos gemacht wurden, bei Curl Up And Dye die Haare mal ganz anders frisieren lassen. Ihre Mutter war hysterisch geworden und hatte ihr verboten, sich im Jahrbuch abbilden zu lassen. Wir haben an diesem Tag zusammen die Schule geschwänzt, sind in die Stadt gegangen und haben uns im Aztec Theatre, einem Laden, der nur von Hängern und Rumtreibern besucht wird, einen Dreiakter angesehen.

»Ich kann mich wirklich überhaupt nicht an sie erinnern«, sagte ich. Die abendliche Luft war warm und feucht, obwohl wir bereits Oktober hatten.

»Aber ich«, sagte Sara. »In der Neunten und Zehnten hatten wir zusammen ein Aufenthaltszimmer. Sie ist voll auf Duran Duran abgefahren, hat sich die Namen der Jungs auf ihre Tennisschuhe und Hefte und weiß Gott wohin geschmiert.«

»Das hast du auch gemacht.«

»Stimmt, aber bei mir waren's The Smiths. Das ist ein himmelweiter Unterschied. Und – wirst du sie anrufen?«

»Nein«, sagte ich. »Ich hab ihr viermal geschrieben und ein Foto geschickt. Das reicht.«

»Wow«, sagte sie und streichelte mir unterwürfig den Rücken. »Ich hab glatt vergessen, wie bedeutend du bist.«

Ich schnappte ihre Arme und preßte sie ihr an die Seite, konnte mir das Lachen aber nicht verkneifen. »Ich glaub nicht, daß ich ein Arschloch bin, oder doch?«

»Na ja ...«

»Okay. Ich ruf sie an. Aber wenn ich was mit ihr machen muß, mußt du mitkommen und so tun, als wärst du mein Schätzchen.«

»Moment mal.«

»Hey!« unterbrach ich sie mit dämlich vorgetäuschter Spontanität. »Nick hat gesagt, er hätte mit dir gesprochen.« Sara wand sich los und ging in die Küche, um einen Teller mit Zollhausplätzchen fertigzumachen.

»Ja, er hat mich letztes Wochenende angerufen. Ich schätze mal, er hat dich bei *Hearts Crossing* gesehen. Ich hab ihm gesagt, daß du herkommen willst. War das okay?«

Ich nickte. »Hat er was davon gesagt, daß er mich sehen will?«

Sie gab mir ein Glas Milch. »Ja, ich glaub schon. Er hat irgendwas davon gesagt, daß wir uns ja mal alle zusammen treffen könnten. Du kennst ja Nick, er redet nie mit mir oder anderen über seine Gefühle. Aber, Alex, ich glaub nicht, daß du ihm einen Vorwurf daraus machen kannst, wenn er mit dir befreundet bleiben will. Er hat sich angehört, als wäre er ziemlich stolz auf dich. Sind wir übrigens alle, weißt du das?«

»Ich bin so unglaublich froh, daß ich den Job hab, Sara. Macht mir riesigen Spaß.«

»Dann schick den Kerl doch zur Hölle.«

Ich wollte gerade den Mund öffnen und protestieren – aber sie kannte mich, kannte mich wirklich gut. »Sieh mal, Alex, ich weiß doch, daß für dich Erfolg und Geld nicht alles ist, daß es dir nicht reicht, als Gastschauspieler in der Familienversion von *Familienfehde* gefeiert zu werden. Du brauchst Liebe zu deinem Glück. Ich ja auch, jeder braucht das. Aber ich glaub einfach nicht, daß es mit Nick was werden kann. Und wenn es dir so schwerfällt, ihn zu sehen, dann scheiß drauf. Dann fahren wir eben nicht nach Austin.«

»Okay«, sagte ich. »Wir beide können statt dessen irgendwo in der Stadt rumhängen. Ich kann dich im Büro abholen.«

»Du meinst, in meiner Zelle.«

»Hast du als koordinierende Lektorin keine eigene Suite?« neckte ich sie.

»Ich bin froh, wenn ich hin und wieder mal einen Barscheck kriege. Nein, mal ehrlich, bei der Zeitschrift ist es richtig gut.« Sie arbeitete bei der *Paseo del Rio*. Das Blatt erschien im Zweimonatsrhythmus, mit dem erklärten Ziel, in San Antonio alle zwischen einundzwanzig und siebenundvierzig anzusprechen, dic »kulturell aufgeschlossen und immer auf dem laufenden« sein wollten. Vor einem Jahr hatte die Zeitschrift ihre Leser ziemlich vor den Kopf gestoßen. Henry Cisneros war auf dem Titelblatt abgebildet worden, und zwar (bis auf einen strategisch plazierten Patronengurt und einen Sombrero) splitternackt. Ansonsten fand man in der Zeitschrift seit jeher respektlose Kritiken über Restaurants und über das Nachtleben, dazu lokale Neuigkeiten und Features. »Sie versprechen mir immer noch, daß ich meine eigene Kolumne bekomme. Aber ich schreib auch so schon 'ne Menge. Als alle in Ferien waren, hatte ich in der Augustausgabe vier Artikel von mir drin.«

»In einem Jahr schmeißt du den Laden.«

»Vor kurzem haben sie mich damit beauftragt, den Kalender herauszugeben – du weißt schon, das Einlegeblatt im Großformat über jedes esoterische Ereignis zwischen Austin und Corpus. Ich denke also schon, daß sie mir was zutrauen. Es ist wirklich lustig, dort zu arbeiten. Maxime aus der Telefonzentrale ist die einzige über fünfunddreißig. Das heißt, die ist schon über sechzig. Das nächste Mal, wenn Richard verreist ist, werd ich mit ihr ausgehen, um Männer aufzureißen.«

»Machst du im Moment was Großes?«
»Ein Bericht über Leute, die sexbesessen sind. Wärst du übrigens bereit zu einem Interview?«
Ich schnappte nach Luft. »Wie kommst du denn ...«
Das Telefon klingelte. Ich nahm den Hörer ab. »Sara Richardson.«
»Nö, du bist bestimmt nicht Sara.« Es war Nick. »Wie geht's, Mr. Alex?«
»Ganz gut ... super, Nick.« Ich warf Sara einen flehentlichen Blick zu, aber sie hob hilflos die Hände und schüttelte den Kopf. Die Sache war nicht von ihr eingefädelt worden.
»Deine Mom hat mir gesagt, daß du da bist. Ich hoffe, ich störe euch nicht bei irgendwas.«
»Nein«, sagte ich, »wir unterhalten uns nur über alles mögliche.«
»Du kommst doch in nächster Zeit mal hier vorbei, oder?«
Ich wußte nicht, was ich sagen sollte. »Wir haben uns das schon überlegt.«
»Morgen werd ich mit einem großen Projekt fertig«, erklärte er. Ich hörte, wie Papier raschelte, als er seinen Terminkalender durchblätterte. »Wie wär's, wenn wir uns morgen zum Abendessen treffen?«
»Okay«, willigte ich ein. »Sollen wir uns bei dir im Büro treffen?«
Sara hatte eine tiefe Falte zwischen den Brauen, ich war eben ein hoffnungsloser Fall. Ich mußte grinsen. »Ist dir sechs Uhr recht?« fragte Nick.
»Ja, klar.«
»Gratuliere zu deinem großen Durchbruch. Ich freu mich. Tschüß.«
»Tschüß.«

Dezember 1989

Als ich Nick sechs Wochen lang kannte, waren meine Gedanken nur noch von ihm beherrscht – wenn ich nicht gerade schlief. Gleich bei unserem ersten Treffen »auf ein Bierchen« waren wir Freunde geworden. Der Abend verlief letztendlich so, daß wir uns einen Kultfilm ansahen, ausgiebig und gemütlich zusammen zu Abend aßen und uns anschließend drei Stunden lang bei mir zu Hause unterhielten, wobei wir um Themen wie meine sexuelle Veranlagung, Nicks Verhältnis zu seinem Mitbewohner Barney oder alles, was mit körperlichem Verlangen zu tun haben könnte, einen Bogen machten. Doch als Nick um zwei Uhr morgens nach Hause aufbrach, hatte ich begriffen, was eine Beziehung zwischen Männern wirklich bedeutete.

Er wollte sich *Maß für Maß* ansehen. Ich besorgte ihm eine Karte für den letzten Abend und war außer mir, weil die beschissene Inszenierung auslief und er allein im Zuschauerraum saß und mir zusah. Das Semester war vorbei, und jetzt mußte ich nur noch eine wichtige Prüfung hinter mich bringen: die Prüfung heute nacht, nach dem Theaterstück. Wenn ich die bestand, würde ich den Abschluß meiner Jungfernschaft erlangen, ein Examen, auf das ich mich lange, lange vorbereitet hatte.

Ich schlich mich von der Party, die anschließend für die Besetzung gegeben wurde, und traf mich mit Nick in der Lobby des B.-Iden-Payne-Theaters. »Bra-vo«, sagte er und grinste, während er mir nachdrücklich die Hand schüttelte. Stromstöße durchjagten mich.

»Erzähl mir nicht, daß du dich nicht zu Tode gelangweilt hast«, sagte ich. Wir nahmen den Shuttlebus zum Lang-

horn Stadion und stiegen dort um in die Zweisamkeit seines Autos.
»Nein.« Nick blieb bei seiner Meinung. »Es war unterhaltsam. Ich guck mir Shakespeare lieber an, als ihn zu lesen.«
»Und ich laß mich lieber von einer gierigen Meute zerreißen, als jemals wieder bei so einem hochgestochenen Mist mitzumachen.« Er lachte und sah mich mit einem Blick an, den ich hoffnungsvoll als innig interpretierte.
Wir fuhren in meine Wohnung, machten uns über den Kuchen her, den Sara und ihre Mitbewohnerin für mich gebacken hatten, und plauderten über Weihnachten. Eigentlich wollte ich ihm ein Geschenk überreichen, doch ich wußte, wie erbärmlich ich dann dastand, wenn er mich später abblitzen ließ.
Ich stand auf und trug die Teller in die Küche. Während ich Wasser darüber laufen ließ, durchquerte Nick hinter meinem Rücken den Raum, und einen Moment lang gab ich mich der Illusion hin, er werde nun gleich die Arme um meine Taille legen und mit diesen vollen Lippen eines Jünglings griechischer oder römischer Abstammung meinen Hals berühren. Er ging aber nur zum Kühlschrank und holte sich noch ein Glas Milch.
Ich folgte ihm in das gedämpft beleuchtete Wohnzimmer. »Der Kuchen war wirklich große Klasse«, sagte Nick. Ich hielt es nicht mehr aus und platzte mit dem Satz raus, den ich seit Tagen einstudiert hatte. »Nick«, sagte ich, »ich bin so froh, daß wir Freunde geworden sind, und ich möchte das auch nicht vermasseln. Aber ich fühle mich stark zu dir hingezogen, und das verwirrt mich, weil ich nicht weiß, wie ich damit umgehen soll.«
Tödliche Stille. Aber er wandte wenigstens den Blick nicht ab. Bitte erfüll meinen Wunsch, bitte, bitte. »Das ist wirklich schmeichelhaft, Alex. Ich fühle mich auch zu dir hingezogen,

wirklich, aber ich habe im Moment eine feste Beziehung, die ich für nichts in der Welt aufs Spiel setzen möchte.«
Das sagst du doch allen, wetten? »Das hab ich befürchtet.«
Er war noch nicht fertig. »Und ich glaube, daß wir beide nur noch mehr Probleme bekommen, wenn wir zusammen schlafen.«
Allein daß er die Möglichkeit in Erwägung zog, erfüllte mich mit einer unangenehmen Mischung aus Stolz, Erstaunen und Verzweiflung. Seine nächste Frage machte mir die Sache nicht gerade leichter. »Sag mal ...« begann er den Satz, senkte den Blick und lächelte auf eine hübsche, selbstbewußte Art, die ich nie zuvor an ihm gesehen hatte. »Wie war das bei dir beim ersten Mal mit einem Kerl?« Ich antwortete nicht, bis er mich schließlich direkt ansah. Seine Augen tanzten.
»Ich hab überhaupt keine Erfahrungen«, brachte ich gerade noch stammelnd heraus. Seine Gesichtszüge wurden etwas weicher, als habe er das Gefühl, einen wunden Punkt getroffen zu haben. Weit gefehlt – ich wollte ihn nur zu gern wissen lassen, daß ich unberührt, nicht vorbelastet und zudem ein Garant für hundertprozentigen Safer Sex war. Wie war's aber mit Nick? Ich fragte ihn.
»Bei mir ist das schon lange her«, begann er und kam mir vor wie ein Großonkel, der nun anhebt, die Geschichte zu erzählen, wie er einmal einen der Roosevelts gewählt hatte. Er lehnte sich im Stuhl zurück und verschränkte die Hände hinter dem Kopf. Die kurzen Ärmel seines grünen Rugbyshirts rutschten hoch und gewährten einen Blick auf harte Trizeps und Büschel schwarzer Unterarmbehaarung. »In dem Sommer, als ich meinen Abschluß an der High-School gemacht hab, ist eine alte Freundin meiner Mom bei uns in die Straße gezogen. Sie hatte einen Jungen, der ein Jahr jünger war als ich. Blond und richtig niedlich. Hat Tennis gespielt. Mein Dad und ich haben beim Einzug geholfen, und ich bin

mit dem Jungen ins Gespräch gekommen. Über die High-School, was man in der Stadt unternehmen kann, wo man rumhängen kann und so – obwohl ich eigentlich nicht gerade kontaktfreudig war. Wir wurden so was wie Freunde, sind zusammen ausgegangen und in seinem nagelneuen Schlitten durch die Gegend gefahren. Eines Tages sind wir dabei irgendwie aus der Stadt rausgekommen und in diesem Steinbruch gelandet. Und dann hat er mich gefragt, ob ich Lust hab, schwimmen zu gehen, und noch bevor ich kapiert habe, was er will, hatte er sich schon splitternackt ausgezogen.« Der Südstaatler-Bariton, vermischt mit der Erotik einer *Penthouse-Forum*-Geschichte, machte mich nur noch mehr an. Es gab keine Entrinnen. Wie gelähmt wartete ich den weiteren Verlauf der Geschichte ab.

»Also haben wir nackt in der alten Grube gebadet. In der Mitte ragten ein paar Felsen aus dem Wasser. Zu denen sind wir geschwommen. Er hat sich einfach dort hingelegt und vor sich hingedöst. Obwohl das Wasser verdammt kalt war, konnte man deutlich sehen, daß er bestückt war wie ein Hengst.« Ohne daß ich es wollte, klappte mir der Kiefer runter. Nick lächelte ein wenig, hob die Augenbrauen und nickte. »Ich bin auf den Felsen geklettert, hab versucht, mich zu entspannen, aber ich war schrecklich erregt. Und er hat einfach die Hand ausgestreckt und sich bedient.«

Es war einfach unglaublich. Nicht die Geschichte – ich nahm jedes Wort für bare Münze. Unglaublich war, daß Nick trotz allem wagte, Worte wie »schrecklich erregt« und »bestückt wie ein Hengst« in den Mund zu nehmen und mir – nur einen Meter von mir entfernt – die unglaublichsten Dinge zu beichten. Und das, nachdem ich ihm, wenn auch vielleicht etwas unbeholfen, einen Antrag gemacht hatte. Allmächtiger Gott. Mein Gehirn verdaute immer noch, was Nick mir soeben erzählt hatte, weidete sich daran und beschwor immer wieder die Bilder herauf. Nur, im Geiste war ich es, der nackt im Steinbruch planschte und zusah, wie Nick sich auszog. Und meine anschwellende Erektion war's, die sogar das kalte Wasser kaum bändigen konnte. Ich war es, der neben ihm auf dem sonnenwarmen Felsen lag, sich aufsetzte, um Nicks harten Penis zu liebkosen. Seine Eier quollen auf, als ich mit der andern Hand zugriff ...

Ich hatte seine Geschichte nun so weit verarbeitet, daß ich ihn fragen konnte: »Und was ist dann passiert?«

»Nicht viel. Wir sind noch ein paarmal zusammengewesen. Ich hab mir eingebildet, daß ich verliebt bin, und dann hat er den Entschluß gefaßt, die Freundschaft mit mir zu beenden.«

Einen Moment lang nahm sein Gesicht jenen Ausdruck an, den es wohl an einem dieser schwülen West-Texas-Tage gehabt haben muß, als ihm das Ende offenbart wurde. Ich hätte ihn gern berührt, was aber ganz ausgeschlossen war.

Also sagte ich: »Er war ein Trottel.«

Nick lächelte und nickte, dann lachte er. »Also, da sind all diese hübschen Schauspieler, und du hast nie ...?«

»Nein«, gestand ich. Dann versuchte ich es mit der Masche vom empfindsamen Softy: »Ich glaube, ich habe immer auf den richtigen Kerl gewartet.«

»Oh, Alex«, sagte er und schlug mir auf die Schulter. Fast hätte ich wie ein Mädchen gequietscht. »Du bist doch ein ziemlich scharf aussehender Junge ... du wirst wohl kaum Probleme haben, einen zu finden.«

Dazu konnte ich nicht viel sagen, also wechselte ich das Thema. Nick fragte, ob er noch etwas Kuchen haben könne. Ich schnitt ihm noch ein Stück ab. Mir hatte die Enttäuschung den Appetit verschlagen. Irgendwie kam das Gespräch auf Barney. Nick erzählte mir, wie sie sich kennengelernt hatten, nämlich in der Wohngemeinschaft, in der sie mal zusammen gelebt hatten, und wie sie sich gegenseitig »ziemlich schnell

durchschaut« hatten. Sie waren jetzt schon seit vier Jahren zusammen. Ich kam mir vor wie ein Idiot. Er erzählte mir, daß mir Barney bestimmt gut gefallen würde – wir hätten nämlich genau denselben Geschmack. Ganz offensichtlich.
Als ich Nick zur Tür bringen mußte, fühlte ich mich besonders elend. Wir würden uns keinen Gutenachtkuß geben und nicht im Flüsterton Intimitäten austauschen. Und ich sah ihn bestimmt nie wieder. Es wäre einfach zu peinlich und unehrlich gewesen, wenn wir uns noch mal getroffen hätten. Seine Hand ruhte auf dem dicken Ende – des Türknaufs natürlich –, und er sagte: »Danke fürs Theater. Und den Kuchen. Und die Unterhaltung. Ich fand's schön.« Ich glaubte ihm. »Frohe Weihnachten. Ich melde mich bald mal.«
Ich nickte, brachte gerade noch einigermaßen freundlich »Auf Wiedersehen, Nick« heraus, schlug dann die Tür zu und brach in Tränen aus. Aus den empfindsamen Tiefen der Künstlerseele quollen heftige, schmerzerfüllte, hoffnungslose Schluchzer hervor. Taumelnd wankte ich zu dem Stuhl, auf dem Nick gesessen hatte, aber mir lief die Nase, und so war mir nicht mal vergönnt, mich ein letztes Mal an seinem Duft zu weiden. Ich ging ins Schlafzimmer. War ich wirklich davon ausgegangen, daß wir zusammen in diesem Bett landen würden? Ich brachte es nicht über mich, allein in diese steifen und – ja, verdammt – frisch bezogenen Laken zu kriechen. Also packte ich hastig meine Sachen, sprang in den Wagen und fuhr nach San Antonio. Ich schob eine auf Techno aufgemachte Dance-Mix-Kassette rein, die mich bei Laune und hellwach hielt, ging dann aber irgendwann zu *Tusk* über. Zum erstenmal wurde mir bewußt, was für ein einfühlsamer, herzerweichender Poet Stevie Nicks eigentlich war.
Die Woche vor Weihnachten verbrachte ich damit, so zu tun, als sei ich derselbe Mensch, den meine Familie und meine Freunde zu Anfang des Semesters in Austin zurückgelassen

hatten. Hauptsächlich wurde zu Hause über die Klage geredet, die mein niedergeschmetterter, verbitterter Dad gegen diesen einmaligen »Idioten« eingereicht hatte, der sich in Dads Sprechzimmer in der Shady-River-Kurklinik an ihn herangemacht, ihn in den Schwitzkasten genommen und auf ihn eingedroschen hatte. Und das alles unter dem Einfluß einer Coke-*très-illegal* – es war nämlich ein Betäubungsmittel darin.

Ich dachte die ganze Zeit immer nur an Nick. Gewöhnlich in Form düsterer Tagträume – immer wieder glitten meine Gedanken ab, ich stellte mir vor, wie er mich in seinen Armen hielt. Alles andere war nichtig. Nur die Wärme und Kraft seiner Arme zählte, sein Gesicht (geschlossene Augen, geöffnete Lippen, die sanft meinen Hals und meine Wange berührten) und seine schöne behaarte Brust, die ich an dem letzten Abend durch das aufgeknöpfte Hemd erahnt hatte. Lieder von Tracy Chapman und Journey bekamen eine ganz neue Bedeutung für mich. Jedes glückliche Pärchen, daß ich im Fernsehen, auf der Straße oder im Restaurant sah, war in meinen Augen blind für die Verdammnis derjenigen, die in ihren Gefühlen zurückgewiesen worden waren. Der Rest meines Lebens, in dem ich die wahre Liebe nie erfahren würde, spielte sich immerfort vor dem geistigen Auge meines gemarterten Hirns ab. Als mir langsam bewußt wurde, daß ich in San Antonio – jetzt, da ich Ferien hatte und weit weg von allem war – leichter Abstand gewinnen konnte, gab ich mir mächtig Mühe, abzuschalten und frisch und fröhlich Weihnachten zu feiern.

Am siebenundzwanzigsten Dezember war ich wieder in Austin. Eigentlich ist dort in den Semesterferien nicht gerade viel los. An diesem Abend sprach ich im Capitol City Playhouse für *Lesbische Vampire von Sodom* und *Psycho Beach Party* vor. Diesmal wollte ich um alles in der Welt eine große

Rolle. Nicht nur, weil Charles Busch mein absoluter Liebling war, sonder auch, weil ich vor ein paar Wochen bei der Schauspielfakultät absichtlich so beschissen vorgesprochen hatte, daß es im nächsten Semester niemand wagen würde, mich für eine Schulaufführung einzusetzen. Ich kannte die Stücke von Busch in- und auswendig und wollte überragend sein.

Als ich meine Wohnung aufschloß, wurde mir sofort klar, daß mein eiliger Aufbruch ein Fehler gewesen war. Teller und Gabeln lagen in der Spüle, krümelige und eingetrocknete Überreste eines verunglückten Liebesmahles. Nicks Glas stand da – das einzige Stück von mir, das seine Lippen jemals in meinem Leben berührt hatten. Ich drückte den Stöpsel in die Spüle, ließ heißes Wasser einlaufen und schielte zum Anrufbeantworter. Er hatte was aufgezeichnet. Es war Nick.

»Wie geht's dir, Mr. Alex Young? Hier ist Nicholas Miller. Ich wollte nur mal hören, wie deine Ferien waren. Ich bin am achtundzwanzigsten wieder in der Stadt und hab jede Menge Zeit, mich mit dir zu treffen. Vielleicht kannst du mal zum Abendessen vorbeikommen oder so. Ich melde mich bald noch mal.« Klick. Die Stimme der Roboter-Matrone verkündete, daß die Nachricht um neun Uhr siebenunddreißig am Weihnachtsabend hinterlassen wurde.

Er hatte immerhin so sehr an mich gedacht, daß er mich aus Amarillo anrief? An *Weihnachten*! Ich versuchte, das genau zu ergründen. Schlimmstenfalls wollte er tatsächlich, daß ich ihm und Barney ein guter Freund wurde – deshalb auch der Vorschlag mit dem Abendessen. Wenn ich sie zusammen sah, in ihrer üblichen Umgebung, würde mir das auf eindeutige und doch schonende Weise nochmals klar vor Augen führen, daß ich keine Chancen hatte. Gut. Oder ... eines Nachts war Nick plötzlich ein Licht aufgegangen. Er hatte das süße, gutgebaute Unschuldslamm in mir entdeckt und war sich klargeworden, daß auch bei ihm der Funke übergesprungen war und daß er sich irgendwie stark von mir angezogen fühlte. So sehr, daß er sich die Gelegenheit nicht entgehen lassen wollte. Aber selbst, wenn er nur angerufen hatte, weil ich ihm leid tat und ihm mein Interesse schmeichelte – eine ganz billige Mischung also –, wollte ich Nick doch nur die alleredelsten Beweggründe unterstellen.

Er mußte einfach an mir interessiert sein. Warum sollte jemand, dem man sich gerade plump angenähert hat, plötzlich den Wunsch verspüren, in der nächsten Woche etwas mit diesem plump-aufdringlichen Kerl zu unternehmen? Doch nicht, um ihn abzuweisen, oder? Ich hatte zwar keinen reichen Erfahrungsschatz, aber das hielt ich für unwahrscheinlich. Sara wußte bestimmt mehr. Es war jetzt an der Zeit, daß ich sie in meine sexuelle Neigung einweihte, obwohl sie wahrscheinlich schon die ganze Zeit was ahnte. Ich malte mir aus, wie wir uns bei einem Ben-&-Jerry-Waffeleis über Nick unterhielten, und wünschte inständig, daß sie nicht gerade beim Skilaufen war.

Ich ging zum Fitneßtraining und brachte mich für mein Vorsprechen in Höchstform. Dann machte ich mich auf den Weg zum Theater. Ich war ausgelassen, voller Energie *und* trug einen anrüchigen Einteiler. Sie behielten mich vier Stunden da, was normalerweise ein gutes Zeichen ist.

Am nächsten Tag tigerte ich wie ein eingesperrtes wildes Tier durch meine Wohnung und wartete darauf, daß das Telefon klingelte. Eigentlich bestand kein Grund zu der Vermutung, daß Nick in die Stadt zurückkam und sofort (oder noch am selben Tag) bei mir anrief. Aber ich fühlte mich riesig, war gut drauf und alles schien möglich.

Der Direktor vom Cap City rief an und sagte, er werde sich demnächst bei mir melden. Ich sei auf jeden Fall bei der Show dabei, erklärte er mir, aber es stehe noch nicht fest, welche Rolle ich bekäme. Starcat, Starcat, Starcat, versuchte ich seine

Gedanken durch den Hörer zu beeinflussen. Bei *Lesbische Vampire* war mir jede Rolle recht, aber eigentlich hatten mir's die *Psychos* angetan. Eine frevelhafte Verfremdung von *Gidget* und *Marnie* über ein Surfer-Mädel mit dominierendem zweiten Ich. Es war das lustigste von Buschs bekloppten Stücken. Und die Rolle des Starcat, dieses blitzgescheiten Beachhünen, war wie geschaffen für mich. Aber das wußten die sicher auch. Moment mal ... was war, wenn ich mich *zu* tuntig gegeben hatte und sie vorhatten, eine der weiblichen Rollen mit mir zu besetzen? Das konnte passieren. Ich verwarf den Gedanken und packte meine Sportsachen, um mich an die mörderische Arbeit zu machen, meinen männlichen Oberkörper zu modellieren. In dem Moment, als ich die Tür hinter mir zuschlagen wollte, klingelte das Telefon. Ich schnappte mir den Hörer, bevor die Maschine sich einschaltete. Nick rief mich aus diesem heruntergekommenen Anwaltsbüro an, in dem er die Schreibarbeit erledigte – er war an diesem Morgen in die Stadt gekommen und lud mich für den nächsten Tag zum Abendessen ein. Mit ihm, Barney und »einem Freund von uns.« Ich sagte zu.
Im Fitneßstudio sah ich mir ein paar ganz hübsche Kerle an und überlegte mir, daß eigentlich jeder von ihnen Barney sein konnte. Die Zweizimmerwohnung, die er und Nick sich teilten, lag ganz in der Nähe. Gut möglich, daß Barney alles tat, um sich geschmeidig und muskulös zu zeigen, wenn er seinen hübschen Lover nach einem Tag im Büro zu Hause empfing. Ich teilte die Dusche mit einem von diesen Barney-Verschnitten, einem dunkelblonden Hengst, dessen Anblick besonders lohnenswert war, wenn er sich vorbeugte, um die Füße einzuschäumen. Ein perfekter weißer Hintern, knackig und wohlgewölbt. Doch nach neunzig Minuten im Fitneßcenter war ich so kaputt und niedergeschmettert, daß ich mich nicht mit dem Gedanken belasten mußte, der Anblick könne mich

erregen. Wenn ich ihn so sah, konnte ich mir gut vorstellen, wie er und Nick in dem gemeinsamen Liebesnest schmusten, an dem ich übrigens in den letzten zwei Monaten fünf- oder sechsmal langsam vorbeigefahren war, nur um mich zu quälen. Ich beschloß, mich mit Barney und Nick anzufreunden. Wenn ich mir ständig ausmalte, daß Nick mehr von mir wollte, würde mich das nur kaputtmachen. Immerhin schien unser kleines Abendessen mit ihrem »Freund« ein Anfang zu sein. Zum Teufel mit Nick – ich hatte schließlich meine Karriere. Ich würde meinen ersten Liebeskummer würdevoll überstehen und dabei zwei neue Freunde und eine positive Einstellung zu meiner Sexualität gewinnen. Das hab ich wirklich geglaubt. Bei Texas French Bread kaufte ich ein Dutzend Kekse, außerdem packte ich eine Flasche Sekt und ein paar Videos ein. Der perfekte Gast. Dann fuhr ich los und kam pünktlich um halb sieben bei den beiden an.

Mit Nachdruck klopfte ich an die Tür. Ich war zuversichtlich, nüchtern und beherrscht. Licht, Stimmen. Ihr Freund stand vor der Tür. Vielen Dank, Nick. Er war groß, lief ein bißchen auseinander, hatte ein Rabennest aus roten Haaren auf dem Kopf, trug unförmige Kleidung und hätte, wenn man taktvoll sein wollte, die Beschreibung schwerfällig verdient.

»Hi!« sagte ich und strahlte übers ganze Gesicht.

»Hi!« sagte er und taxierte mich mit einem flüchtigen Blick. Der hatte Nerven. Ich ging rein, und da war Nick. Er sah toll aus in der Jeans und dem karierten Hemd.

»Wie geht's so, Alex?« Sein Lächeln war so fantastisch. »Ich möchte dir meinen Mitbewohner Barney Gagnon vorstellen.«

Ich machte mich innerlich stark, bereitete mich auf Barneys Auftritt vor, als der rothaarige Idiot seine Hand ausstreckte. Ich schüttelte sie und begriff langsam die entsetzliche Wahrheit. Bevor ich aufschreien konnte, ging er in die Küche und murmelte dabei etwas von Cokes.

»Wie läuft's so, Glimmermäuschen?« Nick deutete einen Fausthieb auf meinen Oberarm an. »Ich glaube fast, man muß dir gratulieren.«
Ich zögerte das Gespräch etwas hinaus. »Wozu?«
»Zu deiner großen Rolle in *Lesbische Beach-Sodomie*«, sagte er lachend. »Ich verspreche, daß ich mir 'ne Karte kaufe. Was hast du da mitgebracht?«
Ich überreichte ihm meine Friedensangebote und machte mich gerade daran, die sparsam-moderne Ausstattung zu würdigen, als Barney mit zwei kleinen Flaschen Coke zurückkam. Er nippte an einer und übergab mir die andere.
»Danke«, sagte ich.
»Gern geschehen.« Sein Blick fiel auf Nick. »Oh, wolltest du auch eine?«
»Schon gut«, sagte Nick, immer guter Dinge. »Ich kann mir selbst eine holen.«
»Also ...«, wandte ich mich an Barney, »gehst du auch zur Uni?«
»Ich mach im zweiten Jahr Betriebswirtschaft.« Wirklich faszinierend.
Nick kam wieder zurück ins Zimmer. »Warum setzen wir uns nicht?« schlug er vor. Nun richteten wir alle den Blick auf die Sitzgelegenheiten und legten uns in Gedanken zurecht, wo sich wer am besten hinsetzte. Zum Glück klopfte in diesem Moment jemand an die Tür, und wir konnten die Entscheidung auf später verschieben. »Das muß Pete sein«, sagte Barney und ging zur Tür. Man stellte mir einen spindeldürren, nicht schlecht aussehenden, mexikanischen Guy mit einem lächerlichen Spitzbart und Goldringen in den Ohren vor.
Meine Theorie, daß ich verkuppelt werden sollte, war schon bald entkräftet: Barney und Pete vertieften sich in ein äußerst privates Gespräch, in das sie auch noch verwickelt waren, nachdem wir die Wohnung verlassen hatten und im Auto

saßen. Auch noch im Restaurant (dem Hut, einem preiswerten Lokal aus den Fünfzigern). Pete und Nick saßen auf einer Seite des Tisches, Barney und ich hatten uns ihnen gegenüber niedergelassen. Es war rappelvoll, wie immer am Wochenende, und ich konnte kaum hören, was Pete und Barney sagten. Und natürlich konnten sie uns auch nicht verstehen. Nicht, daß wir Worte oder Blicke ausgetauscht hätten, die sie uns übelnehmen konnten. Obwohl: Ich mußte mich schon zusammenreißen, um nicht mit allzu schwärmerischen Blicken an Nick zu hängen.

Schon bald waren wir wieder in der Wohnung, wo Nick die Kekse auspackte und alle alles taten, um die Illusion einer angeregt plaudernden Viererrunde zu erwecken. Die Stimmung war völlig anders, als ich erwartet hatte. Nick und Barney benahmen sich, als würden sie sich kaum kennen. Gingen sie so kühl miteinander um, weil ihnen Vertraulichkeiten vor anderen peinlich waren? Eigentlich sollte man meinen, daß sie nach vier Jahren nicht mehr das Gefühl hatten, ihre Zuneigung und Leidenschaft füreinander verbergen zu müssen. Besonders nicht vor zwei Eingeweihten, wie Petey-Boy und ich es waren.

Der Abend nahm einen noch seltsameren Verlauf, als wir die Kekse verputzt hatten und Barney verkündete, er und Pete machten jetzt einen Spaziergang. Sie warfen sich ihre Jacketts über und gingen los. Was, zum Teufel, wurde hier gespielt? Ich beschloß, einfach nur froh darüber zu sein, daß man mich mit Nick alleingelassen hatte.

»Hast du Lust, einen Film zu sehen?« fragte Nick.

Wie wär's mit *Zentimeter für Zentimeter*? Wir könnten gleich hier auf der Couch zur Tat schreiten. »Gern doch«, zwitscherte ich. Er schob einen der Filme, die ich mitgebracht hatte, in den Recorder – es war *Die Höhle des weißen Drachen* – und setzte sich neben mich auf die Lottercouch. Schon bald war er in den

Film vertieft, und ich sah ihn das erste Mal an diesem Abend richtig entspannt. Ich hatte den Film schon oft genug gesehen, um so tun zu können, als sei ich ebenfalls gefesselt, obwohl ich völlig verwirrt war, nur einen halben Meter von Nick entfernt zu sitzen. Die Vorstellung, wie einfach es wäre, sich bei ihm anzukuscheln, beherrschte meine Gedanken. Ich wollte mich bei ihm anlehnen, seine Hand halten und sie unter mein Hemd schieben. Ich wollte alle Barrieren zwischen uns einreißen …

Nick lachte über Amanda Donohoe. Ich hatte einen Steifen und sah prüfend auf meine Jeans runter – nicht allzu auffällig. Ich konnte nicht anders – ich rückte ein Stückchen näher an Nick. Wir hatten beide die Blicke auf den Bildschirm gerichtet. Barney und Pete trieben sich draußen rum. Nick hielt den Film an und sagte: »Ich glaub, ich setz mal 'ne Kanne Tee auf. Willst du auch einen?«

Ich lehnte höflich ab und versuchte zu beobachten, wie er in der Küche rumhantierte. Als Nick zurückkam, widmeten wir uns weiter dem Film, aber irgendwas war jetzt anders geworden. Immer wieder warf Nick einen Blick zur Tür, und irgendwann kamen dann Barney und Pete. Pete brach auf, sagte, er müsse früh aufstehen und den Plattenladen aufschließen. Nick brachte Barney eine dampfende Tasse. »Ich hab dir 'nen Tee gemacht«, sagte er und reichte Barney die Tasse. Barney kaute erst noch für ungefähr zwei Dollar Kekse weg und schluckte den Krümelbrei runter, dann nippte er am Tee.

»Er ist nicht stark genug«, fauchte er Nick an. »Hast du ihn nicht ziehen lassen?«

»Tut mir leid«, sagte Nick sichtlich enttäuscht. Ich hatte Lust, diesem Trottel Barney eins in das undankbare Gesicht zu schlagen.

Auf einmal war ich froh, daß Barney so abweisend zu Nick war. Von meinem Platz aus, neben Nick auf der Couch, konnte

ich ihn in voller Größe betrachten. Während der Drache auf sein schreckliches Ende zugaloppierte, maß ich Barney mit Blicken: er war hausbacken, mürrisch, sozial unfähig und offensichtlich ziemlich ärgerlich auf mich, obwohl es keinen verdammten Grund dazu gab. War ich zu nett und fröhlich? Sollte Nick deshalb nicht mit mir befreundet sein? Ober benahm er sich immer so? Nachdem ich den Film zurückgespult hatte, sagte ich Barney so freundlich wir möglich gute Nacht und fragte Nick: »Bringst du mich noch zum Auto?«
»Okay«, sagte er. »Ich bin gleich wieder da, Barney.« Barney grunzte etwas Unverständliches und schlurfte in die Küche. Ich schlenderte gerade so langsam, daß ich dabei noch keinen benommenen Eindruck machte. Weil ich wußte, wie ich mich fühlen würde, wenn ich wieder zurück in mein leeres Apartment fuhr, wollte ich den Augenblick hinauszögern.
»Pete ist wirklich ein richtig netter Kerl«, sagte Nick. »Eigentlich ist er eher Barneys Freund als meiner.«
»Ja, wirklich, ich fand ihn auch nett«, stimmte ich zu. »Ich hatte nicht viel Gelegenheit, mich mit ihm zu unterhalten, aber er scheint gut drauf zu sein.« Das war ein bißchen gelogen, aber was soll's.
»Sie haben sich schon länger nicht mehr gesehen ...« Als ob sich Nick bei *mir* entschuldigen müßte. Wir standen vor meinem Wagen. Es war natürlich völlig unmöglich, ihn zu küssen. Und doch machte keiner von uns Anstalten, seiner eigenen Wege zu gehen. »Fährst du wieder zurück nach San Antonio?« fragte er.
»Ja, sobald die mich noch mal angerufen haben. Meine Mom plant zu Neujahr ein großes Essen.«
»So sind Mütter nun mal.«
»Nick, hättest du Lust, daß wir vor Semesterbeginn noch mal zusammen zu Abend essen?« Und dann mußte ich einfach hinzufügen: »Nur wir beide?«

»Ich würde mich freuen«, sagte er lächelnd. O Schreck. Hatte ich gerade einen anstößigen Vorschlag gemacht? Und machte ihm das etwa gar nichts aus? Das alles war so verwirrend. Aber eines war mir zumindest sonnenklar, als ich durch die verlassenen Straßen nach Hause fuhr: Nick hatte etwas Besseres verdient. Ich war verrückt nach ihm. Und jeder Student der Betriebswirtschaft wird bestätigen können, daß der Kunde das gute Recht hat, sich nach sorgfältigem Abwägen für genau die Ware und Serviceleistung zu entscheiden, bei der das Preis-Leistungs-Verhältnis am besten ist und die auf seine individuellen Bedürfnisse zugeschnitten ist. Das ist der Eckstein unseres freien Wirtschaftssystems.

Alex:
Bitte signieren Sie mir das Poster von *Blutjunge Bräute Christi,* dem Film, bei dem ich zum erstenmal Ihre umwerfende Ausstrahlung & Ihre Qualitäten als Schauspieler entdeckt habe. Bitte schicken Sie es mir in dem Umschlag, den ich beigefügt habe.
In blinder Verehrung
Ihr Ray Lanville
Silverlake, CA

Als Sara noch auf der High-School war, hat sie halbtags in einer Kneipe gearbeitet, die The Gap hieß, und zwar zusammen mit Karla, einem Mädchen, das die Angewohnheit hatte, bei ihrer Schicht nach KITY rumzuhopsen und jeden Powerhit, der gerade angesagt war, mitzuträllern. Bei Stacey Qs »Two of Hearts« grölte sie auch jedesmal mit, wobei sie den Refrain immer falsch verstand und »I'm easy, I'm easy!« zwitscherte. Als ich den Hörer auflegte und Sara dieses Mädchen zum Verwechseln ähnlich imitierte, erinnerte ich mich schlagartig wieder daran.

»Ich konnte einfach nicht nein sagen.«

Sie nickte wissend und herablassend, die Augen zu Schlitzen verengt.

»Was? Soll ich ihn etwa nie wiedersehen?« nahm ich mich selbst auf den Arm. So weit hatte ich mich wieder im Griff.

Sie wühlte in ihrem dichten, rabenschwarzen Haar und bändigte es in einem fransigen Pferdeschwanz. »Das hast du jedenfalls mal vorgehabt«, sagte sie gelassen.

»Ich weiß.« Ich erinnerte mich wieder an die entsetzlichen, einsamen Monate, die ich nach Weihnachten in dem Jahr, nachdem ich meinen Abschluß gemacht hatte, durchleben mußte. Im Juni war ich umgezogen. Danach meldete sich Nick immer wieder mal bei mir, wenn auch nicht regelmäßig. Es stimmt schon, eigentlich hatte er nie was davon gesagt, daß er mir in mein qualvolles Exil am Pazifik folgen wollte. Aber immerhin sprach einiges dafür: seine Neugierde auf L. A., sein Überdruß an der Arbeit (und – wie ich daraus schloß – auch an Barney) und mein überschwenglicher Optimismus. All das zusammen veranlaßte mich jedenfalls, einen Bildband mit verlockenden Informationen über L. A. und einige Ausgaben der einschlägigen Zeitschriften (wie *Weekly* und *Planet Homo*) zusammenzupacken, das Ganze mit *Myra Breckinridge* und Bruce Webers *Bear Pond* abzurunden und meiner Freundin Valerie zu schicken, damit sie es als Weihnachtsgeschenk bei Nick im Büro vorbeibrachte.

Das war der Schlußstrich. Ich verbrachte die Ferien mit meinen Eltern und ein paar Cousins auf Maui und hörte heimlich meinen Anrufbeantworter ab, um seine Nachricht zu empfangen. Nick mußte sich einfach bei mir melden, nachdem er das Paket mit meinen Geschenken ausgepackt hatte. Aber er rief nicht an und schrieb auch nicht, und er setzte auch in der *Village Voice*, die wir beide abonniert hatten, keine Anzeige in die Spalte Privates.

Es war vorbei. Die Ferngespräche mit Sara, die versuchte, mich und mein gebrochenes Herz wieder aufzubauen, kosteten mich Dutzende von Stunden und Tausende von Dollars. Ich grübelte darüber nach, ob ich Nick wohl mit meinem Umzug verletzt hatte und was wohl letztendlich die Brücke zwischen uns zum Einsturz gebracht hatte. Am Gedächtnistag für Martin Luther King junior begann mein Abenteuer mit Trevor, am Valentinstag war es zu Ende. Danach schaute ich mich monatelang nicht mal nach anderen Kerlen um – und Gott weiß: es gibt sie überall.

»Wann hast du ihn denn das letztemal gesprochen?« fragte Sara.

»Im Juni. Weißt du noch? Als gerade meine Erfolgssträhne angefangen hatte. Sechs Minuten ungefähr.« Die ganze verdammte Welt hatte in dieser Woche bei mir angerufen. Dieser Film über einen Polizisten (Matt Dillon), der auf Serienmorde spezialisiert ist und eine an den Rollstuhl gefesselte Romanschriftstellerin (Winona Ryder) jagt, spielte in den ersten drei Tagen acht Millionen Dollar ein. Ich war ein Angestellter in einem Buchladen, hatte eine ganz gute Szene mit Matt und noch eine mit Winona und Laurie Metcalf. »Ich weiß schon, du denkst, ich bin deswegen die ganze Zeit nicht mehr nach Texas gekommen.«

»Himmel noch mal, warum auch sonst, Alex? Du verdienst gut, eigentlich schon, seitdem du in L. A. bist, und bevor du bei dieser Seifenoper mitgemacht hast, warst du zeitlich relativ ungebunden. Ich kann's einfach nicht *fassen*, daß du schon fast anderthalb Jahre nicht mehr hier warst.« Sie nahm sich den letzten Keks und zerdrückte ihn zwischen den Fingern, bevor sie ihn in den Mund schob.

»Geb ich ja zu. Die Vorstellung, ihm so nah zu sein, ohne … mit ihm zusammenzusein … hat mich richtig fertiggemacht. Aber jetzt bin ich wieder da. Und wie du siehst, geht es mir gut. Anrufe, Faxe, Verabredungen – ich komme mit all dem klar. Von mir aus kann Nick sogar in einer Live-Sex-Show im Chain Drive auftreten. Kein Problem.« Sie lachte und schnippte einen klebrigen Krümel von ihrem ärmellosen, tarngrünen T-Shirt. Sie sah wunderschön aus. »Verdammt«, sagte sie.

»Du bist großartig«, sagte ich.

»Danke. Aber ich drück mich schon die ganze Zeit davor, dir was zu erzählen, weil ich nicht weiß, ob du es richtig auffaßt.« Sie nahm den Teller und die Gläser. Ich folgte ihr wieder zurück in die Küche, und beinahe wär ich vor Neugierde geplatzt. Vom CD-Player tönte ziemlich schwerfällig *The Queen Is Dead*, der Soundtrack von *Pretty in Pink*, und irgendwas von John Wesley Harding. Wir gingen ins Wohnzimmer und ließen uns auf der Broyhill-Garnitur nieder, die sie geerbt hatte.

»Du spielst mit mir, Fräulein. Und das kann ich nicht leiden«, sagte ich barsch. Mein Tonfall war eines Simons würdig.

»Ich bin diesen Sommer mit Nick und Barney ausgegangen. Im August.« Ich bezwang das Verlangen, mich auf sie zu stürzen. »Es war reiner Zufall. Ich war in Austin und wollte mir im Paramount *Sechs Wege, sich zu trennen* ansehen, bevor sie *Paseo* auf den Spielplan nehmen. Ich hatte drei Plätze reserviert. Valerie und Chuck wollten eigentlich mitkommen, aber da war so ’ne riesig aufgezogene Wohltätigkeitsveranstaltung der Stadt, um die fünfzehn Dollar Eintritt. Und dann haben sie Chuck im letzten Moment angerufen und nach Chicago bestellt, damit er dort ein Software-Problem lösen kann. Valerie hat sich entschlossen, mitzufliegen und sich ein romantisches Wochenende mit ihm zu machen. Also mußte ich allein gehen. Jedenfalls, ich bin zufällig im Waterloo Records, und wen seh ich da durchs Fenster? Nick natürlich. Er sieht mich auch, rennt auf mich zu und umarmt mich. Wir hatten uns ja fast ein Jahr nicht mehr gesehen. Und wie wir so rumstehen und uns unterhalten, guck ich noch mal aus dem Fenster und entdecke Barney, der uns anstarrt. Ein richtiger Miesepeter. Nick macht ihm ein Zeichen, er soll reinkommen. Eigentlich wollten sie ein Geschäft weiter Karten kaufen. Barney bleibt aber stur stehen, und langsam wird's für Nick und mich richtig ungemütlich, und um die peinliche Stille zu durchbrechen, die auf einmal entstanden ist – du weißt ja, wie das ist –, hab ich einfach irgendwelche Fragen gestellt. Als wir nicht mehr zu Barney hingeguckt haben, ist er auf einmal reingekommen. Ich war so freundlich wie möglich, wie man als Mädchen aus San Antonio eben sein kann, aber er hat sich einfach taub und stumm gestellt, obwohl ich mit den beiden schon zweimal was unternommen habe, nachdem es dich nach Hollywood verschlagen hatte. Und Nick tat mir einfach leid, und dann habe ich sie gefragt, ob sie mit ins Theater kommen wollen.«

Es war fast schon unanständig, wie ich an ihren Lippen hing, um diesen Allerweltstratsch in mich aufzusaugen, also entschuldige ich mich und holte mir noch mehr Kekse und Milch. Sara hatte ein farbiges Foto von mir am Kühlschrank angebracht. Es war aus einer Klatschzeitung ausgeschnitten und mit einem Magneten befestigt, auf dem *Weib ohne Gewissen* stand – der Skandalfilm aus den Fünfzigern, bei dem Diana Dors ganz groß herausgekommen ist. (»Halb Engel, halb Teufel! ... Und sie machte einen halben Mann aus ihm!«)

»Und was ist dann passiert?« fragte ich erwartungsvoll und gespannt. Meinen begierigen Gesichtsausdruck hatte ich inzwischen etwas bezähmt.

»Nick hat gesagt, eigentlich hätten sie vorgehabt, sich auf die Schnelle irgendwo einen Film reinzuziehen, aber in *Sechs Wege* würde er lieber gehen. Barney wollte wissen, ob ich Freikarten hätte. Hatte ich nicht, was ich ihm dann auch gesagt hab.

Ich hab ihm erklärt, daß die Karten fünfzehn Dollar kosten, daß es aber für einen guten Zweck ist. Er hat Nick mit Zeichen zu verstehen gegeben, daß er dagegen ist, was mich ziemlich gewundert hat, weil doch allgemein bekannt war, daß in dem Stück Sex und nackte Kerle vorkommen. Nick machte einen gequälten und unglücklichen Eindruck, und ich hab ihm gesagt, wenn er will, kann er auch nur eine Karte haben. Das hat er abgelehnt. Er hat Barney halb zur Seite gezogen und im Flüsterton mit ihm diskutiert. Ich hab so getan, als wär ich wahnsinnig interessiert an dem Stand mit gebrauchten CDs. Aber ich hab mitgekriegt, wie Nick gesagt hat: ›*So* viel Geld ist das nun auch wieder nicht‹. Plötzlich ist mir bewußt geworden, daß Barney einfach nur unglaublich gemein ist.« Ich nickte. »Dann hat Nick gesagt, sie kommen mit, und ich hab gesagt, daß ich mich unheimlich darüber freue. Wir haben uns dann in der Eingangshalle des Theaters verabredet. Ich hab gedacht, daß Barney wahrscheinlich zu Hause bleibt und schmollt und ich Nick allein für mich habe, aber als ich dort ankam, wurden meine Hoffnungen zunichte gemacht. Nick hatte sich Jeans und ein wirklich hübsches Hemd angezogen und sah richtig gut aus, aber – jetzt paß auf, das wird dich umhauen: Barney hatte immer noch dieselben Shorts und dasselbe alte T-Shirt an, nur daß er sich eine Fliegerjacke übergezogen hatte.«
»O Gott! Und das im August?«
»Na ja, es war ein bißchen kühl und bedeckt, aber trotzdem. Wir haben in der Lobby rumgestanden und darauf gewartet, daß aufgeschlossen wird, und Barney hat nicht ein verdammtes Wort gesagt. Höchstens mal eine einsilbige Antwort, wenn Nick versucht hat, ihn ins Gespräch einzubeziehen. Der ist nicht einfach nur ruhig, der hat was an sich, das einem jeden Spaß verdirbt. Richtig ekelig. In der Pause ist er dann schließlich etwas lebhafter geworden. Er ist geradewegs zum

Buffet gestiefelt, hat da Wurzeln geschlagen und sich Hors d'œuvres reingeschaufelt. Nick ist losgegangen, um uns Sekt zu holen, und man hat genau gemerkt, wie peinlich ihm das Ganze war. Ich glaub, Barney hat richtig die Kontrolle verloren. Die Leute haben ihn schon angestarrt. Nach dem Stück haben wir über deinen Matt-Dillon-Film gesprochen und deine Seifenoper, die er sich offensichtlich ansieht. Ich hab Nick gefragt, ob sie noch auf einen Sprung mit in die Oilcan kommen wollen. Er wollte eigentlich schon, hat sich aber erst mit Barney besprochen, und dann schließlich gesagt, sie gingen jetzt nach Hause, weil's so spät geworden ist – halb elf war's da. Ich hab mich noch mit ein paar Leuten vom Theater unterhalten und bin dann gegangen. Und auf dem ganzen Weg zurück nach S. A. habe ich über ihre Beziehung nachgedacht und bin zu dem Schluß gekommen, daß sie kaputt ist.«
»Und warum wolltest du mir das nicht erzählen?« fragte ich.
»Barney ist ein Volltrottel, und die beiden sind unglücklich miteinander. Aber das war's eigentlich nicht, was mich so aufgeregt hat. Ich fand's eher schockierend, daß Nick, der meiner Meinung nach ein wundervoller Mensch ist, in vielerlei Hinsicht, sich aus freien Stücken dafür entscheidet, diese Freundschaft nicht aufzugeben. Der hat nicht nur Mitleid oder ein gutes Herz für jemanden – das geht ja schon seit Jahren so. Es ist fast so, als würde Nick jemanden brauchen, der von ihm abhängig ist, wenn ich das mal so geheimnisvoll ausdrücken darf. Welcher Kerl, der gescheit und sexy ist, würde das sonst ertragen?« Sie machte eine wegwerfende Handbewegung, die mich an Jenice Pennington erinnerte. »Nick hat ein Problem, es hat irgendwas mit Selbstwertgefühl oder Masochismus zu tun. Und deswegen ist er für jemanden wie dich nicht gut genug.«
Ich lächelte. Ich konnte ihr, verdammt noch mal, nicht begreiflich machen, wie gern ich hörte, daß bei den Millers der

Haussegen schief hing. »Mach dir keine Sorgen. Ich werde beim Essen nicht so tun, als ob ich ein hilfsbedürftiger Typ bin, der gern mißhandelt wird, um ihn so von Barney wegzulocken.«

»Es gibt ein paar Jungs hier, mit denen du dich anfreunden kannst. Ich hab Richard gebeten, dich ein paar schwulen Kerlen vorzustellen, die er von der Arbeit kennt.« Ihr momentaner Geliebter war Teilhaber eines Kunstmuseums (und spielte in einer Band mit, die den Namen Bubonic Pest trug. Zum Glück war ich noch nicht zu einem Konzert eingeladen worden). »Sollen wir Richie mal anrufen?«

»Nein! Ich kenn ihn ja noch nicht mal.«

»Das ist schon in Ordnung. Er hat dich im Fernsehen gesehen.«

»Danke, aber ich habe wirklich alles, was ich brauche. Ob du's glaubst oder nicht, mir genügt's voll und ganz, mit der besten Freundin der Welt zusammenzusein.«

»*Natürlich* genügt dir das«, sagte sie lachend. Dann quietschte sie albern wie ein Teeny: »Hoffentlich kann ich mal einen Tag frei bekommen, um nach Austin zu fahren ...«

»Das würd ich dir dringend raten.«

März 1990

Obwohl *Psycho Beach* mit einer Menge Verpflichtungen verbunden war (Proben, zusätzliches Fitneßtraining, obligatorische Sonnenbanksitzungen) und ich mir außerdem noch enorm viele Kurse aufgehalst hatte, blieb mir immer noch genügend Zeit, mich leidenschaftlich Nick zu widmen. Seit Semesterbeginn waren wir wie Tom Sawyer und Huck Finn – er kam vorbei und benutzte meinen topmodernen Wäschekeller, wir liehen uns Videos aus, gingen essen und machten mit Sara in der Stadt einen drauf. Über Barney verloren wir allerdings nie ein Wort. Auch nicht darüber, warum er sich immer aus unseren rein platonischen Vergnügungen ausschloß, was schon auffällig war. Nur eins zählte: Daß der netteste, anziehendste und ungekünstelste Kerl der Welt darauf erpicht war, seine Zeit mit mir zu verbringen. So sehr, daß er niemals eine Einladung von mir ausschlug. Das war's dann allerdings auch, damit mußte ich mich zufriedengeben. Jetzt noch.

Sara (»Also, ich bin seit sechs Jahren keinen Tag lang ohne irgendeinen Freund gewesen«) war mir in diesem Fall eine Quelle der Weisheit. Sie riet mir, Nick einfach nur ein Freund zu sein, so gut wie möglich. Wenn er sich in meiner Gegenwart dann so locker fühlte, daß er seinen Gefühlen freien Lauf ließ, wäre das fast schon so, als hätten wir seit Ewigkeiten eine Beziehung. Außerdem konnte Sara fantastisches Kartoffelpüree machen. In strömendem Regen kam sie zu mir, um mir bei den letzten Handgriffen für ein Überraschungsessen für Nick behilflich zu sein.

In der Wohnung roch es wie in einer Landhausküche. Die Truthahnbrustrolle schmorte seit Stunden in der Mikrowelle, und nun durchzogen auch noch Duftschwaden von Zimt und Anisplätzchen die abendliche Luft. Ich bereitete Möhren vor und stellte sie zum Dünsten auf den Herd, während Sara damit beschäftigt war, irgend etwas zu zerdrücken, zu stampfen und zu würzen.

»Woher weiß ich, wann er reif ist für den alles entscheidenden Kuß?« fragte ich sie. Ich bohrte einen Zahnstocher in den Rührkuchen und stellte fest, daß eine klebrige Masse daran hängen blieb. Noch fünf Minuten.

Sie fing an, den Tisch zu decken. »Wenn er dich an den Schultern packt und dir von sich aus einen verpaßt. Dann weißt du's.«

»Ich bin mir aber sicher, daß ich den ersten Schritt machen muß«, erklärte ich ihr, während ich ein paar Weingläser hervorholte. Doch zu übertrieben für Milch oder Coke, entschied ich. »Ich weiß nur nicht, wann.«

»Halt dich so lange wie möglich zurück«, sagte sie. »Du hast überhaupt nichts zu verlieren. Er weiß, daß du was von ihm willst, also bleib ganz locker.«

»Du hast leicht reden. Du mußt ja nicht wie ein Mönch leben.«

»Nee, ich bestimmt nicht«, kehrte sie ganz den Vamp raus. »Genaugenommen kommt Evan in zwanzig Minuten bei mir vorbei. Ich muß also jetzt die Kurve kratzen.« Sie gab mir einen flüchtigen Kuß auf die Wange. »Oh, das hätte ich fast vergessen.« Sie griff in die Tasche und holte einen kleinen, in Plastik gewickelten Strauß indianischer Federblumen heraus.

»Du hättest mir doch nichts kaufen müssen ...« druckste ich herum. Ich war gerührt.

Sie füllte ein Glas mit Wasser und stopfte die Blumen rein. »Hab ich auch nicht. Ich habe sie bei dem Kerl geklaut, der seinen Stand bei mir vor der Haustür hat.« Sie stellte die Blumen auf den Tisch. »Jetzt ist alles perfekt.«

»Ja, alles bis auf Barney«, sagte ich und verzog die Lippen zu einem Schmollmund.
»Also, ich möcht mal wissen, wann *Barney* sich das letztemal so viel Mühe gegeben hat.«
Sie öffnete die Tür, Regen trommelte auf die Terrasse und plätscherte vom Dach. »Viel Glück. Wird schon schiefgehen.«
Sie drückte mich an sich. »Hm, diese Muskeln machen mich verrückt.« Sie knabberte an meinem Hals.
»Hey, laß das!«
Weg war sie. Mir blieb gerade noch Zeit, alles vom Herd zu nehmen und auf dem Tisch bereitzustellen. Dann kam Nick.
»Hi!« jubelte ich geradezu. Es war mir unmöglich, meine überschwengliche Freude vor ihm zu verbergen.
»Irgendwas riecht hier verdammt gut.« Er lächelte.
»Danke«, sagte ich. »Das ist mein neues Eau de Cologne. Es heißt Grillstube.«
Er lachte. Ich trollte mich in die Küche und kümmerte mich ums Essen. Nick warf einen prüfenden Blick in die Schüsseln, die bereits auf dem Tisch standen. »Du hast dir viel zuviel Mühe gemacht.«
»Aber nein, das war doch nichts«, beteuerte ich, während ich den Truthahn aus der Mikrowelle holte. Ich sorgte dafür, daß der Kuchen eine Überraschung blieb. Nick kam in die Küche.
»Kann ich dir helfen?« fragte er.
Ich ließ mich zu einem koketten Blick hinreißen. »Ich habe alles im Griff. Möchtest du Coke oder Milch?«
»Coke wär nicht schlecht.«
Ich füllte unsere Gläser, während er zwei gehäufte Teller in die Ecknische trug, die hergerichtet war wie aus einer Zeitschrift für gepflegtes Ambiente. Wir setzten uns, und sofort stießen unsere Knie aneinander. Nick machte keine Anstalten, von mir abzurücken. Lieber Himmel.
Es war eine wahre Wonne, ihn dabei zu beobachten, wie er

sich über das Essen hermachte, das übrigens ausgezeichnet war. »Das ist wirklich superb«, sagte er. »Kommt einem vor wie alle Tage Thanksgiving.«

»Freut mich, daß es dir schmeckt. Laß noch ein bißchen Platz für den Nachtisch.« Ich verstärkte ein wenig den Druck gegen sein Knie.

Wieder war dieses Leuchten in seinen Augen, als er fragte: »Was gibt's denn?«

»Laß dich überraschen.«

Er lächelte mich mit so einer innigen Wärme an, daß mir schwindelig wurde. Eigentlich hätte *er* Filmstar werden müssen, nicht ich. Ich malte mir aus, welche Wirkung er wohl auf eine hauptsächlich weibliche Jury gehabt hätte, und fand, daß er doch die richtige Laufbahn eingeschlagen hatte.

»Du bist ganz schön braun geworden«, bemerkte er.

»Eigentlich eher orange«, sagte ich. »Ich mach das nur für meinen Job, es ist richtig ekelig. Als würde man sich Krebszellen einimpfen lassen. Und immer völlig ausgezogen, damit man keine weißen Steifen bekommt.« Warum hab ich das nur gesagt? Womöglich hatte er jetzt meinen nackten Körper vor Augen. Gar nicht so schlecht vielleicht, orangefarbene Genitalien und so. »Die Proben waren große Klasse. Wir fangen erst in zwei Wochen an, und sie überlegen jetzt schon, ob wir um zwei Wochen verlängern sollen.«

»Die Premiere müssen wir unbedingt feiern«, sagte Nick. »Und dann mußt du nicht kochen, das versprech ich dir.« Er schob den Stuhl zurück. »Obwohl du ein ausgezeichneter Koch bist. Ich halt mich lieber zurück, sonst schaff ich keinen Nachtisch mehr.«

Er war begeistert von dem Kuchen, der nicht zufällig mit einem Klecks von seinem Lieblingseis garniert war: weiße Schokolade. Nachdem wir mit dem Essen fertig waren, saßen wir noch lange am Tisch und unterhielten uns über seinen

Job, *Die tollen Zwillinge* und meine Seminare. Mir wurde bewußt, daß mich all das – für ihn zu kochen, ihm bei einer langen, unbeschwerten Unterhaltung in die Augen zu sehen und dabei gemeinsam dem Regen draußen vor der Tür zu lauschen – zu einem glücklichen Menschen machte. Es war, als würde sich mir das Schicksal nur von seiner schönsten und heitersten Seite zeigen. Womit hatte ich dieses Glück nur verdient? Ein Mann wie er, und er saß nur einen halben Meter von mir entfernt. Mein Gott, ich verlor die Kontrolle. Plötzlich sprang er auf. »Dabei fällt mir wieder ein …« – wobei nur? – »… ich hab was für dich. Unten im Wagen, ist bestimmt pitschnaß. Ich bin gleich wieder da.« Schon war er verschwunden. Ich war ein wenig verwirrt und nutzte die kurze Unterbrechung, um das Geschirr in der Spüle zu stapeln. Dann überprüfte ich noch mal im Bad, ob mit meinem Outfit alles okay war. Die Wohnungstür ging auf, fiel ins Schloß, und Nick rief: »Guck mal, wen ich hier habe.«

In Erwartung eines gemeinsamen Freundes, der ungebeten in meine kostbare Zeit mit Nick platzte, stolperte ich geradezu ins Zimmer. Nick stand mit einer kleinen Plastiktüte und einem winzigen Etwas im Flur, das pudelnaß und schwarz war. Ich ging näher heran, und das Etwas jaulte erbärmlich. Ein kleines Kätzchen.

»Warte einen Moment«, sagte ich und angelte mir vom Kieferregal ein Handtuch. Nick wickelte das Kätzchen darin ein und ließ nur den golfballgroßen Kopf hervorgucken. »Wo hast du sie gefunden?« fragte ich ihn.

»Sie hat bei Dumpster alles zusammengeschrien«, sagte Nick und rubbelte sanft das Kätzchen trocken. Es strampelte und zappelte und miaute ein bißchen.

Ich tätschelte das nasse kleine Köpfchen mit dem Finger. »Wie wär's mit ein bißchen Milch?« flüsterte ich. Ich wärmte ein Schälchen Milch in der Mikrowelle. Nick setzte das Kätzchen auf dem Boden ab. Sofort fing es an, die Milch aufzulecken. Die winzige Zunge schnellte so hastig vor und zurück, daß man nur einen verschwommenen, rosaroten Fleck sehen konnte.

»Also ...«, sagte Nick, während wir beide mit seligem Lächeln die rührende Szene verfolgten, »willst du überhaupt 'ne Katze?«

»Nicht erlaubt«, jammerte ich. Ich konnte wirklich nicht den Helden spielen, in der Duval-Villa waren Haustiere strikt verboten. »Vielleicht kann ich sie heimlich hier halten ...«

Nick nahm das rundum zufriedene Kätzchen auf den Arm. Es putzte sich die Schnauze. »Nee, ich will nicht, daß du Probleme bekommst. Sie könnten ja mal hier reinkommen, wenn du bei einem Seminar bist oder so.« Er küßte das Kätzchen auf den Bauch. »Ich kann Barney bestimmt überreden, daß sie ein Weilchen bei uns bleibt.«

Die Haare standen mir zu Berge bei der Vorstellung, wie Barney das Kätzchen fortjagt und den armen Nick traurig macht – und dabei wäre es typisch für den guten alten Barn, sich so abscheulich und gefühllos zu verhalten, dachte ich mir.

Das Kätzchen kuschelte sich schläfrig in Nicks Schoß. Ein anstrengender Abend lag hinter ihm. Ich streichelte es und fühlte mich bei dem Gedanken, wie nahe meine Hand Nicks Schritt kam, wie im Fieberwahn.

»Ich hab mal so ein Kätzchen gehabt«, sagte er, »auch gefunden. Als ich rüber zum Seven-Eleven geradelt bin, um mir auf die Schnelle einen Drink zu holen.«

»Wie alt warst du da?« Wir hatten beide angefangen, das Kätzchen zu streicheln. Unsere Finger streiften sich und bewegten sich wieder auseinander. Mein Puls jagte. Es war das Erotischste, was ich je erlebt hatte.

»Zwölf oder dreizehn«, sagte Nick und fuhr dann in seiner Erzählung fort: »Da war eine Baustelle, und ich mußte das

Fahrrad über den aufgerissenen Bürgersteig schieben. Und als ich mich umdreh, läuft mir ein schwarz-weißes Kätzchen hinterher, etwas größer als das hier. Ich war ein bißchen sauer, weil es mir die ganze Zeit nachgerannt ist, außerdem hatte ich Angst, daß es nicht mehr nach Hause findet. Aber es ist mir einfach den ganzen Weg bis zum Laden gefolgt, und während ich den Drink gekauft hab, hat es draußen bei meinem Fahrrad gewartet. Als ich wieder rauskam, hab ich mir das Kätzchen mal genauer angesehen. Es war elendig dreckig und pitschnaß. Da war dann klar, daß ich's mit einem streunenden Kätzchen zu tun hatte.«

»Also hast du's ganz lieb in den weißen Einkaufskorb vor deinem Lenker gesetzt, und der war natürlich mit Plastikblumen verziert, und bist mit ihm nach Hause gefahren«, zog ich ihn auf.

Nick lachte. »Nee, nee, so ein Zuckerbubi war ich nicht. Ich bin freihändig nach Hause gefahren und hab dabei meinen Drink geschlürft. Das Kätzchen war so clever, daß es sich einfach an meinem Hemd festgekrallt hat.« Als er die Hand von dem Kätzchen nahm, um an seinem Soda zu nippen, war das für mich wie ein Schlag in den Magen.

»Du hast es behalten?« fragte ich. Ich rührte meine Hand nicht von der Stelle.

»Ja, ich hab's Judson genannt. Meine Mutter war nicht allzu begeistert, aber ich hab es gewaschen und ihm ein Flohhalsband angelegt. Und dann war sie einigermaßen einverstanden. Das Kätzchen hat sich nie gewehrt, wenn ich es gebadet hab.«

»Es war bestimmt ein liebes, dankbares Kätzchen.«

»Ja, nur einmal nachts nicht. Es hat immer zusammengerollt neben mir geschlafen« – kluges Kätzchen, verbiß ich mir zu bemerken, »und einmal bin ich mitten in der Nacht aufgewacht. Ich muß einen ziemlich erotischen Traum gehabt ha-

ben. Ich hab beim Schlafen nie was angehabt, also stand mein Schwanz richtig groß unter dem Laken.« O Gott, noch so eine Geschichte! Meine Selbstkontrolle schwand dahin. »Dann fiel mir auf, daß Jud am anderen Bettende saß, geduckt, als ob sie was jagen wollte. Ich hab mich gefragt, was, zum Teufel, die Katze wohl anstarrt, vielleicht einen Käfer oder so. Doch da kam sie schon nach vorn geschossen, und als ich endlich kapiert hab, was eigentlich vor sich geht, hat sie schon mein Ding attackiert.« Er sah mich an, zunächst ausdruckslos, doch dann brachen wir beide in unkontrolliertes Gelächter aus.
»Was ist passiert?« brachte ich schließlich heraus.
»Die Katze hat mich richtig erwischt. Ich mußte das Gesicht ins Kissen pressen, damit niemand meinen Schrei hört. Na ja, so 'ne Schramme will man nicht unbedingt seiner Mutter zeigen.«
»Keine bleibenden Schäden, hoff ich?«
»Nö, ist noch mal gutgegangen. Ich mußte nur ungefähr 'ne Woche auf meine Lieblingsbeschäftigung verzichten.«
Er kraulte wieder das Kätzchen. Seine Hand blieb neben meiner liegen. Ich spürte, wie mich seine Behaarung, die vom Handgelenk bis zum Knöchel des kleinen Fingers verlief, hauchzart streifte. »Ich nehm dieses Semester an einem wirklich interessanten Seminar teil, macht mächtig Spaß«, sagte er. »Strafverteidigung. Alles über Kreuzverhöre, Anzweifeln von Zeugenaussagen und lauter so echt niederträchtige, hinterhältige Tricks, mit denen man sich im Gerichtssaal durchschlagen kann. Ich hab gedacht, du hast vielleicht Lust, einmal die Woche mit mir hinzugehen. Wenn du Zeit hast.«
Wenn ich Zeit hatte? Ich hätte sogar eine Tournee mit Madonna abgesagt, nur um einmal die Woche neben ihm in einer Vorlesung zu sitzen. »Liebend gern«, ließ ich ihn wissen.
»Okay, alles klar. Hey, wir haben dein Geschenk vergessen.« Er überreichte mir die Plastiktüte. Ich holte ein weißes

Schmuckkästchen heraus und öffnete es: Es war ein schwarzer Lederriemen, an dem vier Haifischzähne baumelten. »Bin zufällig in Galveston drauf gestoßen. Ich dachte, du kannst es vielleicht auf der Bühne tragen, wenn du den Surfer spielst.«
»Danke, Nick, ich werd's bestimmt anziehn.« Ich wollte ihn umarmen, aber er saß noch, und die Katze schlief. »Hilfst du mir beim Anziehen?«
»Klar«, sagte er. Als ich spürte, wie seine Finger das Band um meinen Hals schlossen, mußte ich den Drang unterdrücken, mich unter seiner Berührung zu krümmen. Ich öffnete die ersten beiden Hemdknöpfe, damit die Zähne auf meiner wohlgeformten Brustmuskulatur besser zur Geltung kamen.
»Und – was meinst du?« fragte ich.
»Du wirst mit Sicherheit der bestaussehende Psycho am ganzen Strand sein.«

Alexander Young,
ich heiße Tiffani Tarr und bin sechzehn Jahre alt. Ich bin ein wahnsinniger Fan von *Hearts Crossing!* Schon seit einem Jahr und länger, und ich sage Ihnen, einen größeren Fan als mich gibt's nicht. ***Auf gar keinen Fall!***
Am besten gefallen mir die Szenen, in denen Simon, Cyrinda und Natalie vorkommen. Die sind überhaupt das ***Beste***. Ihre Rolle als teuflischer Simon Arable ist große Klasse. Ich finde Sie toll. Ich bin schon gespannt, was Simon als nächstes ausheckt. Er ist unberechenbar, aber einfach super. Sie sind wirklich ein toller Schauspieler & Sie können gar nicht besser werden. Jemand, der so eine teuflische Rolle spielt, muß ein ganz schön harter Kerl sein. Ich könnte das nicht, *ganz bestimmt nicht!*
Außerdem bin ich ganz ***verrückt*** nach Ihnen! Seit Sie bei

HC mitspielen. Sie sind unglaublich niedlich. Wenn ich Sie im Fernsehen sehe, dreh ich durch. Ich schneide immer die Bilder aus den Soap-Heften aus und klebe sie überall auf mein Schließfach. Ich hab wirklich *viele* Bilder. ***Sie sind einfach so niedlich! Wow!*** Simon Arable ist der schaurigste, verrückteste Typ, den ich jemals in einer Seifenoper gesehen habe! Von allen Leuten bei *HC* mag ich ihn am liebsten.

Sie sind toll. Der beste Schauspieler der Welt. Sie haben ein großes Talent und setzen es gut ein. Ich hoffe, daß ich Sie irgendwann mal kennenlernen kann. Damit würde ein Traum für mich wahr werden. Wahrscheinlich fall ich dann in Ohnmacht. *Hearts Crossing* ist die absolut tollste Seifenoper aller Zeiten! Einfach das Größte! Wegen der Geschichten mit Simon bleibt *Hearts Crossing* immer die Nummer 1 auf meiner Hitliste. Das wird sich ***niemals*** ändern, ***niemals!***

Sie sind der ***Tollste & Süßeste*** überhaupt! Danke, daß Sie meinen Brief gelesen haben. Tut mir leid, daß ich Ihre Zeit in Anspruch genommen habe. Wenn Sie einen eigenen Fan-Club haben, würde ich *unheimlich* gern dort beitreten! Ich bezahle auch dafür! Das wär überhaupt ***das Allergrößte!***

Ihre neue Freundin
Tiffani Tarr
Grosse Point, MI

Zu Hause war es unter anderem deshalb so schön, weil man dort die Speisekammer nach Sachen durchforsten konnte, die es bei mir in L. A. niemals geben würde. Ich hatte mich auf der Couch breitgemacht. Während ich ein paar Stückchen Halbbitter-Schokolade in einem Topf mit cremiger Erdnußbutter versenkte und den dekadenten Snack mit einer Gabel wieder ausgrub, zappte ich ziellos durch die Programme. Bei einem aus rasant geschnittenen Bildern komponierten Werbespot für A-1-Wohnwagen blieb ich hängen. Anhand der bahnbrechenden Chromtechnologie führte der Präsident von A-1 dem Zuschauer das luxuriöse Leben eines Campers vor Augen. Dann blendete das Bild auf: die gesamte, wild gestikulierende Familie des Präsidenten in einem A-1-Deluxe-Model, Sondergröße – eine Einstellung, die die Verkaufsrate mit Sicherheit in die Höhe treiben würde. Das Fernsehen in Texas war einfach genial.

Meine Mutter warf einen Blick ins Zimmer. »Honey, möchtest du wirklich nichts zum Lunch?«

»Ich werd wahrscheinlich heut abend 'ne ganze Menge verdrücken«, kündigte ich großzügig an, schon etwas schläfrig, und versteckte die Erdnußbutter. Die Großvateruhr bimmelte.

»Schon so spät! Kaum zu glauben! Wir verpassen *Hearts Crossing*!« Meine Mom schaltete um. Auf dem Bildschirm war nun Gwen, die sich die Augen mit einem Kleenextuch abtupfte und einen starken Drink zu sich nahm, in der Hoffnung, daß es ihr in dieser Nacht gelingen würde, ihre krankhafte Frigidität zu überwinden und Ollie eine wahre Frau zu sein.

»Ganz schön zu Herzen gehend«, sagte Mom.

»Bald fängt sie an, sich an Bruchstücke der Vergewaltigung zu erinnern«, gab ich preis. »Was meinst du, wer es war?«

»Wahrscheinlich du, Liebes.«

»Mom, du schockierst mich, es war Chip.«

»Das hab ich mir fast schon gedacht.« Bei Gwen läutete es an der Tür. Sie zog sich einen Morgenmantel über das verführerische Negligé und öffnete die Tür. Da stand Ollie, gespielt von Brent Bingham, der eigentlich totgesagt, aber wieder zu neuem Leben erwacht war.

»Der ist richtig blöde, Mom. Wir haben mal 'ne Szene im Restaurant geprobt, und er hat eine *Kraffa* Wein bestellt.«

Die Einstellung wechselte zu mir und Natalie, der bestgekleideten Zahnärztin der Welt, die im Augenblick in einen heftigen Schlagabtausch mit mir verwickelt war.

»Ich hab gesagt, nimm das zurück!« fuhr sie mich an.

»Ich denke nicht dran. Du kannst dich mit der Wahrheit nicht abfinden, stimmt's? Dad hat dich aus einem verdammt guten Grund gehaßt.« Ganz schön widerwärtig, wie ich mich verhielt. Vor allem, wenn man bedachte, daß sie mich kostenlos in ihrem hochmodernen Penthouseapartment wohnen ließ, ganz zu schweigen von den kostenlosen Zahnreinigungen und Fluorbehandlungen.

»Warum?« Schluchzer schüttelten Natalie. »Ich war doch erst zwölf Jahre alt!«

Ich schüttelte den Kopf, ihr Selbstmitleid ekelte mich an. »Du hast versucht, ihre Ehe zu zerstören, Natalie. Du konntest es nicht ertragen, einen Stiefvater zu haben, vor allem nicht so einen brillanten und erfolgreichen. Unsere Mutter hat dir vielleicht verziehen, aber er niemals. Und was mich angeht: Ich kann ihm keinen Vorwurf daraus machen.«

»Du weißt nicht, wie es war, Simon, diese seelische Grausamkeit ...« Buh-huh-huh.

Ich sah ihr nun geradewegs ins Gesicht. »Erzähl du mir nichts von Grausamkeit. Du rückgratloses Etwas. Wir gehören zu einer Familie, hast du das vergessen?« zischte ich dämonisch. Dann wandte ich mich ab und marschierte aus dem Zimmer. Sie weinte.

Als die bedrohliche Erkennungsmelodie ertönte, strahlte mich meine Mutter voller Stolz an. Zur gleichen Zeit erschien Sara in der Eingangstür. »Wieso seht ihr euch nur diese furchtbare Sendung an?« knurrte sie, nachdem meine Mutter und sie Umarmungen und Küsse ausgetauscht hatten. Sie warf sich auf die Couch und kitzelte mich.

Irgendwie gelang es mir, sie die Treppe hochzuzerren, um mich oben in meinem Zimmer umzuziehen: ein seidenes Blumenhemd, sand-washed, und eine silbergestreifte, gefärbte Levi's.

»Nicht *zu* aufgedonnert«, neckte sie mich.

»Immerhin ist es ein besonderer Anlaß.« Ich sprühte mir etwas Grey Flannel auf.

Sie schnüffelte. »Ist das etwa *das* Eau de Cologne?«

»Na klar.«

»Du bist skrupellos.«

»Wer weiß, was er vorhat ...«

»Alex, du machst schon wieder denselben Fehler.«

»Ich doch nicht«, protestierte ich, während ich meine Frisur mit Haarspray aufpeppte. »Heut abend ist mir nach Tanzen zumute.«

»Okay ... Weißt du, ich hab gedacht, es ist vielleicht eine gute Idee, wenn ich bei eurem Abendessen dabei bin, du verstehst schon.«

»Sara, ich komm schon klar. Ich will mich nur ein bißchen hübsch für ihn machen, okay?« Sie nickte. In ihrem Blick lag so viel Sorge und Anteilnahme, daß ich mich wie ein neurotischer Idiot fühlte. Wieder einmal war die Sache mit Nick der Mittelpunkt meiner kurzen Zeit hier, und wie immer hatte Sara darunter zu leiden.

Das Telefon klingelte, und ich hob ab, froh über alles, was mich aus meinem Mister-Pathos-Anfall riß. »Residenz Young«, sagte ich knapp und tat geschäftig.

»Alex?« Eine weibliche Stimme, die ich nicht einordnen konnte.

»Ja. Wer ist denn dran?«

»Juliana Butts!« Ach, du Scheiße.

»Hi, Juliana.« Ich war freundlich, wenn auch nicht gerade herzlich oder verbindlich. Sara lächelte honigsüß und imitierte Knutschgeräusche. Ich drückte ihr ein Kissen aufs Gesicht. Sie versuchte, mir zu entkommen, bevor ich ihr das dezente Make-up ruinierte, ohne das sie nicht leben konnte. Juliana plapperte drauflos.
»Gerade ist *Hearts Crossing* zu Ende, und ich hab mir überlegt, vielleicht ist Alex ja zu Hause und sieht sich zusammen mit seiner Familie die eigene Sendung an. Wenn du schon mal in der Stadt bist, und deine Mom hat gesagt, daß du kommst, warum soll ich dann nicht mal anrufen?!«
»Hm ... du weißt ja, daß ich mich über deine Briefe freue. So viel Post – das trägt dazu bei, daß sie mich überhaupt bei der Serie behalten.«
»Ihr dreht die Serien alle schon vorher, oder?« Nein, Honey, die Sendung wurde heute direkt aus meinem Wohnzimmer übertragen.
»Ja ...«
»Na ja, ich weiß ja, daß du viel zu tun hast, aber ich hab heute nachmittag frei, und ich dachte, vielleicht könnten wir ja zum Lunch ausgehen, und du erzählst mir ein bißchen, wie's in der Serie weitergeht. Ich weiß ja nicht, ob du schon mal in der River Center Mall gewesen bist, aber da gibt's ein Chinarestaurant mit einem Spezialgericht für zwei Personen ...«
»Also eigentlich wollt ich gerade heute nachmittag in die Stadt fahren, Juliana.«
»Dann vielleicht heute abend. Wir könnten ins Kino gehen. Hast du schon den neuen Film mit Danny DeVito gesehen?« Sara grinste, als sie meinen gequälten Gesichtsausdruck sah, und hämmerte demonstrativ mit dem Zeigefinger auf die Armbanduhr. Dann fing sie an, neugierige Blicke in mein Gepäck zu werfen.
»Juliana, ich komm heute abend erst spät zurück. Ich bin nur

noch ein paar Tage in Texas und muß noch eine Menge erledigen.«

»Wär's einfacher für dich, wenn ich morgen mal bei dir vorbeikomme? Ich weiß, wo du wohnst.« Na, fantastisch. »Ich hab all meinen Freunden erzählt, daß ich mich mit dir treffe ...« Sie hatte einen winselnden Tonfall angeschlagen. Ich wußte ja nicht mal, wer dieses Mädchen war. Okay, jetzt ist Schluß, und zwar pronto. Ich konnte gerade noch einen tiefen Seufzer unterdrücken.

»Am Sonntag hab ich vielleicht ein bißchen Zeit. Aber ich weiß noch nicht genau. Wie wär's, wenn ich dich anrufe, falls ich Zeit hab?«

»Sonntag ...« das mußte sich Juliana erst noch mal durch den Kopf gehen lassen. »Eigentlich geh ich da mit meiner Familie nach der Kirche immer zu Furr's ...«

Ich biß die Zähne zusammen: »Das sehen wir ja dann, Juliana. Ich muß jetzt wirklich gehen, sonst komm ich zu spät.«

»Oh, Alex? Kannst du meiner Mom noch kurz hallo sagen? Sie hat die Serie von Anfang an gesehen.«

»Eigentlich hab ich keine ...« Zu spät, der Hörer wurde bereits weitergereicht.

»Hallo?« war nun eine andere Stimme zu vernehmen.

»Hallo, Mrs. Butts.«

»Alex Young?!«

»Ja, Ma'am, am Apparat. Vielen Dank, daß Sie sich immer die Sendung ansehen, und sagen Sie Juliana bitte, ich melde mich noch mal bei ihr.« Bevor sie etwas dagegen einwenden konnte, legte ich auf.

»Was war denn da, um Himmels willen, los?« fragte Sara.

»Sie wollte einfach nicht lockerlassen.« Ich machte mich daran, meine Brieftasche zu suchen. »Und dann hat sie mir auch noch ihre Mutter gegeben.«

»Die Zuschauer verehren dich«, sagte Sara, »wir sollten uns

schleunigst aus dem Staub machen, bevor sie noch mal anruft.«
Ich verabschiedete mich bei meiner Mom, und Sara und ich machten uns auf den langen, vertrauten Weg nach Austin. Ich behielt den Kilometerzähler im Auge. Als wir aus der Einfahrt bogen, war Nick siebzig Meilen von mir entfernt. Dann achtundsechzig. Fünfundsechzig. Die I-35 hatte sich in den letzten anderthalb Jahren kaum verändert. Allenfalls hatten sich zwischen hier und Schertz noch mehr von diesen »Luxus-Golfvereinen« angesiedelt, die die Landschaft verschandelten. Wir fuhren an einem als Bauernhof getarnten Hurenhaus vorbei, ein offenes Geheimnis, schon damals, als ich noch gar nicht wußte, was eine Hure ist (vor meinem fünften Lebensjahr, um genau zu sein). Ich überlegte mir, wie ich mich wohl fühlen würde, wenn dieselbe Szenerie heute abend an mir vorbeirauschte. Eigentlich war schon klar, was auf mich zukam: Sara und ich würden noch mal kurz bei Wendys Nachtischimbiß in San Marcos vorbeifahren und unseren Zuckerpegel in die Höhe jagen. Und während mir das Frosty die Kehle runterrutschte und mich die eisige Erstarrung noch fester umklammerte, setzte Sara in ihrer heldenhaften Art alles daran, mir meine Seelenqualen zu erleichtern. Und am Schluß wird ihre Erinnerung an diesen Abend für immer überschattet – vielleicht sogar vollends verdorben sein, denn nun hat sich offenbart, was ich eigentlich vor ihr verbergen wollte: Ich liebe Nick immer noch von ganzem Herzen.
Daß ich ihn nun wiedersah, ich, der ich nur eine kleine Randnotiz war in seinem privaten Terminkalender, der sich nach seinem Leben mit Barney richtete, seinem Leben in Austin, in dem ich keinen Platz hatte – das war eine entsetzliche Vorstellung.

April 1990

Waschtag bei mir zu Hause. Nicks Kleidung lag fein säuberlich gefaltet in einem Korb, eine Flasche Liquid Tide und ein Box Bounce schmiegten sich an die Wäsche. Der Fernseher lief. Bei Lettermann war heute Sandra Bernhard zu Gast. Nick lag auf dem Boden, Kopf und Schultern von einem Kissen gestützt. Mein Kopf ruhte auf seinem Bauch, wohin ich ihn vor ungefähr zwanzig Minuten gebettet hatte – rein zufällig. Wir waren einfach nur zwei gute Kumpel, die sich vor der Glotze ein bißchen entspannten. Ich fühlte seinen Atem, tief und regelmäßig. So, stellte ich mir vor, mußte es sein, wenn wir zusammen im Bett lagen. Er berührte mich nicht. Keiner sagte einen Ton. Es gab überhaupt nur einen Muskel, der zuckte: meine pochende Männlichkeit, gebändigt in meinen ausgebeulten Shorts. Schon bald würde ich ihn küssen. Worauf du dich verlassen kannst.

Mein lieber Alex,
vielen Dank für das Autogramm auf dem Filmposter. Ich hab es rahmen lassen. Vielen Dank für das 8x10 Foto. Was für eine Überraschung. Während ich hier sitze und dies schreibe, sehe ich in Deine Augen. Ich träume von Dir, Deinem Penis und Deinen Eiern. Bin ich schlimm? Ja, Zauberer, ich bin es wirklich: Astaroth der Fruchtbarkeitsgott. Bitte melde Dich bald, mein Sonnengott: Du hast mein Herz in Deinen Bann gezogen.
Ray Lanville
Silverlake, CA

Austin kam mir vor wie eine Spielzeugstadt, so sauber und gemütlich mit seinem halben Dutzend Wolkenkratzern, und in einem davon steckte Nick. Die Silhouette der Stadt zeichnete sich klar vor dem blauen Texashimmel ab. Sara und ich hatten noch ein paar Stunden Zeit bis zu meiner Verabredung zum Dinner, also beschlossen wir, einen Abstecher ins The Drag zu machen, einer Kneipe gleich neben dem Universitätscampus.

Wir landeten schließlich bei Quakenbush's, wo hauptsächlich qualmende Sartre-Leser bei Cappuccino, Espresso und Käsekuchen rumhingen. Wir behielten beide die Sonnenbrillen auf. Ich bestellte einen eisgekühlten Kräutertee, und Sara ein Schokoladencroissant à la mode. Sie besaß die Verwandlungsfähigkeit eines Sandhais.

»Warum sind wir eigentlich hierher gekommen?« fragte Sara. »Während der Collegezeit waren wir nie hier.«

»Daahling, inzwischen sind wir so viel weltgewandter geworden. Nun gut. Wo sind meine Verehrer? Ich suche schon mal einen geeigneten Tisch, an dem ich Hof halten kann.«

»Dann laß uns rübergehen zu den Gemächern. Die Mädchen dort wissen einen guten Soap-Opera-Star zu würdigen.«

Die snobistischen und altertümlichen Schottischen Zeremoniengemächer, von uns abfällig Jungfrauengewölbe genannt, waren ein alter Scherz zwischen uns – seit der Sache mit Staci Jane Henkel. Sie hatte dort früher mal gewohnt und Sara im ersten Uni-Semester ihren High-School-Freund Duke ausgespannt. Wir rächten uns an dem niederträchtigen Paar, indem wir über fünfundzwanzig Anzeigen in regionalen und überregionalen Schmutzblättchen aufgaben. Für Staci inserierten wir als »Ledertussi mit Vorliebe für Golden Showers«, Duke beschrieben wir als »schwanzvernarrten Burschenschaftler« – ein Typ zum Anknabbern. Alles komplett mit Adresse und Kontaktnummer. Wir haben zwar nie erfahren, was dabei rausgekommen ist, aber Staci ist zwei Monate später aus den Gemächern ausgezogen. Auf Nimmerwiedersehen. Duke ist inzwischen in Grand Prairie glücklich mit einem fetten Mädel verheiratet. Sara ist sogar auf der Hochzeit gewesen.

»Zu den Gemächern können wir nicht gehen«, sagte ich. »Da sind Männer nicht zugelassen.«

»Du hast recht. Es würde dir dort bestimmt nicht gefallen.«

Sara aß ihr Croissant. Währenddessen angelte ich mir den *Chronicle*, Austins ach-so-unglaublich-bahnbrechende Wochenzeitschrift. Das Blatt hatte mal eine Kritik zu dem Stück *Kinderspiele* im Hyde Park Theatre gedruckt, in der man über mich schrieb, ich sei ein »ausdrucksloses arisches Frettchen«. Ich überflog die Seiten. Mal abgesehen von der Hitze, war Austin eigentlich nicht übel: Es gab ziemlich viele interessante Kinos, tolle Plattenläden, politisch aktive Einwohner und wunderbar billige Restaurants. Außerdem entwickelte sich die Stadt – wenn man nach dem Umfang der Spalte »Er sucht ihn«, in dem berüchtigten Bekanntschaftsteil gehen konnte – rasend schnell zu Texas' Schwulenmetropole.

»Szenetyp mit vier Hs (heiß, haarig, hungrig, hart) sucht knallharten Gespielen von jung bis alt (18–40).« »Sanftes, athletisches Erstsemester, sehr zielstrebig, ist interessiert an Treffen mit gutaussehendem Blondschopf unter 23. Keine Dicken, Tunten, Freaks oder Schnauzbartträger.« Die sollen mir noch mal was von arischen Frettchen erzählen.

Und doch war es für mich unvorstellbar, jemals wieder hier zu wohnen. Nicht nur, weil man sich hier als Schauspieler nicht seinen Lebensunterhalt verdienen konnte, der eigentliche Grund war ein anderer: Es wäre mir unerträglich gewesen, in derselben Stadt wie Nick zu leben. Es hätte mir das Herz gebrochen, dieselben Straßen wie das unpassendste Paar der Welt zu durchstreifen. Im Wissen, daß Barney sein Glück, verdammt noch mal, als selbstverständlich betrachtete, während ich mich jedesmal, wenn ich allein einen Lebensmittelladen betrat, mit Fantasien von einem unbestimmten häuslichen Glück quälte.

Unglaublich, noch immer eine Stunde bis zu meiner Verabredung mit Nick. Das war schlimmer, als auf eine Operation an der Prostata zu warten. Und dieses Wetter – zweiunddreißig Grad, und das im Oktober, ganz zu schweigen von der Feuchtigkeit. Mein Outfit war inzwischen durchgeschwitzt, und meine Stirnfransen rollten sich wie Shrimps in glühendheißer Pfanne.

Wir gingen zur Dobie Mall, um unseren Wagen aus der Tiefgarage zu holen. Es war zwar albern, aber es tröstete mich, daß das kleine Doppelkino immer noch jeden Abend Mitternachtsfilme zeigte (auch wenn einer davon *Fessle mich! Binde mich!* hieß). Als wir noch zur Schule gingen, haben Sara und ich hier bestimmt Hunderte von Spätvorstellungen gesehen. Wir schmuggelten Soda und selbstgemachtes Popkorn ins Kino und genossen das einmalig coole Gefühl eines Collegegängers, der am nächsten Tag vor elf keinen Unterricht hat. Auch Nick und ich waren zusammen hier gewesen. Ich werde nie vergessen, wie er in *Wild At Heart* zwanzig Minuten lang meine Hand hielt. Er wollte nicht gehen, bevor der Abspann vollkommen abgelaufen war, und wir saßen ganz allein im Kino.

»Bist du sicher, daß du mich nicht dabeihaben willst, wenn ihr Jungs ausgeht?« fragte Sara aus dem Wagen.

Ich stand vor der verschlossenen Beifahrertür und machte keine Anstalten, sie zu öffnen. Ich war in einen Nebel der Nostalgie versunken. Schließlich kam ich wieder zu mir und stieg ein.

»Was?« fragte ich Sara.

»Ich hab gesagt, wenn du willst, kann ich Chuck und Valerie anrufen und ihnen absagen. Sie kommen sowieso in ein oder zwei Wochen zu einem vegetarischen Chili-Essen nach San Antonio.«

»Das geht schon okay, ich versprech's dir. Hol mich nur um halb zehn bei Harry's Oilcan ab.«

Wir machten uns auf den Weg zu Nick. Der Sonnenuntergang vergoldete den Platz, den Springbrunnen und die auftoupierten Sekretärinnen, die sich auf den Heimweg gemacht hatten.

»Wir sehen uns dann ja später«, sagte Sara.

»Ja, danke.« Ich öffnete die Tür, klammerte mich aber an den Türgriff.

»Alex, ein wunderschönes Leben liegt vor dir, egal, was passiert. Nick ist es, der sich unglücklich macht. Denk immer daran.« Ich beugte mich vor und gab ihr einen Kuß auf die Wange.

»Okay.«

»Du kannst jetzt aussteigen.«

Ich folgte ihrer Anweisung. Ein wenig benommen fühlte ich mich doch. Aufregung, Traurigkeit, Angst – mit all diesen Gefühlen hatte ich gerechnet. Doch als ich auf den Turm aus Chrom und Glas zuschlenderte und eine warme Herbstbrise meine Frisur verwüstete, ergriff mich auf einmal ein ganz anderes Gefühl: die Gewißheit, daß heute – in dieser Nacht – etwas passieren würde, was mein Leben grundlegend veränderte. Als der Sender vor vier Monaten das entscheidende Machtwort sprechen wollte und ich mit Cyrinda Blake, der pausenlos Soda-trinkenden Soap-Diva Megan DuBois höchstpersönlich, den Szenenaufbau von *Hearts Crossing* betrat, hatte mich dasselbe untrügliche Gefühl ergriffen, – einer dieser Momente, der die Weichen für das weitere Leben stellt. Die Vergangenheit, alle Ziele und Hoffnungen erstarren zu Stein, und der weitere Kurs des Lebens ist auf diesen einen Moment zurückzuführen. Ich war im Begriff, ein neues Kapitel in meiner Autobiographie zu schreiben: Ein-Leben-

mit-Nick-nach-Nick. Als ich durch die Drehtür des Gebäudes trat, machte ich mich ängstlich darauf gefaßt, ihm jeden Moment gegenüberzustehen.
Ein paar Leute kamen aus dem Aufzug und steuerten die andere Drehtür an, aber der einzige, der wartend herumstand und seine Zeit vertrödelte, war ein stämmiger Sicherheitsbeamter an einem Empfangstisch aus Marmor – über eine Zeitung gebeugt, den fetten Hintern hochgereckt. Er schien kein Auge dafür zu haben, daß ich womöglich ein auf elegant verkleideter Sendbote der Zerstörung war, den man hergeschickt hatte, um das Austiner Geschäftsleben für immer auszurotten. Ich baute mich vor einem riesigen Zierstrauch neben dem Aufzug auf, verschränkte die Arme, als wollte ich mich selbst umarmen, und starrte regungslos auf den Marmorfußboden. Eine nachdenkliche Pose, mehr nicht. Also – nicht, daß sie lächerlich wirkte. Ich richtete mich auf, steckte die Hände in die Hosentaschen und wippte in meinen Cole-Haan-Mokassins andeutungsweise vor und zurück. Auch dämlich. Als ob ich auf meine Freundin wartete, die mal eben auf die Toilette gehuscht war. Nachdem ich – lässig gegen die Marmorwand gelehnt – noch ein paar Stellungen ausprobiert hatte, entschied ich mich für eine Position, bei der ich einfach nur regungslos dastand, die rechte Hand in der Tasche. Gerade als ich den Blick wieder von der golden polierten Lobby-Uhr zum Aufzug wandern ließ – vier nach sechs, nebenbei erwähnt –, öffnete sich die Tür, und Nick stand mir gegenüber. Von Angesicht zu Angesicht.
So ein Gefühl mußten die unglücklichen Matrosen in den Fünfzigern gehabt haben, die aus einer Meile Entfernung Zeugen der frühen Atomtests wurden. Eine umwerfende, strahlende Erscheinung tat sich vor mir auf. Grinsend kam er auf mich zu. Die Hand bereits nach meiner ausgestreckt. Ich schluckte heftig, verbot mir loszuheulen, blinzelte, um die

Tränen zu unterdrücken. In der Lobby dieses beschissenen Gebäudes die Selbstkontrolle zu verlieren – das durfte ich einfach nicht zulassen. Während Nick meine Hand ergriff, atmete ich tief und lange durch, um mich ein wenig zu beruhigen. »Guck mal, wen wir da haben! Einen Star. Wie geht's so, Alex?« fragte Nick.

»Fantastisch«, antwortete ich. Er verströmte diesen herrlichen Duft. Es war mir nie gelungen, ein bekanntes Eau de Cologne, eine Seife oder eine Bodylotion mit genau diesem Duft zu finden. Genauso einmalig war jedes Detail seines unvergeßlichen texanischen Gesichts. Das unstillbare Verlangen, ihn zu küssen, verzehrte mich wie das schändliche Geheimnis einer Hure. Und so war's ja auch.

»Du siehst verdammt gut aus«, sagte er. Ich beobachtete, wie er mich unbefangen von oben bis unten musterte. O Gott, jetzt kamen mir wirklich die Tränen.

Hastig antwortete ich: »Danke, du aber auch. Du hast noch nie so gut ausgesehen.«

Nun war er allerdings doch ein wenig befangen. »Was hältst du davon, wenn wir uns was zu essen gönnen?«

»Hört sich gut an.«

»Aber ich werd bestimmt keinen Milchshake bestellen«, sagte er und sah mich schelmisch von der Seite an.

»Du guckst ja wirklich diese Serie«, staunte ich.

»Ich hab Barney gebeten, sie aufzunehmen.« Barney war sicherlich begeistert. »Wie weit im voraus dreht ihr die Serien?«

»Im Moment haben wir gerade zwei Wochen Vorsprung. In ungefähr einer Woche fang ich wieder an zu arbeiten. Ich weiß noch nicht genau, was Simon macht, wenn er wieder in die Stadt zurückkehrt. Wir kriegen die Drehbücher erst ein paar Tage vor der Aufnahme. Aber wahrscheinlich geht es um das Potenzmittel, das mein verstorbener Vater noch als Wissenschaftler entwickelt hat, und um meine Schwester. Natalie und ich werden wohl alles tun, damit Sean im Gefängnis bleibt. Angeblich hat er ja Cyrinda vergiftet. Und dann hab ich noch diese Pornofotos von Natalie, mit denen sie sich ihr Medizinstudium finanziert hat.«

Nick lachte. »Ich wußte ja gar nicht, wie viele gutaussehende Kerle bei Daytime rumlaufen. Und sie scheinen alle nackte Oberkörper zu zeigen. Na ja, du ja nicht.«

»Ich komm auch noch an die Reihe. Und glaub mir, ich kann's kaum abwarten.«

Wir kamen bei seinem Wagen an, einem kleinen, gewissenhaft gepflegten Mitsubishi. »Wo ist Sara heute abend?« fragte er, als wir aus der Parklücke fuhren.

»Sie trifft sich mit ein paar Leuten. Ich soll dich von ihr grüßen.«

»Wirklich schade, daß ich sie nicht sehen kann. Ich hab das Gefühl, ich treff kaum noch die alten Freunde.«

»Wie geht's To-Bel?« fragte ich. Das Kätzchen, das Nick im Regen gerettet hatte, war von uns nach einer Figur aus *Scenes From the Class Struggle in Beverly Hills* benannt worden.

»Sie ist immer noch winzig.« Nick lächelte. »Letzte Woche ist sie mitten in der Nacht kopfüber in den Mülleimer gepurzelt. Ich bin von einem schrecklichen Geschepper aufgewacht. Weißt du, was sie gemacht hat?«

Ich schüttelte den Kopf, lächelte und entspannte mich langsam ein wenig.

»Sie hat sich den Kopf in einer Dose Hühnersuppe festgeklemmt und ist, als sie versucht hat, das Ding wieder loszuwerden, mit ihrem kleinen Köpfchen überall dagegengedonnert, gegen den Boden und die Wand.« Wir lachten.

»Na ja, eigentlich war's ja nicht ganz ungefährlich«, fuhr Nick fort. »Ich denke mal, sie hätte ersticken oder sich sonstwie verletzen können, aber es war einfach zu komisch, als sie in der Küche um sich geschlagen hat – wie bei einem Kampftanz, mit Sturzhelm. Dann mußte ich ihr auch noch die Hühnersuppe aus dem Fell waschen.«

»Und, hast du ihr ordentlich die Meinung gesagt?« fragte ich.

»Ja, wir hatten ein ernstes Gespräch. Sie ist nämlich ein ziemlich kluges Kätzchen. Jedesmal, wenn das Telefon klingelt, läuft sie hin.«

Wir fuhren Richtung Norden, am Campus vorbei. Einen Moment lang ergriff mich Panik – wir fuhren doch nicht etwa in seine Wohnung, in *ihre* Wohnung, oder doch? Du wirst verstehen, Nick, es war zwar nett, aber jetzt kann ich nur noch einen wilden Schrei ausstoßen. Er fuhr die Duval Street entlang, peilte meine frühere Wohnung an. Jetzt wußte ich Bescheid: Hyde-Park-Bar und Grill. Wir bogen neben einer riesigen Popart-Gabel mit aufgespießter Bratkartoffel auf den Parkstreifen vor meiner früheren Wohnung. Von hier aus mußte man nur noch über die Straße gehen, und schon war man bei dem Restaurant, in dem wir an unserem allerersten gemeinsamen Abend zusammen gegessen hatten. Wir sind danach noch öfter dorthin gegangen, meistens an den besonders harmonischen und romantischen Abenden, an denen Nick entspannter war als sonst.

»Ich hoffe, du bist einverstanden«, sagte er schüchtern.

Offensichtlich drohten meine Tränendämme den ganzen Abend über einzubrechen. »Sehr sogar, Nick, eines meiner Lieblingsrestaurants überhaupt.« Ich sagte das leicht dahin, hob sogar am Ende des Satzes munter die Augenbrauen.

»Ich weiß«, sagte er, »meines auch. Also ... was steht dann einem netten Abendessen noch im Weg?« Er öffnete die Tür.

»Dann mal los«, stimmte ich zu. Ganz deiner Meinung, Nick. Laß uns losgehen. Bloß, nimm mich auf keinen Fall in die Arme und verführ mich, hier im dunklen Auto, wo uns niemand sieht.

Das Restaurant lag in einem Mehrparteienhaus, hatte eine gemütliche, erstklassige Ausstattung und war spezialisiert auf typische amerikanische Gerichte, frisch und ausgefallen zubereitet. Es ist zwar peinlich, aber um ehrlich zu sein, hatte ich in L. A. fast genausooft von den dicken, würzigen Pommes frites geträumt wie von Nicks Penis.
Man führte uns sofort zu einem der urgemütlichen Tische. Die Auswahl an Gerichten hatte sich leicht geändert, aber ich mußte nicht lange suchen. Seit ich nach Kalifornien gezogen war und mich somit freiwillig für das Rosarote-Fleisch-Exil entschieden hatte, sehnte ich mich danach, diesem Mangel mit einem Hyde-Park-Hamburger ein Ende zu bereiten, und das mit vielen Fritten. Unser Kellner war niedlich, hatte schwarzes Haar und trug eine Menge Ohrringe. Äußerst muskulöse Unterarme. Nick bestellte. »Ich nehm das fritierte Hähnchensteak.«
»Möchten Sie Mais und Bohnen dazu oder Möhrenstreifen?«
»Möhren bitte. Und der Gentleman hier möchte einen Hamburger medium, mit einer besonders großen Portion Pommes frites.«
Der Kellner sah mich schelmisch an. »Eigentlich«, gab ich zu, »ist *er* eher ein Gentleman.« Nick lächelte mir zu. Ein Zittern durchlief mich.
»Und was möchtet ihr trinken?«
Ich gab Nick durch ein Schulterzucken zu verstehen, daß mir alles recht sei. »Könnten wir Eistee haben?« fragte er den Kellner.
»Sicher«, kam als Antwort. Der Kellner machte auf den Absätzen kehrt und wollte gerade verschwinden, als er plötzlich wie angewurzelt stehenblieb und sich umdrehte. »'tschuldigung«, richtete er das Wort an mich, »aber spielst du nicht bei *Hearts Crossing* mit?«
»Ja«, sagte ich. Es war zwar verrückt, aber es schmeichelte mir,

daß mich in Nicks Anwesenheit jemand wiedererkannte. »Ich spiel den Simon, den Schweinehund.«
»Bei mir in der Etage sehen die sich im Aufenthaltsraum immer die Serie an. Wenn du auf der Mattscheibe bist, wird's mucksmäuschenstill. Der Typ, den du spielst, ist wirklich mit Abstand am witzigsten.«
»Oh, vielen Dank«, sagte ich. Er war *wirklich* niedlich. Wenn ich nicht gerade verzweifelt versucht hätte, meine einzige große Liebe zu erobern ...
»Na ja, es ist jedenfalls nett, daß ich dich mal kennengelernt habe«, sagte er. Ich rief mir wieder meine guten Manieren ins Gedächtnis und stellte Nick und mich vor. Der Kellner hieß Troy. Er ging los, um uns die Drinks zu holen.
»Was ist das für ein Gefühl, berühmt zu sein?« neckte mich Nick.
»Berühmt werd ich wohl nie werden«, wandte ich bescheiden ein.
»Du bist bereits auf dem besten Wege dazu. Demnächst wird man dich fünfmal die Woche im Fernsehen sehn. Damit bist du öfter in den Medien als Lady Di und Fergie zusammen.«
»Bis jetzt ist es lustig. Einfach toll«, sagte ich. »Morgens geht man ins Studio. Man hat noch nicht mal lange genug Probezeit, um locker rangehen zu können, und schon laufen die Kameras. Die Serie wird gedreht, und zwei Wochen später läuft sie dann. Wie richtige Arbeit kommt mir das ganz bestimmt nicht vor, selbst dann nicht, wenn ich das fünfmal die Woche zehn Stunden am Tag machen muß. Es ist einfach toll.«
»Ich freu mich wirklich für dich, Alex.« Ich hatte die Hand auf die Mitte des Tisches gelegt, auf halber Strecke zwischen mir und Nick. Er nahm den Arm unter dem Tisch hervor und bewegte seine Hand – so jedenfalls kam's mir vor – auf meine Hand zu. Doch dann mußte ihn irgendein Mechanismus im

Gehirn zurückgepfiffen haben, und statt die Hand auf meine zu legen, griff er nach der Gabel. »Wo bleibt das Essen?« fragte er und tat mürrisch.

Ich wollte gar nicht, daß das Essen gebracht wurde und alles vorbei wäre, denn danach würde ich wieder meiner Wege gehen, ohne etwas gewonnen zu haben, außer der Gewißheit, daß unsere Beziehung nun nichts weiter war als eine ganz normale Freundschaft. Diese Beziehung, für die ich gekämpft hatte, die mein ein und alles gewesen war und über die ich immer wieder nachgedacht hatte – jede Nacht seit unserem letzten Treffen. Jetzt waren wir nicht mehr als alte Collegefreunde, die beim Dinner über ihren beruflichen Werdegang plauderten. Wenn ich das zuließ, gab es kein Zurück mehr. Eine dumpfe Hoffnungslosigkeit umklammerte meinen Magen wie ein Eisenring. Ich mußte mit aller Kraft dagegen ankämpfen.

»Und, wie gefällt's dir bei der Arbeit?« fragte ich.

»Ach, ganz gut, denk ich mal. Ist wohl mehr Fleißarbeit als eine geistige Herausforderung – dieser ganze Quatsch mit Vermögen, Finanzen und Aktien. Es ist so stumpfsinnig, daß ich beim GLSC gar nicht aufhören will.« Das Service Center für Gays und Lesben kümmerte sich um Fälle, bei denen es um AIDS oder Diskriminierung von sexuell anders Veranlagten ging. Es setzte sich dafür ein, daß die Gesetzgebung die Rechte Schwuler berücksichtigt, und unterstützte die Beratung und Therapie von Homosexuellen in der Stadt. Das Büro, in einem alten Haus mitten in der Stadt, war nur klein, und die Kosten konnten kaum gedeckt werden. Seit ich Nick kannte, saß er dort ein paar Tage im Monat an der Hotline, und nun, da er Anwalt war, arbeitete er kostenlos für die Organisation, sooft es seine Zeit zuließ.

»Im Moment haben wir gerade einen wirklich schwierigen Fall. Es geht um ein Ehepaar, ungefähr einundzwanzig oder zweiundzwanzig Jahre alt. Er ist schwul – oder zumindest bi, hat ziemlich häufig wechselnden Geschlechtsverkehr, womöglich auch mit Strichern, und hat sich mit AIDS infiziert und seine Frau angesteckt. Sie arbeitet als Pförtnerin drüben beim Air-Force-Stützpunkt. Sie versuchen jetzt, die Frau aus ihrer Krankenversicherung rauszuschmeißen. Zwei Kinder haben sie auch noch.«

»Haben die sich auch infiziert?« fragte ich. Ich beobachtete seine unglücklichen Gesichtszüge, die widerspiegelten, wie sehr er sich die Probleme anderer Menschen zu Herzen nahm.

»Nein, die Kinder sind gesund. Beim Mann ist die Krankheit aber jetzt ausgebrochen. Es ist ein Elend.«

»Und du klagst für sie gegen die Versicherungsgesellschaft?«

»Ja, ich und noch ein paar andere Anwälte aus der Organisation. Es ist ganz schön hart, aber wenn ich von der Arbeit zurückkomme, kann ich mir wenigstens einreden, was Sinnvolles getan zu haben.«

»Das tust du doch, Nick. Wie kannst du nur daran zweifeln?« Mein Gott, er hatte wirklich einen Menschen verdient, der ihn genauso umsorgte, wie er das bei anderen tat. Das Essen wurde gebracht. Ich hatte Hunger, trotz allem. Wir aßen langsam und unterhielten uns dabei über den Stand der Sodomiegesetze in diesem Staat, über *Hearts Crossing* und wie Nick beim Lunch in der Landeshauptstadt neben Ann Richards gesessen hatte. Wir redeten über meine winzige Nebenrolle in der Killer-und-Cop-Serie, der große Hit des Hauptstudios, diesen Sommer angelaufen, und ich erzählte ihm von meiner Wohnung. Wir diskutierten über verschiedene Methoden, den Bizeps zu trainieren, über die wirklich scheußliche neue Aaron-Spelling-Show und über die Arbeit seiner Schwester in einer Klinik für künstliche Befruchtung in Amarillo. Daß es mal andere Zeiten gegeben hatte, Zeiten, in denen wir uns nach so einem Essen bei Kerzenlicht drüben in meiner Wohnung geliebt hatten, erwähnten wir mit keiner Silbe. Offensichtlich waren in unserer Unterhaltung Themen wie mein Liebesleben oder die Frage, ob ich in L. A. einen Freund hatte, ebenfalls tabu. Auch, ob ich momentan überhaupt in irgendeinen Kerl verknallt war, kam nicht zur Sprache. Nick erwähnte Barney genau ein einziges Mal, als er mir berichtete, daß Barney immer noch seinen Vater bei der Führung der Möbelfirma unterstützte, was er, glaube ich, schon seit neun Jahren tat. Einfach zum Knutschen, diese zielstrebigen Wirtschaftswissenschaftler.

Als wir die Rechnung bekamen, bestand Nick darauf, daß er bezahlen dürfe. Für den niedlichen Kellner, der sich Soap Operas ansah, legte ich noch ein ordentliches Trinkgeld drauf. Vielleicht traf ich ihn später in Harry's Oilcan wieder. Als wir in den Wagen stiegen, sagte Nick: »Es tut mir wirklich leid, aber ich muß für morgen noch ein paar Stunden was vorbereiten. Ich sollte heute nacht nicht allzuspät nach Hause gehen.«

Mein Herz, das sich vage Hoffnungen gemacht hatte, bekam einen Knacks wie ein rohes Ei, und ich spürte, wie mir die wabbernde rundliche Masse in die Magengrube rutschte, einfach ekelig. Ich konnte gerade noch ein »Okay« murmeln. Um alles noch schlimmer zu machen, drehte Nick zum erstenmal, seit ich ihn kannte, das Radio an. Während wir zu den Büroräumen zurückfuhren, dröhnte uns KLBJ-FM das trübselige Einerlei von R. E. M. in die Ohren.

Zehn Minuten später kamen wir bei dem Gebäude an. Ich warf einen schnellen Blick auf die Uhr. Noch eine Stunde, bis ich mich mit Sara treffen sollte. Ich konnte einfach nicht fassen, daß unsere Verabredung so endete. Monate und Jahre des Schmerzes, der Ekstase und der einseitigen Begierde – und nun blieb nichts als ein beiläufiges auf Wiedersehen an der Straßenecke. Ein Abschiedsgruß unter Freunden, wie

man so sagt. Mit fassungsloser Empörung registrierte ich, wie mein Traum auf so undramatische Weise zerbrach.
»Hast du Lust, noch mit hochzukommen und dir mein Büro anzusehen?« fragte Nick. Ich schreckte aus der seelischen Tieflage hoch, die sich langsam in mir ausgebreitet hatte. »Ich hab nämlich meine Aktentasche da oben liegenlassen.«
»Na klar. Ich würd's mir gern mal ansehen.« Auf meiner linken Schulter erschien ein satanischer Jeff Stryker in Miniaturausgabe und schwang eine Mistgabel, mit Zinken aus zurechtgebogenen Dildos.
»Schwing deinen Arsch hoch«, knurrte Jeff. »Wenn ihr erst mal allein in dem beschissenen Büro seit, zückt Nick seinen dicken Schwanz, nur für dich. Und reißt dir deine niedlichen Kleider vom Leib, Schätzchen ...«
Kyle Chandler aus *Morgan räumt auf* sprang – winzig klein und nur in knappe, engelsgleich weiße Shorts gehüllt – auf meine linke Schulter und schnitt Jeff das Wort ab: »Er möchte dir ein Freund sein, Alex«, beschwichtigte Kyle, »das ist alles. Es handelt sich um ein Anwaltsbüro, nicht um einen Schwulentreff. Ein völlig unschuldiger Ort, und das weißt du auch!«
Hilflos hin und her gerissen folgte ich Nick ins Gebäude. Die Lobby war wie leergefegt, der Aufzug kam sofort. Nur elf Sekunden, schon waren wir in den elften Stock gesaust. Mir blieb gerade genug Zeit, einen Seufzer auszustoßen, als ich an einer Wand des Aufzuges unser gemeinsames Spiegelbild in der goldgesprenkelten Verglasung entdeckte. Nick schob eine Plastikkarte in das Erkennungsgerät, und die Türen zu den Büroräumen öffneten sich.
Wir betraten den Empfangsbereich: schwarze Design-Sofas, Rauchglastischchen, auf denen Ausgaben von *Texas Monthly* und *Business Week* auslagen, und ein schicker Empfangstisch mit allem technischen Komfort. Hier mußte sich Nick die Nachrichten abholen, die man für ihn zurückgelegt hatte, und

hier brach er die Herzen der Empfangsdamen, sowohl der Halbtags- als auch der Ganztagskräfte.
Wir bogen nach links ab und gingen einen Flur entlang, der mit Teppich ausgelegt war. Als wir eine Tür erreichten, an der auf einem kleinen Silberschildchen Nicholas Miller stand, traten wir ein. Ein kleiner, adretter Eichentisch, ein Regal, ein kleines Kuschelsofa (!) und ein prächtiger Ausblick auf die nächtliche Silhouette von Austin.
»Ganz schön feine Pinkel hier, was?« fragte Nick.
»Kann man wohl sagen ... Wo haben die das Bidet versteckt?« Ich tat so, als wollte ich danach suchen.
Ich hörte Nick kichern, als ich ans Fenster trat, um den Luxus großer, strahlender Sterne an einem smogfreien Himmel zu genießen. Er stellte sich hinter mich, und einen Moment lang standen wir schweigend beisammen.
»Die Leute sagen, ich soll mir ein Teleskop besorgen, um den Ausblick richtig auszukosten.« Er spielte auf das Hotel mit den erleuchteten Fenstern an, das sich wie eine Honigwabe auf der anderen Seite der Straße erhob.
»Du könntest auch abgelenkt werden«, bemerkte ich. Das war genau der richtige Augenblick, um meinen Arm um ihn zu legen, aber meine Glieder hingen wie gelähmt an mir runter.
»Man kann immer mal abgelenkt werden«, sagte Nick leicht dahin. Wollte er etwa mit mir flirten? »Setz dich. Ich hol uns aus dem Kühlschrank für die Angestellten 'ne Coke. Das macht wieder munter.« Er verschwand. Ich inspizierte sein Bücherregal: jede Menge Gesetze und ein paar eingerahmte Schnappschüsse. Ein Bild von seinen Eltern. So um die Sechzig, machten in irgendeinem Restaurant einen glücklichen Eindruck. Kein Bild von Barney, aber eines von Nick, Sara und mir. Aufgenommen an dem Wochenende am Lake Travis, als ich erfahren hatte, daß man mich bei *Blutjunge Bräute*

Christi genommen hatte. In der Mitte stand Sara, im Bikini, eine Dose Heineken in der Hand. Nick und ich mit nacktem Oberkörper und Sonnenbrille. Unsere Arme lagen Seite an Seite um Saras Schulter. War das womöglich auch für Nick einer seiner glücklichsten Tage gewesen? Ich nahm das Foto vom Regal und ließ mich auf das kleine Sofa sinken. Nick kam mit zwei Dosen zurück. Er hängte sein Jackett auf, streifte die Schuhe ab und setzte sich neben mich.

»Danke«, sagte ich und öffnete die Coke.

»Wir wär's mit einem Trinkspruch?« schlug Nick vor. Er zog auf dem kleinen Sofa die Beine an, so daß mich seine Knie leicht streiften. »Auf Alexander Young – meinen überaus erfolgreichen und hübschen Freund.« Wir stießen mit unseren Dosen an. Meine Kehle war so trocken, daß sie sich wie zugeschnürt anfühlte, und ich kippte den halben Drink in einem Zug runter.

»Wie viele Stunden verbringst du hier pro Woche?« fragte ich.

»Laß mal überlegen«, sagte Nick. »Meistens bin ich morgens um acht hier, dann nehm ich mir gewöhnlich eine halbe Stunde Zeit fürs Mittagessen, und bleibe bis sechs oder halb sieben. Ungefähr zwei Stunden arbeite ich noch zu Hause oder in der Bibliothek bei den Juristen. Wieviel macht das?«

»Eine Sechzig-Stunden-Woche. Mal abgesehen von der Arbeit, die du noch für GLSC machst.«

»Manchmal kann es schon zermürbend sein«, beklagte er sich, allerdings ohne einen Mutter-Teresa-Tonfall anzuschlagen. »Du weißt ja, Alex, es kommt alles immer ganz anders, als man es erwartet hat.« Er klang so traurig und resigniert, daß ich erschrak. Ich hatte mich eigentlich schon damit abgefunden, daß der Abend ohne tiefgreifende Gefühlsregungen verlaufen würde, und jetzt saß er hier, mit mir allein auf dem Zweisitzer, im elften Stockwerk, und stieß einen Hilferuf aus. Sollte ich ihn umarmen und sagen, daß alles wieder gut wird? War er etwa der Meinung, ich sei innerlich über ihn hinweg?

Ich brachte nur die Worte heraus: »Ich weiß, daß immer alles ganz anders kommt.« Aber in meinem Fall lief eigentlich gerade alles viel besser, als ich nach anderthalb Jahren Gelegenheitsjobs in Hollywood erwartet hatte.

»Manchmal hab ich einfach Lust, hier morgens reinzukommen und denen zu sagen, daß ich den ganzen Kram hinschmeiße. Als ich mit dem Jurastudium fertig war, hab ich gedacht, ich bin auf dem richtigen Weg, bis jetzt jedenfalls, verstehst du?« Ich nickte. Nick nahm einen Schluck Coke und ließ den Blick durchs Büro schweifen. »Aber in letzter Zeit komm ich mir vor wie in einem Irrgarten. Ich sitze in einer Sackgasse fest, nur ein paar Meter vom Ausgang entfernt.« Er seufzte. »Eigentlich hab ich Glück, in der heutigen Zeit überhaupt einen einigermaßen vernünftigen Job zu haben.«

Okay, das war nun genug. Solche Sprüche brachten ihn kein Stück weiter. Die entsprechende Rechtfertigung für seine Beziehung hatte ich schon im Ohr: »Eigentlich hab ich Glück, überhaupt eine feste Beziehung zu haben.« Zuzusehen, wie Nick sich etablierte, hatte meiner Hoffnungslosigkeit immer einen Stich versetzt, und doch saß ich hier und war in der Lage, mich seinen Gefühlen zu stellen; und plötzlich fühlte ich mich stark.

»Die haben Glück, jemanden wie *dich* zu haben«, sagte ich und legte ihm dabei meine Hände zwischen Hals und Schultern. Ich fing an, ihn zu massieren. Sicher, sanft und langsam bewegte ich die Hände. Das Blut jagte mir in den Schoß. Mein Blick hing an seinem Gesicht. Nichts zählte mehr, außer ob er mich gewähren ließ oder nicht. Er sah mich nicht an, schloß die Augen, öffnete die Lippen, und ich hörte einen sanften Laut, irgendwo zwischen »ohhh« und »hmmmmm«. Er ent-

spannte sich und sackte unter meiner Berührung zusammen. Ich setzte mich zurecht, um ihn mit mehr Druck massieren zu können, schob die Hände unter sein Brook-Brothers-Hemd und knetete seine Schultern, die in T-Shirt-Ärmeln steckten. Nick hob die Hände. Jetzt war alles vorbei, was für ein Schlag. Doch er knöpfte nur sein Hemd auf, zog es aus der Hose, streifte es ab und warf es auf den Tisch. Ich verstärkte den Druck von Daumen und Zeigefinger unter einem der Schulterblätter und fing an, seinen festen Rücken zu bearbeiten. Er ließ die Hand auf mein Knie sinken und lehnte sich an mich, nun befand sich seine Taille zwischen meinen Beinen. Ich zog das T-Shirt aus seiner Unterhose, und meine Hände folgten wie von selbst den unvergeßlichen einzigartigen Rundungen seines warmen Fleisches. Er sackte noch ein Stück nach hinten, was sich in einen köstlichen Druck auf meine edelsten Teile umsetzte. Er mußte gespürt haben, wie ich sie gegen seinen Hintern gedrängt hatte.
»Es ist so schön, dich zu berühren«, flüsterte ich. Ich arbeitete mich mit den Händen die Arme entlang, massierte seinen Bizeps und spürte das Verlangen, ihn überall zu küssen.
»Es ist so schön, von dir berührt zu werden, Alex«, sagte Nick. Ich war wie benebelt – Lust, Erstaunen, Unglaube und Hoffnung wirbelten mir durch den Kopf. »Ich hab dich so sehr vermißt. Ich hatte Angst, daß du mich haßt.« Nun sah er mir in die Augen. Mein Blick war verschleiert von den süßesten Tränen, die ich jemals vergossen hatte. Mir versagte die Stimme, und ich schüttelte einfach den Kopf. Langsam rollte er sich auf mich, senkte den Kopf auf meinen Hals. Als seine unsagbar sanften Lippen meinen Hals entlang zum Ohr wanderten, rief das einen leidenschaftlichen Schauder nach dem anderen hervor. Ich streichelte seine behaarte Brust, befeuchtete einen Finger und liebkoste seine kleinen steifen Brustwarzen. Ich konnte den Moment gar nicht voll auskosten,

denn sein Mund senkte sich auf meinen, und er küßte mich. Dieser Kuß war es wert, achtzehn Monate darauf zu warten. Verdammt, selbst achtzehn Jahre wären noch ein gutes Geschäft gewesen.

»Du zitterst ja«, murmelte Nick mit leiser, fester Stimme.

Ich bibberte wie ein Küken und bettete sein hübsches Gesicht in meine Hände. »Ich liebe dich, Nick.«

Er schlang einen Arm um mich und streichelte mir übers Haar. »Du hast dich kein bißchen verändert.« War das ein Lächeln auf seinen Lippen? Ja, beinahe.

Sein T-Shirt war bereits bis zum Hals gerutscht, und es war mir ein leichtes, es über seinen Kopf zu ziehen. Er ließ sich auf den Rücken sinken, das Gesicht mir zugewandt, den Kopf mit einem Arm abgestützt. Ich beugte mich vor, um jeden Zentimeter seines Oberkörpers zu küssen. Meine Hand, die ich auf seinen flachen Bauch gelegt hatte, glitt vorbei an seiner Gürtelschnalle zu der länglichen Wölbung, die sich – flachgedrückt in seiner grün-grauen Hose – überwältigend abzeichnete. Ich ließ meine Finger darauf liegen, spürte den Druck, die Kraft. Der prächtigste Penis der Welt drängte sich an den besten Freund, den ein Mann nur haben kann. Ich öffnete die Hand und umfaßte ihn.

Mit einem Ruck zog ich die Hand zurück. Ein rhythmisches, grelles Piepen – wie von einer Hundepfeife – schrillte durchs Büro und jagte mir einen verdammten Schrecken ein. Nick zuckte zurück bis zur Sofalehne, sprang auf und rannte auf den Tisch zu. Das Telefon, das beschissene Telefon.

»Mein privater Anschluß«, murmelte er und tastete nach dem Hörer. »Hallo? ... Hi ... Ich bin bald fertig – Klar, kann ich bestimmt ... von Oreos oder von Pepperidge Farm? ... Okay ... Tschüß.« Er legte auf. Das einzigartigste und romantischste Ereignis meines Lebens fand ein jähes Ende, weil Barney Gagnon was zu mampfen brauchte, während er vor der

Glotze hing. Ich wette, er saß da mit dem *Video-Führer für nackte Tatsachen.*

Ich wartete ab, was Nick zu tun gedachte. Er schaltete die Leselampe aus und kam wieder zurück zum Zweisitzer. Setzte sich neben mich, in absoluter Dunkelheit. Legte mir einen Arm um die Schulter, und zog mich an sich. »Mein kleiner Mr. Young. Was machen wir nur.« Es hörte sich nicht wie eine Frage an.

Ich schluckte heftig, damit meine Stimme nicht zitterte, als ich sagte: »Ich meine, wir sollten mal reden.«

Er nickte und seufzte dann tief und lang. »Wenn du mich doch nur die ganze Nacht in den Armen halten könntest.«

Oh, mein Gott. Hatte ich Wahnvorstellungen? »Kann ich, Nick.« Bitte, laß es zu. Doch das behielt ich besser für mich. Ich küßte ihn sanft auf den Hals.

»Nicht heute nacht«, flüsterte er. »Ich kann nicht ...« Okay, laß uns das Lager abbrechen und überlegen, wie's weitergehen soll. Kein Gezeter. Und dann nichts wie weg hier. Er erleichterte mir die Sache: »Wann fährst du wieder zurück nach L. A.?«

»Donnerstag.«

»Was hältst du davon, wenn ich am Montag nach San Antonio komme? Paßt dir das?«

»Ja, sehr sogar.« Ich konnte mich nicht beherrschen, meine Hand mußte sich einfach noch mal in seinen Schritt stehlen, um festzustellen, ob sich da noch was tat. Na ja, halb und halb, fand ich heraus. Er beantwortete meine stumme Frage mit einem Tätscheln auf den Rücken. Dieser Code hatte sich zwischen uns schon lange etabliert – als Antwort auf die unausgesprochene Frage, ob das Vergnügen nun ein Ende hätte. Ich fügte mich und wand mich so langsam wie möglich aus seiner männlichen Umarmung. »Ich bin jetzt mit Sara verabredet«, sagte ich.

»Wo denn? Ich kann dich hinbringen?«
»Nein, es ist gleich hier um die Ecke«, log ich. Bis zum Club war es noch eine halbe Meile, und ich wollte, daß wir uns hier, in diesem Zimmer, voneinander verabschiedeten. Wir standen auf, hielten uns immer noch an den Händen.
»Danke fürs Abendessen, Nick.«
»Ich danke *dir.*«
»Und das ist für den Fall, daß wir uns nicht mehr sehen.« Ich küßte ihn lange und voller Leidenschaft.
»Wir sehen uns.« Ich hätte nicht sagen können, ob Tränen in seinen Augen standen oder ob nur die Kontaktlinsen schimmerten. Er umarmte mich. »Denk immer daran ...« fing er den Satz an und verstummte.
Daß ich dich liebe???? »Woran« fragte ich. In meinem Kopf drehte sich alles. »Woran soll ich denken?«
Er küßte mich auf die Wange. »Daß ich dich nie vergesse.«
»Okay. Tschüß.« Ich jagte aus dem Zimmer, rannte durch die Lobby und über die Congress Avenue, damit er nicht an mir vorbeifahren und mich dabei ertappen konnte, wie ich durch die Straßen irrte.
Allmählich legte sich der irrsinnige, leidenschaftliche Rausch, den Nick wie durch eine Droge in mir ausgelöst hatte, und die Bedeutung dessen, was sich eben ereignet hatte, wurde mir langsam in seinem vollen Ausmaß bewußt. Nun mußte es jeden Moment so weit sein, daß sich das letzte Teil eines Puzzles einfügte. Das letzte Stück, das mir noch gefehlt hatte, um mein Leben zu einem erfüllten, ewig sonnendurchfluteten Ganzen zu machen. Lang genug hatte Nick dumpf vor sich hingelebt, ohne sich bewußt zu machen, daß ihm etwas zum Glück fehlte. Nun war er bereit zu einem strahlenden, neuen Leben, zusammen mit einem ganz bemerkenswerten jungen Mann – nämlich mir. Vielleicht hatte er sich aber einfach nur einsam gefühlt, war schwach geworden, weil er mich

nicht enttäuschen wollte. Natürlich. Mit diesem Gedanken quälte ich mich, seit wir was miteinander hatten. Aber diesmal war alles anders, diesmal mußte einfach alles anders sein. Eine Autohupe blökte.

Ich war auf der Forth Street direkt vor einen klotzigen Allrad-Geländewagen gelatscht. Entsetzlich! Fast wäre ich überfahren worden, nur weil um mich herum alles im Nebel lag. Ich war nicht mal mehr in der Lage, eine verdammte Straße zu überqueren. »Hey, du Scheißkerl!« schrien mir die Jungs aus dem Wagen zu, von einer Studentenverbindung offensichtlich. Ich sah zu, daß ich auf die andere Straßenseite kam. »Idiot!« hörte ich einen von ihnen hinter mir herbrüllen, bevor der Suzuki Samurai davonjagte. Ich hätte ihnen den Stinkefinger zeigen können, aber das verschaffte mir auch keine Befriedigung, jedenfalls nicht so, daß ich deswegen eine Schlägerei riskiert hätte. Die Kids in Texas haben nämlich ein ganz schönes Temperament.

Keine Schlange vor der Oilcan, nur ein paar Stammgäste, die nach draußen blinzelten und die Passanten beäugten. Drüben auf der anderen Straßenseite, vor dem Capitol City Playhouse, war erst recht alles ruhig, dort saßen sie alle – und zwar in bevölkerungsstatistisch durchaus relevanter Zahl – längst drin und sahen sich den zweiten Akt von *Wie ein Mädel dem Chaos verfällt* an. Das männliche Gegenstück einer Babypuppe überprüfte an der Tür des Clubs kurz meinen exotischen kalifornischen Führerschein und legte mir dann ein Getränkeband ums Handgelenk. Natürlich kein Eintritt. Die Gaybars konkurrierten in Austin beinahe genauso verbissen wie am Santa Monica Boulevard, und die Musik hier war noch um Klassen besser. Depeche Mode bedröhnte mich, während ich den ziemlich kleinen, in rotes Licht getauchten, halbvollen Club nach Sara absuchte. Ich entdeckte sie an einem kleinen Tischchen. Sie trank einen Coronas, zusammen mit ihrer ehemaligen Mitbewohnerin Valerie und deren Mann Chuck, einem Computeringenieur, der Ähnlichkeit mit Nicolas Cage hatte. Ich hatte Probleme, mich an einem Kerl mittleren Alters vorbeizuzwängen, der vollkommen fixiert war auf einen schwarzen Muskelhengst, dem er fortwährend mit dem Finger auf die Brust hackte, um irgendeine kaum verständliche Behauptung zu unterstreichen. Valerie entdeckte mich und schob sich an den beiden vorbei. »Alex!« quietschte sie und plazierte bei ihrer innigen Umarmung ihren »weltberühmten« Busen zwischen uns.

Sara und Chuck hasteten ebenfalls herbei. »Was macht ihr denn alle hier?« rief ich ehrlich erfreut. Heute abend wollte ich alle sehen, ich war begierig, mein Glück wie dicke Sahnebutter unters Volk zu schmieren.

Chuck drückte mir einen Cape Cod in die Hand, komplett, inklusive schwimmend-schwappendem Zitroneneckchen. »Wir haben gehört, daß ein Soap-Star hier höchstpersönlich auftaucht!« Ich umarmte ihn auch noch.

»Gratuliere, Alex!« rief Valerie. »Wir schieben jeden Abend die Kassette von der Serie rein und spulen uns mit dem Vorlauf bis zu den Szenen mit dir vor!«

»Die einzige Art, wie man die Serie ertragen kann!« schrie ich ihr ins Ohr. Das einschlägige Hämmern der High-School-Hymne »You Spin Me Round (Like A Record)« erhob sich wie ein Dance-Mix-Phönix aus der Asche des verklungenen Liedes. Wir hoben alle gleichzeitig die Augenbrauen und jagten in Richtung Tanzfläche los.

Sara schlang die Arme um meinen Hals und legte ihren Mund an mein Ohr. »Was, zum Teufel, ist passiert?« In ihren Augen stand der inständige Wunsch, etwas Positives zu hören.

Ich wiegte geheimnisvoll den Kopf – nach der Art »Tja, Mädchen, wer weiß das schon«. Wir hatten beinahe die Tanzfläche erreicht, da rempelte ich gegen einen durchtrainierten

Rücken in einem ärmellosen Einteiler und einen in Levi's gequetschten Killerhintern. Der dazugehörige spanische Hüne fuhr herum.

»'tschuldigung«, brüllte ich, als Sara mich gegen ihn schubste. Er zwinkerte mir zu. Ich legte meine Arme um Sara und schrie: »Es war unglaublich! Wir haben uns geküßt und beinahe hätten wir *in seinem Büro zusammen geschlafen*!«

Sie starrte mich ungläubig an. »*Soll das ein Witz sein*?!«

»Nein!« schrie ich und umarmte sie. Jetzt mußte ich wirklich tanzen. Ich stellte mein Glas ab, erstaunt, daß es schon leer war. Sara nahm mich bei der Hand, und wir schoben uns ins Gedränge. Book of Love, New Order, Eurythmics – in Harry's Oilcan blieben die Achtziger für immer lebendig. Ich hatte meinen Drink ein bißchen schnell runtergekippt, oder vielleicht gerade schnell genug. Die innere Anspannung, die sich in mir aufgebaut hatte, seit ich zum erstenmal Nicks Stimme auf meinem Anrufbeantworter in L. A. gehört hatte, schmolz in den Flammen meiner Technopop-Euphorie dahin. Ich fühlte mich wie ein Lavastrom und genau in der Stimmung, auf dem Parkett Hunderte von verschiedenen Formationen zu probieren. Nicht mal die vielen hübschen Collegeboys, die sich auf der Tanzfläche breitmachten, konnten mich reizen. *Nick hatte mich gewollt*. Was für ein wundervoller Gedanke. Er trug mich wie eine warme Welle.

Schließlich kam ein ziemlich lausiges Lied, wir verdrückten uns alle vier an die Bar, und ich bestellte eine Runde. Wir tranken auf »Erfolg und ein erfülltes Liebesleben«. Dann zogen wir uns in die Reihe Theatersitzbänke zurück, von der aus man die Tanzfläche beobachten konnte. Zwei Sitze von Chuck entfernt fing ein stachelhaariger Blondling in einem zerschnittenen Uni-Sweatshirt an, einen mageren Teeny mit Totenkopfohrring abzulecken. Sie vollführten Bewegungen, als würden sie es miteinander treiben. Chuck tat so, als sei er äußerst empört, aber dann erzählte er unbeirrt weiter von dem Haus, daß er und Valerie sich kaufen wollten. Wenn es um Schwule ging, war er wirklich ein anständiger Kerl. Valerie warf einen Blick auf Saras Uhr und knurrte mürrisch.

»Ich muß um sechs bei der Arbeit sein«, sagte sie und untermalte ihre Aussage mit der entsprechenden Anzahl an Fingern. Auf einmal dröhnten die Go-Go's los, und ich schnappte mir Valerie und Chuck und bestand darauf, noch einen Song lang zu tanzen.

Nachdem sie gegangen waren und mir versprochen hatten, mich in L. A. zu besuchen und auch »all das weiße Fleisch« zu essen, suchten sich Sara und ich ein ruhiges Plätzchen im Innenhof, wo ich ihr bei frischer Luft und Mondenschein alles haarklein berichtete. Vom Abendessen mit Nick und vom anschließenden Extranachschlag.

»Mein Gott«, sagte sie, »die Sache hat wohl nie ein Ende.«

»Nein, niemals. Erst, wenn er das tut, was wirklich gut für ihn ist.«

»Ich weiß nicht, was ich dazu sagen soll, Alex.« Sie legte mir eine Hand auf die Schulter. »Ich hoffe, es läuft gut.«

»Du bist skeptisch, wie.«

»Du etwa nicht? Ich will nicht, daß du am Boden zerstört bist, wenn das alles gar nichts zu bedeuten hat.«

Ich seufzte und hievte mich aufs Geländer, und es war mir egal, daß ich dabei naß wurde. Ich verbarg mein Gesicht in den Handflächen und beobachtete durch die Finger, wie meine Beine in der abendlichen Brise baumelten. Sie hatte ja recht, wie immer. Nick hatte mit keinem Wort angedeutet, daß er eine Beziehung mit mir eingehen wollte. Und trotzdem ...

»Sara, wenn du wüßtest, wie er mich festgehalten hat ... wie er mich geküßt hat ... als ob er verhungern würde.«

»Er konnte dir nie widerstehen, hast du das vergessen? Du

bist lange Zeit weg gewesen, und er hat dich vermißt. Jetzt bist du wieder hier, unglaublich erfolgreich und attraktiv. Er hat sich bestimmt unheimlich von dir angezogen gefühlt, das ist alles.« Ihre traurigen, mitleidsvollen Augen verrieten mir, wie hilflos sie sich fühlte. »Alex, bitte, du weißt doch, wie froh ich wäre, wenn ihr schließlich doch zusammenkommen würdet. Ich mag Nick unheimlich gern, aber er muß sich aus diesem Sumpf befreien, und dabei kann ihm keiner helfen.«

»Ich helfe ihm dabei«, sagte ich, hauchte es eigentlich eher. Sie nickte, sie verstand mich. »Scheiß drauf«, sagte sie und kippte den Rest ihres Drinks runter. »Komm, wir amüsieren uns. Warum, zum Teufel, sind wir sonst hier?« Sie zog mich vom Geländer. »Hör dir mal die Musik an.« Das tat ich. Es war »Always On My Mind« von den Pet Shop Boy's, dieser legendäre Song, der unbeteiligtes Zuhören zu einem Ding der Unmöglichkeit machte. Irgendwann während des Liedes drehte ich mich nach Sara um. Sie war verschwunden. Ich entdeckte sie am Rand der Tanzfläche. Sie plauderte angeregt mit ein paar Jungs, die ich flüchtig kannte – vom *Daily Texan*, der unbedeutenden Unizeitung. Während unserer Zeit am College hatte Sara dort mitgearbeitet. Im letzten Jahr schrieb sie die Unterhaltungskolumne: Woche für Woche brachte sie irgendwas Provokatives wie »Wilson Phillips: Die satanischen Verse«.

Ich betrachtete mich in der verspiegelten Wand beim Tanzen. Langsam brach mir der Schweiß aus. Okay, um ehrlich zu sein: Ich schwitzte wie ein Schwein. Das Haar lag mir wie ein feuchter Helm um den Kopf, die Ponyfransen fielen zusammen, mein Gesicht glänzte. Das Hemd war nur noch ein schlapper, seidener Nikotinfilter. Genau der richtige Moment für meine Fans, mir die Aufmerksamkeit zu schenken, mit der sie mich bis jetzt verschont hatten.

»'tschuldigung!« brüllte ein Kid mit Drillichweste und Bürstenschnitt und hämmerte mir dabei auf den Arm. »Du machst bei *Hearts Crossing* mit, stimmt's?« Seine Augen musterten mich seltsam fragend, als sei er plötzlich nicht mehr sicher.

»Richtig!« schrie ich zurück.

»Ich hab meinem Freund gesagt, daß du's bist!« grölte er mir ins Ohr und verströmte dabei eine Bierfahne. Ich sah auf und entdeckte, daß sein Freund der prächtige Mexicanboy in dem dunklen Muskelshirt war, dem ich bereits nähergekommen war. Er schenkte mir ein umwerfendes Lächeln. O Mann.

Ich streckte ihm die Hand entgegen. »Ich bin Alexander Young!« Der Freund schlug ein; sein Name war Paul Gonzalez, der andere hieß Chick. Sie wollten mir einen ausgeben, und wir bestellten Rum mit Cola. Ich erzählte ihnen, daß ich hier zur Uni gegangen sei, und Paul berichtete, er ginge auf die Southwest-Texas-Uni in San Marcos.

»Aber dieses Semester fliegt er wohl raus«, informierte mich Chick ziemlich hinterhältig.

Alkohol haut mich beinahe genauso gründlich um wie ein Latino-Sexgott. Zwei Drinks waren bei mir absolutes Limit – langsam versank ich ins Reich des Vergessens, und dabei wurde ich von Pauls festem Schenkel begleitet, der sich beharrlich gegen meinen preßte. Während er fortwährend darüber jammerte, daß ein nicht versicherter Fahrer seinen neuen Wagen zu Schrott gefahren hatte, hielt ich mit einem Auge Ausschau nach Sara und schielte mit dem anderen auf die dunklen, spitzen Brustwarzen, die durch die Struktur des Muskelshirts schimmerten. O Mann, bei dem Kerl spannte sich wirklich alles. Wo war nur sein kleiner Freund, dieser Chick? Im Vergleich zu Paul eigentlich mehr ein Chicken. Was für ein hübsches Paar. Der Gedanke erheiterte mich. Ich mußte grinsen. Paul verstand meine Heiterkeit als Aufmunterung und drängte sich dichter an mich. Er legte mir eine Hand um die Taille. Der Rausch versenkte den gesamten Club in eine träge Unterwasserszenerie, alles war wie gelähmt – sogar mein Schwanz wurde im Zeitlupentempo hart. Paul fragte mich, ob ich mit einem der Jungs aus der Serie schon mal was »gehabt« hätte. O nein, bitte nicht ... Ich war ja noch nicht mal mit einem von ihnen essen gewesen, dachte ich entsetzt. Sein Stahlschenkel näherte sich unbarmherzig meinem Schoß, und er beugte sich vor, um mich zu küssen. Einer meiner Nasenflügel schnappte Eternity auf, der andere ein Aussie-Haarstyle-Mittel. Ich schielte über Pauls Schulter – wo, zum Teufel, war nur dieser Chick? – und erblickte Trevor Renado, der an mir vorbeiging. Unmöglich. Ich warf mich beinahe nach vorn, um noch einen Blick auf ihn zu erhaschen, bevor er in der Masse eng aneinandergepreßter Körper verschwand. Das konnte nicht wahr sein, und doch ... Ich schlängelte mich durch das Gedränge, Paul und seine dreiste Annäherung waren nur noch eine verschwommene Erinnerung.

»Ich hab schon gedacht, du bist verschleppt worden«, sagte Sara und packte mich am Arm.

»Trevor ist hier! Ich hab ihn gerade gesehen!« Die Worte kamen, als lägen mir schwere Karamelklumpen träge auf der Zunge.

»Dieser Mistkerl aus L. A.?!« rief sie zweifelnd. »Wieviel hast du getrunken?«

Während ich nicht aufhörte, meine Blicke über die Menge schweifen zu lassen, versuchte ich irgendwie zu protestieren. Paul war wieder an die Bar gegangen, und Chick saugte an seinem Hals wie einer von den Lost Boys.

»Komm schon, Alex, laß uns abhauen!« Sara machte sich daran, mich zum Ausgang zu lotsen, denn allein schaffte ich es nicht mehr. Bevor wir den Club verließen, drehte ich mich um und warf einen letzten suchenden Blick auf die Tanzfläche. Da entdeckte ich ihn. Er tanzte, trug schwarze Shorts, und auf seiner nackten, durchtrainierten Brust wippte ein Art-deco-Kruzifix. Fünf Sekunden lang konnte ich ihn im vollen Licht eines Scheinwerfers betrachten, dann wurde er von mehreren hundert schwitzenden, vibrierenden und herumwirbelnden Schwulen verschluckt. Ich lehnte mich an die Wand und wäre glatt auf den Boden gesackt, wenn Sara mich nicht mit sich gerissen hätte. Hastig verließen wir den Club und traten in die immer noch von einem warmen Sommeratem durchdrungene Oktobernacht.

April 1990

Um Gottes willen, du darfst ihn auf keinen Fall anrufen«, ereiferte sich Sara. Wir aalten uns in der mörderischen Sonne, wobei wir uns gnadenlos über die Swimmingpoolordnung des Wohnkomplexes hinwegsetzten (indem wir Tortilla-Chips knabberten). Zwei Tage waren vergangen, seit ich Nick zum erstenmal geküßt hatte. »Schlimm genug, daß du schon Pläne geschmiedet hast, bevor er zur Tür raus war«, fuhr sie gelassen fort und fischte einen Tomatenstiel aus Valeries selbstgemachter Salsa.

»Ja, ja, ich weiß«, gab ich patzig zurück. Meine ins orangefarbene spielende *Psycho-Beach*-Bräune wirkte ach-so-entzückend im Kontrast zu dem blauen Tanga. Ich malte mir aus, wie sich wohl das natürliche Sonnenlicht auf meinen Teint auswirken mochte. Egal, mich konnte nichts mehr ruinieren, jedenfalls innerlich nicht.

Nachdem Nick gegangen war und mir nichts von ihm geblieben war, außer einem Versprechen, in der kommenden Woche mit mir nach Houston zu fahren, hatte ich alles mögliche unternommen, um mich zu beruhigen: hatte mich an meine Spanisch-Hausaufgaben gesetzt, heiß und ausgiebig geduscht und schließlich zweimal masturbiert. Dann hatte ich mit leerem Blick vor einem fünfundvierzigminütigen Werbefilm mit Meredith Baxter und Lisa Hartman rumgehangen. Um Sara anzurufen, war es bereits zu spät gewesen. Selbstverständlich war es vollkommen unmöglich, Barney anzurufen und ihm von der Neuigkeit zu berichten. Tragischerweise. Irgendwie brachte ich dann auch die nächsten sechsunddreißig Stunden herum, in denen zwei Aufführungen von *Psycho Beach Party* und ein langes gemütliches Mittagessen mit meinen Eltern auf dem Plan standen. Sie waren extra für einen Nachmittag in die Stadt gekommen. (»Honey, deine Rolle in dem Stück bekommt dir ausgesprochen gut«, ließ meine Mutter mich wissen. »Du glühst geradezu.« Tja, weißt du, Mom, eigentlich glühe ich, weil ich mich gerade erst über den Mann meiner Träume hergemacht habe. Reich mir doch bitte mal den Pfeffer.)

Nick aus der Ferne zu vergöttern, das hatte mich schon ziemlich fertig gemacht. Aber jetzt war mein Leben ein einziges Trümmerfeld. Hatte ich mich nicht sechs grausame Monate lang an Nick herangeschlichen, um nun mit fünfzehn Minuten abgespeist zu werden? Fünfzehn Minuten, nach denen er mir wahrscheinlich nie wieder in die Augen sehen konnte und sich auf gar keinen Fall in mich verlieben würde. Bevor er gegangen war, hatte er mich in die Arme genommen und gesagt, ich müsse keine Angst haben. »Du wirst mich schon nicht vergraulen.« Er hatte es mir beinahe ins Ohr gesäuselt, ganz sanft. Was sollte das heißen? Was für eine Freundschaft sollte das werden, wenn ich ihn nie wieder berühren durfte?

Immer wenn ich mich nicht gerade gedanklich mit etwas Bestimmtem beschäftigte, kam ich ins Träumen. Ich weidete mich an den Bildern des einen, einzigen Abends. Ich wußte, daß der Mietvertrag von Nick und der Bulldogge im Juli auslief – das war der Nährboden meines komplexen Traumgebildes. In den schillerndsten Farben malte ich mir unser Zusammenleben aus: Wie ich uns das Frühstück machte, unseren Garten in Schuß hielt und Nick zu ungeahnten sexuellen Highlights verhalf. Sooft ich ihn irgendwie aus den Kleidern pellen konnte, würden wir gemeinsam erotisches Neuland betreten.

In Wirklichkeit aber hatte sich Nick nur in einem Punkt festgelegt, nämlich bezüglich unseres Trips nach Houston. Aber immer, wenn ich mir das romantische Idyll aus dem Kopf schlagen wollte, verlor ich den Boden unter den Füßen. »Wie krieg ich's nur hin, daß wir uns körperlich noch mal so nah kommen?« fragte ich Sara.

»Wenn du mit aller Macht darauf hinarbeitest, daß was passiert, geht der Schuß vielleicht nach hinten los. Sollte aber kein Wortspiel sein.« Sie griff in die Kühlbox und angelte sich ein paar garantiert nicht kalorienarme Dr. Peppers. Gegen Süßstoff hatte sie was. Nicht, daß mir ein paar Löffel Zucker noch was anhaben konnten, ich war sowieso fertig mit der Welt – schlimmer konnte es nicht mehr werden.

»Es ist nur so, daß ich immer derjenige bin, der den ersten Schritt machen muß. Ich glaub nicht, daß er die Sache in die Hand nimmt. Aber wenn ich die Initiative ergreife, läßt er sich vielleicht auf mich ein«, argumentierte ich. Es war zwar unsinnig, aber ich wollte Sara unbedingt davon überzeugen, daß ich Nick am Montag mit Haut und Haaren verschlingen mußte.

»Die Situation ist wirklich festgefahren«, lamentierte sie. »Vielleicht mußt du tatsächlich den nächsten Schritt machen.« Na, prima. »Aber es ist gefährlich.«

»Warum denn das?«

Sie rieb sich mit der Bräunungslotion großzügig Arme und Bauch ein. Ihre Bauchdecke war straff wie eine Trommel. »Eure Beziehung hat sich grundlegend geändert, jetzt seid ihr an einem entscheidenden Punkt. Bevor du dich gedankenlos in was reinstürzt, mußt du sicher sein, daß er vollkommen entspannt und mit guten Gefühlen bei der Sache ist. Wenn du's mit Gewalt erzwingst, darfst du mich für die Konsequenzen nicht verantwortlich machen.«

»Ich werde behutsam vorgehen«, versprach ich, schlenderte zum Pool und hüpfte hinein. Als ich wieder auftauchte und mir das Wasser aus den Ohren schüttelte, redete Sara mit mir. »Häh?« Ich hievte mich mit Hilfe meiner sorgfältig trainierten

Bizepse aus dem Wasser und checkte mit einem raschen Blick, ob meine Badehose nicht unter die knapp abgedeckte Schamgrenze gerutscht war.

»Ich hab gesagt, das Vorsprechen für Shakespeare scheint dir ja nicht besonders wichtig zu sein.«

War's auch nicht. Es fiel mir ziemlich schwer, Begeisterung für einen Sommer mit sechs Shakespeare-Aufführungen aufzubringen, und das im feuchtwarmen Ridley Scottschen Houston. Obwohl das Vorsprechen für das verdammte Festival der eigentliche Grund meiner Reise mit Nick war. Vielleicht würde ich sogar absagen, wenn sie sich für mich entschieden. Wahrscheinlich steckten sie die Schauspieltruppe in irgendein Gemeinde-College – und damit fielen intime Besuche von Nick flach. Sara und ich gingen rein. Während sie alles für einen kurzen Trip nach San Antonio zusammenpackte, klärte ich sie über meine Einstellung zu Houston auf. Sie redete mir noch ein bißchen ins Gewissen, daß ich meine Lust zügeln und auf Nummer sicher gehen sollte, und dann war sie weg.

Am nächsten Tag, nach meiner Nachmittagsvorstellung, drehte ich Eddie Brickell auf volle Lautstärke und brachte meine Wohnung in Schuß. Ich hörte nicht mal, wie das Telefon klingelte, erst als der Anrufbeantworter piepte, wurde ich aufmerksam. »Sprechen Sie beim Piepton«, quakte ich vom Band, kurz bevor Nick loslegte. Mit scheuermilch-glitschigen Händen hämmerte ich auf die Tasten. Beim Zurückspulen drang ein jämmerliches Winseln vom Band.

»Nick! Ich bin zu Hause«, keuchte ich.

»Wie läuft das Wochenende so, Mr. Young?« fragte Nick. In seiner Stimme umfing mich die ganze texanische Freundlichkeit.

»Fantastisch«, behauptete ich. Gott sei Dank, daß du anrufst. Sag jetzt bitte nicht, daß es vorbei ist. Mein Gott, bitte. »Die Verabredung morgen steht noch?« Wenn man be-

denkt, daß ich meine Finger so tief in die Handflächen grub, daß sich Wülste bildeten, hörte ich mich eigentlich recht locker an.
Eine Ewigkeit, dann: »Na klar, ich komm so gegen zehn. Schwänzt du morgen?«
»So kann man's nennen.« Ich liebe dich so sehr. Mit geschlossenen Augen strich ich mir zärtlich mit dem Hörer über die Wange. »Meine Schauspiellehrer wissen, daß ich vorspreche. Ich kann's mir ruhig erlauben, bei Spanisch zu fehlen.« *Mi corazón es tuyo. Vamos muy lejos de aqui, Guapo.*
»Laß dir's gutgehen, okay?«
»Okay.«
Wir legten auf. Ich zog mir ein T-Shirt über und fuhr durch die Gegend, bis ich eine geöffnete Waschstraße gefunden hatte. Dann machte ich noch einen Abstecher in einen Lebensmittelladen, um ein paar Kleinigkeiten für unterwegs zu besorgen. Ich hatte mir von Sara eine Kühlbox geliehen, die ich mit Cokes und den kleinen, von Nick so geliebten Peppermint Patties auffüllen wollte. Ich zog in Erwägung, mich gänzlich in Unkosten zu stürzen und Submarine-Sandwiches für uns zu machen, die ich dann in besonders große, luftdicht verschließbare Beutel gepackt hätte. Sieht zu sehr nach Hausmütterchen aus, entschied ich – und kam an der Auslage mit den Kondomen vorbei. Wenn es doch nur soweit kommen würde.
Bevor ich mich ins Bett legte, nahm ich noch eine heiße Dusche. Ich trocknete mich ab und betrachtete mich nackt im Spiegel. Als ich ganz nahe an den Spiegel heranging, entdeckte ich im Gesicht einen Mitesser. Weg damit. Dann wich ich einen Schritt zurück und betrachtete meine Verpackung in ihrer Gesamterscheinung. Nick hätte es verdammt viel schlechter treffen können. Mein Gott, wie schon seit Jahren. Aber natürlich sind eine gut entwickelte Brustpartie, ein nied-

licher kleiner Mund und ein wohlproportionierter Pimmel nicht alles, was man zum Leben braucht. »Ich liebe dich«, übte ich, an mein Spiegelbild gewandt. Ich neigte den Kopf leicht nach rechts, um mein Profil von der Schokoladenseite zu zeigen, und sah mir tief in die Augen. »Ich liebe dich, Nick.« Wenn er mich nicht wiedersehen wollte, hätte er dem Ausflug auf gar keinen Fall zugestimmt. Ich legte mich ins Bett und versuchte, von ihm zu träumen.

Am nächsten Morgen klopfte er pünktlich an meine Tür. Ich öffnete ihm so aufgekratzt, daß ich beinahe atemlos war.

Alles war anders, das sah ich sofort.

»Hi«, sagte er. Sein Lächeln war nicht mal ein Zehntel von dem, was ich erwartet hatte. Er stand mit steifen Schultern im Türrahmen und hatte die Hände in den Taschen seiner Shorts vergraben. Dieselben roten Shorts, unter die ich mich vor ein paar Tagen vorgewagt hatte, stellte ich fest. Was mir einen nervösen Stich versetzte.

Kein Kuß. Kein geflüstertes »Wie geht's dir, Alex?«, während er mich in die Arme schloß und den Kopf auf meine Schulter legte. Nichts.

Während ich mir meine Tasche und die Kühlbox schnappte und den Air-Conditioner auf siebzehn stellte, erwog ich in einem kurzen, aber glasklaren Moment der Erkenntnis, den Ausflug abzublasen. O nein. Tapfer, wenn auch wie benommen, stapfte ich mit Nick zu meinem Wagen. Wir fuhren in Richtung Houston, dieses beschissene Houston.

Während wir auf dem beinahe dreieinhalb Stunden langen Weg Meile um Meile öde Prärie vorübergleiten ließen, fühlte ich mich immer unwohler. Ich war verwirrt. Nick war noch nie so ruhig und in sich gekehrt gewesen. Es blieb mir nichts anderes übrig, als das friedhofsähnliche Schweigen mit wahllosem Geplapper zu durchbrechen. Ich plauderte über dies und jenes, über alles, was mir gerade in den Sinn kam und was nicht verfänglich war: meine Familie, die Wahl der Schülervertretung im College und die Frage, ob Kunstseide oder hundertprozentige Baumwolle zu bevorzugen sei. Nick steuerte ein absolutes Mindestmaß an Kommentaren bei.

Ich wollte das Thema darauf bringen, was zwischen uns vorgefallen war, und legte mir Hunderte von Möglichkeiten zurecht. Ich wollte erfahren, was der Abend für mein weiteres Leben zu bedeuten hatte, aber jeder Satz wäre tödlich gewesen.

Gespannte und befremdliche Stimmung also. Als ich allerdings die falsche Abfahrt zur University of Houston wählte und wir schließlich mit fünfzehnminütiger Verspätung beim Vorsprechen ankamen, nahm das Ganze peinliche und nervtötende Züge an. Während ich zur Schauspielfakultät rannte, ging Nick in einen Bücherladen. Ich fand endlich einen Waschraum und trocknete mir den Schweiß vom Gesicht. Irgend so ein Wieselgesicht mit Baskenmütze, das dafür zuständig war, die Leute ins Auditorium zu bitten, ließ mich wissen, daß ich meinen Termin verpaßt hätte und nun eine Stunde warten mußte. Während ich noch in Erwägung zog, rüber zum Bücherladen zu gehen, erschien eine Frau, weiß, aber mit Rastalocken, und fragte mich, wer ich sei. Sie scheuchte mich ins Auditorium. Nachdem sie mich für mein Zuspätkommen getadelt hatte, wies sie mir einen Platz hinter der Bühne zu. »In einer Minute können Sie anfangen«, raunzte sie mich an.

Während ein bombastischer, hoffnungsschwangerer Monolog durch das Gebäude hallte, versuchte ich es mit ein paar stummen Aufwärmübungen. Hatte alles keinen Zweck. Hier, allein in der Dunkelheit, senkte sich die Wahrheit wie ein Schwarm pechschwarzer Vögel auf mich nieder. Meine Situation mit Nick war aussichtslos. Wie hatte es nur soweit kommen können? Erst diese sanfte, erotische Offenbarung unserer so vertrauten, heftigen Gefühle, und nun dieses Unbehagen, das zwischen uns stand und gegen das ich nicht anzugehen vermochte. Wie konnte ich nur wieder zu *dem* Nicholas vordringen, dem ich mich so nahe und verbunden gefühlt hatte und der sich mir vertrauensvoll hingegeben hatte? Wie konnte ich ihn aus dem eisigen Exil seines Elfenbeinturms befreien, in den er sich selbst verbannt hatte?

Als mich die Herren vom Houston-Shakespeare-Festival schließlich aufriefen, lieferte ich eine höchstens mittelmäßige schauspielerische Darbietung. Allerdings immer noch besser als das, was sich beim Abendessen mit Nick abspielte. Schweigend und in angespannter Atmosphäre brachten wir bei dem gemütlichen Italiener, den ich nach sorgfältiger Erwägung aus Valeries Houstonführer rausgesucht hatte, das Essen hinter uns. Je nachdem, wie der Tag so lief, wollte ich eigentlich vorschlagen, im River-Oaks-Theater einen Film anzusehen. Ich muß wohl nicht erwähnen, daß wir uns unmittelbar nach dem Essen wieder auf den Weg nach Austin machten. Sporadische und oberflächliche Unterhaltung. Nach fünfundvierzig Minuten Fahrt schlief Nick ein. Erst dachte ich, er täte nur so, damit er sich nicht weiter mit mir auseinandersetzen mußte, aber die Blicke, die ich ihm hin und wieder zuwarf (ungefähr alle drei Sekunden), verrieten mir, daß er vollkommen entspannt war. Der Kopf war leicht auf die linke Schulter gekippt, die Beine gespreizt, die Hand ruhte unverkrampft an seiner Seite. Nachdem ich zwanzig quälende Minuten lang hin und her überlegt hatte, streckte ich die Hand aus und schloß sie behutsam um seine.

Ungefähr eine halbe Stunde vor Austin fing er an, sich zu rühren, wenigstens ein bißchen. Ich löste meinen Griff. Nun habe ich ihn zum letztenmal berührt, dachte ich finster. Als wir vor meinem Haus hielten, hievte ich meinen Rucksack und die Kühlbox mit dem geschmolzenen Eis und den Minzriegeln, die keiner essen wollte, vom Rücksitz. Nick überraschte mich: Ohne ein Wort zu verlieren, folgte er mir die Treppe rauf. Es war schon beinahe dunkel. Er entschuldigte sich mit den Worten, er müsse mal für kleine Jungs. Ich hatte mir vor kurzem einen CD-Player angeschafft – die eine *Tusk*-Platte, die ich besaß, legte ich auf. Nick kam zurück und setzte sich in respektvoller Entfernung von mir auf die Couch. Wir plauderten ein bißchen über meine Pläne für den Sommer (blablabla). Er erzählte von dem Rechtsmittelkurs, den er belegen wollte, und der Jobsuche, die ihm bevorstand. Dann gähnte er und sagte: »Tut mir leid, ich bin unheimlich müde. Ich glaub, ich bin völlig erschöpft.«

Voller Panik rutschte ich ein Stück näher zu ihm und fing an, ihm den Nacken zu massieren. Er ließ den Kopf nach vorne hängen. Alles war wieder in Ordnung. Ich stieß einen kleinen, schaudernden Seufzer der Erleichterung aus. Dann, als die ersten Saitenklänge von Fleetwood Mac's »Sara« den Raum erfüllten, hörte ich auf, Nicks verspannten Rücken zu massieren, und küßte ihn. Als ich ihn berührte, hörte ich, wie Sara schrie: »No! No! Big mistake.«

»Alex«, sagte er und wandte sich abrupt ab, »wir dürfen nicht.« Ich legte ihm die Hände auf die Schultern und küßte ihn erneut. »Wir dürfen das nicht.«

»Warum nicht?« flüsterte ich.

Ein Meer der Liebe, in dem jeder gern ertrinkt, sang Stevie Nicks.

Ich versuchte, ihn noch mal zu küssen, und betete, seine Abwehr möge dahinschmelzen, wenn unsere Muskeln sich erst einmal Brust an Brust in einer Umarmung aneinanderdrängten. Die Masche zog verdammt schlecht.

Nick stand auf. »Ich weiß, daß es das ist, was du willst und was du brauchst, Alex, aber so eine Beziehung kann ich im Moment nicht eingehen.«

Sachlich-kühler Rechtsanwaltsstil. Im Klartext hieß das, daß sich all das, worauf ich seit diesem offenen Rucksack in der Bücherei hingearbeitet hatte, mit einem Schlag in Luft auflöste, nur weil ich nicht kapieren wollte, was er mir einen beschissenen Tag lang zu verstehen gegeben hatte. Weil ich ihm nicht seinen Freiraum ließ, locker blieb und meine verdammten Pranken von ihm ließ. Ich weinte.

In den kommenden Wochen quälte ich mich immer wieder damit, diese Szene in abgewandelter Form durchzuspielen. In Gedanken verhielt ich mich weniger plump. Statt mich, weil ich ihn unbedingt küssen will, an ihn ranzuschlängeln, massiere ich weiter seinen Nacken, und zwar mit beiden Händen. Er lehnt den Kopf an meine Brust, während ich mit festen rhythmischen Bewegungen seine Schultern bearbeite. Er entspannt sich, wird ruhig, und ich höre, wie er sich langsam in den Schlaf atmet. Ich küsse ihn lediglich auf die Wange. Ich genieße seine Nähe in vollen Zügen, seine Wärme, seinen köstlichen Duft. Er schläft.

Nick legte mir eine Hand auf den Rücken und setzte sich neben mich. Er hielt meine Hand, verschränkte seine Finger mit meinen. Alles war mir außer Kontrolle geraten. Ich wischte mir die Tränen ab, haßte mich, haßte den ganzen Tag. »Ich kann nichts für meine Gefühle«, keuchte ich gerade noch. Wirklich brillant.

»Ich weiß«, sagte er. »Es tut weh, aber du findest bestimmt jemanden ...«

»Sag so was nicht!« zischte ich. Dann sah ich ihm in die Augen und probierte es mit einer anderen romantischen Showeinlage: »Was war an dem einen Abend?«

Er schüttelte den Kopf. »Ich bin schwach geworden ...« Was für ein Blödsinn. Einfach ekelhaft, unerträglich.

»Du bist nicht schwach, Nick, bleib bitte. Ich werd auch nicht …«
»Ich muß jetzt nach Hause gehen«, sagte er, stand auf und kramte nach seinen Schlüsseln. Ich hörte nicht mal, wie die Tür ins Schloß fiel, so heftig schüttelte mich das Schluchzen.

Lieber Alexander,
ich muß Dir unbedingt erzählen, was mir bei meinem Job passiert ist. Also, jeden Tag guck ich mir in der Mittagspause mit meinen Freundinnen auf demselben Flur *Hearts Crossing* an.
Und gestern hat unser Chef, Mr. Hyde (Mann, der Kerl heißt wirklich so), seinen dicken weißen Arsch in unseren Aufenthaltsraum geschoben und sich fett und breit vor meiner heiß geliebten Soap Opera aufgebaut, um uns zu sagen, daß wir den Rest des Monats nur noch 'ne halbe Stunde Mittagspause haben!
Ich sag, »Och, Kinders, das soll wohl'n Witz sein? Und das, wenn Phalita gerade entdeckt, daß das mit dem Tagebuch ein riesiger beschissener Schwindel ist? Jetzt *wollen Sie* mir erzählen, ich soll mich hier vom Acker machen? Wissen Sie was, Sie Trottel? Sie können sich schon mal 'ne andere Schwesternschülerin suchen, denn ich werd meinen Simon ums Verrecken nicht verpassen, nicht eine lausige Episode davon! Ich muß mich hier jeden Tag mit Nadeln, Einläufen und Schleimbrei rumschlagen, und Sie wollen mir die eine Stunde Spaß verderben? Tut mir leid, da mach ich nicht mit!«
Und weißt Du, was passiert ist? Er ist schnurstracks rausmarschiert und hat nie wieder ein Wort darüber verloren. Er weiß, daß ich in ungefähr neunzehn Sekunden 'ne Beschwerde gegen ihn geschrieben hab,

wenn er bei meiner Soap Opera mit irgendwelchen Mätzchen anfängt.
Wie dem auch sei, Honey, Du bist süß wie Honig und schlecht bis auf die Knochen, und wir kriegen alle nicht genug von Dir.
Viele Grüße,
LeRoi-Jaques Fortenberry III, R. N.
Atlanta, GA

Meine Mutter hatte recht. Die dicke Blonde in dem mintfarbenen QVC-Modekanal-Sweater folgte uns durch die Einkaufshalle, seit wir Crabtree & Evelyn verlassen hatten. Sie war mir schon in der Tierhandlung aufgefallen. Da hatte sie – während ich die Leguane bewunderte – keine Gelegenheit ausgelassen, mit einem der Tierchen zu schmusen. Und dann war sie rein zufällig ausgerechnet in dem Moment mit dem Aufzug runtergekommen, als wir bei Dillard rauskamen. Diesmal zog sie ihre Show in einem der vielen Imbisse ab. Mit einem Pappkarton Corny Dog steuerte sie einen Tisch ganz in unserer Nähe an. Sie war mit drei anderen Mädels unterwegs, und alle vier setzten sich so, daß sie garantiert freie Sicht auf unseren publicity-unwirksamen Snack im Hähnchen-Imbiß hatten.
»Die müssen die Serie kennen«, sagte meine Mom, immer darauf bedacht, nicht direkt hinzusehen.
Ich machte mich über mein zweites Sandwich her. »Sie sind sich nicht sicher, ob ich's bin, weil ich in natura nicht so gut aussehe.«
»Honey, das ist doch lächerlich. Du bist ein sehr, sehr hübscher Kerl.«
»Danke, Mom.«
Seit meinem Austin-Abenteuer war ein Tag vergangen. Ich war erst ziemlich spät aufgewacht, und mein erster Gedanke

hatte aus irgendeinem unerfindlichen Grund Trevor gegolten. Die Mittagssonne warf bereits Lichtstreifen in mein liebevoll aufbewahrtes Jugendzimmer, und es dauerte ein paar Sekunden, bis mir wieder einfiel, was letzte Nacht eigentlich passiert war, wie immer, wenn sich etwas Fantastisches oder richtig Beschissenes zugetragen hat. Wenn man nach einem großen Ereignis aufwacht, durchlebt man die Freude oder Bestürzung meistens ein zweites Mal.

Ich widmete Nick meine morgendliche Erektion, umarmte eines meiner festen, aprilfrischen Kissen und vergrub mein Gesicht darin. In Gedanken erlebte ich noch einmal den zugleich beruhigenden und furchtbar aufregenden Druck seines schlanken, festen Körpers auf meinem.

Und dann hatte meine Mutter zaghaft angeklopft. Ich hatte alle verräterischen Spuren beseitigt und ihr vorgeschlagen, einen Einkaufsbummel zu machen. Tja, und hier waren wir.

Eine von den Frauen am QVC-Blondinen-Tisch kam in unsere Richtung, oder besser gesagt: Sie schlenderte, denn offensichtlich wollte sie sich nicht den faux pas (fox pas, wie das in Texas A&M so schön hieß) erlauben, ihren Schritt erst dann auffällig zu verlangsamen, wenn sie uns passierte. Ich knöpfte mein Hemd auf und reckte den Kopf vor, die Lippen zum Schmollmund aufgeworfen. Ich wußte ja, daß ihr Blick noch nicht auf mich gerichtet war. Meine Mutter fand das gar nicht lustig.

»Alex!« stieß sie hervor. »Laß das!« Ich riß mich zusammen. Mom und ich sahen uns tief in die Augen, während wir uns im Flüsterton unterhielten und versuchten, nicht aufzufallen. Aus den Augenwinkeln sah ich, wie die Blonde an uns vorbeisteuerte und mich unverfroren musterte, bis sie schließlich an der Pizzatheke stehenblieb und mit viel Aufhebens einige rot-weiß-gestreifte Servietten aus dem Spender zog. Sie trug eine viel zu enge, verwaschene Jeans und ein

T-Shirt, auf dem stand: MEIN RICHTIGER MANN IST MEHRFACHER MILLIONÄR.

»Honey, du weißt, wie stolz ich auf dich bin, aber wenn du so grob bist –« sie deutete mit dem Kopf in Richtung der Frau, die sich gerade wieder auf ihren langen Weg zurück zu den Freundinnen gemacht hatte, »macht mich das stinksauer.«

Ich konnte mir ein Lachen nicht verkneifen und stibitzte mir ein paar von ihren Waffeln. »Willst du lieber nach Hause gehen?« fragte sie. Sie war immer noch wütend auf mich.

»Nein«, sagte ich, »mir macht's Spaß. Ich find's toll, wenn wir mal zusammen unterwegs sind.«

»Ja, ich auch.«

Ich küßte sie auf die Wange. »Komm, wir gehen ins Structure.« Als wir die Imbißecke verließen, verriet mir ein flüchtiger Blick über die Schulter, daß die Mädels eilig ihre Taschen zusammenpackten, in freudiger Erwartung den Müll einsammelten und die Pappschachteln tadellos ordentlich aufeinanderstapelten.

Structure war Nicks Lieblingskaufhaus, außerdem die schwulste Einzelhandelskette des ganzen Landes. Mir fiel das sofort auf, als ich mit meiner Mutter eintrat und auf kürzestem Wege auf eine Auswahl bequem geschnittener Jeans zusteuerte. Alles – von dem mit griechischen Säulen gesäumten Eingang, über den Beistellglastisch im Cafeteriabereich, auf dem ein Ken-Haak-Buch auslag, bis hin zum Personal, das sich aus scharfen, kahlrasierten achtzehnjährigen Jungs zusammensetzte – war wie eine Oase des West-Hollywood-Flairs inmitten von San Antonio.

Ich suchte ein paar Sachen für mich aus. Dann kreuzte ein Sweatshirt meinen Weg, das exakt die Farbe von Nicks Augen hatte. Gerade wollte ich einen wehmütigen Seufzer ausstoßen, als mir einfiel, daß ich ihm jetzt wieder Geschenke

machen durfte. Ich unterschrieb die Scheckkartenbelege und hoffte, zu Hause passendes Geschenkpapier zu finden.
Meine Mutter kaufte jedem von uns einen Strawberry Julius, und wir beschlossen, nach Hause zu gehen. Aber erst mußte sie noch zur Damentoilette. »Komm, wir gehn zu Penney's«, sagte sie. »Ich bin seit letztem Weihnachten nicht mehr in die Mall-Waschräume gegangen, seit ich da mal reingekommen bin und jemand ins Waschbecken geschissen hatte.« Ich nötigte sie, das scheußliche Erlebnis in allen Details zu erzählen, während wir uns in Richtung Penney's schoben.
Wir verabredeten, daß wir uns in der Elektroabteilung wiedertreffen würden. Ich hatte einen Punkt in meinem Leben erreicht, an dem man sich einen zweiten Fernseher anschaffen muß. Von dreißig Bildschirmen flimmerte dreißigmal dieselbe Waschmittelwerbung. Ich setzte mich auf eines der Designer-Möbelstücke und sah mir – auf mehreren Mattscheiben gleichzeitig – das Minidrama einer glücklichen Ehe an, die beinahe an der schweißdurchtränkten Arbeitskleidung des Ehemannes zerbrochen wäre. Dann tönte von jedem Bildschirm die vertraute Erkennungsmelodie. »Nun geht es wieder zurück zu *Hearts Crossing.*« Auf den Bildschirmen erschien ich, dreißigmal – richtig ergreifend.
Simon machte einen Besuch bei Sean Nortonsen, angeblich um ihm seine Hilfe anzubieten, nun, da Cyrinda in ihrem mysteriösen Koma lag. »Hat Cyrinda vielleicht an irgendeinem Artikel für die Zeitung gearbeitet, der sie möglicherweise in Gefahr gebracht hat?« rief ich hinter Sean her, der in die Küche gegangen war, um uns Eistee zu holen. Während ich seine Antwort abwartete, zog ich bedächtig eine Schreibtischschublade auf und deponierte dort ein Schreiben, das ihn auf fatale Weise belasten würde. Damit war alles eingefädelt für meinen Versuch, ihn zur Strecke zu bringen.
»Warum fragst du?« Sean (Rick Brewer) kam wieder zurück

und stellte zwei Gläser vor uns auf den Tisch. Als er durchs Zimmer ging, um das Fenster zu schließen, vertauschte ich sie. Nur für den Fall, daß er's auf mich abgesehen hatte.
»Na ja, das scheint dann ja die nächste Spur zu sein, die die Polizei verfolgen wird. Wanda hat mir erzählt, daß sie kein Stückchen weitergekommen sind.« Ich nippte an Seans Tee.
»Irgendwas ist an der Sache faul, Simon«, vertraute der Exskilehrer mir an, der nun in Schwierigkeiten steckte. Babs Flanagan, bei Daytime auf die Rollen würdevoller, älterer Damen abonniert, die Wanda Blake spielte und des öfteren beschwipst war, hatte mir hinter den Kulissen anvertraut, daß Ricks Name die Abkürzung von Breuerstein sei und daß er in tödlicher Angst lebe, das Publikum könne was rauskriegen über seine »Nasenoperation, die fünf Scheine gekostet hat, der dumme Junge. Also, ich bin froh, daß eine Beschneidung heutzutage nicht mehr nur was für Juden ist, denn das Ding sehen ja schließlich mehr Frauen als nur den Schniepel.« Zu diesem Zeitpunkt war ich noch nicht mal vier Stunden bei der Serie dabeigewesen.
Als zum Szenenabschluß mein sphinxartiger Gesichtsausdruck in Großaufnahme erschien, hörte ich jemanden schreien: »Oh, mein Gott, er ist es wirklich!« Ich wandte mich nach links. Auf den Treppen stand das Lunch-Grüppchen, sie waren also immer noch auf der Pirsch. Dreißig Bildschirme hatten soeben den Beweis erbracht, daß sie mit ihrer Vermutung richtig lagen. Ich war geliefert.
»Simon!« brüllte die mehrfache Millionärsgattin. Ich raffte mich auf und lief – schnell, aber durchaus mit angemessener Würde – in die andere Richtung, raus aus dem Laden. Sie jagten die Treppe runter und verbreiteten mit fuchtelnden Zeigefingern die Neuigkeit unter allen, die sie hören wollten. Ich sah mich nach meiner Mom um – keine Spur. Dann fing ich an zu rennen.

Als ich am Eingang von Penney's angelangt war, riskierte ich einen Blick nach hinten. Sieben oder acht Frauen stürzten in wilder Hast in meine Richtung. »Das ist Simon aus *Hearts Crossing*!« riefen sie kreischend den verdutzten Besuchern des Einkaufszentrums zu.
Natürlich hatte mich meine Mutter mit allen Einkäufen zurückgelassen. Also stellte sich mir nun die Aufgabe, mit einem halben Dutzend vollgestopfter Einkaufstaschen den Kinderwagen, den älteren Knaben und den vier Reihen vor der Kinokasse auszuweichen. Wo, um Himmels willen, konnte ich mich in Sicherheit bringen? Ich hatte schon von Soap-Opera-Stars gehört, deren Brillen, Ringe und Haarlocken wildgewordenen Fans zum Opfer gefallen waren. Ich malte mir aus, wie ich bewußtlos und mit zerrissenen Kleidern im Wunschbrunnen des Einkaufszentrums lag, garniert mit Pennies und Fünfcentstücken, von wütenden Zuschauern, die den teuflischen Simon nicht von meiner wirklichen, liebenswerten Person unterscheiden konnten, mit Tritten attackiert.
Als ich die ersten Treppen erreichte, hüpfte ich die Stufen hoch. Ich sah, daß die Horde, die sich mir näherte, auf zwanzig Personen angewachsen war, jetzt waren auch Männer und Kinder dabei. Die Gruppe hatte genau erkannt, welchen Weg ich einschlagen wollte. Einige sonderten sich ab und jagten zum Aufzug, um mich im zweiten Stock abzufangen. Ich legte einen Zahn zu und suchte weiter oben nach einem Zufluchtsort. Da stand ein Sicherheitsmann, aber der Mob aus dem Aufzug würde ihn, wie ich zu meinem Entsetzen feststellte, vor mir erreichen. Okay – also geradewegs zum Victoria-Sicherheitsdienst. Ich eilte schleunigst dorthin.
»Hi, was kann ich für Sie tun?« fragte die hübsche Sicherheitsangestellte an der Information.
»Bitte, helfen Sie mir«, brachte ich keuchend hervor.
»Oh, mein ... Sie sind ...« Ihre Augen weiteten sich, als sie

mich erkannte. Ich konnte es einfach nicht glauben. Das war ja wie in *Rosemaries Baby*. Ohne Zögern torkelte ich zu den Umkleidekabinen, knallte dabei gegen einen liebevoll drapierten Auslagetisch und streifte einen Wühlkorb voller Büstenhalter so heftig, daß er im hohen Bogen durch die Luft segelte. Ich hörte, wie meine Verfolger in das Warenhaus eindrangen, während ich die nicht sonderlich stabile, nur halbhohe Tür hinter mir schloß.

Ich spähte durch die Lamellen und blickte auf eine dichtgedrängte Menschenmenge. »Hier ist er!« Die QVC-Blondine lag auf dem Boden und spitzelte durch den fußhohen Spalt direkt zu mir hoch. »Er ist hier drin!« Ich preßte mich gegen den Spiegel. Sie versuchte, sich zu mir in die Umkleidekabine zu quetschen, war aber, Gott sei's gedankt, zu fett.

Der restliche Mob drängte zur Tür und arbeitete sich auf bedrohliche Weise Richtung Kabine und dämlicher Blondine vor.

»Crystal! Ich stecke fest! Scheiße!« jaulte QVC.

Über der Tür tauchten immer wieder Gesichter auf. »Jason Pristley ist da drin!« schrie irgendein Idiot. *Krach*! Das obere Scharnier riß ab. Zackige Splitter ragten heraus. Ich konnte mir gut vorstellen, wie sie sich in meinen Augapfel bohrten, wenn der Rest der Tür in ungefähr acht Sekunden in die Kabine gepreßt wurde.

»Okay, bitte Platz machen! Sicherheitsdienst! Räumen Sie den Platz!« Die Masse maulte unwirsch und enttäuscht.

Jemand befreite die Blondine. »Simon!« schrie sie und krallte sich mit ihren bubblegumfarbenen Fingernägeln am Teppichboden fest, offenbar in der Hoffnung, doch noch ein Stück vom Ruhm dieser Welt an sich zu reißen.

Zwei Schwarze vom Sicherheitsdienst guckten in die Kabine. »Was, zum Teufel, ist hier los, Mann?« fragte der eine. Sie begleiteten mich ins Büro des Sicherheitsdienstes und ließen

meine Mutter ausrufen. Wir verschwanden durch den Hinterausgang.
Ich konnte der Versuchung nicht widerstehen und schaltete an diesem Abend die Elf-Uhr-Nachrichten ein. Sie hatten jemanden zu Victoria Secret geschickt, da war ich ziemlich sicher, an den Ort, an dem es »diesen Nachmittag fast zu einem Volksauflauf gekommen wäre, als angeblich der Soap-Opera-Star Alexander Young aus *Hearts Crossing* persönlich erschienen ist. Young ist in Windcrest aufgewachsen und hat seinen Abschluß an der Theodore-Roosevelt-High-School gemacht. Weder er noch seine Familie wollten sich zu dem Vorfall äußern.«
Tatsächlich hatten zwei Reporter angerufen, während wir gerade zu Abend aßen. Mein Vater hatte sie mit dem knappen Kommentar abgefertigt, sie sollten sich zum Teufel scheren.
Meine Eltern gingen zu Bett. Ich blieb noch auf und träumte von meinem Leben mit Nick in L. A. Er würde zum nächsten Ersten bei seiner undankbaren Anwaltspraxis kündigen und Barney erklären, daß er mal eine Zeitlang allein sein müsse. Dann packt er seine Sachen auf einen Transporter, und ich komme mit dem nächsten Flieger, damit wir zusammen nach Kalifornien fahren können. In der Zwischenzeit hab ich bereits ein schönes, spanisches Haus ganz in der Nähe von Fairfax gemietet, mit Türmchen, Parkettboden, Doppelgarage und einem kleinen Garten für To-Bel. Nick opfert seine Zeit der örtlichen Einrichtung für Schwulenrechte und dem AIDS-Projekt in Los Angeles und paukt nebenher weiterhin für die Rechtsmittelprüfung. Zum Lunch treffen wir uns im Studio. Viele Tage verbringen wir an den schönsten Stränden und toben uns dort so richtig aus. Zum Geburtstag kaufe ich ihm einen jägergrünen Jaguar XJS. Er läßt sich als Rechtsanwalt am San Vicente Boulevard nieder, und wir haben jede

Nacht (am Wochenende fünfmal) erfüllten, ungeschützten, monogamen Sex auf unserer Lotterwiese von Bullock.
Ich zog aus der Brieftasche das Foto, das ich immer bei mir trug, und stellte es neben die Lampe auf den Nachttisch. Während ich das Sweatshirt einpackte, das ich ihm gekauft hatte, und ein am Fluß gelegenes Hotel anrief, um dort für Montag abend auf den Namen Alex Miller ein Zimmer zu reservieren, ließ ich das Bild dort stehen. Es stand immer noch da, als am späten Sonntag morgen der Anruf kam.
»Honey, es ist für dich«, rief meine Mom. »Nick.« Ich jagte wie ein Blitz die Treppen runter, warf mich auf mein Bett und nahm den Hörer ab.
»Hallo?«
»Hallo, Alex.« Er hörte sich einfach toll an. »Was treibst du so?«
»Ich häng so rum ... Ich freu mich schon, dich wiederzusehen.«
»War ein nettes Zusammentreffen neulich abends.« Ein nettes Zusammentreffen? Wie würde er erst seine Trennung von Barney nennen? Eine kleine Änderung im Terminplan des Lebens?
»Hör mal, Nick, ich hab mir das mit Montag noch mal überlegt. Ich glaub, das einfachste wär für dich, wenn wir uns hier treffen und zum Abendessen in die Stadt fahren.«
»Hört sich gut an, Alex ...« Warum dann dieser tragische Unterton in der Stimme? Oh, nein. Scheiße. »Und so würd ich's auch gern machen. Aber ich glaub, ich kann nicht.«
»Warum nicht?« Ein paar Sekunden lang gab ich mich der Illusion hin, ich könnte es diesmal ohne Tränen überstehen.
»Ich kann ihn einfach nicht verlassen. Das ist alles.«
»Aber du bist doch nicht glücklich, das hast du selbst gesagt«, flüsterte ich. Eine Träne zerschellte auf dem Hörer und tropfte auf die Steppdecke.

»Es ist etwas komplizierter«, fing Nick an.
»Ich weiß, warum, Nick. Ich weiß genau, warum.« Ich weinte leise vor mich hin. Es war immer dasselbe.
»Mein Job in Austin ...«
»Du kannst morgen damit aufhören. Ich verdiene jetzt dreitausend die Woche, das reicht dicke für uns beide. Du kannst dir die Arbeit suchen, die du schon immer machen wolltest.«
»Alex, ich kann Barney nicht verlassen.«
»Warum? Warum nur?«
»Weil ich ihn liebe.« Aber du bist nicht *verliebt* in ihn, oder, Nick? Seit wie vielen Jahren kannst du das schon nicht mehr behaupten? Und wie viele müssen noch vergehen, bevor du dich aus dieser armseligen Beziehung mit diesem undankbaren Schnorrer befreist? All das wollte ich ihn gern fragen, doch statt dessen ...
»Was ist mit mir, Nick?«
»Oh, Alex, du weißt doch, wie sehr ich an dir hänge.«
»Nein, Nick, ich glaub, das weiß ich ganz und gar nicht. Donnerstag abend hab ich's geglaubt ...« Mir versagte die Stimme, ich brach in ein peinliches, kindisches Schluchzen aus. »Aber es ist auch egal, was ich tue oder sage oder wie leicht es für dich wär, mit mir zu gehen. Ich kann dich nicht zwingen.«
»Alex, versuch doch bitte, mich zu verstehen ...« Ich bildete mir ein, einen unterdrückten Schluchzer von ihm zu hören.
»Nein«, sagte ich, »ich liebe dich.« Dann legte ich auf.
Dreißig Sekunden später klingelte das Telefon wieder. Das mußte Nick sein. Jetzt würde er mir sagen, daß er mich auch liebt. Daß wir noch mal darüber reden müssen. Ich riß den Hörer hoch. »Hallo?«
»Alex, hier ist Juliana.«
»Wer?«
»Juliana Butts. Aus dem Roosevelt.«

»Oh, hi.« Ach Gott, doch nicht jetzt.
»Du hast mir nicht erzählt, daß du einen Auftritt im Einkaufszentrum hast«, warf sie mir vor.
»Ich war nur mit meiner Mutter einkaufen, es war kein Auftritt. Sieh mal, Juliana, im Moment paßt es mir wirklich nicht.«
»Egal, du hast mir versprochen, mich heute anzurufen. Wegen dem Lunch.«
Ich seufzte. Mein Blick fiel auf Nicks Bild, das immer noch auf dem Nachttisch stand. Juliana plapperte weiter drauflos: »Ich hoffe, du hältst dein Wort. Ich muß nur noch aus den Kirchenklamotten steigen, dann kann ich dich abholen. Wir sollten leger gehen, findest du nicht?«
»Juliana, ich kann nicht mit dir zum Lunch gehen, tut mir leid. Vielleicht das nächste Mal, wenn ich hier bin. Versprochen, okay?«
»Alex, du hast mir dein Wort gegeben!«
»Nein, hab ich nicht, Juliana. Ich hab heut wirklich einen beschissenen Tag, also bitte ...«
»Ich versteh einfach nicht, warum du dir nicht ein oder zwei Stunden Zeit für mich nehmen kannst. Vielleicht können wir darüber reden, was dich so unglücklich macht.«
Das war zuviel. Beinahe wäre ich in hysterisches Gelächter ausgebrochen. »Nein, okay?«
»Du hast kein Recht, die Leute so zu behandeln. Von solchen Starallüren hab ich schon viel gehört, und du hast sie wirklich, glaub ich. Du wirst keine Freunde mehr haben, wenn ...«
»Verpiß dich, Juliana!« Ich knallte den Hörer auf die Gabel und muß gestehen: Danach ging's mir nicht mehr ganz so beschissen.

TEIL Zwei

Der Bühnenleiter gab mir ein Zeichen. Ich drehte mich um und stand im wirbelnden Aufwind des Ventilators. Auch am Studioeingang gab's riesigen Wirbel. Die Fans schrien und fielen in Ohnmacht, ganz außer sich, einen Blick auf uns ergattern zu können, während sie für *Verrückt nach Barem* und *Angel dir ein Date* anstanden, die beiden Spielshows, die im Studio aufgenommen werden sollten. Ich wandte mich mit meinem abgrundbösen und doch verführerischen Grinsen der Kamera zu und knurrte: »Auf zu neuen, gefährlichen Ufern.«

»Schnitt«, rief der Aufnahmeleiter über die Sprechanlage aus der Tonkabine. Dann fällte er sein Urteil, wie immer in Form zweier Sätze, die für niemanden einen Sinn machten: »Das war super, Alex, und jetzt das Ganze noch mal.«

Ich wiederholte meine Darbietung und überlegte mir, ob die Stimme aus der Kabine wohl für die Erfindung der »Neuen Ufer«-Kampagne verantwortlich war. Daß man mich für das Projekt ausgesucht hatte, war eine freudige Überraschung, auch wenn das bedeutete, daß ich zwei zusätzliche Stunden in dieser mehr oder weniger verwahrlosten Rumpelkammer zubringen mußte, die – zusammen mit einem hölzernen Laufsteg und einer Beleuchtung in Blutorange, bei der der Zuschauer unwillkürlich an eine Ballnacht in der Hölle denken sollte – als Bühnenaufbau diente. Ich fühlte mich wie der Neue in der Klasse, den die allercoolsten und beliebtesten Jungs der Schule soeben aufgefordert hatten, mit ihnen auf 'ne Pizza und 'ne Schokolade auszugehen. Ansonsten waren für den kleinen Serien-Werbespot nur noch Brent Bingham (»Auf zu neuen leidenschaftlichen Ufern«), unser flotter Teeny Nori Ann Marshall (»Auf zu neuen romantischen Ufern«) und zu guter Letzt die Schwarze Phalita Renee (»Auf zu neuen abenteuerlichen Ufern«) eingesetzt worden. Man bat Brent, für den Spot sein Hemd abzulegen. Oberhalb der Gürtellinie hatten er und sein Herr und Meister Jesus Christus offenbar keine Probleme mit nackten Körperteilen. Seine gutgebaute männliche Brust erinnerte mich an einen mir bekannten texanischen Anwalt.

Wir machten ein paar Aufnahmen, mal zu zweit und mal als Gruppenspots (für die Brent tragischerweise wieder das Hemd überzog), und dann durften wir gehen. Es juckte mich in den Fingern, das Make-up abzuschrubben, das ich seit neun Uhr morgens auf mir herumtrug. Doch gerade, als ich in mein Umkleidezimmer verschwinden wollte, das mir nun von Rechts wegen zustand, stellte sich mir Phalita in den Weg. Sie war dabei, für ihre Einweihungsparty Einladungen zu verteilen, auf denen die Farbkopie eines bekannten Verergrüppchens abgebildet war. Alle Köpfe waren durch Phalitas hübsches Gesicht ersetzt worden. Unter dem Datum und der Zeit wurden die Gäste diskret gebeten: »Adresse telefonisch bei Phalita erfragen«. Sie zog mit einem Sitcom-Star zusammen, der seine Frau vor kurzem nach fünfzehnjähriger Ehe verlassen hatte. Die letzten sechs Monate seiner ehelichen Gemeinschaft waren allerdings von einer heißen Affäre mit eben jener Miss Renee überschattet worden. Eine pikante Angelegenheit also, weshalb es Phalita sicherlich nicht leichtfallen würde, die Lage ihrer neuen Hütte geheimzuhalten. Allerdings würde die Verbindung ihr wahrscheinlich den Absprung aus dem Soap-Opera-Team ermöglichen. Um dem Ganzen die Krone aufzusetzen, war der neue Lover auch noch weiß. Der Skandal war in Hawaii aufgeflogen, bei den Aufnahmen zu einer zweiteiligen Loverboy-Sondersendung. Obwohl: Wir bei *Hearts Crossing* hatten den Braten schon lange gerochen,

seit jemand, der für Cal State Fullerton arbeitete, aber demnächst den Bettel hinschmeißen wollte, unangemeldet bei Phalita reingeplatzt war und sofort Lunte gerochen hatte. Ich ließ Phalita wissen, daß ich liebend gern käme. Mir hätte es ja nicht gerade gut zu Gesicht gestanden, irgendwelche Vorbehalte gegen Unkeuschheiten aller Art geltend zu machen. Genießen konnte ich sie leider auch nicht. Nachdem ich letztes Frühjahr nach Hollywood zurückgekehrt war, hatte Nick genau zweimal von sich hören lassen. 1. Eine Nachricht auf dem Anrufbeantworter – das war im November. »Wollte nur mal hören, ob du immer noch von Erfolg und Wohlstand verwöhnt wirst. Ich ruf noch mal an.« Hat er aber nicht. 2. Als ich aus den Weihnachtsferien zurückkam, die ich zum Glück weit weg von Texas bei meinen Großeltern in Palm Beach verbracht hatte, lag eine Karte aus den Bergen in meinem Briefkasten, auf der schlicht und ergreifend die Worte standen: »Alles Liebe, Nick.« Klang irgendwie ironisch.
Nur ein Gutes hatte das Ganze: Bei der Erinnerung an die Story mit der Weihnachtskarte (eine Uta-Hagen-Karte, muß man wissen) fiel's mir als Simon gar nicht mehr schwer, so richtig überzeugend zu heulen. Den Trick konnte ich in der *Hearts-Crossing*-Szene anwenden, bei der ich Jane Parkins anvertraue, daß ich zutiefst unglücklich über den Bruch mit meiner Halbschwester Natalie bin. Natürlich nur geheuchelt, wie immer. Die Gute ist in mich verknallt und außerdem zufällig als Laborantin im Crossing Hospital mit dem Fall der Komapatientin Cyrinda vertraut. Natalie kann mich bekanntlich deshalb nicht mehr riechen, weil ich sie penetrant mit Nacktfotos erpresse. Sie soll mir Zugang zu den wissenschaftlichen Beiträgen verschaffen, die unser in geistiger Verwirrung verstorbener Vater hinterlassen hat. Natalie ist die Erbin und will nicht, daß die Dokumente publik werden.
Die Serie hielt mich ganz schön in Atem. Seit man mich unter

Vertrag gestellt hatte, arbeitete ich durchschnittlich vier Tage in der Woche. Also hatte ich jede Menge Geld und keine Zeit, meiner Einsamkeit zu frönen. Zwei Wochen, nachdem ich aus San Antonio zurückgekehrt war, hatte ich in einer schwachen Minute bei Trevor angerufen. Aber schon am nächsten Tag mußte er zu Dreharbeiten für einen Horrorfilm nach Israel reisen. Der Titel des Films stellte alles in den Schatten, sogar *Blutjunge Bräute Christi* klang daneben wie *So grün war mein Tal.* Ich sah ihn immer wieder mal in einer Bierwerbung, die landesweit ausgestrahlt wurde und bei der er mit einer heißen Braut einen Texanischen Zweitakter tanzte. Die Frau sah fast so gut aus wie er. Bei einem Exklusivinterview mit der *Soap Opera Weekly* konnte ich wahrheitsgemäß säuseln: »Für mich gibt's nur Simon«, als man mich fragte, ob jemand in meinem Leben »eine besondere Rolle« spiele. Bin einfach zu beschäftigt für eine Beziehung. Sie wissen ja, wie das ist.
Meine Fernsehagentin entwickelte sich zu meiner engsten Freundin – ein kettenrauchendes, nicht gerade umgängliches Mädel, irgendwo zwischen fünfunddreißig und siebzig anzusiedeln. Sie vertrat noch weitere sechs Daytime-Stars. Agenten lieben es, einen Soap-Opera-Star zu managen, denn die Schecks kommen wöchentlich – und mehr muß eigentlich nicht getan werden. Besonders oft blicken lassen muß man sich – ganz anders als bei den Stars aus der Hauptsendezeit und den Kinofilmen – auch nicht. Connie schaute alle drei Wochen mal während der Aufnahmen bei ihren »Leuten« vorbei. »Ein Monat«, erklärte sie, »ist zu lang, aber öfter … also wirklich … ich komm abends so spät nach Hause, und dann bin ich total erledigt.« Als meine zweite Dreizehn-Wochen-Option begonnen hatte, schickte sie mir eine Flasche Champagner und eine Karte, auf der stand: »Glückwünsche. Jetzt haben wir's offiziell, daß Du's nicht vermasselt hast. Meine allerbesten Wünsche.«

Vor ein paar Wochen entschieden sich Connie und ich gegen einen Werbefilm, für den man mir fünftausend Dollar geboten hatte. Plus fünfundzwanzig Cent Provision für jede Telefonminute. Ich sollte nämlich für eine Psycho-Hotline werben, eine 1–9000–Nummer, die von einer berühmten Plattenkünstlerin eingerichtet worden war und die jeder über achtzehn vierundzwanzig Stunden am Tag anwählen konnte. Der Anrufer erhielt dann – für schlappe 3,99 Dollar pro Minute (was mit Abstand mehr ist, als ein Psychotherapeut abkassiert) – Tips von einem wirklichen »Seelenfreund«. Zwei andere Stars (aus ganz miesen New Yorker Soaps) hatten ihren Arsch bereits für das Projekt hingehalten, aber ich konnte mich einfach nicht überwinden, mich in irgendeiner scheußlichen Kulisse – angeblich mein Wohnzimmer – von dem berühmten Fräulein Sängerin (von der meine Mutter ein paar Alben besitzt) zu meinen Wahnsinnspsychoerfahrungen befragen zu lassen, und dann zu erzählen, warum ich die Psycho-Hotline für die nützlichste, überzeugendste und aufregendste spiritistische Neuerung hielt, seit die Parker Brothers das Gläserrücken erfunden hatten. Schließlich war irgendwo auch mal Schluß. Aber an der Fiesta-Soap-Kreuzfahrt konnte ich zum Glück mit gutem Gewissen teilnehmen: Fünfundzwanzig Daytime-Schauspieler und ein paar hundert Fans, so viele man eben auftreiben konnte, verbrachten ein vergnügtes Drei-Tage-Wochenende, während sie von San Diego in irgendwelche tropischen Häfen in Mexiko schipperten. Dreitausend Dollar würde mir das Vergnügen einbringen – plus Spesen.

Ich erzählte Phalita davon auf der Party in der zwei Morgen großen Küche ihres Beverly-Hills-Liebesnestes. »Ich hab schon ein paar solche Fahrten mitgemacht«, sagte sie. Sie hatte sich zwei Laura-Ashley-Kochhandschuhe übergezogen und verscheuchte schnell noch einen Lieferanten, bevor sie die dampfend heißen Tabletts mit Mini-Quiches aus dem Bratofen nahm. »Eine fantastische Sache. Die winzigen Häppchen da – Wahnsinn. Und erst die Büfetts – also, Baby, wie aus deinen schwülsten Träumen. Wirklich. Inzwischen bin ich natürlich zu berühmt, um noch bei solchen Fahrten mitzumachen. Die Fans würden mir ja drei Tage lang die Bude einrennen. Aber du hast bestimmt einen Heidenspaß, Alex. Die Frauen präsentieren sich dir nackt auf dem Silbertablett.« Ich lächelte höflich. Phalitas Freund kam in die Küche und sagte »Hi«. Als er sein volles Champagnerglas abstellte, um ungehindert den Kühlschrank durchstöbern zu können, schnappte sich Phalita das Glas und trank es in einem Zug leer. »Und ein paar knackige Stuart-Ärsche gibt's auf den Schiffen auch, Honey.« Sie zwinkerte mir zu und mischte sich tänzelnd unters Volk. Der Sitcom-Star tauchte wieder aus dem Kühlschrank auf: Er hatte eine halbe Apfeltasche und eine Ecke Cheddarkäse ergattert. Das muß man sich mal vorstellen: Der bekommt hundertsiebenundfünfzigtausend Dollar pro Serie und mag denselben Nachtisch wie mein Opa.

»Tolle Party«, ließ ich ihn wissen, und das stimmte auch. Phalita hatte ein paar von uns durchs Haus geführt und uns das Zimmer gezeigt, in dem sie – wenn alles glattlief – schon bald ein Interview mit Barbara Walters machen wollte. Außerdem hatte sie uns die Badewanne und den Swimmingpool in Herzchenform gezeigt, die der vorherige Besitzer eingebaut hatte – ein sentimentaler Scheich. Es gab reichlich zu essen, ein obskurer Hit aus den Sechzigern jagte den andern, und das Volk, das rumlief – tja, wie stand's eigentlich mit dem? Bob Sagets, Martha Quinn, Katey Sagal, James L. Brooks, Sammi Davis-Voss, Vanilla Ice, Shelley Long, die Soap-Opera-Giganten Eileen Davidson, Jon Lindstrom, Michael und Hunter Tylo, Karen Moncrieff und Victoria Rowell, Corey Parker, Roseanne Arnolds, Jerry Van Dyke, Debbie Allen,

Dana Ashbrook, Lee Grant und Trevor Renado – alles da, was Rang und Namen hatte.
Letzterem begegnete ich, als wir uns – über eine Schüssel mit Spinat-Dip gebeugt – gleichzeitig ein Gurken-Spießchen reinschoben. »Alex! Hi!« rief er. Sein Haar war ein bißchen länger geworden seit unserer letzten Begegnung, und wie immer stellte er makellos braungebrannte Haut zur Schau – und davon jede Menge. Er trug eine Paisley-Weste in grellen Farben, ohne Hemd darunter, und eine schwarze Hose, die zwar insgesamt locker fiel, aber am Hintern knapp saß. Irgendwie war er noch muskulöser geworden.
Ich würgte hastig meine Gurke runter. »Wie geht's dir?« fragte ich beiläufig.
»Ganz prima.«
»Entschuldigt mich, Jungs«, zwitscherte Charlotte Rae, die sich gerade ihren Weg zum gegrillten Schwertfisch bahnte.
»O mein Gott!« Trevor schnappte nach Luft. »Mrs. Garrett!« Während wir uns zum Grill vorkämpften, fing er an, unsere Erkennungsmelodie zu trompeten. »O Mann, ich bin ja so dämlich. *Natürlich* – ich hätte mir denken können, daß du hier bist. Du bist der eigentliche Star der Serie.«
»Danke. Mit wem bist du hier?«
»Ich bin allein. Ich hab mal Phalitas Privattrainer gekannt.«
Aha. »*Gekannt* hast du ihn?« Ich lächelte honigsüß.
»Na ja, um ehrlich zu sein, ich hab ihn gebumst«, sagte er. Seine riesigen, braunen Augen tanzten fröhlich. »Aber das ist schon lange her. Wie geht's dir denn so?«
»Prima.«
»Schönes Weihnachtsfest?«
»Wunderschön. Wir sind alle zusammen zu meinen Großeltern nach Florida gefahren.« Er hatte sich dicht neben mich gesetzt. »Ich seh ziemlich oft die Werbung für Bud Dry.«
»Ich bedank mich jeden Tag vor meiner Plastikkrippe, daß ich

den Job gekriegt hab. War 'ne Wahnsinnssache. Ich hab so gegen zwei in meiner Wohnung rumgelungert, als der Anruf kam. Um drei hab ich den Castingleiter getroffen. Um sechs saß ich im Flugzeug und am nächsten Morgen war ich bei den Dreharbeiten.«

In meinem Hirn klickte es. Mikrobits jagten durch Nervenbahnen und schlossen sich zu einer logischen Kette zusammen. »In Austin, Texas?« fragte ich.

»Ja ...« sagte Trevor, ohne daß ihm was zu dämmern schien.

»Und bist du irgendwann mal Tanzen gegangen? In einem Club, der Harry's Oilcan heißt?«

»Ja doch ... warum?« Er lächelte selbstsicher wie ein Superstar, über den man munkelt, er halte sich wieder in L. A. auf.

»Weil ich dich da gesehen hab. Macht's langsam klick bei dir? Ich bin doch auch nach Texas gefahren. Du hast mich zum Flughafen gebracht.«

Er machte ein verständnisloses Gesicht. »Ähm, aber warum hast du mich nicht angesprochen, Alex?«

»Man hat mich da gerade zur Tür rausgeschleift. Ich war an dem Abend ziemlich betrunken. Natürlich keine persönlichen Gründe.«

»Natürlich.« Die Weste war verrutscht und legte eine seiner – wenn mich die Erinnerung nicht trog – notorisch empfindsamen Brustwarzen frei. »Ich hab den Grundsatz, nie zu trinken, wenn ich allein in einer fremden Stadt bin. Seit ich mal in Benidorm in einer Schuluniform aufgewacht bin, im Garten einer katholischen Jungenschule.«

Bevor ich ihn genauer zu diesem Vorfall befragen konnte, stand Nori Ann Marshall vor mir, mit Bardot-Frisur und dazu passendem Freund, offensichtlich europäischer Herkunft. Sie küßte mich auf die Wange und fragte mich, wer der Freund neben mir sei. Ich stellte sie einander vor. Sie machte mich mit Silvio bekannt, der »im Musikgeschäft« tätig war.

Nori drückte mir eine Quesadilla in die Hand, nicht mal angebissen. »Iß das auf, Alex, ich bin pappsatt. Mein Gott, das ist ja wie bei der Arbeit hier. Nur Berühmtheiten. Hier ist ja *jeder* von der Serie. Na ja, außer Megan.« Megan DuBois nutzte es aus, daß sie – natürlich nur in ihrer Rolle – gerade kränkelte, und besetzte die Hauptrolle in einem TV-Drama, das auf wahren Begebenheiten beruhte: Eine Hausfrau gerät in eine mörderische Dreiecksbeziehung mit ihrer Zwillingsschwester und einem sadomasochistischen Fitneßtrainer.

»Hat dir Brent seinen neuen Mercedes gezeigt?« fragte ich sie.

»O Gott, der hat uns überredet, damit um den Block zu fahren. Er hat doch tatsächlich einen von diesen Pappjesus-Duftspendern an seinem Rückspiegel hängen«, stöhnte sie. Silvio schüttelte zynisch den Kopf. Diese verrückten Amerikaner aber auch. »Warst du dabei, als er am Donnerstag ausgeflippt ist?«

»Nein, aber ich hab davon gehört«, sagte ich.

»Was ist denn passiert?« wollte Trevor wissen.

»Er hat bei den Aufnahmen einen Wutanfall gekriegt, weil im Dialog ein blöder Satz stand«, erklärte sie. »Also hat er sich geweigert, die Szene zu Ende zu spielen! Ich hab auf der anderen Seite der Tür auf meinen Einsatz gewartet. Irgendwann bin ich dann einfach losgegangen und hab meinen ersten Satz aufgesagt. Dann wurde erst mal 'ne kleine Pause eingelegt, und ich kam mir ziemlich bescheuert vor!« Sie kicherte. »Brent ist so schwierig geworden, seit Rhonda aus der Serie weg ist...« Plötzlich brach sie abrupt ihre Geschichtchen ab.

»Hi zusammen!« sagte Jerry Reynolds, unser Coproduzent. Er war Anfang Dreißig und offensichtlich nicht ganz von dieser Welt, was ziemlich nervte. Ein richtiger Soziopath, jedenfalls früher mal. *Hearts Crossing* war sein ein und alles.

Gewöhnlich hockte er im Produktionsbüro und schrieb voller Enthusiasmus seine Skripts runter. Allerdings tauchte er auch oft genug bei den Aufnahmen auf, überwachte uns auf der Bühne und gab die Art von kreativen Anstößen, die unseren Produktionsleiter nicht mal dazu bewegen, sich von seinem Platz in der Aufnahmekabine loszueisen. Interessierte ihn einfach nicht und außerdem hatte er Wichtigeres zu tun.
»Jungs, wir haben letzte Woche *Alle meine Kinder* geschlagen!« Er setzte sich neben mich und schlang den mageren Arm um meine Schulter.
»Das ist ja toll, Jerry!« schwärmte Nori. Sie war in die Serienrolle des süßen, unschuldigen Mädchens geschlüpft.
»Toll ist, wenn man eine Besetzung wie euch hat. Ich wollte dir unbedingt noch sagen, wie sehr mir die eine Szene mit dir gefallen hat, Alex, vor ein paar Tagen die. Wo du im Zeitungsbüro Rutherford gegenüberstehst. Wie du das über deinen Vater und das geheime Formular erzählst, ist wirklich ein starkes Stück.«
»Danke, Jerry, war eben gut geschrieben.«
»Oh, danke. Ich hab mir das irgendwie aus den Fingern gesogen.« Er wurde auf Trevor aufmerksam, der auf der anderen Seite vor mir saß und befangen den Arm zurückzog.
Ich lehnte mich zurück, damit sie sich besser sehen konnten.
»Jerry, das ist mein Bekannter Trevor Renado. Trevor, Jerry Reynolds, einer der ganz großen Produzenten meiner wunderbaren Serie.«
»Sie kommen mir so bekannt vor, Trevor«, sagte Jerry, der nicht besonders gute Augen hatte.
Trevor leierte eine relativ kurze Zusammenfassung seiner Aktivitäten runter. »Er arbeitet auch ziemlich oft als Model für *International-Male* und für *Undergear*«, fügte ich hinzu, mit dem Hintergedanken, daß er sich bei solchen Katalogen am liebsten einen runterholte. Bingo. Jerry wurde nervös und

entschuldigte sich bei uns. Er wollte sich mit Phalita unterhalten.

»Er ist nett«, sagte Trevor. Verschwörerisch schenkte er mir ein verschlagenes Grinsen. Ich spürte, wie sich seine Pranke auf mein Knie senkte. Ein prüfender Blick verriet, daß mich mein Gefühl nicht getäuscht hatte, dann, im nächsten Augenblick, war alles vorbei.

»Ich guck mal, ob ich einen Nachtisch finde«, sagte Trevor. »Wir sehen uns ja noch.«

Ich nahm mir ein Glas Champagner, schlenderte herum, versuchte, mich unters Volk zu mischen, und überlegte, ob ich wohl jemals eine Villa besitzen würde. Und wer sie, verdammt noch mal, mit mir und meinen Leguanen teilen würde. Gesprächsfetzen umnebelten mich wie bauschige Sprechblasenwolken.

»... es hat eher was von einer Selbsthilfegruppe als von einer Therapie. Sie helfen mir, mich zu entspannen, wenn ich gerade eine aktive Phase habe ...«

»... die sind so verdammt billig, das muß einfach ein Pilotprojekt sein ...«

»... Deborah Aquila liebt mich ...«

»... du siehst so scharf aus, daß ich dich kaum wiedererkannt habe. Darf ich dir was sagen, ohne daß du ...«

»... Ich geh mit Lorimar und Amblin ins Bett. Und Kiefer Sutherland hat was mit ...«

»... beim MTV-Music-Awards haben sie erzählt, bei ihr wär das Silicon inzwischen raus ...«

Ich entdeckte meine Star-Kollegin Anna Ford – die Jane-Parkins-Darstellerin, die Simon, ohne daß sie's ahnte, schamlos dazu mißbrauchte, nach der Formel seines Vaters die gefährliche Potenzdroge herzustellen. Sie stand mit einem Kerl aus einer Popgruppe zusammen, in der die Jungs grundsätzlich Kaugummi kauten. Nächste Woche würde ich sie bei den

Dreharbeiten küssen müssen. Also sah ich sie mir einen Moment lang etwas genauer an, um festzustellen, was mich erwartete. Offensichtlich jede Menge Zunge und eine Hand zwischen meinen Pobacken.

»Da bist du ja!« Trevor hatte mich gesucht. »Es gibt unheimliche Mengen von den Mrs.-Fields-Schokosplitter-Keksen hinter der Schichttorte. Wenn ich bloß Taschen hätte.« Er gab mir einen Keks. »Sollen wir was unternehmen?«

»Was denn zum Beispiel?« Ich biß in den Keks. Sein Vorschlag schien mir interessant, viel zu sehr, um ihn aus übertriebener Vorsicht abzulehnen. Trevor zuckte die Schultern. »Okay. Laß mich erst noch mal auf die Toilette gehen.«

»Während du weg bist, mach ich mich mal mit Roseanne bekannt.« Er kämpfte sich, schon ein Kompliment auf den vorsorglich befeuchteten Lippen, zu ihr durch. Ich trottete in den nächsten Waschraum und schob einen Joint rauchenden Serienstar beiseite. Hinter verschlossenen Türen bestaunte ich gebührend die farblich genau auf die blaßrosa Waschbeckengarnitur abgestimmte Klobrille. Im Medizinschränkchen entdeckte ich einen Impfstoff gegen Diphtherie, Zahnseide und Tylenol extrastark. Letzteres war was für mich, entschied ich. Ich spülte zwei Kapseln mit einer Handvoll Wasser runter. Die Spannung, die sich langsam im Nacken aufbaute, machte sich bereits bemerkbar. Ich stützte mich auf dem blaßrosafarbenen Waschbecken ab. Trevor war die Aufregung nicht wert, nicht die Bohne. Das Problem war nur, daß er mir immer noch durch den Kopf geisterte. Schließlich war er der einzige außer Nick, mit dem ich eine einigermaßen ernsthafte, romantische Beziehung gehabt hatte. Eigentlich war's dumm von mir. Witzlos, Nick und Trevor in einem Atemzug zu nennen. Da hätte ich auch die Jungfrau Maria mit einem Jet-Ski vergleichen können. Und doch stellte sich mir immer wieder die Frage, wie Mr. Jet-Ski sich wohl im klaren, warmen Wasser der blaßrosa Badewanne machen würde, die mir ins Auge fiel, während ich mir die Schläfen massierte. Jemand hämmerte an die Tür.

»Komm rein«, sagte ich.

Es war Trevor. »Bist du fertig?«

»Fix und fertig. Komm, wir sagen Phalita noch Tschüß.« Wir trafen sie am Klavier an, wo sie mit Richard Mulligan ein Duett aus *Reich, aber geschmacklos* sang. Nachdem der Applaus verebbt war, sagten wir ihr gute Nacht.

Während wir warteten, bis das Hauspersonal irgendwo unten am Hügel lange genug mit unseren Autos rumgegurkt war – oder was sie sonst für Spielchen trieben, befummelte Trevor den Reißverschluß seiner Biker-Jacke. Ein glänzender schwarzer Wagen fiel mir ins Auge, BING stand auf dem Nummernschild. Jemand hatte ihn an der Ecke der Einfahrt abgestellt. Ich stupste Trevor mit dem Ellbogen an. »Da steht Brents Mercedes.«

»Ist ja nur E-Klasse«, motzte er.

Während wir noch nach dem Duftspender suchten, wurden unsere Wagen vorgefahren. »Wie sollen wir's machen?« fragte ich Trevor.

»Fahr hinter mir her. Erst mal zu mir nach Hause, dann sehen wir weiter.« Er stieg in seinen Wagen und fuhr aus dem Halteverbot. »Ich warte draußen auf dich.«

Trevor wohnte in West Hollywood, nördlich vom Santa Monica Boulevard, und – was besonders bequem war – genau zwischen der Wahnsinnsdisco Rage und Pavilions, dem verrücktesten Lebensmittelladen der gehobeneren Kategorie westlich von Aruba. Um das noch zu erwähnen: Wenn Trevor gesagt hatte, wir wollten zu ihm nach Hause fahren, war das bestimmt nur ein Scherz gewesen. Sein Apartment lag mitten in Boystown, und er konnte alles mögliche im Sinn haben: Tanzclubs, Nachtcafés oder Live-Sexshows. Es gab endlos viele Möglichkeiten. Aber höchstwahrscheinlich landeten wir am Ende doch in seiner Wohnung. (Vielleicht, um ein Video zu sehen.) Ich durfte unter keinen Umständen schwach werden, mußte einen eisernen Willen zeigen. Wenn ich's draufanlegte, Trevor auszunutzen, als sei er nichts weiter als ein durchtrainiertes Lieblingsspielzeug aus dem Palm-Springs-Freudenhaus, bei dem einem nun mal das Wasser im Mund zusammenläuft, würde *er* sich bestimmt nicht lange sträuben. Wir bogen in Doheny links nach Santa Monica ab, wo wir augenblicklich im Mitternachtsverkehr feststeckten. Stoßstange an Stoßstange. Zehn Minuten später hatten wir die anderthalb Blocks bis zu Trevors Haus zurückgelegt, und ich blamierte mich bis auf die Knochen bei dem Versuch, am Seitenstreifen einzuparken. Und das unter Zeitdruck. Einmal ganz nach links kurbeln, dann zurück, und nun die ganze Kurbelei noch einmal rechtsrum. War's das noch nicht? Mist. Ich spähte durch das beschlagene Fenster, um festzustellen, ob sich schon jemand über mich lustig machte. Zwei Autos weiter entdeckte ich aufleuchtende Rücklichter. Vor Trevors Haus fuhr jemand raus. Gott sei Dank, dachte ich, fuhr rückwärts wieder raus, vergaß den total in die Hose gegangenen Parkversuch und bog souverän auf den freien Parkplatz, schön dicht an den Hydranten, aber ohne anzustoßen. Als Trevor mir die Tür öffnete, steckte ich gerade die Parkscheibe am Rückspiegel fest. »Komm raus, Alex, mir ist kalt. Laß uns irgendwo hingehen, wo's warm ist.« Unbewußt warf ich einen Blick hoch zu seiner Wohnung. »Komm schon«, forderte mich Trevor auf und zerrte mich in die entgegengesetzte Richtung. Was, zum Teufel, wurde hier gespielt? Ich bemühte mich, ein unbewegtes Gesicht zu machen, während ich ihm den Boulevard hinunter folgte. Dieser Mistkerl.

»Hey, Simon!« quatschte mich ein angeheiterter Nachtschwärmer von der Seite an. Er wollte mir einen kameradschaftlichen Schlag versetzen, während ich mich durch das Gewühl schob – lauter Boys in samstagabendlicher Partystimmung. Wie immer wunderte ich mich, wie viele fantastisch aussehende Männer mit blauen Augen es hier gab, und das auf einem Haufen. Sie drehten immer dieselbe, altbewährte Runde: vom Mickey's zum Rage, dann zum Studio One und wieder zurück; zwischendurch eventuell ein Absacker im Revolver, Motherlode oder A Different Light. Wie die Wiesel rannten sie die gewohnte Runde ab, von einem Neonlicht zum nächsten. Okay, sagen wir wie die Hamster. In einer Gruppe kamen mir neun hübsche Gesichter entgegen. Die Jungs hätte ich problemlos küssen können, wenn ich meinen Verstand mal kurz auf Sparflamme gedreht hätte. Konnte nicht einer von denen der richtige sein: einsam und gelangweilt. Einer, der die rauchigen Clubs, die Aufgedonnerten ohne Herz und – nicht zu vergessen – die furchtbare Musik in den Läden so richtig satt hatte? Wie würde ich das je erfahren?

»Was hast du eigentlich vor?« fragte ich Trevor, nachdem ich zum drittenmal erkannt worden war. Er tat einfach so, als hätte er nichts gemerkt.

»Ich hab gestern einen wichtigen Anruf bekommen. Am Montag mach ich wieder bei *Tollkühne schöne Jungs* mit.«

»Das ist toll. Wie oft hast du da schon mitgemacht?«

»Am Montag ist es das vierte Mal. Ich spiele ein Model für alles mögliche, nur, damit ich im Gespräch bleibe. Hast du mich in *Step By Step* gesehen?«

»Nö«, sagte ich, ohne mich für mein dreckiges Grinsen zu schämen. »Wann kam das?«

»Letzten Monat. Und da gibt's gar nichts zu lachen, Alex.«

Bevor ich auf den Angriff reagieren konnte, brummelte er: »Es ist eine ganz entzückende Sendung. Meine kleine Nichte in Pennsylvania ist hellauf begeistert davon. Suzanne Somers war jahrelang eins von meinen Idolen. Und als ich ihr dann begegnet bin, war das wie … yeeeowww! Sie hat mir sogar ein Autogramm in meine Gedichtsammlung geschrieben. Lauter Gedichte von ihr. Bin mächtig stolz, daß ich so was im Bücherschrank habe. ›Für Trevor, meinen Kollegen mit dem größten Sexappeal seit Joyce DeWitt.‹«

»Nicht wahr«, mimte ich Verblüffung.

»Doch, es stimmt! Ich hab's zu Hause. Ich zeig's dir. Erinnere mich daran.« Also hatte er doch vor, mich mit nach Hause zu nehmen. Meine Nerven zuckten nervös.

Wie ich mir gedacht hatte, steuerten wir auf Little Frida zu, einem flippigen Schwulencafé mitten im Einkaufszentrum des auf französisch getrimmten Viertels. Gleich gegenüber von The Sports Connection, wo man sich sowohl an den schicksten Fitneßanlagen im Stil der Neunziger als auch an den abgefahrensten Dampfbadorgien im Stil der Siebziger erfreuen konnte. Trevor verdankte seinen gewinnbringenden Körperbau den Kraft- und Stretching-Trainingseinheiten, die er sechsmal pro Woche an diesen Geräten absolvierte. Ich zog es vor, meinen Körper im Powerhouse in Beverly straff, frisch und appetitlich zu halten. Mein Fitneßcenter war einfach schonender und weniger vornehm – hatte aber dafür was Kerniges.

Wir bestellten Milchkaffee, und Trevor ließ suchend den Blick schweifen, in der Hoffnung, Madonna zu entdecken. Kein Glück, verdammt. Als wir's uns an einem winzigen Ecktisch bequem gemacht hatten, sagte er: »Du hast mir nie erzählt, wie dein Abstecher nach Texas gelaufen ist.«

»Du hast mir auch nie erzählt, wie's bei dir war.«

»Schön, lustig. Waren aber nur drei Tage.«

»Bei mir war's abwechslungsreich. Ich bin noch mal in meiner alten High-School gewesen, hab mal bei meiner Mom gegessen und mal in Restaurants, viel Zeit mit meiner Freundin

Sara verbracht und einen kleinen Aufruhr im Einkaufszentrum verursacht.«
Er lachte. Wahrscheinlich hielt er das für einen Spaß. Auch gut, beschloß ich. Er wollte sowieso auf etwas anderes hinaus: »Wie steht's mit dir und Nick?«
Tu dir bloß keinen Zwang an, Trevor, komm ruhig gleich zur Sache. »Wir sind zusammen essen gegangen, als ich in Austin war. Ausgerechnet an dem Abend, als ich dich gesehen hab.«
Er nippte an seinem Milchkaffee und leckte sich den Schaum von der Unterlippe. »Wie ist's gelaufen?« War er etwa so betroffen oder verletzt, daß sich ein Schatten auf seinen feinen Gesichtszügen abzeichnete?
»Ganz gut, glaub ich. Mit Barney hat sich nichts geändert. Nick steckt wirklich in einer Sackgasse, aber das ist ja nicht mein Problem, stimmt's?«
Trevor schüttelte den Kopf. »Also ist es endgültig vorbei?«
»Ja.« Jetzt erzählte er mir bestimmt, daß er sich total in einen verknallt hat, den er beim Rollerblading kennengelernt hat.
»Gut zu wissen«, sagte er lediglich.
Okay, jetzt reicht's. Ich ging zum Angriff über. »Wie ist es so mit deinem Liebesleben?«
Die riesigen Augen verengten sich zu Schlitzen, gleichzeitig hob er eine Augenbraue. »Wenn du's unbedingt wissen willst, ich bin seit sechs Monaten enthaltsam.«
Ich prustete los. »Und ich bin Colonel Sanders.«
»Das ist kein Scherz, Alex!« Sein ernster Blick rief mich zur Ordnung.
»Wie konnte es denn so weit kommen?«
Er zuckte die Schultern. »Letzten Sommer hab ich 'nen HIV-Test machen lassen – Gott sei Dank negativ. Echt super, hab ich mir gedacht, jetzt wird mal etwas kürzer getreten. Was hat's schon für einen Sinn, wenn man mit Kerlen rummacht, um die man sich im Grunde einen Dreck schert? Schließlich

kann ich's mir genausogut selber machen, mit demselben Effekt, nur ohne Risiko und Ärger.« Er trank erst mal einen Schluck Kaffee. Ein richtiger S. F. (Single-Fighter, oder, wie meine Agentin die Abkürzung für ein paar Typen aus dem Showbusineß benutzte: ein Schwieriger Fall). »Niemand weiß besser als ich, was mir Spaß macht, oder? Ich hab mir bei Bath-and-Bodyworks ein paar tolle Lotionen gekauft, außerdem ein paar Magazine, und dann hab ich's mir besorgt. Hat mich ein paar neue Kissenbezüge gekostet ... Seitdem bin ich richtig zufrieden.« Er lächelte glückselig über die Glanzleistung, die er vollbracht hatte. Sich vorzustellen, wie er sich einen runterholte, war schon ziemlich harter Tobak.

»Und es gab keine Ausrutscher?« hakte ich nach.

»Nein«, sagte er, wandte dann aber mit einem Grinsen den Blick ab. Ich hatte ihn bei einer Lüge ertappt.

Ich nickte herablassend. »Versteh schon.«

»Also okay, aber nur einmal, gleich nach Weihnachten. Und eigentlich zählt das gar nicht, du weißt schon, es war nur ...« Er umschloß einen imaginären Penis und fuhr mit der Hand ein paar Mal rauf und runter. »Ich hab beim Fitneß in der Sauna gesessen – in aller Unschuld, mit Handtuch, alles abgedeckt. Hab mich einfach nur entspannt, ganz für mich, und da geht die Tür auf, und dieser *Kerl* kommt rein. Total gestraffter, perfekter Bodybuilding-Körper. Ich wollt ja gar nicht hinstarren. Ich hab's zwar, aber es ging nicht anders, sonst ... Ich hab kurz die Augen zugemacht und versucht, mir die Besetzung von *Mayberry-Flotte* ins Gedächtnis zu rufen, aber als ich sie wieder aufgemacht hab«, er beugte sich vertraulich vor, »war sein Schwanz so groß wie ein Babyarm, und er hat sich die Vorhaut vor- und zurückgeschoben. Dabei hat er mich die ganze Zeit angestarrt. Na ja, und schließlich sind wir dann zusammen abgegangen.« Unsere Gesichter waren ungefähr fünf Zentimeter voneinander entfernt. »Der Kerl

war aus Schweden, konnte nur drei Worte Englisch, und ich weiß nicht mal seinen Namen.«
Ich schüttelte den Kopf. »Ein Melodram.«
»Alex, machst du denn nie was Unmoralisches?«
»Nur in meiner Serie. Hast du sie letzte Woche überhaupt gesehen? Eine Szene war wirklich super. Als Gwen versucht, vor Ollies Augen diesen Hengst zu verführen. Alles nur, um bei ihm einen hochzukriegen. Dann kriegt sie aber plötzlich Flash-Backs von ihrer Vergewaltigung auf der Jacht und flippt völlig aus. Außerdem ist Sean im Gefängnis verprügelt worden, und ich hab schon wieder versucht, Cyrinda um die Ecke zu bringen, diesmal im Krankenhaus.«
»Wie kommt es eigentlich, daß du immer auf dem laufenden bist?«
»Letzte Woche hab ich nur einen Tag gearbeitet, also hab ich's mir zu Hause angesehen. War 'ne richtig tolle Woche. Ich hab geschlafen, mir ab und zu Trader-Joe's-Fertigmahlzeiten aufgewärmt und mit dem *Soap Opera Digest* telefoniert.«
»Du hast wirklich ein traumhaftes Leben.«
»O nein, hör bitte auf, das ist ja unerträglich.«
»Alles, was ich will, ist ein Job in einer Serie, Alex. Eine Soap-Opera, irgendein anrüchiger Spät-Abend-Krimi, eine Sitcom über den nuklearen Holocaust, eine Pilotsendung. Nur eine Pilotsendung. Sie muß ja nicht mal gesendet werden. In meinem Lebenslauf muß einfach nur stehen ›regelmäßig bei Serien beschäftigt‹. Wenn aus meiner Karriere mal was werden soll, ist das der nächste Schritt.«
»Na ja, jetzt ist doch Saison für Pilotsendungen. Hast du dich oft genug vorgestellt?«
Er seufzte gereizt. »Ein paarmal. Nur von dieser scheußlichen Sitcom-Pilotsendung haben sie zurückgerufen. Elayne Teitelbaum und Karyn Wulbrun wählen die Besatzung aus.«
»Die sind doch super. Wie heißt die Serie?«

»*Dino und Muffin.*«
»Du spielst hoffentlich den Dino?«
Er kicherte. »Nein, den Ky. Das heißt, eigentlich heißt er K–Y. Wie die gleichnamige Sülze. Corey Haim spielt den Dino.«
»Nein.«
»Doch, den haben die bekommen! Ich kann's gar nicht abwarten, ihm zu erzählen, wie gut mir *License to Drive* gefallen hat. Du weißt schon, da haben beide Coreys mitgespielt. Corey Haim und Corey Feldman. Ein richtiges Corey-Festival, genau wie in *The Lost Boys.*«
»*Das* war wirklich ein toller Film.«
»Jedenfalls mußt du dir das Skript zu dem Pilotfilm mal durchlesen. Ich zeig's dir, wenn wir bei mir sind.« – Ja doch! – »Es ist nämlich einfach abscheulich. Muffin ist eine niedliche schwarze Göre, die – halt dich fest! – von einer Studentenverbindung adoptiert wird. Ich soll Coreys albernen, immer zu Späßen aufgelegten Zimmernachbarn spielen. Aber ich krieg die Rolle ja eh nicht.«
»Warum denn nicht?«
»Weil sie überhaupt nicht zu mir paßt. Meinst du nicht auch, ich bin zu sehr auf ein Klischee festgelegt, um an eine Serie ranzukommen?« Er lehnte sich im Stuhl zurück und verschränkte die Arme in gewollt zufälliger Machomanier vor der gewölbten Brust.
»Aber nein, Trevor. Das solltest du gar nicht erst denken.« Ich sah keinen Grund, warum ich ihn nicht belügen sollte.
Er versetzte mir unterm Tisch einen sanften Tritt gegen das Bein. »Mußt du morgen früh aufstehen?« fragte er.
»Na ja, morgen ist Sonntag, und ich muß den ganzen Papierkram erledigen.«
»Vergiß es. Wir veranstalten ein Filmfestival. Ich hab *Two Moon Junction* und *Stirb langsam.*«
Trevor war zwar schon ungefähr vor einem Jahr aus seiner

Wohnung in Venice ausgezogen, aber ich hatte seine neue Bleibe trotzdem noch nie gesehen: ganz im viktorianischen Stil – hohe Decken, Parkettboden und ein Kamin, in dem er – gar nicht dumm – seinen Fernseher untergebracht hatte. Trevor pickte anmutig Kleidungsstücke vom roten Plüschsofa. »Setz dich doch!« Er verschwand ins Schlafzimmer.

Trevors Mappe mit Modelfotos war einfach nicht zu übersehen. Sie lag als Renommierstück auf dem Beistelltisch, wie normale Leute *Französische Weingebiete* oder *Weihnachten mit Norman Rockwell* an exponierter Stelle auslegen. Ich schnappte mir die Mappe. Seite eins: Unser Gastgeber auf einem Mähdrescher, leicht gewölbtes Bäuchlein, die Shorts hochgerutscht, freier Blick auf geschmeidige, haarlose Beine. Seite zwei: Aufnahme von ihm unterm Vollmond, eine Zigarette rauchend. Seite drei: weiter im Konzept mit dem Titelbild von *Undergear*. Es zeigt Trevor und seine zweitausend Muskelpartien in einen hochmodernen Sportsuspensor geschnürt. Seite vier … Moment mal. Seite drei mußte ich mir noch mal ansehen. Mein Gott. Ich prägte mir ein, daß ich am nächsten Tag irgendwas bei *Undergear* bestellen und unbedingt veranlassen mußte, daß die ihre Adressenkartei auf den aktuellen Stand brachten.

»Tut mir leid, Alex.« Trevor kam in Socken aus seinem Zimmer. »Laß mich nur noch kurz abhören, wer angerufen hat.« Er wandte sich seinem Anrufbeantworter zu. Schnell und vorsichtig legte ich die Fotomappe auf den Tisch zurück.

»Bon soir, Trevor. Hier ist Marcel. Ich hab eben die – wie nennt man noch – Unterlagenpapier bekommen. Ich will noch eine Rolle aufnehmen. Irgendwo, wo ist schön, vielleicht in Teergrube. Ruf mich zurück.« *Beep*. »Hi, hier ist Larry … Anscheinend bist du nicht da … ähm, also ich hätte irgendwie Lust, morgen runter zu La Jolla zu fahren … Ruf mich mal an, du Rumtreiber.« *Klick*.

»Wer war das?« fragte ich vorlaut.
Trevor spulte das Band zurück und setzte sich neben mich.
»Larry. Der dicke Blonde, den ich mal im Lebensmittelladen kennengelernt hab.«
»Der spricht wenigstens Englisch.«
»Kaum. Vor ein paar Wochen sind wir mal zusammen essen gegangen. Wir haben die ganze Zeit nur darüber geredet, was für eine Tätowierung er sich machen soll – es war ein Alptraum.«
Ich war eigentlich sicher, daß es eher für den hoffnungsfrohen, blonden jungen Mann ein Alptraum gewesen war. Schließlich hatte er allen Grund zu der Annahme, Trevor würde ihm irgendwann an die Wäsche gehen – und umgekehrt, sofern ich den Quatsch mit der Enthaltsamkeit glauben sollte. Und wenn es nun stimmte? Wollte ich wirklich der Grund dafür sein, daß er seine Vorsätze über Bord warf?
»Willst du 'nen Film gucken?« fragte er.
»Willst du denn?«
»Ich weiß nicht ... Warum sagst du nicht, wozu du Lust hast?«
»Bestimm du, wo's langgeht.«
Es folgten, wie man sagen könnte, die Höhepunkte des Abends: das Autogramm von Suzanne Somers, der Kühlschrank (leer – bis auf eine Flasche Calistoga und Espressobohnen mit Schokoladenüberzug) und ein Gartentisch aus Stein und Glas, für den Trevor irrtümlich 19,95 Dollar Aufpreis gezahlt hatte. Schließlich landeten wir im Schlafzimmer, das schon auf geheimnisvolle Weise mit Kerzen erleuchtet war. Innenarchitektonisch waren Cherubine und Engel das beherrschende Element. Einige aus Gips thronten auf dem Nachttisch und der Kommode, und reich verzierte Schnitzengel umflatterten den Rahmen des obligatorischen Ganzkörperspiegels. Bemalte Renaissance-Engel sahen von dem riesigen Bild, das über Trevors Bett hing, auf uns herab.

Wir setzten uns. Der betörende Geruch der geschmolzenen Jasminduftkerzen erfüllte plötzlich den Raum. »Eine tolle Wohnung, Trevor. Und du hast mir noch nicht mal deinen CD-Wechsler gezeigt.« Er lächelte, tastete mit seiner großen Hand behutsam nach meinem Gesicht und strich mir das Haar hinters Ohr. Einen Moment lang starrte ich auf das eilig gemachte Bett, dann sah ich ihm in die Augen.

»Ich hoffe, das ist okay für dich«, sagte er, immer noch ein Lächeln auf den Lippen. Seine Hand ruhte nun auf meiner Schulter.

Ich öffnete den einzigen Knopf seiner Weste. Sie fiel auseinander. Ich legte ihm die Hand auf die harte Brustmuskulatur. Seine Haut war fieberheiß. (»Metabolismus«, hatte er mir mal vor langer Zeit erklärt.) Ich strich mit dem Daumen über die halberigierte Brustwarze. Er sog scharf die Luft ein, schlang die Arme um mich und zog mich an sich. Ich roch das Paul-Mitchell-Gel – und ... vielleicht einen rauchig-verruchten Hauch Sandelholz?

Nach einigen knisternden Minuten, in denen wir uns tastend angenähert hatten, zog sich Trevor aus. Die Weste flog durchs Zimmer, gefolgt von den Socken. Er stand auf. Ich öffnete den Hosenknopf und zog am Reißverschluß. Von innen war unnachgiebiger Druck zu spüren. Ich umschoß seine Taille und zog ihm die Hose runter. Meine Finger wanderten über die perfekten Hinterbacken (keine Unterwäsche, wie immer).

»Was ist mit der Enthaltsamkeit?« mußte ich ihn einfach fragen.

»Die laugt im Grunde nur aus«, sagte er. Dann senkte er seinen Körper auf mich und zog mich aus. Diesmal malte ich mir nicht aus, daß Nick auf mir läge – bis ich spürte, wie Trevors Lippen die empfindsamen Bahnen an meinem Hals entlangwanderten.

August 1990

Seit meinem vierten Schuljahr hatte ich nicht mehr solche Angst vor der nächsten Klasse gehabt. Damals hatte ich im voraus erfahren, daß Miss Cookstone meine Klassenlehrerin werden sollte, ein richtiges Luder, die sich – wie man sich überall erzählte – in den Weihnachtsferien lautstark und handgreiflich mit ihrem Weight-Watchers-Berater in die Haare gekriegt hatte. Die Uni fing im August wieder an, am letzten Donnerstag des Monats. Also hetzte ich am Dienstag abend davor rauf nach Austin. In meiner Wohnung, die den Sommer über leer gestanden hatte, lag zwar eine dicke Staubschicht, aber ansonsten war sie in Ordnung. Ich schaltete den Fernseher an, hämmerte Saras Nummer ins Telefon und fing an, die Freßpakete durchzuwühlen, die meine Mom mir eingepackt hatte. Bei Sara schaltete sich der Anrufbeantworter ein.

»Hallo, Süße«, sagte ich nach dem Piepston. »Du wärst die erste und einzige, die mich hier im schwülen Austin willkommen heißt. Selbe Nummer. Tschüß.« Ich legte auf und kramte meine Klamotten aus dem Koffer, um mein Adreßbuch mit Saras Nummer bei *The Daily Texan* rauszusuchen. Sie hatte den ganzen Sommer in Texas verbracht, um bei der Zeitung zu arbeiten, und war in ein Studio-Apartment auf die andere Flußseite gezogen, mitten in den überteuerten, abgefahrenen Greek West Campus.

Ich fand das Buch und blätterte nach der Seite mit dem R. Dabei blieb ich bei M hängen. Nicholas Miller – die Adresse war durchgestrichen. Darunter hatte ich eine neue Telefonnummer gekritzelt. Offensichtlich war er fristgerecht Ende Juli ausgezogen. Vor ein paar Wochen hatte ich von Maine aus

angerufen; war aus dem Bett gesprungen (nachdem ich mir eine von diesen Depri-Kassetten von vorn bis hinten angehört hatte) und hatte mich – während meine Großeltern schliefen – die Treppe runtergeschlichen. Ich hämmerte Nicks Nummer ein, obwohl schon verdammt klar war, daß die Aktion, egal wie sie lief, beschissen enden würde. Wenn sich Barney meldete, würde ich auflegen. Wenn Nick dranging – dieselbe Reaktion. Seine Stimme nach drei Monaten zu hören, selbst wenn er nur »hallo« sagte, würde bei mir die typische Pawlowsche Reaktionskette auslösen: erst Lust, dann Frust, das war klar. Was dann aber wirklich ablief – nämlich eine automatische Stimme vom Band, die die neue Nummer bekanntgab –, hieß für mich, daß Nick sich nicht mal darum scherte, ob ich seine neue Adresse und Telefonnummer hatte. Okay, ich war den ganzen Sommer nicht dagewesen, aber er hätte doch mindestens mal Sara anrufen können – *dee-doo-deep*! »Die Nummer, die Sie gewählt haben ...« Ich kritzelte die Angaben auf eine Serviette. Jetzt aber ins Bett. Aber, ist er jetzt immer noch ... es reicht wirklich! Du kannst allenfalls rausfinden, ob Barney immer noch mit ihm zusammenwohnt. Aber ob's nicht so ist, kannst du nicht mit Sicherheit feststellen. Ich wählte die neue Nummer. Es klingelte, dreimal. Dann: »Hallo?« Barney, kein Zweifel. Langsam wurde er ungeduldig. »Hal-loho?« Ich knallte den Hörer auf die Gabel. Also nahm das Familiendrama seinen Lauf. War Nick – wenn auch nur für Sekunden – ins Wanken geraten, bevor er sich ein weiteres Jahr an die Bulldogge gekettet hatte? Nicht, daß das irgendwas geändert hätte, denn das Ergebnis blieb dasselbe, nämlich, daß ich Nick nie wiedersehen würde. Ich hätte gern gewußt, ob es wohl schon zu spät war, sich jetzt noch für Politikwissenschaften einzuschreiben.
Ich machte einhändige Liegestütze und wählte Saras Nummer bei ihrem Brötchengeber.

»Abteilung Unterhaltung«, sagte irgendein Kerl gedehnt.
»Sara Richardson, bitte.«
»Wer ist denn dran?«
»Ihr Albino-Liebessklave. Sagen Sie ihr, es ist unheimlich dringend.«
Ich wartete endlos, während ich mir knapp achtzehn Liegestütze abrang. Der eine Monat bei Großmutters deftigen Ostküchenmenüs – fritierte Schwertmuscheln und Rhabarberkuchen – hatte meinen Körper geschwächt. Dann: »Alex?«
»Hi!«
»Du Mistkerl. Morgen geht die Uni los. Ging's nicht später?«
»Vor zwölf hab ich keinen Unterricht. Ich bin vor sechsunddreißig Stunden aus Maine zurückgekommen, ich schwör's.«
»Dann komm sofort hierher. Wir gehen zur Happy-Hour, und ich berichte dir von meinen guten Neuigkeiten.«
»Die Zwillinge haben doch keinen Dachschaden?«
»Nee, wart mal 'ne Sekunde.« Sie flüsterte: »Es ist erst seit einer Woche bekannt und völlig inoffiziell, aber sie wollen mir die Redaktion für den Unterhaltungsteil geben.«
»Wahnsinn! Das muß gefeiert werden.«
»Chuys Margarita und 'ne Faßladung Nachos wären genau das richtige. Ich bin seit neun Uhr heute morgen in dem Rattenloch eingesperrt und versuch, eine Frühjahrs-Fernsehvorschau für Kinder zusammenzustellen. Gott sei Dank hast du mich gezwungen, *Die tollen Zwillinge* zu gucken. Beeil dich, Alex, es ist schon halb elf.«
»Okay. Tschüß.«
»Oh, warte mal. Hast du was von Nick gehört?«
»Nein! Du etwa?«
»Ja, er hat vor ungefähr drei Wochen angerufen und mir seine neue Telefonnummer und Adresse gegeben.«
»Hat er erwähnt?«
»Ä-hä. Er hat mich aber trotzdem über dich ausgefragt. Ich

hab ihm gesagt, daß du rechtzeitig zum Unterricht aus deinen unheimlich bewegten, aufregenden Sommerferien zurückkommst.«

Ich sprang auf und suchte nach der Kiste, in der ich meinen Anrufbeantworter aufbewahrte. »Hat er mir irgendwas ausrichten lassen?«

»Nein, Honey, du solltest lieber zusehen, daß du hierherkommst, sonst muß ich einen von meinen milchbärtigen, gerade erst mannbaren Assistenten vernaschen.« Bei diesen Worten ließen die Jungs im Hintergrund ein paar begeisterte Hopplas hören.

»Danke! Keine fünf Minuten, und ich bin da.« Ich legte auf, schloß den Anrufbeantworter an und sprach ein perfektes Begrüßungssprüchlein auf Band. In weniger als zwölf Minuten hatte ich die Wohnung verlassen.

Während Sinead und ich die Straße entlangschaukelten, leierte ich in Gedanken immer wieder dieselben Sätze runter: »Er wird anrufen. Er vermißt mich. Er wird anrufen.« Sara entschuldigte sich, daß sie mich nicht in Maine ausfindig gemacht hatte, nachdem sie mit Nick gesprochen hatte, »aber ich wollte nicht, daß du völlig ausrastest und den Verstand verlierst, und das in irgendeinem entlegenen Winkel, wo's zwar ganz hübsch sein mag, aber wo man nicht mal Fox Network reinkriegt.«

Während wir uns in einem der günstigsten Studentenrestaurants vergnügten – zwei Dollar fünfzig für einen eisgekühlten Drink, inklusive Selbstbedienung an der Nacho-Bar –, bemühte ich mich, nicht in Monologe zu verfallen. Obwohl mir schon danach war, die Unterhaltung um den Satz »Er wird mich anrufen, er vermißt mich« kreisen zu lassen: halb deklarierend, halb fragend.

Um Viertel vor eins jagte ich in meine Wohnung hoch. Ich fürchtete mich davor, den Fiesta-Nachgeschmack mit Zahn-

pasta auszuspülen und danach am Boden zerstört zu sein, hatte aber gleichzeitig die Hoffnung, daß sich meine Träume – getreu dem Motto: »Er wird anrufen, er vermißt mich« – erfüllt hatten. Der Anrufbeantworter ließ mich wissen, daß ich eine Nachricht erhalten hatte. Er hat angerufen. Nein, war bestimmt jemand anders. Er hat angerufen. »Schön, daß du wieder da bist, Mr. Alex. Warum rufst du mich nicht morgen im Büro an, und wir gehen die Woche mal 'nen Happen essen? Jetzt ist es kein Problem mehr, ich muß nicht mehr für das Rechtsmittelexamen pauken. Wir hören ja bald voneinander.« Für die Rechtsmittelprüfung pauken? Und ich hab die ganze Zeit gedacht, er will mich nie wiedersehen. Jetzt bloß nicht sarkastisch werden, rief ich mich zur Ordnung, während ich mein Bett frisch bezog. Ich liebte ihn einfach zu sehr, um etwas anderes als maßlose Freude zu empfinden. In dieser Nacht schlief ich nackt und stellte den Airconditioner auf dreißig Grad – um das Ereignis gebührend zu feiern.
Am nächsten Morgen suchte ich Nicks Büronummer raus (eigentlich ungewöhnlich, daß ich sie nicht im Kopf hatte). Ich rief ihn an, besonders darauf bedacht, nicht zu überschwenglich zu klingen. Unser Gespräch dauerte ungefähr zwanzig Sekunden, weil »irgend so ein Arschloch« ihn zu sich zitiert hatte. Er klang umwerfend. Wollte sich mit mir zum Abendessen verabreden. Ich schlug Donnerstag vor, weil ich den ganzen Abend dazu brauchen würde, mein Wohnzimmer umzustellen. Bei unserer nächsten Begegnung sollte das Szenario nichts mit dem früheren gemein haben – nicht mal den Bühnenaufbau. Wir machten aus, daß er sich um halb sechs vor dem Co-op-Buchladen mit mir traf.
Am Donnerstag war mein letztes Unterrichtsfach Theater für Fortgeschrittene. Den Unterricht leitete ein Gastprofessor, der als größte Leistung eine Nebenrolle in *Das China-Syndrom* vorzuweisen hatte. Ein paar von den Kids in der Klasse moch-

te ich ganz gern. Die meisten von ihnen hatten mächtig Angst, daß sie nächsten Mai ihre Zwischenprüfung in den Schönen Künsten absolvierten, ohne jemals in einem Unistück mitgemacht zu haben. Ich stand noch eine Weile bei ihnen rum und plauderte, dann ging ich über den Campus zur Texas Union. Dort zauberte ich aus meinem Rucksack ein paar Klamotten und Schönheitsutensilien und verwandelte mich in eine – wie ich hoffte – Erscheinung mit jungenhaftem Charme. Im Buchladen zog ich eine eindrucksvolle Show ab, indem ich den verschwitzten, orientierungslosen Käufern mit gespielter Grandezza auswich und mit lässiger Nonchalance die Secondhand-Ausgaben aller benötigten Texte zusammenkramte. Ich bezahlte und verließ den Laden wieder. Drei Minuten vor sechs bezog ich am vereinbarten Treffpunkt, dem Falafel-Stand, Posten.

Plötzlich, wie durch Zauberhand, war er da. Er kurbelte das Beifahrerfenster seines Mitsubishi runter und rief mir, ohne eine Miene zu verziehen, zu: »Hey, Kleiner – reichen zehn Scheine?«

Ich öffnete die Tür und sprang rein. »Ich würd dir zwanzig zahlen.«

Wir fuhren zum Kerbey-Lane-Café. Ich nagte an meinem Hähnchen-fajitas und an der Frage, was hier eigentlich abging. War das etwa ein Rendezvous? Er zeigte sich warmherzig, freundschaftlich, äußerst zuvorkommend und leidenschaftlich; forderte mich auf, ihm alles über meinen Sommer zu erzählen – der ja, woran ich ihn aber nicht erinnerte, damit begonnen hatte, daß er mir nach dem Fiasko mit Houston einen Korb gegeben hatte. Er erzählte mir, daß er beim Rechtsmittelexamen ein gutes Gefühl habe, die Noten erfuhr er im November. Ich berichtete ihm von meinen Prüfungsergebnissen – stolze sechsundneunzig Prozent hatte ich errungen – und veranlaßte ihn damit zu Begeisterungsausbrüchen.

Ich hing an seinen Lippen und suchte in seinen furchteinflößend blauen Augen nach Hinweisen, daß diesmal alles anders war. Von Barney kein Wort, doch jedesmal, wenn er das kleine Haus erwähnte, das sie östlich vom Mopac Expressway bezogen hatten, zuckte ich zusammen. Nach beinahe zwei Stunden wußte ich überhaupt nichts mehr, außer, daß Nick mich nach Hause fuhr und ich gut daran getan hätte, mir ein Päckchen Gummis einzustecken.

Ich fragte ihn, ob er mit raufkommen wollte. Klar doch – wir gingen rein. Ich kramte ein paar York-Peppermint-Patties hervor. Nick mampfte seinen Anteil und ließ den Blick durchs Wohnzimmer schweifen. »Ist das noch dieselbe Wohnung? Also, ich meine, hast du hier im Haus gewechselt oder so?«

»Nein, es ist dieselbe.« Ich setzte mich in respektvollem Abstand an den Rand des Sofas. »Ich bin jetzt eben ein höheres Semester, also sieht alles ein bißchen cooler aus.«

»Ah.« Er lachte mit mir über den Scherz. Nur um zu beweisen, wie relaxed und harmlos und brav ich sein konnte, schaltete ich den Fernseher ein. Wir zappten uns ungefähr zwanzig Minuten lang durch die Kanäle und machten es uns einfach nur in den Kissen bequem. Die Erkennungsmelodie von *Die tollen Zwillinge* brachte mich dann auf eine wirklich gute Idee.

»Ich hab mir vor kurzem ein Album gekauft, das dir bestimmt gut gefällt. Willst du's hören?« Eilig brachte ich die scheußliche Nonne auf dem Katholischen Sender zum Schweigen. Zum erstenmal, seit ich vor dem Co-op diesem Prachtkerl wiederbegegnet war, der problemlos als kleiner Bruder von Mel Gibson durchging, machte mein Herz einen Sprung.

»Klar, leg auf«, sagte er. Ich ging an mein CD-Regal und fand zwischen Tracy Chapman und Culture Club, was ich gesucht hatte: *Floating Into The Night* von Julee Cruise. Für Esoterikfans war die Platte das absolute Nonplusultra. Ich schaltete

die CD an, ging zurück zur Couch, machte den Fernseher aus und setzte mich neben Nick.
»Hmmmmm«, brummte er. Er hatte die Augen geschlossen. Wir saßen nebeneinander, berührten uns nicht und waren uns doch verbunden. Wir versanken in der Musik. Als das zweite Lied anfing, streifte er seine Slipper ab. Ich atmete sehr tief. Auch noch, als ich Nick sanft die Hand auf den nackten Oberschenkel legte und ihn behutsam knetete. Da er keinerlei Widerstand leistete, knöpfte ich ihm das weiße Baumwollhemd auf und streichelte seinen Bauch. Wenn er mir jetzt zwischen die Beine gefaßt hätte, wäre ihm mein Schwanz entgegengesprungen. Ich war beherrscht genug, ihm nicht an den Zwickel zu gehen.
Ich spürte seine Hand in meinem Nacken und hätte beinahe aufgeschrien. »Das ist wirklich wunderschöne Musik, Alex.« Ich sah ihn an, näherte mich seinen Lippen, um ihn zu küssen. Er zog mich in seine Arme, und ich drückte mein Gesicht an seine unvergleichliche behaarte Brust. Ich ließ die Lippen über seine rechte Brustwarze gleiten, ohne zu saugen oder zu beißen. Ich kuschelte mich nur an ihn und war wirklich vollkommen zufrieden damit, einfach nur zusammengerollt in der Dunkelheit an seiner Seite zu liegen.
Die Platte war schrecklich schnell vorbei. Er seufzte und tätschelte mir die Schulter. »Ich glaub, ich muß mich jetzt wirklich aufmachen«, flüsterte er.
»Okay«, gab ich im Flüsterton zurück, und es war wirklich okay.
»Wenn's dir nichts ausmacht, wasch ich mich vorher noch.«
Ich war mir nicht sicher, ob ich das als verletzend empfinden sollte. Eigentlich hatte die Vorstellung, daß ich mich mit ihm gegen Barney verschwor, etwas Verlockendes. »Ich helf dir«, ließ ich ihn wissen.
Wir gingen ins Badezimmer, und ich hielt einen Waschlappen

unter heißes Wasser, dann ließ ich ein bißchen Flüssigseife darauftropfen und rieb sie ein. Nick hängte sein weißes Hemd auf den Türgriff und stellte sich vor mir auf. Ich schrubbte ihm die Duftspuren von Gray Flannel vom Körper. Obwohl wir uns nicht ausgezogen hatten, war dieser Abend auf geheimnisvolle Weise erotischer verlaufen als unsere erste kleine Fang-die-Wurst-Runde letzten Mai. Ich konnte ja nicht ahnen, daß die Nacht noch jung war.

Ich strich ihm mit dem Waschlappen ein paarmal oberflächlich über Rücken und Schultern und hängte den Lappen dann über den Badewannenrand, damit er trocknen konnte. Nick hatte sich, aufgestützt auf dem Beckenrand, vornüber gebeugt. Er rührte sich nicht. Ich legte ihm die Hand auf die Schulter. »Was ist denn?« fragte ich.

»Ich warte nur darauf, daß du mir den Rücken schrubbst.«

Wow. »Na klar, aber ... Ich dachte, du mußt gehen«, stammelte ich leise.

Er wandte sich um. Jetzt standen wir Brust an Brust. Er beugte sich dicht an mein Ohr und sagte: »Wir haben jede Menge Zeit.«

Ich nahm ihn bei der Hand, und wir gingen ins Schlafzimmer. Ohne daß ich ihn aufgefordert hätte, legte er sich auf den Bauch. Ich nahm seine Hand und küßte sie. »Ich bin gleich wieder da.« Ich huschte ins Wohnzimmer. Erst mal das Telefon rausstöpseln. Ich stellte den Anrufbeantworter so ein, daß sich das Band nicht einschaltete. Dann – eine Kerze. Meine Großmutter hatte mir zum letzten Weihnachtsfest aus Maine eine Kerze geschickt. Ich kramte sie heraus. Streichhölzer lagen beim Duftspender neben den CDs. Bei dem Versuch, das gottlose Ding – wie meine Oma sagen würde – zu entzünden, zerbrach ich drei von den Hölzern. Endlich brannte eines. Ich war bereits wieder drei Schritte Richtung Schlafgemach gehüpft, als mir die Musik einfiel. Ein Knopfdruck, und

Julee schmachtete erneut los. Ich drehte die Lautstärke etwas höher, um die Entfernung auszugleichen, und dann ging ich wieder zu Nick.

Ich legte mein Hemd ab, setzte mich rittlings auf den Mann meiner Träume und massierte ihm Hals, Schultern und Rücken. Fest und unermüdlich. Er schien es mehr zu genießen als ich – unglaublich. »Du hast wirklich starke Finger«, sagte er ins Kissen. Murmelte es eigentlich mehr. Ich ließ die Daumen unter den Bund seiner Khakishorts gleiten. »Wenn du die ausziehst, kann ich dir auch den unteren Teil vom Rücken bearbeiten.« Drei Sekunden später hob er die Hüften und knöpfte sich die Hose auf. Jetzt nur nicht zögern. Runter mit den Khakishorts und den weißen Unterhosen. Ich warf beides auf den Stuhl.

Wie versprochen, kümmerte ich mich um die Verspannung im unteren Teil des Rückens. Professionell, wie ich nun mal bin, ließ ich mich auch durch die entzückenden, männlichen Hinterbacken unter mir nicht ablenken. Natürlich bedurften diese Partien einer sorgfältigen und ausgedehnten Sonderbehandlung. Kein Problem für mich. Auch nicht für Nick, wenn man seine Seufzer und wohligen Grunzer so interpretieren durfte. Kein Zweifel. Dann die Füße, die Waden, die Oberschenkel, die Innenseiten der Oberschenkel. Ich spreizte seine Beine und vergrub die Finger in der erogenen Zone.

Nun war es für ihn an der Zeit, sich umzudrehen. Er tat es. Der Anblick war überwältigend. Ich bearbeitete ein paar Minuten Beine, Brust und Arme, dann sagte er: »Warum massierst du eigentlich nicht diesen Muskel?«

Während er dies sagte, griff er nach seinem steifen, glatten, auf zwanzig Zentimeter angeschwollenen Penis. Ich war im Paradies gelandet. Es war, als würde Ed McMahon samt seinem Kamerateam bei mir anklopfen und mir den Toto-

Scheck überreichen, den's regelmäßig für eine amerikanische Familie gab.

»Mach ich liebend gern«, ließ ich Nick wissen und schnappte mir seinen Schwanz. Ich strich mit der Hand rauf und runter, bis er absolut hart war, und umschloß ihn dann am Ansatz. Ich schien es gar nicht so schlecht zu machen. Entweder war ich ein Naturtalent oder durch regelmäßige Videoabende mit *Der Junge und der Ungar* geschult, und zwar so gründlich, daß Nick sich aufsetzte und stöhnte: »Du machst mich wahnsinnig.« Seine Hand wanderte zu meinen Hosenknöpfen. Pop pop pop. »Aber es ist zu schön zum Aufhören«, fügte er hinzu. Ich befreite mich von meinen Hosen, und er zog mich ins Bett, unter sich. Wir küßten uns stürmisch – Gott, diese Lippen. Mir war nicht mal richtig bewußt, daß er meinen Penis bearbeitete. Er rieb seinen Schwanz gegen meinen Bauch, knabberte an meinem Ohr und flüsterte etwas. Ich hörte auf, mit dem Kopf zu wippen, um ihn zu verstehen.

»Alex ... darf ich dich bitte in den Mund ficken?«

Och ja, warum denn nicht.

Als alles vorbei war und wir unter meiner Steppdecke lagen, Nick reglos in meine Arme gebettet, stand für mich fest, daß sich das nun jede Nacht wiederholen sollte. Alle Möglichkeiten, die sich ansonsten boten – hysterisches Outing gegenüber Barney, Selbstmordversuche –, kamen mir kindisch vor. Ich gab mir alle Mühe, mich dem Augenblick zu widmen – dieser Vertrautheit, die Erfüllung meiner Träume und Sehnsüchte fast eines ganzen Jahres. Ich grübelte, ob ich nun noch Jungfrau war. Wie war das wohl bei Schwulen? Mit Sicherheit war man keine mehr, sobald man jemandem den Hintern gebohnert hatte. Oder umgekehrt. Doch die unermeßlich weite Welt des Blasens blieb bei dieser Definition Grauzone. Wenn man einen geblasen bekam, galt das nicht als Verlust der Schwulenjungfernschaft, denn es war ein zu triebgesteuertes, unpersönliches Ereignis. Wenn man's dagegen einem anderen besorgte, war es schon was anderes. Darin schien sich – jedenfalls nach meinem begrenzten Erfahrungsschatz – ein gewisser Grad an Intensität und Verbundenheit zu manifestieren, wodurch das Ganze auf der Skala der Entjungferungsaktivitäten einen höheren Stellenwert bekam. Ich ging davon aus, daß man nicht mehr als unberührt galt, wenn man eine tiefkehlige Penetration bis zum Ende durchgehalten hatte, aktiv oder passiv, und zwar mit jemandem, den man liebte. Schlucken oder nicht war nach dem gegenwärtigen Stand des medizinischen Wissens und der Forschung irrelevant.

Mein erstes Semester als Nicht-Jungfrau wurde nicht – wie ich den ganzen Sommer über gefürchtet hatte – zu einem Alptraum. (Natürlich war ich damals doch noch unberührt.) Gleich zu Anfang gab man mir die Hauptrolle in einem Stück, das unsere Universitätsbühne unter der Regie eines kubanischen Studenten aufführte. Alfredo hieß er, einer aus den höheren Semestern, gut anderthalb Kopf größer als der Rest von uns. Es handelte sich bei dem Stück um die abgeänderte Version von Shirley Jacksons *The Lottery*, und zwar aus der Sicht eines revolutionären Lateinamerikaners. Den Höhepunkt des Stückes bildete die Szene, bei der die innovativ auf der Bühne verstreuten Zuschauer ermuntert wurden, die Heldin gemeinsam mit dem Ensemble mit Pappmacheesteinen zu bewerfen. Einige der Schauspieler zogen ernsthaft in Erwägung, ein paar richtige Steine unter die Attrappen zu mischen und die verruchte Primadonna damit zu attackieren.

Sara war die meiste Zeit mit ihrer Zeitung beschäftigt, also fing ich tatsächlich an, mit ein paar Schauspielfreunden rumzuhängen. Wir trafen uns regelmäßig und sahen uns die *Twin-Peaks*-Folgen der Woche an, die ich aufgenommen hatte. (Einer machte sogar den Vorschlag, wir sollten es uns doch bei der Sendung mit Cherry-Pies und einem Sixpack gemütlich machen, aber das wäre einfach zu abgedreht und dekadent gewesen.) Währenddessen meckerten sie über die miesen Studioszenen, die sie gerade zu spielen hatten, mokierten sich über die neurotischen Kollegen und beschwerten sich, daß die Proben immer so lange dauerten. Außerdem diskutierten sie über die Schauspielausbildung an der University of Delaware in Wilmington und an der Louisiana State. Ich erzählte meinen Eltern, daß ich mich an der Uni in Texas für Jura beworben hatte. Sie freuten sich so sehr darüber, daß wir zusammen essen gingen und sie darauf bestanden, mir neue Turnschuhe zu kaufen.

Wenn ich nicht gerade schlief, dachte ich wenigstens alle zehn Minuten einmal an Nick. Wir hatten tatsächlich eine Affäre und ich war der Dritte Mann, ich, der kleine Unschuldsengel. Meine ethischen Grundsätze über Eigentum hatte ich einmal kräftig geschleudert, ausgewrungen und zum Trocknen aufgehängt. Natürlich war es nicht richtig, in eine Beziehung reinzuplatzen, aber andererseits – warum sollte ich mich nicht um Nick bemühen? Barney war zuerst dagewesen – okay. Aber wenn's nun nicht mehr mit ihnen klappte, dann gab's doch keinen Ehrenkodex, der Nick an die Beziehung fesselte, oder? War mein Glück nicht genauso wichtig wie Barneys? Verdammt noch mal, es war wichtiger. Ich versetzte mich an Barneys Stelle. Immerzu. Und kam zu dem Schluß, daß *ich* an seiner Stelle – also wenn ich's wäre, der mit Nick das Haus, den Frühstückstisch, die Couch, die Küche und das Bett teilte – alle Hebel in Bewegung setzen würde, damit Nick nie, aber auch niemals bei einem anderen nach Aufmerksamkeit, zärtlicher Zuwendung und einem erfüllten Sexualleben suchen müßte. Ich wußte, daß er all das verdient hatte. Konnte es denn nicht passieren, daß man dem Mann seines Lebens zu einem unglaublich ungünstigen Zeitpunkt begegnete? Es war schon unwahrscheinlich genug, daß man diesen Menschen überhaupt jemals fand, aber man konnte doch nicht auch noch erwarten, daß dann alles glatt und reibungslos lief – das war wirklich zuviel verlangt.

Wir trafen uns ein- oder zweimal die Woche gewöhnlich zum Abendessen bei mir. Ich beherrschte ungefähr sieben verschiedene Menüs, die ich im turnusmäßigen Wechsel auftischte. Außerdem eignete ich mir mehr und mehr Fertigkeiten bei der Massagebehandlung und diversen Aktivitäten zur Penisstimulierung an. Schwer zu sagen, wie Nick die Situation einschätzte. Er mochte mich, das Essen und das Gefühl, das ich ihm gab – daran war kein Zweifel. Aber wie stellte er sich den weiteren Verlauf unserer Beziehung vor? Dieses Thema blieb tabu. Immerhin rief er mich oft an, schlug nie meine Einladungen aus und sagte mir nicht, ich solle aufhören, wenn ich ihm meine Hand unters Hemd schob. Er erfüllte mir – wenigstens zum Teil – meine Träume. Dafür liebte ich ihn. Ich wollte nicht alles kaputtmachen, indem ich ihm Fragen stellte, auf die er keine Antwort wußte.

»Ich finde, daß du sehr reif damit umgehst«, sagte Sara. »Ich glaub nicht, daß ich damit klarkommen könnte. Er ist ein toller Kerl, aber ich könnte das nicht ertragen.«

»Was denn?« sagte ich in leidendem Tonfall.

»Du weißt schon … ihn mit jemandem zu teilen.«

»Ja, ist schon schwer, aber ich hoffe, daß es nicht immer so bleibt. Aber mal was anderes, ich hab dir noch nicht die tollen Neuigkeiten erzählt: Er kommt an Thanksgiving nach San Antonio.«

»Großer Gott. Wie hast du das denn geschafft?«

»Barney fährt doch immer allein nach Hause, stimmt's? Die können Nick nicht leiden, weil sie denken, daß er eine Schwuchtel aus ihrem kleinen Liebling gemacht hat. Sie sollten sich lieber bei ihren Malen-nach-Zahlen-Bibelbildern bedanken, daß ihr dämlicher Hohlkopf so einen Schatz wie Nick gefunden hat.«

»Also weiter ...«

»Okay, ich wußte, daß er letztes Jahr allein war und nichts gemacht hat. Also hab ich meine Mom gefragt, ob ich einen Freund mitbringen kann, und sie war einverstanden. Wahrscheinlich ist es nur für einen Abend, aber ich bin so glücklich wie noch nie.«

»Wirklich super, Alex, zu dir nach Hause. Er lernt deine Familie kennen. Ich bin auch unten, vielleicht können wir ein paar Leute zusammentrommeln und ihnen Nick vorstellen und mal auf einen Drink ins Bonham fahren.«

»Das wär toll.«

»Okay. Ich muß dringend los. Einer von den Reportern hat einen ätzenden Bericht über dieses Album geschrieben, das ich nicht leiden kann. Ich muß mich darum kümmern, daß er auf keinen Fall erscheint.«

»Herrschsüchtige Domina.«

Mitte Oktober wurde Nick bei einer dieser piekfeinen Anwaltskanzleien angestellt. Er und Barney feierten das Ereignis mit einem sündhaft teuren Abendessen im The County Line, dem protzigsten Restaurant von Austin. Er und ich feierten mit einem Nudelgericht bei mir zu Hause. Ich überreichte ihm ein Einstandsgeschenk fürs Büro, einen Tarantula-Briefbeschwerer aus Sterlingsilber.

»Ich werd ihn Mr. Young nennen«, sagte er lächelnd.

»Vielen Dank«, erwiderte ich.

Er umschlang mich von hinten, so daß ich die Arme nicht um ihn legen konnte. Ich spürte, wie er seinen Fünf-Uhr-Schatten an meinem Hals rieb. Ich erschauderte. »Du gibst viel zuviel Geld für mich aus.« Ich schüttelte heftig den Kopf. »Aber du weißt ja, eigentlich gefällt's mir, wenn du dich so lieb um mich kümmerst.«

»Immer gern.«
Am nächsten Sonntag beschloß ich, die Bewerbung für die juristische Fakultät auszufüllen, denn seit fast einem Monat hatte ich das auf die lange Bank geschoben. Eigentlich war es eine reine Formsache – bei meinem Testergebnis und mit dem Schauspielstudium, das ich bereits an der Uni begonnen hatte, mußten sie mich einfach nehmen, aber immerhin war es ein guter Vorwand, um Nick zu sehen. Wenn wir die Anmeldung zusammen ausfüllten, knüpfte das womöglich ein himmlisch romantisches Band zwischen uns, das sich durch mein gesamtes Jurastudium ziehen, sich in ein Band der Liebe verwandeln und uns an der Sunflower-Abschlußfeier in drei Jahren vielleicht schon aneinanderschmieden würde, überlegte ich mir träumerisch, während ich über den Lamar schlenderte. Ich war – ganz ungewöhnlich – auf dem Weg zu einer Verabredung bei Nick zu Hause.
Barney war an diesem Tag verreist. Er langweilte seine Cousins in Lockhart. Nick war »auf Abruf«. Er hatte diese Woche bei seinem neuen Job zwar schon sechs Tage an einem großen Fall gearbeitet, mußte aber darauf gefaßt sein, daß es womöglich sieben wurden. »Bis jetzt ist alles glattgelaufen«, sagte er grinsend, als ich sein Haus betrat, und wies mit dem Daumen aufs Telefon. Ich kam gerade vom Fitneßcenter und hatte noch feuchte Haare.
Es war erst das zweite Mal, daß ich in ihrem Haus war, und es war ein befremdliches Gefühl. Viel gab es eigentlich nicht, was mich hier an Barneys Existenz erinnerte: eine langweilige und kitschige Sammlung von Warner-Brothers-Pappfiguren, eine Abonnementkarte für *Freshmen*, die aus dem unordentlichen Papierwust auf dem Tisch hervorspitzelte, und Klamotten von Mervyn's, die Nick im Leben nie getragen hätte. Und doch war das hier Barneys Reich. Während Nick eine Reihe von häuslichen Aktivitäten herunterrasselte, die er an diesem

Tag hinter sich gebracht hatte, und ich ihm durch das Haus folgte, wurde mir das ganz deutlich bewußt. Ich warf einen Blick durch die neuen Fenster, durch die Barney womöglich den schweißnassen Studenten beim Joggen hinterherglotzte, auf den Müllschlucker – Barney vergaß bestimmt immer, seine Speisereste dort zu entsorgen – und auf die Toilette, auf der er täglich sein Geschäft erledigte. Pervers, aber ich verspürte das heftige Verlangen, allein in dem Haus zu sein und jeden Zentimeter zu durchschnüffeln, jede Schublade und jeden Schrank. In jeder Kiste wollte ich nach Formularen wühlen, nur um das Geheimnis zu lüften, das Nick und Barney aneinanderband. Hatte dieser Drang psychopathische Züge, oder konnte man das durchgehen lassen, wenn ich dazu stand?

Wir setzten uns Seite an Seite auf die Couch – ich spürte förmlich, wie Barney, der süchtig vor der Glotze klebte, mit seinem Hintern Abdrücke in das Polster gegraben hatte. Nick und ich verfaßten grob einen Text für die Bewerbung. Dazu gehörten Phrasen wie »Gerichtssäle sind der Ort, in denen für die Geschicke unserer Nation gerungen und gesiegt wird« oder »An erster Stelle steht bei mir der Wunsch, etwas zu verändern, mein künstlerisches Interesse steht im Hintergrund.«

»Du solltest vielleicht erwähnen, daß du davon träumst, Texas niemals auch nur für einen Tag zu verlassen, und daß du versprichst, keinen von den schwulen Professoren zu outen. Wie wär's mit 'ner Coke?« Er legte eine Hand auf meine, und ich umschloß sie mit der anderen. Wie wir miteinander umgingen – das hatte was Reifes.

»Ja, gern«, sagte ich wie ein wohlerzogener Sängerknabe. Wir gingen in die Küche, wo er mit Eis und Gläsern hantierte und To-Bel sich ungehemmt an unseren Beinen rieb. Sie kannte ihre *wahren* Eltern. Barney war nichts als ein gottloser Stiefonkel. Wir fläzten uns wieder auf die Couch, diesmal etwas näher beieinander, und machten ein paar Minuten weiter – bis das Telefon klingelte. Während ich schon mal die Ohren spitzte, ging Nick ins Schlafzimmer. »Hallo ... ja, hi ... Wie läuft's so bei euch?« Er erschien mit dem Telefon in der Hand im Türrahmen und winkte mich zu sich.

Ich schnappte mir die Anmeldung und die Coke und ging ins Schlafzimmer. Nick saß mit dem Rücken zur Wand auf dem Bett. »Die Mietsummen hab ich auf einer Datei im Computer«, erklärte er dem Typ am anderen Ende der Strippe, wer immer das sein mochte. »Aber ich les Sie Ihnen mal kurz vor.« Er nahm einen Ordner aus der Aktentasche. Ich legte mich der Länge nach aufs Bett (*ihr* Bett), das Gesicht von Nick abgewandt, und verschränkte mein rechtes Bein locker mit seinem. »Sie wissen ja, wenn Sie mich brauchen, komm ich sofort vorbei ...« Er lachte. Ich stupste sacht mit dem Fuß, der in Socken steckte, gegen seinen Schritt. »Okay, sind Sie bereit? ... von Januar bis März: 187904 Dollar, von April bis Juni: 184567 Dollar.« Ich tastete mich zu seinem Penis vor und steigerte sowohl Druck als auch Rhythmik. »Ja, ich denke, es bestehen ausgezeichnete Aussichten darauf, daß der Antrag genehmigt wird ...« Er tätschelte meinen Oberschenkel – das hieß, ich solle aufhören. Aber ich ließ mich nicht einschüchtern. Nachdem Nick weitere drei Minuten lang in rätselhaftem Jura-Kauderwelsch Zahlen runtergerasselt hatte, wuchs seine Sehnsucht nach mir, und zwar so sehr, daß er, der Frischling im Büro, der noch nichts zu melden hat, die Unterhaltung abwürgte und gleichzeitig seine Shorts aufknöpfte. »Ich bin immer hier zu erreichen ... Wir sehen uns dann morgen ... Tschüß.« *Klick.* »Du bist unverbesserlich.«

»Wer? Ich?«

Ich drehte mich um. Er riß sich Hosen und Unterwäsche vom Leib, kletterte auf mich, schob mein Hemd hoch und umfaßte

meine soeben frisch trainierten Brustmuskeln. Dann küßte er mich.
Plötzlich riß er den Kopf hoch und lauschte wie erstarrt. Ein Geräusch, das sich anhörte, als würde jemand die Wohnungstür aufschließen. Uns stockte das Blut.
»Wer ist das?« flüsterte ich.
»Barney, verdammte Scheiße.« Er sprang von mir runter, jagte aus dem Bett und verschloß die Tür. »›Heute abend spät‹, hat er gesagt. Verdammt, Alex!«
»Was soll ich denn machen?«
»Geh unters Bett.«
»Wirklich?«
»Ja doch!«
Ich warf mich auf den Boden und legte mich der Länge nach hin. Dabei erhaschte ich noch einen Blick auf Nick wie er – malerisch wie auf einem Russ-Meyer-Foto – die Decke abzog und ins Bett sprang. »Tut mir leid«, sagte er noch.
»Schon okay«, beteuerte ich. Ich schob mich unters Bett. Mein Herz hämmerte gegen einen Stapel juristischer Papiere, die ich, fest umklammert, auf der Brust hielt. Der Gedanke, daß ich nun für immer dazu verdammt war, die beiden zusammen zu beobachten, bohrte sich in meine Gehirnwindungen. Ich hätte nie gedacht, daß so was wirklich mal passieren würde, genausowenig wie eine Szene aus *Laverne und Shirley*. Was war, wenn Nick die Nerven verlor und Barney mißtrauisch wurde? Und was, wenn er den Schein der Normalität wahrte? Wie lange mußte ich hier unten bleiben? Mein Wagen stand vor dem nächsten Haus. Was, wenn Barney ihn bemerkt hatte? Würde Nick das Mißgeschick als geheimnisvolles Omen deuten? Glaubte er nun, wir sollten uns nie wiedersehen?
Die Schlafzimmertür öffnete sich. Ich sah an mir herunter. Die Bettfedern hingen durch, bis auf einen halben Zentimeter

über mir. Ich drehte den Kopf nach links. Von hier unten konnte ich alles ungehindert beobachten, aber ich war so weit nach hinten gerutscht, daß mich niemand sehen konnte. Nur vom Boden aus. »Schläfst du?« fragte Barney in einer Lautstärke, die im Grunde sicherstellt, daß man danach wach ist. Die Bettfedern über mir bewegten sich, und ich malte mir aus, wie Nick sich aufsetzte. »Ich hab nur ein Nickerchen gemacht. Hey, du bist ziemlich früh wieder zurück, oder nicht?«

Barneys dreckige Turnschuhe schlurften in mein Blickfeld. »Die andern wollten noch auf dem Fluß Schlauchboot fahren.«

»Hört sich gut an.«

»Du weißt doch, ich hasse es, wenn ich zuviel Sonne abkriege.«

Ich spürte ein Kitzeln in der Kehle und unterdrückte einen Hustenreiz. Ich sammelte Speichel und schluckte, in der Hoffnung, daß das Kratzen dadurch aufhörte. Es klappte. Allerdings hatte jetzt To-Bel entdeckt, daß unter dem Bett etwas Ungewöhnliches war. Sie schlich in meine Richtung.

»Hey, ich hab 'ne Idee«, sagte Nick. »Warum holen wir uns nicht was bei Taco Cabana?«

»Ich dachte, du bist heut auf Abruf.«

»Na ja, schon, aber das dauert doch nur zwanzig Minuten oder so. Wir können das Essen ja mitnehmen.« Keine schlechte Idee, Nick.

Aber nein. »Hab keine Lust.«

»Wo würdest du denn gern hingehen? Vielleicht zu Martin Brothers?«

»Wir haben heute mittag Eisbecher gegessen. Ich bin müde.« Während er das sagte, spürte ich, wie er sich aufs Bett plumpsen ließ. Die Federn erzitterten, und die ganze Apparatur kam mir entgegengesackt. Aber nicht genug des Horrors à la Ed-

gar-Allen-Poe: To-Bel erschrak und schlug mir die Krallen in und durch den Ärmel meines South-Beach-Uni-Sweatshirts.
»Warum bist du nackt?« fragte Barney.
»Ich wollt's mir nur bequem machen«, erklärte Nick.
Stille. Was ging da oben ab? Wenn Barney ihn nun berührte? Wenn sie's über mir trieben, konnte ich mich gleich in eine Anstalt einweisen lassen. Die Federn verrieten mir, daß sich über mir was bewegte. Ich malte mir aus, wie Barney sich gierig Nicks Steifen packte und ahnungslos mit seinen schlecht gepflegten Zähnen daran knabberte – unerträglich. To-Bel rollte sich an meinem Kopf zusammen und leckte mein Ohr. Langsam meldete sich Klaustrophobie bei mir an. Sekunden später schwang sich Nicks behaartes Bein aus dem Bett, er stieg aus den Federn – Gott sei Dank. Er suchte nach seinen Hosen und fing an, sich anzuziehen. Auch Barney stand wieder auf. Er schleppte sich ins Wohnzimmer. Nick schielte unters Bett. »Was machst du denn da unten, kleines Kätzchen?« Er tätschelte meine Hand. »Wie geht's uns denn so ... To-Bel?«
»Okay«, flüsterte ich.
»Mir fällt gleich was ein«, flüsterte er zurück. »Komm raus, Süße«, sagte er zu To-Bel und zog sie von mir weg. »Barney, hast du Lust, ins Kino zu gehen?« Ich hörte eine Zeitung rascheln. »In 'ner halben Stunde kommt *Der Aufstieg Arizonas* im Hogg-Auditorium, den haben wir noch nicht gesehen.«
»Nö.«
»Wie wär's mit *Letzte Ausfahrt Brooklyn* im Dobie?« Nein! Da wollten Nick und ich diese Woche reingehen. Na ja, es war wirklich ein Notfall.
»Pete sagt, der Film ist gegen Homos.« O mein Gott, was zum Teufel verstand Barneys Freund, dieser Musicland-Manager, schon davon? Wenn ich mich recht erinnerte, war sein Lieblingsfilm *Schockbehandlung*.

»Ein Theaterstück wär auch nicht schlecht. Diese Joe-Orton-Sache, *Die Beute*, läuft heute abend in der Schule. Hört sich das gut an?«

»Ist zu teuer.«

»Nee, ich glaub, das kostet mit Studentenausweis nur fünf oder sechs Mäuse. Ich bezahl's gern.«

»Mußt du nicht hierbleiben, für den Fall, daß sie dich anrufen?«

»Ich glaub, wenn ich bis fünf nichts von denen gehört habe, bin ich aus dem Schneider. Ich kann auch bei denen anrufen und ...«

»Mir ist nicht nach Ausgehen.« Ich hörte, wie er den Fernseher einschaltete.

Jetzt war der geeignete Moment, Barney den Laufpaß zu geben. Wann sonst, wenn nicht jetzt?

»Und ich hab keine Lust mehr, mir anzusehen, wie beschissen du hier ohne jeden Drive rumhängst!« könnte Nick ihn beispielsweise anbrüllen. »Es interessiert dich einen Scheißdreck, wie ich mich fühle oder wie unsere Beziehung läuft! Ich hab die Schnauze voll. Ich hab jemanden kennengelernt, mit dem mir das Leben wieder Spaß macht. Jemand, der für mich seinen Hintern aus der beschissenen Couch schwingt, dem ich was wert bin. Alex, komm jetzt rein!«

Und dann komme ich wie der geölte Blitz unter dem Bett vor, Staubmäuse flattern mir von der Schulter. Ich stelle mich neben Nick. Barneys Augen funkeln entgeistert und quellen vor Schreck hervor. »Du mieser, kleiner ...« stottert er.

»Halt's Maul, Barney«, befehle ich ihm. »Du hast's verschissen. Ich geh jetzt erst mal mit meinem neuen Freund zu Whole Foods. Und dann werd ich ihm ein fantastisches Abendessen kochen, bevor wir sexuelle Höhepunkte erklimmen, von denen du nur träumen kannst. Also, warum schlendern wir nicht mal rüber zur Schauspielfakultät und kümmern uns um einen guten Platz, bevor der Vorhang aufgeht ... mein Schatz?«

Meine Hirngespinste wurden jäh zerstört, als das Telefon klingelte. Barney stürmte ins Schlafzimmer und nahm den Hörer ab. Vielleicht dachte er, ich bin dran. Ha! »Hallo? ... Wer spricht denn da? ... Einen Moment bitte. Es ist für dich, Nick.« Mir war aufgefallen, wie er versuchte, die Anrufe für Nick abzufangen. Dieser Hurensohn.

»Nick am Apparat ... ach, hallo ... kein Problem ... bis gleich dann.« Er legte auf. »Sie brauchen mich doch noch ein paar Stunden im Büro.«

»Ich hab dir ja gesagt, es ist Blödsinn, noch irgendwohin zu gehen.« O Mann, sieh lieber zu, daß du selber mal 'nen Job bekommst. Ich hörte keine Erwiderung von Nick, vielleicht gab's ja keine. Ein Stück Papier flatterte plötzlich neben dem Bett zu Boden. Nick kickte es mit seinen Mokassins in meine Richtung. Mit entsprechenden Verrenkungen des Unterarms konnte ich die Nachricht zwischen zwei Finger klemmen. Hier unten war es zwar ziemlich dunkel, aber Nick hatte den Bleistift fest aufgedrückt. Ich entzifferte: *»Noch ungefähr zwanzig Minuten Geduld.«* Vermutlich wollte er keine Antwort von mir, denn er sagte der Bulldogge auf Wiedersehen, verschwand durch die Eingangstür und ließ uns beide allein. Schlagartig begriff ich, wie absurd das alles eigentlich war, ich hatte Mühe, nicht laut loszulachen. Wenn Barney mich hier fand und für einen Eindringling hielt (und eindringlicher als ich konnte kaum einer sein), hatte er nach texanischem Gesetz womöglich sogar das Recht, mich zu erschießen.

Im Wohnzimmer versuchte Ginger auf der Mattscheibe, einen Streit zwischen Mr. und Mrs. Howell zu schlichten. »Ich will das Zeug nicht!« schnauzte Lovey. »Du kannst deine blöden, alten Kokosnüsse behalten.« Nun wurde gezappt, dreißig Sekunden lang ein Roxette-Video, dann überplärrte Richard

Simson eine viertklassige Version von »Please Mr. Postman«. »Je eher wir unsere Bäuchlein loswerden, um so besser!« Richard nun lauter: »Ich habe hier Yolanda aus Springfield in Ohio neben mir sitzen. Yolanda, diese Aufnahme wurde vor achtzehn Monaten gemacht. Wieviel hast du damals gewogen?«

»Dreihundertneunzig Pfund.«

»Und was für ein Gefühl war das: jeden Morgen in einem *fetten Körper* aufzuwachen?«

»O Richard, ich war eine Gefangene. Wenn's ums Essen ging, hatte ich mich nicht unter Kontrolle. Ich hab bei der Cookie Company in einem Einkaufszentrum gearbeitet, und jedesmal, wenn ich allein Schicht hatte, hab ich tatsächlich die gefrorenen Schokoplätzchen-Teigrollen aufgebrochen und eine ganz aufgefuttert. Es war wie bei einer Heroinsüchtigen, die sich kostenlos einen Schuß setzen kann, sooft sie will.«

»Und jetzt – sieh dich an ... hundertachtundsechzig Pfund ... du bist schön, Yolanda. Laß es uns zusammen sagen. Du bist eine schöne Frau.«

»Ich – ach, es ist so schwer, aber ...«

»Sag's, Honey. Na, komm schon ...«

»Ich bin tatsächlich eine schöne Frau! Ohne Deal-A-Meal hätte ich das nicht geschafft ...« Barney wanderte durchs Wohnzimmer. Hatte ich aus Versehen ein verräterisches Geräusch gemacht? Ich hörte etwas quietschen. Hörte sich an, als hätte er eine Kassette in den Videorecorder geschoben. Eine Weile war Stille, dann ertönte der typische gekünstelte Synthesizer-Pop, und das hörte sich nach einem Porno an. Wieder Stille, als würde er zu den besten Stellen vorspulen. Und dann ein Aufschrei im Fernseher: »O nein, Mann. Der ist viel zu groß! An dem erstick ich ja!«

»Dann bück dich, Junge, ich will dich bumsen!« Nieder-

schmetternd. Da hatte sich Nick noch vor einer halben Stunde im Bett in seiner ganzen empfindsamen Männlichkeit präsentiert, doch statt sich daran zu erfreuen ... Zum Glück übertönten die jaulende Musik und Sätze wie »Mann, ist das ein enges Loch!« und »Bums mich mit deinem geilen Schwanz!« jene affenartigen Laute, die ich von Barney nun ganz bestimmt nicht hören wollte. »Awww! Uhhh! Ohhh, Scheiße, Mann, ich komme!«
»Spritz doch ab!«
»Yeah yeah YEAH!«
Stille. Fünf Sekunden später: »Ohhh, Scheiße, Mann, ich komme!« usw. Er hatte den Film zurückgespult, um sich die heißen Stellen noch mal anzusehen. Das war schon nicht mehr lustig, das war krankhaft. Schließlich klingelte das Telefon. Ich wartete ja schon lange darauf.
»Verdammt«, grummelte Barney. Er nahm den Hörer ab. Clever wie Nick war, hatte er das Telefon im Wohnzimmer stehenlassen. »Hallo?« Der Fernseher war nun nur noch gedämpft zu hören. »Was? ... Ja, seh ich.« Schwerer Seufzer. »Alles klar ... ich geh gleich los.« Er legte auf, stapfte durchs Zimmer, schnappte sich vermutlich noch irgendwas und ging. Ich zwang mich, erst noch bis dreißig zu zählen, bevor ich rauskroch und wie von der Tarantel gestochen losjagte. Ich sah noch mal nach, ob ich auch alles dabei hatte, was mir gehörte, dann hastete ich zur Eingangstür. Einen winzigen Moment machte ich allerdings vor dem Videorecorder halt, den Daumen auf der Aufnahmetaste. *Boy-becue in der Lagune* wurde nun leider restlos gelöscht. Zu dumm von Barney, den falschen Knopf zu erwischen, er würde sich bestimmt in den Hintern beißen.
Als ich nach Hause kam, war eine Nachricht von Nick auf dem Band: »Wenn du das hörst, hast du's also nach Hause geschafft. Hoffentlich bist du nicht so sauer, daß du die Woche keine

Lust mehr hast, *Letzte Ausfahrt Brooklyn* zu sehen. Ruf mal an und sag, an welchem Tag dir's paßt. Und danke.«
Ich hatte schon befürchtet, daß Nick sich wegen des Versteckspiels schämte und sich nie wieder traute, mir unter die Augen zu treten. Vor allem, weil ich ja nun einen unverfälschten Einblick in die Barneysche Lebensgemeinschaft gewonnen hatte. Aber warum sollte uns das Pech, das uns an diesem Tag verfolgt hatte, nicht enger aneinanderschweißen? Hat es auch, dachte ich, als ich ein paar Tage später nach dem Unterricht persönlich die Bewerbung für die Juristische Fakultät einreichte. Ich kaufte Nick noch eine Packung Peppermint Patties, damit er bei *Letzte Ausfahrt* um Viertel nach fünf was zu naschen hatte.
Der traumhafte Monat lief mit einer Halloweenparty bei Valerie und Chuck aus. Gastgeber und Gastgeberin erschienen – in dieser Reihenfolge – als Priester und schwangeres Schulmädchen. Ich ließ mich von meiner Familie und meinen Freunden nicht überreden, als Christina Crawford zu erscheinen, sondern ging als Billy Idol. Sara war Cruella de Vil, und Nick kam als Elvis.
Kurz nach Mitternacht saßen wir im Mitsubishi an einer entlegenen Ecke bei mir vor der Haustür. Er schloß die Augen, während ich ihm die Hand massierte. Das Gefühl, daß wir uns jeden Moment trennen mußten, beherrschte mich bereits. »Das war eine Wahnsinnsparty. Du hast wirklich nette Freunde«, sagte er.
»Sie finden dich auch alle ganz toll. Nicht nur ich.«
Einen Moment lang war Stille. Dann hörte ich ihn sagen: »Sollen wir hochgeh'n?«
Beinahe wäre mir der Kiefer runtergeklappt, aber ich biß die Zähne zusammen. »Und dann?« Ich zog seine Hand an meinen Mund und knabberte verführerisch an einem Finger.

»Weiß nicht«, sagte er achselzuckend und wandte verlegen den Blick ab. »Ich mein, vielleicht ist es schon ein bißchen spät ...«
»Komm schon«, sagte ich und sprang aus dem Wagen, und wir gingen hinauf. Er betrat die Wohnung vor mir und blieb im Flur stehen. Ich hängte meine Lederjacke auf und fragte: »Willst du 'ne Coke?« Er schüttelte den Kopf. »Ich glaub, ich hab noch was von den kleinen Schokoladenkuchen übrig, wenn du Hunger hast.«
Wieder schüttelte er den Kopf, wobei er die vollen Lippen fast schon zu einem Lächeln verzogen hatte. Er legte mir die Hände auf die Hüften.
»Vielleicht ist ja das, was du willst, im Schlafzimmer«, sagte ich neckisch. Er nickte und schob mich langsam in mein Schlafzimmer.
Ich nahm ihm den Blütenkranz vom Kopf, den er – als Elvis beim Hawaii-Konzert – getragen hatte. Ich öffnete den Reißverschluß des hautengen weißen Hosenanzugs und pellte ihn aus der zweiten Haut. Schon bald war er – bis auf ein paar Ketten und Medaillons – nackt. Außer den Koteletten natürlich. Mit einem Überraschungsmanöver gelang es mir, an seinem Riesenschwanz zu lutschen und mich gleichzeitig aus meinem Kostüm zu schälen (die verschnörkelte Armbanduhr behielt ich allerdings an). Ich berührte ihn am ganzen Körper und weidete mich an jeder Wölbung. Ich strich an seinen muskulösen Armen entlang und verschränkte meine Finger mit seinen. Er festigte den Griff und zog mich vom Boden hoch. Schamlos verschlungen ließen wir uns aufs Bett fallen. Als ich wieder klar denken konnte, fand ich mich auf dem Rücken wieder. Nick hockte in der 69er-Position über mir. Er drängte mir seinen Penis zwischen Zunge und Gaumen, während er meinen in der rechten Hand hielt und in rhythmischen Bewegungen leckte. Ganz spaßig, aber einfach zuviel auf

einmal – so, als würde man zwei wahnsinnig unterhaltsame Filme gleichzeitig sehen.
Ich machte behutsam den Mund frei und bearbeitete Nicks Penis rhythmisch mit der Hand. Er stöhnte auf.
»Nick?«
»Mhm?«
»Warum bumst du mich nicht?« Er hatte noch nie analen Sex gehabt, auch nicht mit Barney, aber er hatte mir in einem intimen Gespräch vor ein paar Wochen anvertraut, daß er »ziemlich neugierig« darauf sei.
Er drehte sich um und setzte sich neben mich. »Es ist zu gefährlich«, murmelte er.
»Du weißt doch, daß ich safe bin, und du bist es auch.«
»Aber hundertprozentig sicher können wir nicht sein ...« Seine Finger strichen spielerisch sanft über meine Brust.
In der rechten Hand hielt ich sein halberigiertes Glied. Ich zog eine Nachttischschublade auf und kramte ein Päckchen Trojan (die in Goldfolie) und eine Dose Astroglide hervor, wobei ich darauf achtete, daß der Dildo, mit dem ich geübt hatte, nicht auf den Boden fiel. Ein kleines Geheimnis, von dem nicht mal Sara was erfahren würde. Ich schmierte mir etwas Astroglide auf die Handfläche und salbte damit entschlossen eine Seite seines Schwanzes ein, dann die andere. Rauf und runter, immer wieder. Als bei ihm unter dem herrlich klitschigen Knistern, das mein Streichkonzert hervorrief, schon jeder Muskel zuckte, hielt ich inne und fing an, ihm mit der Handfläche die Eichel zu reiben.
Er schnappte nach Luft, beugte sich zurück und nahm das goldene Päckchen von meinem Bauch. Ich war wie benommen vor Aufregung. Was sich gerade abspielte, war unglaublich, einfach sagenhaft. Etwas Verbotenes lag in der Luft. Ich gab noch einen großzügigen Klecks Astroglide auf seinen Schwanz und verteilte das Zeug auch entlang des Schaftes.

Währenddessen riß er das Päckchen auf und stülpte sich das Kondom über. Ich dachte noch, bevor ich meine Beine zurückschwang, rechtzeitig daran, in die Spitze des Trojan-Reservoirs zu kneifen, wie ich das auf Videos gesehen hatte. Er schmierte mich dick mit Astroglide ein. Mit dieser Menge wäre ein Schwulenpuff zwei Wochen lang ausgekommen, und dann ...

Beim Einführen tat es ein wenig weh, aber er bewegte sich langsam und versüßte mir das Ganze durch sein Stöhnen. »Sag mir, wenn ich dir weh tue«, flüsterte er.

»Nein, es geht«, sagte ich keuchend. »Und wie fühlst du dich?«

»Fantastisch.«

Wir küßten uns, und ich schloß die Augen. Dann öffnete ich sie wieder, um mir den traumhaften Anblick nicht entgehen zu lassen, wie Nick mit vor Lust verzerrtem Gesicht auf mich einhämmerte. Ich dachte, er sei kurz vor dem Ende, aber dann wurden seine Bewegungen langsamer. Er atmete tiefer und brummte wie ein überaus sinnlicher Bär: »Ich will sehen, wie du abspritzt.«

Darin brauchte ich nun *wirklich* keine Übung mehr. Ich wartete, bis er genausoweit war wie ich, und bespritzte mich dann über und über – ziemlich aufsehenerregend. »Mein Gott!« schrie Nick und preßte sich mit jedem Muskel an mich, während er das Reservoir füllte. Danach blieb er noch lange so in meinen Armen liegen. Ich massierte ihm sanft Nacken und Schultern, während er sich entspannte und niedliche kleine Laute aus seiner Kehle drangen. Genau der richtige Zeitpunkt, um ihm meine Liebe zu gestehen. Aber das gehörte zu den Dingen, die ich nicht tun durfte, darin war Sara sehr eigen. Nick mußte sich zuerst bekennen, dann sollten wir einen innigen, feuchten Kuß austauschen, und erst danach durfte ich ihm kundtun, daß ich seine Gefühle erwiderte.

Statt dessen verhielt sich Nick mehr oder weniger nach der typischen Machofantasie, indem er mir sagte, ich sei »unglaublich«. Wir duschten zusammen, und er ging nach Hause. Ich zog die verzierte Armbanduhr aus und legte mich schlafen. Keine Elvis-Wortspielchen, wenn ich Sara von dem heißen Intermezzo berichtete – das schwor ich mir.

In den nächsten zwei Wochen stand ich unter Strom, besonders weil Nick nichts von sich hören ließ. Bei der zweiten Aufführung von *La Loteria* kam er kurz vorbei. Er trug seinen dreiteiligen Juristendreß und gab mir hinter der Bühne einen schnellen Kuß auf den Mund. Dann eilte er wieder zurück ins Büro – um halb zehn abends –, um noch weitere zwei oder drei Stunden abzusitzen. Nachdem das Stück ausgelaufen war, erwarteten mich drei scheußliche Zwischenprüfungen auf einmal. Die nächsten Abende verbrachte ich über langweiligen, nichtssagenden Sachbüchern und über meinen lieblos gekritzelten Aufzeichnungen. Ganz zu schweigen von der Prosa und Lyrik der Kolonialzeit, die wie ein Stein auf mir lastete – das Rizinusöl der amerikanischen Literatur. Ich wartete darauf, daß Nick von sich hören ließ, und hetzte jedesmal zum Telefon, wenn es unerwartet klingelte. Ich redete mir ein, daß er mit Sicherheit anrufen würde, sobald ich mit der nächsten Übungsaufgabe, dem nächsten Unterkapitel oder dem Anne-Bradstreet-Gedicht fertig war.

Nachdem ich die Geschichts- und Englischprüfung hinter mich gebracht hatte, fuhr ich nach Hause und verkroch mich sofort ins Bett. Als ich aufwachte, war es bereits dunkel. Jemand hämmerte an meine Eingangstür. Nur in Unterwäsche, schlich ich aus dem Bett. Eigentlich wollte ich lediglich einen Blick durch das Guckloch werfen – man weiß ja nie – und dann den ungebetenen Eindringling einfach ignorieren. Es war Sara. Ich öffnete ihr mit einer einladenden Geste die Tür. »Komm schon rein.«

Als sie sah, daß ich nur so wenig anhatte, mimte sie einen entsetzten Aufschrei. Dann riß sie die Augen auf und flüsterte: »Ist Nick hier?«

»Schön wär's. Ich hab nur geschlafen.«

»Das heißt, dein Lernmarathon ist überwunden«, sagte sie, während sie eintrat. »Macht's dir nichts aus, wenn dich jemand so sieht?« fragte sie dann und gestikulierte in Richtung Tür.

Ich ließ einen Muskel spielen und flitschte mit dem Gummizug meiner Unterhose. »Nein, und außerdem hab ich noch 'ne Prüfung in Massenmedien. Der Marathon ist noch lange nicht zu Ende.« Ich ging ins Schlafzimmer und zog mir was über. »Mindestens noch zwei Stunden Vorbereitung. Ich wollte mich eigentlich mit einem Schälchen Popcorn zurückziehen, die Schotten dicht machen und Öffentlichkeitsarbeit pauken. Was gibt's?«

Sie hievte einen Stoß Hefte, offenbar lauter Zeitschriften, auf meinen Tisch und ließ sich dann auf die Couch fallen. »Ich komm gerade von Valerie. Chuck hat meinen Lebenslauf auf dem Laserdrucker ausgedruckt. Ich hab die richtige Ausfahrt verpaßt und bin hier gelandet. Hoffentlich macht's dir nichts aus, wenn ich meine Bewerbungen für die Hochschulen hier schreibe.«

»Ich hoffe, eine davon ist für die Texas-Uni. Ich bleib nämlich wahrscheinlich auch hier.«

»Eine schon.« Sie setzte sich auf. »Aber, weißt du, eigentlich hab ich keine Lust mehr, weiter zu lernen. Es ist mir scheißegal, ob ich meinen Abschluß als Journalistin mache. Ich weiß nur nicht, was ich sonst tun soll.«

»Das kenn ich.«

»Obwohl, das stimmt nicht ganz. Ich weiß eigentlich schon, was ich machen will: erst meinen Abschluß, dann einfach irgendwo hinziehen und freie Journalistin werden. Als Schauspieler kann man das doch auch tun. Warum gehen wir nicht zusammen nach New York?«

»New York?« Ich stöhnte, ließ mich neben ihr nieder und knetete ihr die Schultern. »Da gibt's keine Arbeit, und ich kann keinen Ton singen. Also sieht's mit dem Broadway schon mal düster aus. Da könnt ich höchstens bei irgend 'ner miesen Seifenoper mitmachen.«

»Hmmmm«, maunzte sie, »du machst das wirklich gut.«

»Hat man mir schon mal gesagt.«

»Hat er sich gemeldet?«

»Nein.«

»Ich würd mir nicht allzu viele Gedanken darüber machen. Ihr zwei habt einen sexuellen Meilenstein zurückgelegt. Etwas tiefer, bitte. Ohhh, perfekt. Er braucht ein bißchen Zeit, um damit klarzukommen.«

»Ich glaub auch. Ich hoffe nur, daß er jetzt nicht Barney bumst.«

»Glaub ich nicht. Danke, Alex. Ich war ganz schön verspannt.«

»Wie geht's Evan?« Sie hatten sich Anfang des Sommers im gegenseitigen Einvernehmen voneinander getrennt. Er war nach Corpus Christi gezogen und hatte dort einen sehr gutgehenden Surf-Shop aufgemacht. Inzwischen war er wieder zurückgekommen, um seine zweite Examensprüfung zu machen.

»Es gab Zoff wegen der Sache mit dem Abschluß. Er meint, ich soll hierbleiben, weiter lernen und für den *Chronicle* oder – Gott bewahre – den *Statesman* schreiben. Männer sind richtige Idioten. Ehrgeizige Männer jedenfalls. Außer Chuck. Oh, langsam.«

»Vielleicht kannst du ja mit Valerie eine Abmachung treffen. Ihr könntet zum Beispiel einen Zeitplan ausarbeiten.«

»So was darfst du nicht mal im Spaß sagen.«

»Hast du dir schon mal überlegt, für den *Texas Monthly* zu arbeiten? Du hattest einen guten Ruf dort, alle haben dich gemocht ...«
»Der eine Redakteur hat Spaß daran gehabt, mir unter die Bluse zu schielen. Es war klasse, dort zu arbeiten, aber ein bißchen trocken. Ich bin nicht scharf darauf, über Odessa-Football-Skandale zu schreiben und so Karriere zu machen.«
»Stimmt auch wieder. Irgendwas wird sich schon finden, Sara. Du kannst doch wirklich gut schreiben.«
»Ich weiß, danke. Hey ... ich hätte viel mehr Lust auf die Bewerbungen, wenn's dazu Pepperoni-Pizza und freie Getränke gäbe. Was meinst du? Ich bezahl sogar.«
»Mr. Gratti's?«
»Bis elf gibt's da Essen. Komm schon, du kannst später lernen.«
»Nur, wenn du mich zwingst. Verdreh mir den Arm. Hey! Aua! Das tut weh!«
Ich verbrachte das Wochenende in San Antonio, weit weg von allem, und hörte mir Dads Lamento wegen der Anzeige an, die er am Hals hatte. In sechs Wochen ging es jetzt endlich vor Gericht. Alle waren sauer, daß sich die andere Partei – also die des Idioten, der Dad krankenhausreif geschlagen hatte – nicht auf eine gütliche Einigung eingelassen hatte. Seit dem Vorfall hatte Dad eine Waffe in der Schublade, außerdem schwirrten jede Menge bewaffneter Krankenpfleger um ihn herum, an deren Seite ich zu meiner Freude während meines Sommer-Aushilfsjobs an der Klinik ab und zu pinkeln durfte.
Als ich Sonntag abends spät nach Austin zurückkehrte, hatte Nick eine Nachricht auf Band gesprochen. Er hoffte, wir könnten uns »Montag oder Dienstag mal treffen«.
Am Montag nach der Arbeit kam er bei mir vorbei. Ich merkte sofort, daß ihm was auf dem Herzen lag. Nur keine Panik –

jetzt hieß es Ruhe bewahren. Ich umarmte ihn und drückte ihm einen Kuß auf den Hals. »Hallo, schöner Mann!«
»Na du.« Er setzte sich, und ich holte uns zwei Cokes mit Zitrone.
»Was gibt's?« fragte ich. Ich setzte mich zu ihm auf die Couch, immer darauf bedacht, ihm nicht zu sehr auf die Pelle zu rücken.
Er schloß die Augen und schüttelte den Kopf. »Ich hab einfach keine Zeit mehr. Die letzten beiden Male, als ich beim Gay-Service-Center die Telefonzentrale besetzen sollte, mußte ich absagen. Und jetzt ... Barney ist nicht mehr so richtig glücklich mit mir.«
»Oh.« Seine Worte erinnerten mich stark an den Sprachteil in den Mittelstufentests, bei denen man lückenhafte Textpassagen mit den richtigen Satzketten ergänzen mußte, damit sich ein Sinn ergab.
Nick umschloß meine Hand. »Ich fürchte, ich muß für Thanksgiving absagen.«
Augenblicklich rutschte mir das Herz ein Stück tiefer, aber ich zwang mich, tief Luft zu holen und ganz langsam wieder auszuatmen. Baby, reiß dich zusammen. Du hast gewußt, daß das eigentlich viel zu schön war, um wahr zu sein. Romantische fröhliche, barneyfreie Ferientage außerhalb der Stadt – das alles wäre, verdammt noch mal, zuviel des Guten gewesen.
»Warum denn?« Na also, war doch ganz einfach, oder? Meine Stimme hatte nicht mal gezittert.
»Barneys Eltern wollen, daß wir zusammen bei ihnen zu Abend essen. Sozusagen eine kleine Feier, weil ich doch den neuen Job hab. Es ist das erste Mal in den fünf Jahren, da kann ich wirklich nicht absagen.« Seine Stimme klang sanft und beschwichtigend. Er liebkoste mit den Fingerspitzen die empfindlichen Stellen zwischen meinen Fingern. Normaler-

weise hätte mich seine zärtliche Berührung verrückt gemacht, doch diesmal spürte ich sie kaum.
Das war wirklich ein starkes Stück. Barneys Eltern hatten Nick die ganze Zeit über wie den Antichrist höchstpersönlich behandelt, bis er jetzt zufällig eine Stelle in einem angesehenen Anwaltsbüro bekommen hatte. Nun war er wohl der standesgemäße Partner für ihren dämlichen kleinen Liebling? Ich spürte, wie mir aus Empörung und Wut (und einer gehörigen Portion Eifersucht) die Tränen in die Augen schossen. Ich schloß die Lider, um die Wassermassen zu dämmen. Es sollte keine Träne fließen, keine einzige.
»Wir müssen uns eine Zeitlang etwas seltener sehen«, hörte ich Nick sagen, immer noch in diesem beschwichtigenden Tonfall. Ach so, Nick, du hast also noch ein paar Schläge auszuteilen. Beim nächsten hast du mich außer Gefecht gesetzt. Ich weiß schon – sag mir jetzt noch, daß unsere Liebesnacht an Halloween ein »großer Fehler« war.
Erstaunlicherweise hatte ich meine Tränen tatsächlich unter Kontrolle, und daß mir ein feuchter Schimmer auf den Augen lag, war okay, beschloß ich. Ich sah ihn an und fragte: »Willst du das denn auch?«
Er starrte eine Weile auf den leblosen Fernseher, dann ließ er den Kopf auf die Brust sinken. In seinem Glas klirrten halb geschmolzene Eiswürfel. »Ich will dich nicht loswerden, Alex, ehrlich. Ich bin nur im Moment sehr durcheinander«, murmelte er.
Ist ja interessant, ich rückte ein Stückchen näher. Durcheinander war ja schon wieder was ganz anderes. Durcheinander bedeutete, daß etwas in seinem Gehirn in Bewegung geraten war. Eine Gehirnwindung womöglich, die zuvor brach gelegen hatte. Durcheinander war gut. Ich legte ihm die Hand auf die Schulter und näherte mich seinem Ohr. Ich roch den für ihn typischen Duft. Welch himmlischer Wohlgeruch. »Um es

noch mal zu sagen«, flüsterte ich, »es gibt nichts, was ich nicht für dich tun würde.«
Ich lehnte mich zurück und beobachtete ihn. Er öffnete die Augen und lächelte schwach. Dann tätschelte er mein Bein.
»Kannst du ... nein, das wär nicht richtig. Es ist nicht fair dir gegenüber.« Er starrte wieder auf die Mattscheibe, während ich gleich zwei Impulse zu unterdrücken hatte: die Augen zu verdrehen und mich ihm zu Füßen zu werfen.
»Was?« fragte ich. »Kannst du was?«
Er seufzte und sah mich aus umwerfend blauen Augen an.
»Könntest du mich einen Moment lang einfach nur festhalten?«
»Ist das alles?« platzte ich heraus. Diesmal konnte ich mich wirklich nicht beherrschen.
Er nickte, und ich wußte, er meinte tatsächlich, was er sagte.
»Ich brauch einfach etwas Zeit, das ist alles, Alex. Ich weiß nicht, was ich sonst noch sagen soll.«
»Du mußt nichts sagen. Komm her.«

Lieber Alex,
ich muß Dir einfach noch mal schreiben, um Dir zu sagen, wie glücklich ich bin. Daß Du bei der Serie bleibst, hat mich völlig aus dem Häuschen gebracht. Ich kann Dir gar nicht sagen, wie glücklich ich bin. Wenn ich ehrlich sein darf: Eigentlich halt ich Dich ja für einen netten Kerl, einen richtigen Prachtkerl, aber die Rolle, die Du spielst, kommt mir irgendwie so traurig vor. Nie lächelst Du mal richtig. Trotzdem mag ich »Simon« wahnsinnig gern. Aber ich glaub nicht, daß ich Dich in der Serie schon mal lächeln sehen habe.
Ich hab Dich in *Alles für die Liebe* und *Quantensprung* gesehen. Beide Filme fand ich toll, besonders die Szene mit Mimi Rogers, wo Du immer weiter gelacht und

getanzt hast. Ich kann's kaum erwarten, was die für »Simon« noch in petto haben. Ich hoffe, es ist was Gutes. Ich würd Simon in der Serie gern glücklich sehen, nur einmal. Denk immer daran, daß es einen Fan gibt, der auf Deiner Seite steht, egal, ob es die richtige oder die falsche ist. Ohne die Schurken wär das eine Serie wie jede andere. Ich wünschte, sie würden Dich mal in einer Szene mitmachen lassen, bei der Du lächelst. Ich kann's gar nicht abwarten, bis dieses Luder Cyrinda in der Kiste liegt.
Alles Liebe und die besten Wünsche
Rhonda Matthews
Tulsa, OK
PS.: Immer lächeln!

»Das schlimmste Kindheitserlebnis?«
Ich kicherte höflich, in dem Glauben, die Reporterin habe einen Scherz gemacht. Aber sie ließ nur den Kuli zwischen den Fingern hin und her rollen und wandte den Blick nicht von ihrem Stenoblock ab. Schließlich mußte ich doch noch mal nachfragen: »Wollen Sie das wirklich wissen?«
Sie sah auf und setzte hastig ihr unechtes PR-Lächeln auf. »Sicher doch. Sie müssen aber nicht darauf antworten.« Sie hieß Heidi und war zu den Aufnahmen gekommen, um für das *Soap Opera Magazine* über die Feier der zweieinhalbtausendsten *Hearts-Crossing*-Serie zu berichten. Heidi hatte mich in meiner Garderobe abgefangen und wollte ein »Star-Profil« von mir erstellen. Star-Profile sind Sonderglossen der Zeitschrift – ein Glanzpapierfarbfoto des Stars, eingerahmt von seinen wichtigsten persönlichen Daten, wie zum Beispiel seinem Lieblingsfilm (Andy Warhols *Bad*), seinem Lieblingsessen (Benitas Frites) und seinen Lieblingskollegen aus der Besetzung (Phalita Renee und Allison Slater Lang). Ir-

gendwie erinnerte mich das an diese Tratschbücher, die wir in der sechsten Klasse herumgehen ließen, in die jeder reinschreiben sollte, was er von den Klassenkameraden hielt. Nur daß Heidi nicht die Frage wagen würde, ob ich mehr auf Tunten stünde oder auf maskuline Typen. Nicht daß ich die Frage damals beantwortet hätte. Ein schlichtes »KK« (Kein Kommentar), neben meine Erkennungsnummer gekritzelt, wäre das höchste der Gefühle gewesen. Schließlich war ich ein Junge.

Ich beschloß, die Wahrheit zu sagen. »Mein schlimmstes Kindheitserlebnis hatte ich mit elf, und zwar an Ostern. In der Nacht zuvor hab ich einen Teller mit Karotten für den Osterhasen hingestellt. Am nächsten Morgen fand ich ein Körbchen mit Schokolade und Bonbons, und auf dem Teller lagen nur noch die Karottenenden. Jedes Jahr lief's genauso ab, und jedesmal war ich begeistert, daß dieses Fabelwesen wirklich existierte. Daß es den Weihnachtsmann nicht gab, hatte man mir schon mehr oder weniger schonend beigebracht, aber an den Osterhasen glaubte ich immer noch fest. Ich weiß auch nicht, warum, vielleicht, weil ich Hasen so gern mag.« Heidi machte sich Notizen und schüttelte den Kopf, um anzudeuten, wie entzückend sie diese Geschichte fand. Ich fuhr fort: »Jedenfalls hab ich mir dann ein Glas Milch geholt und dabei in der hinteren Ecke des Kühlschranks einen Bund Möhren entdeckt, bei dem die Enden fehlten. Ich hab sie rausgeholt und bin in Tränen ausgebrochen. Meine Mutter hetzte durch die Küche, weil sie gerade das Osteressen vorbereitet hat. Als sie mich sah, hat sie mir einen verlegenen, mitfühlenden Blick zugeworfen, den ich nie vergessen werde. Obwohl: Sie war bestimmt erleichtert, glaub ich. Schließlich ging ich auf die Zwölf zu.«

»Was für eine schöne Geschichte, Alex!« schwärmte Heidi.

Im Magazin fand man sie unter dem Aufhänger: »Das

schlimmste Kindheitserlebnis – der Osterhase existiert nicht.«

Das Leben meinte es gut mit mir. Mein Bild war auf dem Titelblatt von *Soap Opera Update* (»Die gottlosen Wege des HC-Simon«) und in der Fernsehbeilage des Sunday Newark *Star-Ledger*. Die Fanpost strömte unaufhaltsam, überwiegend von Verehrerinnen, die den Tenor »Ich liebe dich, du Ekel« anschlugen, zwischendurch auch mal ein paar Spinner. Von Juliana allerdings kein Ton mehr. *Soap Opera Digest* nannte mich in der farbigen und informativen Spalte über die Schurken des Daytime-Senders den besten Psychopathen. Als mein *Soap-Opera-Weekly*-Interview in den Auslagen erschien, fragten mich Kollegen aus dem Team, wer die Presse für mich mache. »Ich hab selbst ein bißchen Promotion betrieben«, erklärte ich ihnen, immer um Diplomatie bemüht. (In Wirklichkeit hatte ich einfach nur irgendwas gefaselt.) Sie lächelten und nickten und waren wahnsinnig neidisch auf mich.

Meine Mutter kam mich eine Woche lang besuchen, und ich verschaffte ihr einen Job bei *Hearts Crossing* – eine hübsche Sprechzimmerszene mit der einmaligen Phalita. Ich weigerte mich einfach hartnäckig, ihr zu erzählen, was ich vorhatte, bis wir an diesem Morgen im Studio ankamen. Sie bekam zuerst einen riesen Schock, doch ihre Panik ließ bald nach, als man ihr einfach Make-up auftrug und sie unter den Haartrockner steckte. Danach hatte sie nur noch ein bißchen Lampenfieber. Im Endeffekt wurde es *das* Ereignis ihres Lebens. Wir gingen jeden Abend in ein anderes Restaurant und unterhielten uns endlich mal über die ganze Geschichte mit Nick, was schon längst überfällig war. Aussichtslose Sache, lautete ihr Urteil. Einen Tag, bevor sie abfuhr, stellte ich ihr Trevor vor. Er zeigte sich von seiner charmantesten und fröhlichsten Seite.

Trevor und ich waren jetzt seit sechs Wochen zusammen. Er

entpuppte sich als einigermaßen passabler Freund. (Allerdings hätte nach meiner Vorgeschichte jeder dieses Prädikat erhalten, wenn ich ihn nur jederzeit zu Hause anrufen konnte.) Es gab ja auch nichts, was an ihm nicht stimmte, oder? Er hatte einen makellosen Körper (nur die Brustbehaarung war etwas kurz), Sinn für Humor und war vollkommen ausgeflippt. Eines Nachmittags – nach dem Tag, an dem ich erwähnt hatte, daß ich mich in der Oberstufe immer wieder Arztpraxisphantasien hingegeben hatte – entdeckte ich, als ich nach der Arbeit zu ihm fuhr, einen Zettel: »Bitte gehen Sie in den Untersuchungsraum und ziehen Sie sich aus. Dr. Renado wird sich gleich um Sie kümmern.« Ein Pfeil wies in sein Schlafzimmer. Auf dem Bett lag eine von diesen festen Papierdecken, wie man sie auf Untersuchungstischen verwendet. Sie geben dem Patient da beruhigende Gefühl, er müsse sich nicht auf die Abdrücke der Pobacken seines Vorgängers legen, der womöglich nackt gewesen war. Auf dem Nachttisch ebenfalls ein Stück von dem Papier, allerdings etwas kleiner. Darauf zurechtgelegt ein Holzstäbchen, ein großes Thermometer, eine Dose Vaseline und ein kleines Probefläschchen. In der Hoffnung, daß Trevor das Zeug nicht bei einem Arzt zusammengeklaut hatte, zog ich T-Shirt, Turnschuhe, Socken und Jeans aus und setzte mich auf das knisternde Papier. Sofort öffnete sich die Badezimmertür, und Trevor kam herein. Er trug eines von diesen Stirnbändern, an denen eine Spiegelplatte angebracht ist. Außerdem hatte er einen aufgeknöpften weißen Kittel an, unter dem nichts als ein Calvin-Klein-Slip hervorspitzte.

Als er aufs Bett zumarschierte, grinste er. »Bitte ziehen Sie den Schlüpfer aus«, forderte er mich höflich auf. Ich kicherte. Eher würde Trevor bei LaBrey-Bargain-Circus einkaufen, als eine Unterhose »Schlüpfer« zu nennen. Er starrte mich an. »Ich weiß nicht, was Sie daran komisch finden.« Er ging ganz

in seiner Rolle auf. Ich war beeindruckt. »Ziehen Sie das Ding sofort aus.«
Ich folgte seinen Anweisungen, denn langsam machte mich das ziemlich an. Als er schließlich auf die unsanfte Art meine Temperatur maß, stand mein Penis bereits steil nach oben, wie eine Wetterfahne. Er berührte ihn nicht, bis er mich auf einen Leistenbruch hin untersuchte, wozu er seinen langen Zeigefinger mit Vaseline beschmierte und meinen Hodensack entlangstrich. Ohh, verdammt. Ich erhaschte einen letzten Blick auf Trevors gewölbte Unterhosen, dann ließ er sich auf die Knie sinken. Meine Eier hielt er immer noch umfaßt. »Tz, tz. Ich fürchte, ich muß eine Samenprobe nehmen.« Ich kann nur sagen: gar nicht so einfach, das alles in dem kleinen Fläschchen unterzukriegen.
Abgesehen davon, daß wir immer nervös darauf bedacht waren, uns ständig zu unterhalten, war unsere Beziehung eigentlich eine streßfreie Angelegenheit. Ich konnte drei- oder viermal die Woche neben ihm aufwachen und mich bis spät in die Nacht mit ihm über die Pfennigfuchserei des Home-Shopping-Clubs lustig machen. Auch für Autotouren entlang der Pazifikküste war er zu haben, wobei wir das Verdeck abnahmen, KROQ aufdrehten und laut mitgrölten. Ich sagte mir immer wieder, daß er sich seit unserem ersten kurzen, aber einschneidenden Techtelmechtel vor fast zwei Jahren positiv verändert habe und reifer geworden sei. Doch obwohl ich auf mich einredete wie auf einen kranken Gaul, stellte sich mir immer wieder die Frage, ob ich seine Egozentrik nicht nur deshalb weniger zu spüren bekam, weil ich zu einer angehenden Berühmtheit geworden war. Wenn das wirklich stimmte, was würde dann wohl passieren, wenn er bei *Dino & Muffin* angenommen wurde? Wenn er vielleicht schon in ein paar Monaten in aller Munde war und sein Bild auf jedem *Tiger-Beat*-Miniposter prangte?

Nachdem er die Rolle bekommen hatte, verbrachten wir viele lustige Stunden damit, uns über das abgeschmackte Pilotskript lustig zu machen. Ich ging mit ihm seine Textpassagen durch und spielte all die anderen Rollen. Offensichtlich hatten die Produzenten vor, die ganze Nielsen-Familie in die Kiste zu kriegen – von der Oma über die Jüngsten bis hin zu den zickigen Teenies. Meine Lieblingsszene war die, in der Dino (der »äußerst sympathische« Corey Haim) und sein Flittchen die sechsjährige Muffin in Dinos Bett vorfinden – Ups! Wie unanständig! Weg mit der Ferkelei! Es gab auch noch eine andere schöne Szene: Muffin fragt Ky (Trevor), der obenrum nackt ist und seine wohlgebaute Brust zur Schau stellt: »Wieso hast du Titten, und ich nicht?«

Trevor haßte den jungen Star an seiner Seite, den er immer nur »die verzogene kleine Göre« nannte – zum Entsetzen der anderen. Aber er ließ heldenhaft alle Aufnahmen mit ihr über sich ergehen und knuddelte das frühreife Mädel während der Dreharbeiten sogar beherzt – zu meinem Entsetzen. Das Publikum bestand – wenn man dem ständig rumbrüllenden Produktionsleiter mit Riesenzinken glauben durfte – »hundertprozentig aus Leuten wie du und ich«. Er hatte allerdings verdammt gründlich dafür gesorgt, daß sich die Leute im Studio – abgesehen von einigen Ausnahmen (wie mir, zum Beispiel) – ausschließlich aus ahnungslosen Touristen zusammensetzten, die es für das Größte hielten, acht Stunden lang anzustehen, um bei einer Sitcom zuzugucken. Für ein Privileg, das man durchaus mit einem Dinner im Hard Rock Café vergleichen konnte.

Natürlich waren die ganz verrückt nach *Dino & Muffin* und spendeten donnernden Applaus. Bei humoristischen Höhepunkten, wie zum Beispiel der Szene, in der Muffin Dinos Genitalienschützer als Rucksack benutzt, waren freudige Aufschreie hellen Entzückens zu vernehmen. Der Kommen-

tar der strengen, aber gutherzigen irischen Hausmutter: »Na, viel bringt sie da drin aber nicht unter.«
»Macht nichts«, sagte Trevor trocken, »Dino ja auch nicht.«
Am Ende der Geschichte, wenn Dino und seine Kameraden aus der Studentenverbindung die kaltherzige Sozialarbeiterin (Gaststar Linda Gray) davon überzeugen, daß sie Muffin wirklich ein Zuhause bieten können, blieb kein Auge trocken. Danach wurde noch eine Happy-End-Party gegeben, beliefert vom besten Haus am Platze. Die Party nahm für mich einen tragischen Verlauf, weil mich die vierzehnjährige Schwester von irgendwem, zufällig absoluter *Hearts-Crossing*-Fan, die ganze Zeit mit Fragen löcherte. Währenddessen arbeitete sich Trevor durch die Menge. Der Kinderstar warf mit Pizzabelag durch die Gegend, brüllte seine Mutter an und jagte immer weiter um die Bühne, bis er sich irgendwann übergeben mußte. »Wenn die Serie gesendet wird, verdient die Göre vierzig Scheine pro Folge«, sagte Trevor. Er konnte es einfach nicht fassen.
Der Sender war begeistert von dem Pilotfilm. Man beschloß sofort, das Sommerloch damit zu füllen, und forderte noch sechs weitere Folgen an. Gott sei Dank, nun war Trevor als Serienstar unter Vertrag.
Ungefähr zehn Tage nach dieser freudigen Nachricht stand ich um sechs Uhr auf, weil ich schon früh zur Arbeit mußte. Ich huschte unter die Dusche, fuhr mir kurz durch die nassen Haare und hetzte ins Studio. Dabei steckte ich die Nase immer wieder mal ins Skript. Aus unerfindlichen Gründen kam ich in neun Szenen vor, meistens mit Allison und Megan. Nach dem Lunch aber würde ich Anna Ford gegenüberstehen, die in der Serie meine Pseudofreundin war. Gewöhnlich tat sie so, als sei's reine Gefälligkeit, daß sie mit mir zusammen auftrat.
Um sieben Uhr betrat ich hastig den Frisierraum, in der

Erwartung, mit einem kaffeebekleckerten Tisch konfrontiert zu werden, wie immer bei Tommie. Tommie war unser Mann für das morgendliche Make-up und zeichnete sich durch graue Stirnfransen aus. Megan saß auf dem Stuhl und ließ sich ihre blonde Dauerwelle steif sprühen. Zweifelsohne war es Sodawasser, was sie sich aus dem winzigen Fläschchen, das man nur in eleganten Supermärkten bekommt, in den Mund sprudeln ließ. »Hallo, Süßer!« zwitscherte sie. Cyrinda, deren Rolle sie spielte, war soeben aus dem viermonatigen Koma erwacht, konnte sich aber an Simons teuflische Tat nicht erinnern. Ich ging zu ihr, und wir plauderten ein wenig. Sie stand in dem Ruf, daß jeder nach ihrer Pfeife tanzen müsse, aber ich hatte keinerlei Probleme mit ihr. Irgendwie hatten wir ein nettes Verhältnis, seit sie bei meinem Einstellungstest für die Serie – nachdem wir unsere gemeinsame Szene gespielt hatten – den Produzenten und dem Repräsentanten des Senders erklärt hatte: »Besser, ihr nehmt ihn, sonst seid ihr mich auch los.« Wobei man nie sicher sein konnte, wie ernst sie so was meinte.

Die Tür des Schminkraums war nur angelehnt, und ich trat ein. Tommie saß auf dem schäbigen Kunststoffzweisitzer, ein Stück Käsekuchen lag in einer kraftlos herunterhängenden, beringten Hand. Er starrte Löcher in die Luft. »Hi«, sagte ich. Er sprang auf. »Oh, Alex.« Irgendwas stimmte nicht, keine Frage. Er sah mich eindringlich an. Ein erbärmlicher Ausdruck lag auf seinem Gesicht, der mich an Dana Plato in *Jeder nach seiner Art* erinnerte, als sie erfährt, daß sie nicht nach Paris gehen und dort Model lernen darf. Tommie schloß die Tür (auch schon komisch) und machte sich daran, mir die Grundierung aufzutragen. Schließlich sagte er: »Wie läuft's denn so, Alex?«

»Einfach prima.«

»Keine Probleme?«

»Ich brauch 'ne Wasserpumpe fürs Auto.«
»Bist du zufrieden mit der, äh, Presse, die du bekommst?«
»Och ja. Die bringen 'ne Menge Zeug fürs Sammelalbum unters Volk.«
Er biß sich auf die Lippe. Was, zum Teufel, war nur mit ihm los? Seit meinem Vorsprechen für den Joel-Schumacher-Film hatte ich nicht mehr so eine geschraubte Unterhaltung geführt. Er nahm den Eyeliner und erstarrte plötzlich, irgendwas hielt ihn zurück.
»Herrje, Honey. Ich hab mich wirklich nicht darum gerissen, dir's als erster zu zeigen.« Er zog ein Revolverblatt aus seinem Jackett und schlug es auf. Auf dem Titelblatt war eine weitläufig bekannte Countrysängerin abgebildet, ein Auge blaugeschlagen und über der Nase eine Bandage. Die Schlagzeile verkündete dick und fett, daß sie ihren »untreuen, prügelnden Ehemann« zu Recht verlassen habe.
»Ist das eine Freundin von dir?« fragte ich Tommie. Ich begriff überhaupt nichts.
»Häh?« blökte er und warf einen Blick auf die erste Seite. »Nein, nein, nein! *Hier*!« Er zeigte auf etwas und murmelte unverständliche Worte, während ich in einem der kleinen Anzeigenkästen unten auf der ersten Seite las: »Schwuler Soap-Opera-Star beim Stelldichein!« Ich hatte das noch nicht ganz kapiert, da hämmerte er schon auf die Mitte des Blattes. Es handelte sich also um die Spalte »Klatsch-Hatz«, und unter dem Logo (ein Hund mit Sonnenbrille und Perlbuchstaben, die aus einem drahtlosen Telefon quollen) war – zweispaltig – ein Foto von mir und Trevor zu sehen. Wir küßten uns in seinem Wagen. Fassungslos las ich den Untertitel: »Der attraktive Soap-Star Alexander Young, der Superbösewicht aus *Hearts Crossing*, zusammen mit einem noch nicht identifizierten Hünen am Flugsteig eins des internationalen Flughafens von L. A.« Daneben ein Bild, auf dem ich gerade aus dem

Wagen steige. Damit waren alle Zweifel ausgeräumt. Ja, Jungs, das war eindeutig ich. Die Ausgabe war auf nächste Woche datiert. Ich sah Tommie an. Es hatte mir die Sprache verschlagen.

»Das ist gestern mit der Post gekommen«, erklärte er. »Vielleicht ist es morgen schon in den Auslagen. Ich hab mit ein paar von denen Verbindung, denn die rufen mich manchmal an und wollen, daß ich schmutzige Wäsche wasche, verstehst du, aber ich plauder nie was aus.« Er gestikulierte aufgeregt in Richtung Wand – gespickt mit kleinen Autogrammbildern der Stars, die er in all den Jahren zurecht gemacht hatte.

»Ich versteh das einfach nicht«, brachte ich stotternd heraus. Ich hatte einen trockenen Mund und drückte auf den Wasserspender, um mir ein Glas zu füllen. »Das ... war schon im Oktober. Warum – jetzt?«

»Honey, du bist inzwischen ein ganzes Stück berühmter geworden. Versuch dich zu entspannen, setz dich erst mal.« Nachdem er die Katze aus dem Sack gelassen hatte, fühlte sich Tommie offensichtlich viel besser. Er legte letzte Hand an mein Gesicht und gab mir das Revolverblatt. »Du mußt das jetzt einfach durchstehen, das ist das beste. Übrigens – wer ist der Kerl eigentlich, Alex? Er sieht umwerfend gut aus.«

Nachdem man mich um Viertel nach fünf in den ersten Stoßverkehr entlassen hatte, hetzte ich zu Trevor. Ich fühlte mich wie nach drei Tagen Schlafentzug, und das bei vollem Tagesprogramm. Wenn ich nicht gerade vor der Kamera stehen mußte, hatte ich mich im Umkleideraum verbarrikadiert. Ich wollte meine Mom anrufen und sie vorwarnen. Meine Agentin hätte ich auch gern erreicht, denn ich wollte sie fragen, wie ich, zum Teufel, ihrer Meinung nach mit dieser Bombe, die jeden Moment hochgehen konnte, umgehen sollte. Doch jedesmal, wenn mein Blick auf das Telefon fiel, war ich wie versteinert. Bei den Aufnahmen kam ich mir linkisch und steif vor, was aber niemand bemerkte, weil Simon in dieser Folge nervös und aufgebracht wirken sollte. Zum ersten Mal in meinem Leben mußte ich auf die Stichwortkarten zurückgreifen.

Es regnete, ich brauchte fünfundvierzig Minuten, bis ich in West Hollywood angekommen war. Trevors Miata stand nicht auf seinem Parkplatz, also schloß ich die Tür mit meinem eigenen Schlüssel auf. Auf dem Sofa lag eine Nachricht von ihm: »Lieber A. STOP bin bald wieder da STOP probesprechen für werbespot STOP wer schreibt heutzutage noch telegramme STOP trevor.« Wenn Trevor unterschrieb, malte er die Buchstaben jedesmal fein säuberlich und korrekt. Seine Unterschrift glich beinahe den Insignien auf der Rückseite eines chinesischen Tellers. Ich nahm den Notizzettel vom Sofa und faltete ihn gedankenverloren zu einem Achteck. Dann ging ich ins Schlafzimmer und legte mich auf das ungemachte Bett. Das Kissen roch nach Jasmin-Bodylotion. Ich schloß die Augen und schlief augenblicklich ein.

Ich hörte im Flur Metall klirren, dann stand Trevor vor mir und schlüpfte aus seinen Girbauds. Seine knielange Unterwäsche leuchtete in der Dunkelheit unnatürlich weiß.

»Hi«, sagte ich. Er kroch ins Bett und umschlang mich mit seinen glatten, warmen Muskeln. Seine Lippen wanderten an meinem Hals entlang, seine Finger stahlen sich unter mein Sweatshirt. Er ließ die Hand über mein Rückgrat wandern. Einen Moment entspannte ich mich in seiner Umarmung, die Berührung tröstete mich, doch dann flüsterte mir eine teuflische Simon-Stimme zu: »Hoffentlich genießt du das auch, Junge, es kostet dich nämlich deine Karriere.« Wir versteiften uns beide, er in seinen Calvins, ich am ganzen Körper. Als er sich zu mir herunterbeugte, um mich zu küssen, mußte ich dazwischenfunken.

»Trevor ...«
»Hmmm?« Er tastete nach meinem Schritt.
»Heute ist was ziemlich Blödes passiert«, begann ich. Er ergriff meine Handgelenke mit einer Hand und hielt sie über meinem Kopf fest und senkte sich gleichzeitig mit seinem ganzen Körper auf mich.
»Hat dich Anna Ford mal wieder niedergemacht?«
»Trevor, ich mein es ernst.« Ich setzte mich auf und schaltete die Lampe ein. Das Revolverblatt lag zusammengerollt in meiner Tasche, gleich neben dem Bett. Ich zog es heraus und gab es Trevor. In seinen Augen stand Panik, dann wanderte sein unsteter Blick über die Titelseite und wieder zurück auf die bewußte Spalte. »Erkennt man mich?« war das erste, was er herausbrachte.
»Ich glaub nicht«, sagte ich, während ich ihn dabei beobachtete, wie er auf das Bild starrte, als sei dort ein verstecktes Wort zu finden. In seiner Unterhose wölbte sich immer noch die Erektion, aber die fing, wie ich vermutete, sicherlich bald zu schrumpfen an. »Ich verdecke dein Gesicht, und außerdem hast du 'ne Sonnenbrille auf.« Wenn du dir jetzt vielleicht mal Gedanken darüber machen würdest, daß man mich in aller Öffentlichkeit an den Pranger gestellt hat, Trev.
»Scheiße, ich kann's einfach nicht fassen«, sagte er. Er sprang aus dem Bett und stapfte ins Wohnzimmer. »Wie hast du's erfahren?«
»Der Mann von der Maske hat's mir gezeigt.«
Er kam zurück und hatte seine Mappe unterm Arm. »Diese verdammten Arschlöcher. Ich zeig sie an. Ich werd sie anzeigen.« Er machte sich daran, alle Aufnahmen von sich mit dem Zeitungsbild zu vergleichen. Ich hatte nun wirklich die Nase voll.
»*Du* willst klagen? Um mich geht's hier, falls du übersehen haben solltest, daß da ›Der attraktive Soap-Opera-Star Alex-

ander Young‹ steht. Niemand weiß, daß du das bist, Trevor. Wenn einer darauf zu reagieren hat, bin ich das!«
Er starrte mich mit offenem Mund an. In seinem Blick lag Gereiztheit. »Erwartest du etwa, daß ich das auf die leichte Schulter nehme?«
»Nein, aber daß du ...«
Er fiel mir ins Wort: »Das ist vielleicht mein Ruin. Demnächst läuft eine Serie mit mir an, eine landesweit ausgestrahlte *Familienserie*, zur Hauptsendezeit.«
»Und was glaubst du, womit ich mein Geld verdiene? Etwa mit Nachtclubauftritten?«
»Das ist was anderes, Alex, bei Daytime ist das anders. Du stehst nicht so sehr im Rampenlicht.«
Typisch. »Blödsinn. Was meinst du, wer die Zeilen liest?« Ich schleuderte das Revolverblatt auf den Boden. »Meiner Meinung nach hauptsächlich der durchschnittliche Soap-Opera-Fan.«
Trevor hob das Blatt wieder auf und versuchte erneut, das Foto mit den kleinen Modelbildern zu vergleichen. Dabei wurde mir bewußt, wie paradox sein Verhalten war. »Ich kann's nicht fassen. Du hast nackt Modell gestanden für das Faltblatt von *Beatoff Buddies* und regst dich über *diese* Bilder auf!« warf ich ihm vor.
»Das ist schon lange her.«
»Das schon, aber ich könnte wetten, daß die Leute, die sich die Zeitschrift gekauft haben, das Ding immer noch zu Hause rumliegen haben.«
Der Kiefer klappte ihm runter. Er wollte etwas auf meine hinterhältige Attacke erwidern, brachte aber keinen Ton raus. Ich kämmte mir kurz übers Haar und schnappte mir meine Tasche. »Wohin gehst du?« fragte er.
»Ich will allein sein.« Das war zwar gelogen, aber er ließ mir keine andere Wahl. »Trotzdem danke, daß du mir eine so

große Hilfe warst.« Noch bevor er etwas erwidern konnte, war ich verschwunden. Trotzdem – ich war traurig, daß er mich nicht aufgehalten hatte.

Auf der Fahrt nach Hause überlegte ich mir, wie Nick wohl reagiert hätte. In Gedanken hörte ich ihn sagen: »Die hätten mich mal nach meinem Namen fragen sollen. Den hätt ich ihnen buchstabiert.« Vielleicht log ich mir auch selbst was in die Tasche. Aber auf jeden Fall würde Nick mit mir leiden, wenn er das Foto zu sehen bekam. Gar kein Zweifel. Schließlich wurde ich in aller Öffentlichkeit angeprangert. Außerdem würde er erleichtert sein, daß ich, nachdem er mich verlassen hatte, offensichtlich problemlos andere Kerle finden konnte. Wie zum Beispiel den großen Unbekannten.

Ich hatte Angst, was sich alles auf meinem Anrufbeantworter angesammelt haben mochte, fand jedoch, als ich hereinkam, überhaupt keine Nachricht. Noch bevor ich mich dem Gefühl der Erleichterung hingeben konnte, fiel mir ein, daß die Ausgabe ja noch gar nicht landesweit an allen Zeitungsständen zu kaufen war. Ich bestellte mir beim Italiener etwas zu essen und kramte ein paar Fanbriefe jüngeren Datums heraus, die mir meine Agentur zugeschickt hatte. Ich beantwortete ein paar Briefe, weil ich mir dachte, daß Rachel Finster in Fort Wayne in Indiana dann wenigstens erzählen würde, ich sei aber eine *nette* Schwuchtel. Es war zwar schon spät, aber ich beschloß trotzdem, Connie bei sich zu Hause anzurufen. Wofür bekam sie zehn Prozent, wenn ich sie in Zeiten wie diesen nicht belästigen durfte? Ich erzählte ihr, was passiert war, und sie riet mir, erst mal Ruhe zu bewahren. Ich sollte mit niemandem über mein Privatleben reden und mich mit ihr am Freitag zum Mittagessen treffen. Ich ging zu Bett und hoffte immer noch darauf, daß Trevor anrief. Tat er aber nicht.

Natürlich hatte jeder Depp im Studio ziemlich schnell Wind von der Sache bekommen. Am nächsten Morgen ging ich um zehn Uhr in meine Garderobe. Ich hatte noch nicht mal mein subtiles, von Kopf bis Fuß schwarzes Tageskostüm vom Haken genommen, schon klopfte es an der Tür. Das energische Stakkato kündigte Megan DuBois an.

»Oh, Süßer«, zwitscherte sie und rauschte auf mich zu. Sie umschloß mich mit ihren dünnen Ärmchen, die überraschend kräftig zudrücken konnten. »Ich hab's eben gesehen. Es tut mir ja so unendlich leid.« Sie setzte sich auf das Sofa und wischte sich vorsichtig mit dem lackierten Fingernagel eine Träne aus dem Augenwinkel. »Glaub mir, ich weiß, wie das ist. Wenn ich daran denke, wie mich diese Bastarde mit dem Befruchtungsklinik-Blödsinn durch den Dreck gezogen haben, sehe ich immer noch rot.« Sie öffnete eine Dose Tafelwasser und nahm einen langen Zug.

»Aber war das nicht alles erstunken und erlogen?«

Sie nickte eifrig. »Trotzdem verletzt es einen, Alex. Irgendein Fan von mir hat sich im Krankenhaus am Empfang mit meinem Namen eingetragen, und der Zeitungsschmierer konnte gar nicht schnell genug ausquatschen, man hätte mich mit dem Samen von irgendeinem afrikanischen Prinzen befruchtet.« Sie trank den letzten Rest Soda aus und überprüfte ihren Lippenstift im Spiegel. »Du wirst schon lernen, dir ein dickes Fell zuzulegen, Süßer. Eigentlich bedeutet Berühmtsein nichts anderes, nur das nackte Überleben. Du wirst schon damit klarkommen, ich weiß es.« Noch eine Umarmung, und sie war verschwunden, schwebte davon wie ein Donna-Karan-Geist.

Bei den Proben bildete ich mir ständig ein, die anderen Schauspieler und das Team behandelten mich irgendwie anders. Grinste der Kerl mit den Stichwortkarten breiter als sonst? Ich war eine lächerliche Figur geworden. »Das interessiert doch keinen«, versicherte mir Allison Slater Lang nach der Szene. »Bei dieser Serie? Zwei schwule Regisseure, Reggie Van Wyck« – der siebzigjährige Junggeselle, der Cyrindas Vater spielte, den Zeitungskönig Rutherford Blake –, »die Lesben aus der Requisite, die Friseusen, die aus der Maske, Will DeSisto …«

»Unmöglich«, rief ich aus. Will war ein wahnsinnig heißer Typ, noch ein Teeny, aber schon ein richtiger Hengst. Vor kurzem hatte er bei der Serie aufgehört, um in einem Meg-Ryan-Film mitzuspielen.

»Aber ja doch, er hat schon oft seine Lover mitgebracht. Sagt man das bei euch noch: ›Lover‹? Bei *Die Jungs aus der Band* sagen sie's jedenfalls immer …« Ich warf ihr einen Blick zu. »Nicht zu vergessen Jerry Reynolds, das arme Ding. Ich könnte wetten, daß Brent Bingham auch einer ist. Jedenfalls ist er mit Sicherheit Scientologist, oder nicht?«

»Ich glaub, er gehört zur Gemeinde Gottes«, sagte ich lachend.

»Wie dem auch sei. Es ist jedenfalls keine große Sache, der Skandal mit Phalita war viel delikater.«

Falls Phalita Trevor auf dem Foto wiedererkannt hatte, erwähnte sie es mit keinem Wort. Sie kommentierte mein Coming-Out lediglich mit dem Satz: »Wenn die's in L. A. schon nötig haben, zwei gutaussehende Kerle beim Knutschen in die Zeitung zu bringen, muß gerade Saure-Gurken-Zeit für Klatsch sein. Ich muß es schließlich wissen, Baby.«

Ich ging nach oben ins Produktionsbüro, um mir die Skripte für die nächsten Tage zu holen, und stolperte über die Produktionsleiterin Linda Rabiner. »Hallo, Alex«, sagte sie und schenkte mir ein schmallippiges Lächeln, wie man's gewöhnlich für mutige Querschnittsgelähmte übrig hat, die in einem sozial ausgerichteten Filmstreifen quer durchs Land rollen. Sie baute sich dicht vor mir auf und legte mir eine Hand auf die Schulter. »Ich wollte Sie nur wissen lassen, daß wir bis jetzt alle Anrufe bezüglich … dieser Klatschgeschichte abgewürgt haben. Kein Kommentar zu Ihrem Privatleben, auch in Zukunft nicht.« Sie lächelte immer noch, und mir kam der Verdacht, daß sie sich gerade ausmalte, wie ich mit einem Kerl bumste.

»Danke, Linda«, sagte ich und konnte mit Mühe den perversen Drang unterdrücken, mich bei ihr zu entschuldigen.

»Leisten Sie weiterhin so gute Arbeit«, sagte sie dann noch, bevor sie in ihr Büro verschwand.

Als ich zu Hause ankam, entdeckte ich, daß man mir einen braunen Umschlag unter die Tür durchgeschoben hatte. Er trug den unheilschwangeren roten Stempel »Vertraulich« und war ein zweites Mal in einen Klarsichtumschlag gepackt. Ich war auf eine Morddrohung gefaßt. Vielleicht waren's aber auch Schnappschüsse, zum Beispiel ich, wie ich gerade ein Erasure-Album erstehe. Kurz entschlossen riß ich den Umschlag auf. Eine Collage kam zum Vorschein. Die konnte nur einer gemacht haben.

Der ganze Bogen bestand aus Zeitungsausschnitten aus dem wohlbekannten Revolverblatt. Oben drüber stand: »Ab sofort sind Hintern der Blickfang!« Dann das ominöse Bild selbst. Über dem Foto stand zusammengeschnipselt aus einzelnen Buchstaben: »Wirklich dämlich.« Dann die Zeile: »Tut mir leid«, und, wieder aus einzelnen Buchstaben kombiniert: »Heute nacht keine Kamera. Versprochen.« »Signiert« war das Blatt mit einem Foto von seinem Hintern in Netzslip, ausgeschnitten aus einem *International-Male*-Katalog. Das brachte ihm Punkte ein, trotz allem. Schon wegen der Mühe, die er sich gemacht hatte.

Ich ging zum Telefon und war im Begriff, ihn anzurufen, als ich vier Nachrichten auf meinem Band entdeckte: *Hearts Crossing* änderte nachträglich den Dialog für den nächsten Tag; das berüchtigte lokale Schwulenblatt bat um ein Interview; meine Mutter, die sehr besorgt klang und mich bat, zurückzurufen. Der absolute Höhepunkt aber war das, was mir ein Kerl auf Band gesprochen hatte: »Alexander ... ich will deinen Schwanz lutschen ... *(grunz)* ... klick-klick ... Ich will deinen großen, bösen Dicken in meinem Hintern, rein und raus ... *(stöhn, keuch)* ... Ja, lutsch ihn ...« *Klick.* Ich spulte noch mal zurück, konnte die Stimme aber nicht identifizieren. Eine neue Nummer mußte her, eine Geheimnummer (obwohl, das mit dem großen, bösen Dicken hatte schon wieder was). Trotzdem, man kam grundsätzlich leicht an die Telefonnummern von Schauspielern ran. Jeder, der auch nur am Rande was mit dem Showbusineß zu tun hatte, konnte sie sich verschaffen. Er mußte einfach nur in meine Agentur oder ins *Hearts-Crossing*-Büro laufen und sie aus dem Rolladreßkasten springen lassen. Ganz zu schweigen von all den Adreßkästen bei den vielen Casting-Leitern, die mich früher irgendwann mal eingestellt hatten. Wie jeder weiß, neigen die Jungs dazu, alle naslang ebenso gutaussehende wie unzuverlässige Assistentinnen einzustellen.

Ich machte es mir bequem und drückte auf die Fünf, unter der meine Mutter abgespeichert ist. Gleich nach dem ersten Klingeln hob sie den Hörer ab. »Hallo, Mom.«

»Oh, Honey. Wie schön, deine Stimme zu hören.« Nach einigen Sekunden des Schweigens sagte sie: »Ich nehm an, du hast's gesehen.«

»Ja, und du wohl auch.«

»Gestern abend hat uns jemand eine Kopie in den Briefkasten geworfen. Es ist Trevor, oder?«

»Ja ... Wie faßt Dad die Sache auf?« Mein Dad wußte zwar über mich Bescheid, hielt das Ganze aber für einen Teil meiner Schauspielerei.

»Es geht ihm gut. Er ist wütend, auf die Zeitung, mein ich. Aber was eigentlich viel wichtiger ist: Wie geht es *dir*?«

»Großartig, wirklich, Mom. Es war wirklich ein mieser Schlag unter die Gürtellinie, aber er wird keine weiteren Auswirkungen haben. Schwule Schauspieler sind nicht gerade selten.«

»Ich mußte heute zum Lebensmittelhändler, und da kam's mir vor, als hätten die Hunderte von den verdammten Dingern im Regal liegen. Am liebsten hätte ich sie alle rausgerissen und ins Feuer geworfen. Wie können die es wagen, dein Privatleben so in den Dreck zu ziehen? Es ist widerlich.«

Sie war wirklich ein Prachtstück. »Bitte mach dir keine Gedanken, Mom, auch nicht um mich. Ich mach hier immer noch das große Geld. Trevor ist am Anfang ausgeflippt, aber jetzt hat er sich wieder beruhigt.« Nick lächelte mich von der Wand aus an. Trevor gefiel es nicht, daß das Bild dort hing, das wußte ich, aber jedesmal, wenn ich es abnehmen wollte, hatte ich wieder Nick vor Augen, wie er es mir vor meinem Umzug nach L. A. überreicht hatte. Etwas verlegen, weil er mir ein so furchtbar unbescheidenes Geschenk machte.

»Damit du mich nicht *ganz* vergißt«, hatte er im Spaß gesagt. Natürlich flennte ich zu dem Zeitpunkt bereits und konnte nur noch den Kopf schütteln.

»Honey«, sagte meine Mutter, und ich hörte, wie sie lange und tief einatmete. »Deine Großeltern haben's mitgekriegt.«

»O Gott.« Diese mögliche Konsequenz war in der Flut meiner Ängste irgendwie untergegangen.

»Einer von ihren sogenannten Freunden kam natürlich gleich damit angelaufen und hat es ihnen vor die Nase gehalten, du weißt ja, wie das ist. Jedenfalls glauben sie's nicht. Opa denkt, das Foto ist nur gestellt, und wir haben es für das Beste gehalten, ihn in dem Glauben zu lassen. Dad hat gesagt, du kannst nicht rechtlich dagegen vorgehen, weil das die Sache nur noch mehr aufbauschen würde.«

»Tut mir wirklich leid.« So schlecht hatte ich mich schon seit Monaten nicht mehr gefühlt. Die Vorstellung, wie meine fünfundsiebzigjährigen Großeltern völlig niedergeschmettert in ihrem kleinen Häuschen am Strand saßen, und das wegen dem Mist in so einem Schundblatt, war einfach zuviel. Wenn sich der »Klatsch-Editor« in diesem Moment in meine Nähe gewagt hätte, wäre es mir ein Vergnügen gewesen, mit einem Draht nach seinem (oder ihrem) Herz zu stochern, und ihm (oder ihr) die aufgespießte Masse, noch schön zuckend und pulsierend, durch die verlogene kleine Kehle zu ziehen.

»Du mußt dein Leben leben, Alex. Sie sind schon alt und verstehen das nicht mehr ... Es ist nicht deine Schuld, Honey.«

»Mom, wartest du bitte mal 'ne Sekunde?« Ich schaltete auf eine andere Leitung, und Trevor sagte: »Es tut mir leid, okay?«

»Schon gut. Ich wollte dich gerade anrufen. Ich red gerade mit meiner Mutter.«

»Ich bin unten.«

»Komm hoch.« Ich drückte auf den Türöffner und schaltete wieder zurück zu meiner Mom. »Mom, Trevor kommt gerade hoch.«

»Das freut mich. Ich will nicht, daß du jetzt allein bist.«

»Mom, ich weiß das wirklich alles zu schätzen. Ich hoffe, du und Dad, ihr müßt nicht zu viel durchmachen.«

»Hey. So ist das eben, wenn man ein berühmtes Kind hat.«

»Ich liebe dich.«

»Wir lieben dich auch. Schlaf gut.«

»Tschüß.« Ich legte auf. Im selben Moment hörte ich, wie Trevor das vereinbarte Klopfzeichen gab. Ich öffnete die Tür, und er fiel mir in die Arme, wobei er sich geschickterweise mit einer Hand am Türrahmen abstützte, damit ich ihn nicht fallen lassen konnte.

»Simon, glaub mir, bei mir sind deine teuflischen Geheimnisse sicher«, sagte er keuchend. »Warum willst du mich abmurksen, wenn du ... mit mir auch ein bißchen Spaß haben kannst?« Er schloß die Augen und bog den Kopf in den Nacken. Ich war hin und her gerissen, ob ich mich über seinen goldbraunen Hals oder über das feste Stück Bauch hermachen sollte, das zwischen den abgeschnittenen Baumwollhosen und dem Fendi-T-Shirt hervorspitzelte. Lieber über den Hals, entschied ich aus rein strategischen Gründen, und wir würden so oder so auf dem Boden enden.

»Ich hab dir was mitgebracht«, sagte er, als er den Mund wieder frei hatte. Er überreichte mir einen Umschlag mit einem Foto von Muffin, auf dem in gekritzelter Kinderschönschrift stand: »Für Alex.«

»Das wär doch nun *wirklich* nicht nötig gewesen«, sagte ich. »Ich hätte ihr lieber ein Bild von mir schicken sollen.« Unsere Blicke trafen sich, und ich begriff, daß er unsere Beziehung – soweit es *Dino & Muffin* betraf – so geheim wie möglich halten wollte. »Oder auch nicht«, fügte ich hinzu und schenkte ihm ein kurzes Lächeln, um ihn wissen zu lassen, daß ich's »kapiert« hatte.

Er ging in die Küche. »Kann ich ein Perrier haben?«

»Klar doch. Wie ist's denn heute gelaufen?« Die zweite Folge von *Dino & Muffin* hatte angefangen.

»Schrecklich. Wir haben die Rollen noch mal trocken geübt und sind bei jedem Satz zusammengezuckt. Wenn ich das höre, würd ich am liebsten selber Sitcoms schreiben. So schwer kann's ja wohl nicht sein, oder? Ich hab auch schon eine Idee: Muffin zieht sich eine von Kys dreckigen Arbeitshosen über den Kopf, die in Übergröße, und wenn sie halb erstickt aus der Studentenverbindung rausrennt, denken die Frauen aus der Verbindung nebenan, sie kommt von einem anderen Stern. Allgemeine Heiterkeit. Was sagst du dazu?«

»Daß es dir vielleicht nicht bekommt, mit Kindern zusammenzuarbeiten.«

Er streckte sich neben mir auf der Couch aus. »Das kleine Luder hat mich heute fast um den Verstand gebracht. Ich hab mir schon ernsthaft überlegt, ob ich ihr nicht ab sofort ein Beruhigungsmittel ins Yoghurt-Eis mischen soll.«
Die Collage, die er für mich gebastelt hatte, lag auf dem Boden. Er hob sie auf, lehnte sich an mich und überflog sie noch mal. Offensichtlich war er zufrieden mit sich.
»Hat dir das keine Angst gemacht?« fragte er nach einer Weile.
»Was?«
»Daß alle davon erfahren haben.«
»Wie meinst du das? Ob ich ... Angst hab, daß mich jemand zusammenschlägt?«
»Das auch.«
»Wenn ich von solchen Gewalttaten höre, wie zum Beispiel von dem armen Marinesoldaten, den man in Japan totgeschlagen hat, denk ich eigentlich nie, verdammt, das hätte mir auch passieren können. Ich hab das Gefühl, daß ich mich bei dem Leben, das ich hier in L. A. führe, sicher fühlen kann.«
Er rutschte ein Stück höher und legte mir den Arm um die Schulter. »Ich weiß, ich fühl mich auch sicher. Aber es macht mir angst, daß ich ganz genau weiß, wie wenige Orte es gibt, an denen ich leben kann. So wie ich will, könnte ich bei meinen Eltern in Wilkes-Barre in Pennsylvania einfach nicht leben. Es ist gefährlich für mich, wenn ich mich unters amerikanische Durchschnittsvolk mische. Wir leben wie im Exil.«
»Ich weiß ja nicht, wie's dir geht, Trev, aber ich möchte nirgendwo anders leben als hier. Wir sind eben wie alle anderen. Neunundneunzig Prozent aller Menschen können von unserem Leben nur träumen. Ich bin mir nicht sicher, ob das was damit zu tun hat, daß wir schwul sind, aber ich glaub, es gibt einen Zusammenhang, auch wenn mir haufenweise Steine in den Weg gelegt werden und ich dauernd auf der Hut sein muß, wenn ich durch die Botanik laufe. So ist das eben.«

»Sag mal ehrlich: Glaubst du, daß du wegen der Sache Schwierigkeiten bei deinem Job kriegst?«

»Nein.«

»Es geht wirklich niemanden was an.« Er faltete die Botschaft und legte sie auf die Granitplatte meines Beistelltischchens. Dann sagte er noch mal: »Es geht niemanden was an.« Er stand auf. »Ich bin müde. Sollen wir ins Schlafzimmer gehen und noch ein bißchen fernsehen?«

»Okay.« Er nahm mich bei der Hand und zog mich von der Couch.

Im Schlafzimmer quälte er sich aus den Schnürschuhen und schlüpfte aus der Hose. Ich schaltete den Fernseher ein, währenddessen verschwand sein runder Hintern unter den Laken. Ich hatte mich gerade bis auf die Unterwäsche entkleidet und zu ihm gesellt, als das Telefon klingelte.

»Anrufbeantworter«, kommandierte er knapp und legte einen Arm über mich, um mich am Aufstehen zu hindern. Ich stieß ihm den Zeigefinger in die flaumige Achselhöhle und schnappte mir den Hörer, während er – kitzlig wie er war – ruckartig zusammenfuhr.

»Hallo?«

»Ähm, hi.«

Oh, mein Gott, es war Nick. »Hi«, sagte ich und traf genau den richtigen Tonfall zwischen Nonchalance und zärtlicher Anbetung.

»Ich hab am Seven-Eleven angehalten, um mir 'ne Coke auf die Hand zu holen. Dabei ist mir was Interessantes ins Auge gefallen, im *National Inquisitor*, oder wie, zum Teufel, das Blatt heißt.«

»Es war schon ein ziemlicher Schock.«

»Geht's dir denn jetzt gut?«

»Ja. Ich bin sicher, daß sich die Wogen irgendwann glätten.« Seit dem letzten Besuch bei meinen Eltern letztes Frühjahr hatte ich ihn nicht mehr gesprochen. Daß wir wegen so etwas Niederträchtigem wieder in Kontakt traten, ließ die (von ihm gewählte) Distanz zwischen uns noch deutlicher zutage treten. Doch wie immer, wenn ich seine warme, rauchige Stimme hörte, flammte meine schon lange versiegte Hoffnung erneut auf. Natürlich konnte ich ihm nicht den kritischen Punkt erläutern, daß ich damals, als man das Foto geschossen hatte, noch gar nichts mit dem »nicht identifizierten Hünen« gehabt hatte. Auch wenn ich ihn, wie das Foto bewies, geküßt hatte. Denn zufällig lag ich nämlich gerade mit dem Kerl im Bett, und um meine Qualen noch größer zu machen, war Trevor auf dem Bauch ans Bettende gekrochen, um den Fernseher besser verstehen zu können, und seine Eier spitzten zwischen den gewaltigen, kugelförmigen Pobacken hervor. Ich wandte den Blick ab und versuchte, mich auf Nick zu konzentrieren.

»Wenn ich dir irgendwie helfen kann, laß es mich wissen.«

Alles klar. Zeig die Idioten für mich an. Dann pack alles ein, was dir aus dem Haushalt gehört, und miete eine Villa in den Vororten von Florenz. Dann verkriech dich im herrschaftlichen Schlafzimmer, während ich mich vom Showbusineß-Acker mache.

Ich schloß fest die Augen und sagte: »Okay.« Ich sah ihn leibhaftig vor mir, wie er auf der Kante des Knautschsofas saß. Er trug Jeans und ein weißes Hemd. Alles war dunkel, nur in der Küche brannte Licht. Und da Barney offensichtlich nicht zu Hause war, bestanden durchaus Chancen, daß der Fernseher mal nicht lief. Meine Worte klangen blechern und spröde – Trevor spürte sicherlich, daß ich unter Spannung stand.

»Und wie läuft's bei dir so? Alles noch beim alten?« Ich hoffte, Nick würde die eigentliche Frage raushören, die dahinter steckte: Ob er sich die Seele immer noch von diesem Typen auslutschen ließ.

Ließ er wohl, denn nachdem einige Sekunden verstrichen waren, in denen ich einen tiefen, leisen Seufzer zu hören meinte, sagte er: »Ja, Alex, alles beim alten.«
Okay, gut, großartig. »Das wollte ich nur wissen.«
»Ich wollte nur ...« Der Satz blieb ihm in der Kehle stecken. Ich konnte und wollte ihm nicht aus einer ausweglosen Situation helfen. Ich atmete so tief und lautlos wie möglich ein. Trevor schien sich voll auf Farrah, den einen von Charlies drei Engeln, zu konzentrieren. Es war eine Wiederholung, die Folge, bei der die Engel ins Gefängnis wandern und von Mary Woronov grausam mißhandelt werden. Ich war aber sicher, daß er mit einem Ohr meiner Unterhaltung lauschte. So lakonisch, wie sie verlief.
»Ich muß jetzt wirklich Schluß machen. Ich bin nämlich nicht allein.«
»Der nicht identifizierte Hüne?« fragte er. Ich erschrak über die Spur Bitterkeit in seiner Stimme. Es war, als sei das Telefon plötzlich zu Eis erstarrt.
»Danke für den Anruf«, sagte ich. »Das mein ich ehrlich.« O je, sollte das etwa glaubhaft klingen? *Das mein ich ehrlich.* Was für ein dämlicher Satz. Ich bereute ihn sofort, doch bevor ich mich weiter damit quälen konnte, verabschiedete er sich und legte auf.
»Wer war das denn?« fragte mich Trevor sofort. Er hatte Kate Jackson den Saft abgedreht.
»Chuck.«
»Willst du was von ihm?«
Am liebsten hätte ich ihm einen Klaps auf den Hintern verpaßt, was auch ein leichtes gewesen wäre. »Nein. Es fällt mir einfach nur schwer, mit meinen Freunden von zu Hause darüber zu reden.«
Nicht übel, die Antwort.

Bei meiner Agentur war ich vorher genau dreimal gewesen. Den ersten Termin hatte der Regisseur der Psycho-Cop-Superserie für mich arrangiert. Nachdem man sich einverstanden erklärt hatte, für mich die Öffentlichkeitsarbeit zu übernehmen, wurde ich eingeladen und mit Croissants und »Cappuccino« verköstigt – wobei ich den Verdacht hatte, daß es sich bei dem Gesöff in Wirklichkeit um ein Fertigpulver von General Food handelte. Grausamerweise stellte sich heraus, daß General Food einer der Hauptsponsoren von *Hearts Crossing* war.

Bei meinem dritten Besuch übergab ich ihnen ein neues Porträtfoto von mir, auf dem ich mich als Gast-Hauptdarsteller in *Quantensprung* präsentierte. Zwei Monate später wurde ich bei der Seifenoper fest unter Vertrag genommen. Seitdem forderte die Agentur immer wieder fröhlich ihre Provision von mir ein.

Sie hatte ihren Sitz in einem monolithischen Bürogebäude in Century City – West L. A.s Antwort auf Manhattan. Zum Glück war für Parkplätze gesorgt. Nach endloser Fahrt mit dem Aufzug begrüßte mich Tiki, die Rezeptionistin mit der Atomdauerwelle. Sie unterbrach ihre endlose Litanei – »Weiß man in unserem Haue, worum es geht – einen Moment bitte – weiß man in unserem Hause, worum es geht« –, die sie wie einen Rosenkranz runterbetete, und schaltete sich per Sprechanlage zu Connie. »Alexander Young ist da«, verkündete sie und schenkte mir dabei ein so übertrieben strahlendes Lächeln, daß ich sofort mißtrauisch wurde. So mußte sich Jessica Hahn seit Jahren fühlen – jeden Tag.

»Komm rein, Schätzchen«, hörte ich Connie rufen, obwohl sie bereits in winzigen, schnellen Schritten an meiner Seite entlangtrippelte. Sie trug ein weinrotes Seidenhemd, kombiniert mit einem *League-of-Their-Own*-Sweatshirt und weißen Turnschuhen. Sie deutete eine Umarmung an, das heißt, eigentlich schlang sie einen Arm um mich und lotste mich in den Silberteppichbereich der Agentur.

»Wir treffen uns mit Bernie Solomon, dem großen TV-Macker. Erinnerst du dich an ihn?« Na ja, vage. »Er neigt dazu, mit harten Bandagen zu kämpfen. Also, laß uns das zusammen durchstehen.« Sie blieb vor einer verschlossenen Tür stehen, klopfte kurz an und trat dann ein. »Bernie, wir sind's.«

»Ich werd, verdammt noch mal, auf keinen Fall was senden, wenn ich noch nicht mal das beschissene Skript dazu gelesen habe«, ließ Bernie irgend jemanden wissen. »Nein, vielen Dank auch.« Er schaltete sich in eine andere Leitung. »Dana? Tut mir leid, Süße ... Nein, natürlich bin ich nicht böse ... Weiß nicht ... Mußt du trotzdem zahlen, wenn du die Verabredung widerrufst? ... Schau mal, ich kann darüber jetzt nicht reden ... Sie soll sich da raushalten! ... Gut, gut, gut. Tschüß dann.« Er legte auf. »Herrje, immer reinspaziert. Schön, Sie zu sehen, Alex.« Er beugte sich in seinem Stuhl vor und machte eine Bewegung, die wohl so was wie ein Winken darstellen sollte.

Jetzt erinnerte ich mich wieder an ihn: diese laute und falschvertrauliche Art, dazu teure Armani-Klamotten. Im Licht seiner Desktop-Halogenlampe, Marke Gallerie Z, kam er mir vor wie einer von den Kerlen, die sich tatsächlich für was Besseres hielten, nur weil sie dem Barmädchen einen *Fünf*-Dollar-Schein in den Tanga steckten.

»Tiki, keine Anrufe jetzt, okay?« kommandierte Bernie über die Sprechanlage. Er steckte sich eine Papierserviette in den Kragen, der fest um seinen – ach, kaum der Rede wert – fleischigen Hals lag. Währenddessen packte Connie die Lunchpakete aus, die sie vom Etagenservice geholt hatte. Ich versuchte, mir eines von diesen lächerlichen Sandwiches in den Mund zu stopfen, die aus drei schmalen Streifchen Trut-

hahnfleisch und zwei Lappen trockenen Brotes bestanden – ohne Mayonnaise. In der Zwischenzeit arrangierte Bernie mit krankhafter Pedanterie Kartoffelchips und frische Gürkchen um sein Kotelett auf Roggenbrot.
»Sie wissen ja, daß hier niemand über Ihr Privatleben oder Ihre Neigungen *urteilen* will«, begann Bernie, nachdem er einen dunkleren Chip entdeckt und in den Papierkorb geworfen hatte. »Uns interessiert nur Ihre Karriere.«
»Und daß du glücklich bist«, fügte Connie hastig hinzu, sobald sie den Makkaronisalat runtergeschluckt hatte.
Bernie zeigte auf einen kleinen Kühlschrank in der Ecke seines Büros. »Connie, holen Sie mir doch bitte mal 'ne Dose Bier, ja?« Sie gehorchte. »Also, Alex, gewöhnlich sind diese beschissenen Revolverblätter ziemlich harmlos – Gerüchte, Klatsch und Blablabla –, aber wenn sie mit Fotos kommen, wird es ungemütlich. Hab ich nicht recht, Connie?«
»Also, Daaahling, ich glaube, er will damit sagen, daß man Fotos kaum übersehen kann, verglichen mit irgendwelchen kleinen Artikeln am Rande.«
»Wie ich schon gesagt habe, es interessiert uns nicht, ob Sie bi oder schwul oder sonst was sind«, fuhr Bernie fort. Wie cool von ihm. Ich nickte dem arroganten Schwein beipflichtend zu. »Niemanden in Hollywood interessiert das. Das Problem ist nur der Rest von Amerika.«
»Wir nehmen nicht für uns in Anspruch, daß wir die öffentliche Meinung vertreten, Alex, und es wäre anmaßend, so aufzutreten ...«
Bernie schnitt Connie das Wort ab und gestikulierte – um seine Worte zu unterstreichen – mit den Überresten einer Gurke: »*Aber*, wir haben Ihnen den Weg für eine hübsche, kleine Karriere geebnet.« Wie dumm von mir, Bernie, ich war doch tatsächlich davon ausgegangen, daß meine Karriere mit den drei Filmen und den vier Fernsehgastrollen angefangen

hat, die ich mir an Land gezogen hatte, und zwar noch vor meiner Unterschrift hier. »Und es wäre wirklich ein Unding, sie wegen so was wieder zu ruinieren. Also müssen wir für Schadensbegrenzung sorgen.« Seine Stimme klang wie die der riesigen Wespe in *Sindbad und das Tigerauge*.
»Ich bin mir nicht ganz sicher, von welchem Schaden Sie reden.« Ich richtete die Frage an Connie, damit meine Worte nicht zu anmaßend klangen.
Bernie antwortete: »Sehen Sie, Alex, lassen Sie uns dieser Hetzjagd ein Ende bereiten. Amerika ist noch nicht reif für einen schwulen Serienstar. Vor allem nicht die Amerikaner in Morgenmantel und Pantoffeln, die sich diese Seifenopern nun mal ansehen.« Genau das hatte Trevor auch gesagt, aber aus dem Munde dieses geilen Heteroschweins klang das hirnrissig, simpel und irreführend. Er war noch nicht fertig: »Wir machen die Öffentlichkeitsarbeit für eine sehr junge lesbische Schauspielerin ...« Den Rest konnte ich mir fast schon denken, es war einfach nicht zu fassen. Doch bevor er den Satz zu Ende sagen konnte, klingelte das Telefon.
»Bernie?« fragte Tiki.
»Ich hab gesagt: keine Anrufe«, schnauzte er, als habe er soeben entdeckt, daß ihm jemand Zucker in den Tank seines Porsches 911 gekippt hatte.
»Rick Jacobs von Columbia ist auf Leitung sechs. Er sagt, es ist dringend.«
»Ach, fuck ... Hallo, Rick. Ich hab noch nichts von ihr gehört ... Geh mir nicht auf den Nerv, Ricky. Wir müssen jetzt noch nicht abschließen ... Werde ich. Tschüß. Wie ich schon gesagt habe, bevor wir so abrupt unterbrochen wurden, Alex, da ist also diese niedliche lesbische Schauspielerin, die wir managen. Ich hab mir überlegt, ob wir euch zwei nicht zusammenbringen sollen.« Ich sah Connie an und schüttelte bereits den Kopf.

»Bernie, darüber haben wir nie geredet«, fing sie an.
»Hör mir erst mal zu! Laß mich ausreden. Ich red ja nicht von einer Heirat oder daß ihr ein beschissenes Baby adoptieren sollt, um Himmels willen. Nur ein paar Parties, Premieren, vielleicht irgend 'ne Sendung zusammen. Das würde euch beiden nützlich sein.«
»Nein, danke«, sagte ich. Ich wollte ihm gern erklären, daß heuchlerische Arschlöcher wie er hauptsächlich daran schuld waren, daß irgendwelche Velvetafresser im ganzen Land immer noch schockiert waren, wenn zwei Männer sich küßten. »Ich glaub, ich kann mich auch so beherrschen und nicht in aller Öffentlichkeit Schwänze lutschen. Ohne weibliche Begleitung, die mich zurückpfeift.«
»O Gott«, hörte ich Connie murmeln. Eilig machte sie sich daran, die Reste ihrer Mahlzeit einzupacken. Bernie kräuselte die Oberlippe, wie eine Bulldogge, die zum Sprung ansetzt. Ich heftete meinen Blick aus betörend blauen Augen auf seine Schweinsäugelchen mit Krähenfüßen, unbeirrt, ohne mit der Wimper zu zucken.
»Gut«, sagte er, total eingeschnappt. »Connie, hast du noch was zu dem Thema zu sagen?« Piep. »Verdammt noch mal, Tiki! Ich hab gesagt, keine beschissenen Anrufe!«
»Hier ist Kimba, nicht Tiki.«
»Hat sie dir nicht gesagt, daß wir eine Besprechung haben?« zischte er.
»Nein, sie ist beim Mittagessen.«
Bernie hob in einer Geste der Hilflosigkeit die Hände.
»Alex«, sagte Connie, »ich hab ein paar Anrufe von der Schwulenpresse bekommen und von *Hard Copy*. Sie wollten unbedingt ein Interview mit dir machen und von der Sache berichten.«
»Ja, *Edge* hat auch angerufen, bei mir zu Hause«, berichtete ich.

»Hat er denn keine Geheimnummer?« zeterte Bernie, an Connie gewandt. Wir beachteten ihn gar nicht.

»Ich glaub nicht, daß es gut ist, wenn du mit irgendwem darüber redest«, sagte Connie. »Abstreiten willst du's ja bestimmt nicht – ich meine, diese Fotos –, und darüber hinaus gibt's nichts mehr zu sagen. Sonst wird man dir einen Stempel aufdrücken, und den wirst du so schnell nicht mehr los.«

Bernie schnaubte. »Ein schwuler Seifenoper-Schauspieler! Man wird genauso über Sie herziehen wie über Lucie Arnaz.«

Wieder summte die Sprechanlage.

»Connie?« fragte Kimba. Bernie schüttelte ungläubig den Kopf, zeigte auf das Telefon und sah mich an, als erwarte er von mir, daß ich Kimba im Brustton der Überzeugung ein blödes Weibsstück nannte.

»Was ist denn, Honey?« meldete sich Connie.

»Arlene von Consolidated Amusements auf Leitung zwei.«

»Okay. Laß uns gehen, Alex. Ich nehm den Anruf in meinem Büro an. Tschüß Bernie.« Er winkte geistesabwesend, war schon wieder mit dem Telefon beschäftigt.

Während Connie sich kurz mit Arlene austauschte, überflog ich die Seiten in *Variety*. »Es war die Fiesta-Soap-Gesellschaft. Sie haben dich aus der Kreuzfahrt geschmissen, Alex.«

»Haben sie einen Grund genannt? Ich mein, nicht, daß ich ihn nicht kennen würde.« Daß Bernie nicht mehr in der Nähe war, war zumindest ein schwacher Trost.

»Sie sind überbucht, behaupten sie. Scheiß drauf, du bekommst fünfhundert Dollar Entschädigung. Tut mir leid, Alex, auch das mit Solomon, aber der hat eh nur Mist im Kopf. Ich hab ehrlich nicht gewußt, daß er dir diesen Beziehungsschwindel vorschlagen will.«

»Hoffentlich hab ich dich nicht zu sehr blamiert.«

»Du machst wohl Scherze, Schätzchen. Seit *Can't Stop the Music* ist mir nichts mehr peinlich.«

»Was hast du denn mit ...« fing ich den Satz an.
»Ach, vergiß es. Geh jetzt, Honey. Nächste Woche zum Lunch?«
»Klar doch.«
»Wird schon gutgehen, Alex, vertrau mir.«

Der erste Umschlag mit Fanbriefen, der mir offenbaren würde, ob mich das Publikum nun mit anderen Augen sah, bestand aus vier Briefen. In einem wurde ich aufgefordert, mich von meinem sündigen Leben und der Sodomie abzuwenden und (»wie Brent Bingham«) Jesus Christus in mein Herz zu lassen. Anbei die Bitte um ein Foto mit Autogramm. Zwei Schreiben, in denen man mir versicherte, auf meiner Seite zu stehen und im Grunde sicher zu sein, daß ich Opfer einer makaberen Zeitungsente geworden sei. Gleichzeitig aber die unsichere Bitte, dies zu bestätigen. Außerdem ein Brief, den ich zu meinem Favoriten ernannte: ein langer, verzückt-schwärmerischer Liebesbrief von einem Zwanzigjährigen namens Trip, Betreuer in einem Myrtle-Beach-Fitneßclub. »Es war ein unbeschreibliches Erlebnis für mich, als ich erfahren habe, daß Du homosexuell bist. Einfach umwerfend. Ich konnte mich auf die Folge heute kaum konzentrieren. Ist der Kerl auf dem Foto Dein Freund? Du bist so teuflisch und gleichzeitig so sexy. Mach doch bitte noch mehr Szenen mit nacktem Oberkörper. Du hast einen wunderschönen Brustkorb. Du kannst jederzeit hier vorbeikommen und kostenlos das Fitneßstudio benutzen, wenn Du mal in der Nähe bist – das ist ja klar.« Ich überlegte mir, was wohl die stocksteife grauhaarige Dame, die im Studio für die Fanpost zuständig war, von dem Brief gehalten hatte.
Trevors Serie wurde für kurze Zeit unterbrochen. Man hatte alle Autoren gefeuert und eine neue Crew von Schriftstellern angestellt. Zu meiner Überraschung nutzte Trevor die Gele-

genheit, um nach Pennsylvania zu fliegen, und sagte dafür *International-Male* ab. Sie hatten ihn als Model für Tear-Away-Bademoden in Las Hadas einsetzen wollen. Sein Fotoagent reagierte hysterisch: »Du kannst doch gleichzcitig als Schauspieler und als Model arbeiten!« brüllte er ins Telefon, »Guck dir doch Brooke Shields an!«

»Allerdings«, gab Trevor patzig zurück, »guck sie dir an.« Und dann knallte er den Hörer auf.

Ich rief Sara an und lud sie fürs Wochenende ein. »Drei Tage, um Alex zu sehen? Hast du 'ne Ahnung, wie teuer diese stümperhaften Fluggesellschaften sind?«

»Ich bezahl's«, wandte ich ein.

»Bis Freitag abend dann.«

Ich holte sie um halb acht in Burbank ab, und wir fuhren auf dem schnellsten Weg ins Spago. Phalita hatte für mich eine Reservierung organisiert. Bei Kürbisravioli entdeckten wir eine Berühmtheit nach der anderen, was uns die ganze Zeit über in Aufregung hielt. »Oh, mein Gott! Ist das etwa Aidan Quinn?« flüsterte Sara. »Ich mach mir gleich in die Hose.«

Ich wollte ganz sicher gehen. »Sag bloß?«

»Das ist doch was ganz anderes als Mr. Garris Soviel-jeder-futtern-kann-Sonderangebot«, stellte sie fest, während ich eine Pizza mit Entenfleisch zerteilte. »Erinnerst du dich noch, wie wir ganz am Anfang, als du hierhergezogen bist, immer Muffins und Schokoladenkekse aus dem Soup Exchange geschmuggelt haben? Ich meine, du machst das wahrscheinlich immer noch ... Richard hat mich übrigens gefragt, ob ich ihn heirate.«

»Und wann war das?« prustete ich grinsend los.

»Gestern, du Trottel.«

»Dann ist wohl Champagner angesagt.« Ich gab der Kellnerin, die aussah wie Bridget Fonda, ein Zeichen.

»Hey, ich hab nein gesagt.«

»Was? Ich hab gedacht, du bist verrückt nach ihm.«

»Ja, bin ich wohl auch, aber wir kennen uns erst acht Monate. Und ich bin einfach noch nicht soweit. Deshalb. Aber ich hab mich einverstanden erklärt, daß wir nächsten Monat zusammenziehen.«

»Aha!« polterte ich los. Die Kellnerin erschien. »Eine Flasche vom billigsten Champagner, bitte.« Sie konnte sich ein Kichern nicht verkneifen und verschwand. »Ziehst du zu ihm?« fragte ich Sara.

»Nein, er zieht zu mir. Er wohnt in einer winzigen Mansarde, das ginge auf keinen Fall. Zusammenziehen ist ein guter Kompromiß. Wenn wir heiraten, heißt er Richard Richardson. Er muß meinen Namen annehmen. Ist das nicht Sophie Hawkins da drüben?«

»Ich glaub schon. Ihr Album ist wirklich super, besonders das letzte Lied. Ich könnte wetten, daß sie gut küssen kann.« Sara hob die Augenbrauen. »Wenn man's mag. Was sagt deine Mutter zu deinem neuen Mitbewohner?«

»Sie ist nicht gerade begeistert, aber was begeistert sie schon außer ihrer Shih-Tzus-Zucht?«

»Solange du damit glücklich bist.«

»Bin ich. Und wie läuft's bei dir so?«

»Ganz gut.« Bridget kreuzte mit dem Champagner auf. Wir stießen auf Sara und Richard und die Pressefreiheit an.

»Ich glaub, ich überleb's, daß sie mich geoutet haben.« Sie legte ihre Hand auf meine und drückte sie. »Es ist schon komisch. Ich hab mich immer über die berühmten Leute aufgeregt, die's unheimlich weit gebracht haben und sich dann in der Öffentlichkeit aufführen, als könnten sie sich nicht beherrschen, und schließlich im *Enquirer* landen. Und jetzt bin ich genau da angekommen.«

»Blödsinn. Bei dir ist es was anderes.«

»Ja, irgendwie schon. Es kommt mir lächerlich vor, denn ich

hab nie versucht, es zu verheimlichen. Also, warum soll's mir überhaupt was ausmachen?«

»Weil sie was ganz Natürliches, Privates ausgeschlachtet und wie einen abnormen Charakterfehler dargestellt haben.«

»Ja, das scheint's zu treffen.«

»Und Trevor kommt damit klar?«

»Ja, im Moment schon. Er hat gemerkt, daß es keinen Einfluß auf seine angehende Laufbahn als Superstar hat. Er hat sich ganz gut verhalten. Ich kann's nicht fassen, daß wir schon so lange zusammen sind. Er ist ... lustig.«

»Liebst du ihn?«

Ich dachte einen Moment lang nach, nippte am Champagner und senkte den Blick auf meinen Teller. Eine Sekunde lang schoß mir der Gedanke durch den Kopf, daß wir wohl die einzigen aus unserer High-School-Klasse waren, die jemals hier sitzen würden. »Sind Lust plus Zuneigung dasselbe wie Liebe?«

Sie grübelte darüber nach. »Nein. Du mußt doch am besten wissen, wie es ist, jemanden zu lieben.« Sara zwickte mich sanft in den Arm.

»Nein, so ein Gefühl ist es nicht«, gab ich zu.

»Er hat mich diese Woche zweimal angerufen.«

»Nick?«

Sie nickte. »Er macht sich Sorgen um dich. Du hättest so ›komisch‹ am Telefon geklungen, sagt er.«

»Ich lag gerade mit Trevor im Bett.«

Ihre Augenbrauen bewegten sich noch lebhafter. »Ich hab behauptet, daß ich den Kerl auf dem Foto kenne. Nur ein guter Bekannter, hab ich gesagt.«

»Das hast du getan?«

»Na ja, damals stimmte das ja noch.«

»Was hat Nick noch gesagt?«

»Daß er herkommen will, um nachzusehen, wie es dir geht.

Sieh mal, Alex, vielleicht hätt ich das nicht sagen sollen, aber ich hab ihm erklärt, daß er sich nicht mit dir treffen soll, solange er selbst nicht weiß, was er von dir will.«
»Das war ganz richtig, Sara.«
»Du weißt ja, ich hab versucht, mit ihm über seine ... Situation zu reden, über Barney und so. Aber er will nicht.«
»Er hat gesagt, es ist alles noch beim alten.«
»Natürlich. Ich hab nicht vermutet, daß sie Barney einen neuen Charakter eingepflanzt haben. Oh – Valerie hat Barney neulich in der Highland Mall gesehen. Sie sagt, er ist richtig fett geworden.«
»Nein!« schrie ich boshaft. Das freute mich.
»Ich dachte, es freut dich, das zu hören.«
»Kann ich Ihnen noch etwas bringen?« fragte die Kellnerin, die darauf erpicht war, unseren Tisch an ein extravaganteres, mehr konsumierendes Paar weiterzugeben.
Wir übersprangen den Nachtisch und ließen uns die Rechnung bringen. Sara schnappte sich den Zettel. »Das schreib ich bei mir als Spesen ab. Morgen mach ich mit dir ein Interview für den *Paseo del Rio*.«
Wir hatten vor ein paar Monaten schon mal darüber gesprochen, aber ich war davon ausgegangen, daß die Sache sich mit dem »Skandal« erst mal erledigt hatte. »Willst du was über das Outing bringen?«
Sie versuchte, so professionell wie möglich zu reagieren. »Das hat mit deinem Erfolg nichts zu tun. Ich hab ja Robert Rodriguez auch nicht zu seinen sexuellen Vorlieben befragt, oder?«
»Jedenfalls nicht offiziell«, neckte ich sie.
Sie versuchte, ein beleidigtes Gesicht zu machen, doch in diesem Moment gingen Warren und Anette an uns vorbei.

März 1991

Die ganze Wohnung roch nach der Hühnersuppe, die seit heute morgen auf niedriger Stufe vor sich hin köchelte. Am Abend zuvor hatte ich alle Zutaten vorbereitet, und heute morgen, als ich um halb neun das Haus verlassen und zum Unterricht gegangen war, hatte ich den Tontopf auf den Herd gestellt. Auch als Nick um elf Uhr siebzehn anrief, garte die Suppe. Die frisch gehackten Möhren- und Kartoffelstücke zerkochten zu einer breiigen Konsistenz, die einem im Munde zergeht, und das delikate Kräuter- und Gewürzgemisch durchzog die saftigen Streifen besten weißen Fleisches. Der Anrufbeantworter zeichnete die Nachricht auf, daß Nick es wohl zum Abendessen doch nicht schaffen würde. Als ich um Viertel vor sechs zur Tür hereinstürmte, Kekse und Baguette von Texas French Bread unter den Arm geklemmt, brodelte die Suppe unter dem Glasdeckel wie in einem riesigen Hochofen. Nichts deutete darauf hin, daß alles umsonst gewesen war.

Ich nahm die Suppe vom Herd und fror sie ein. Nick und ich hatten uns zwar nur locker zum Abendessen verabredet, aber ich fühlte mich trotzdem im Stich gelassen. Der Anlaß für das Essen – die Zusage der Juristischen Fakultät der University of Texas – lag gut sichtbar auf dem Eßtisch. Ich ließ den Wisch dort liegen. Wenn ich meine Unterrichtsfächer belegte und mich damit an die Juristische Fakultät, diese Wohnung und diese Stadt kettete, würde das dann die nächsten drei Jahre so weitergehen? Würde ich ständig diese nervenaufreibenden Hochs und Tiefs durchleben müssen? War dieses endlose Leiden vielleicht sogar die einzige Chance für mich, mich endlich für immer von Nick loszueisen? Niemand wußte etwas von dem Brief – Nick sollte es als erster erfahren. Wann das nun sein würde, stand in den Sternen.

Ich vertiefte mich in meine Hausaufgaben – besonders unnötig, jetzt, da es offiziell war, daß ich den Status eines angehenden Jurastudenten einnahm. Im Hintergrund ließ ich mich von Peter Murphy und The Indigo Girls berieseln. Um zehn Uhr achtunddreißig klingelte das Telefon.

»Hallo?«

»Hattest du einen netten Abend?«

»Nick, hi, was war los?«

»Ach, dieses und jenes.« Reuevoll und resigniert. Er brachte mich einfach um den Verstand. »Hast du immer noch Lust, daß wir uns treffen?«

»Na klar.« Meine freudige Erregung hätte mich beinahe umgehauen.

»In 'ner Minute bin ich da.«

»Okay, tschüß.« Ich hüpfte aus dem Bett, riß mir das T-Shirt und meine kurzen Sporthosen vom Leib. In Unterhose brachte ich in aller Eile das Schlafzimmer in Ordnung, dann kramte ich ein Baumwollhemd hervor – aus der Bananenrepublik – und ein paar Levi's Shorts. In dem Moment, als ich das Badezimmer betrat und nach der Bürste greifen wollte, zuckte ich erschrocken zusammen – jemand klopfte an die Tür. Sage und schreibe drei Minuten waren vergangen, seit ich den Hörer aufgelegt hatte. Anscheinend hatte er aus dem Stop-and-Go-Laden unten an der Ecke angerufen. Ich riß die Tür auf. Da stand er.

Zuerst sagten wir kein Wort. Seine überirdischen blauen Augen schienen sanfter zu sein als sonst, als ob ein Schleier über ihnen läge. Er hatte geweint, wurde mir klar. Ich ging einen Schritt auf ihn zu. Er knallte die Tür hinter sich zu und schloß mich in die Arme. Als ich ihn berührte, ließ die Spannung in seinem Körper nach. Sein Gesicht lag reglos an meiner Schul-

ter. Er umschlang mich kraftlos. Ich hielt ihn einfach nur fest und fuhr sanft mit der Hand über seinen Nacken.
»Tut mir leid, ich bin etwas spät«, sagte er zärtlich.
»Ich hab den Platz an der Juristischen Fakultät bekommen«, erzählte ich ihm.
Er sah mich an. »O Mann, das ist ja toll, Mr. Young. Ich wußte ja, daß du keine Probleme haben wirst.« Die hatte ich schon. Immerhin mußte ich mich ziemlich zusammenreißen, um ihn nicht auf die Couch zu stoßen und mich über ihn herzumachen. Ich fragte ihn, ob er Hunger habe. »Ich hab nichts gegessen. Sollen wir 'ne Pizza kommen lassen?«
»Nicht nötig«, sagte ich. »Die frische Hühnersuppe wird umgehend serviert.«
In seinem Gesicht zeichnete sich Überraschung ab. Was für eine niedliche Geste. »Du hast gekocht?« Ich nickte. »Tut mir leid, Alex.« Er nahm mich wieder in die Arme, diesmal fester. Ich streifte sein Ohr sanft mit den Lippen. Er küßte mich. Genau der richtige Zeitpunkt, um mal nachzubohren, was ihn eigentlich aufgehalten hatte. Aber ich traute mich einfach nicht.
Wir setzten uns dicht nebeneinander und löffelten unsere Suppe. Er hatte das rechte Bein angezogen und es locker in meinen Schoß gelegt. Die linke Hand hatte ich unter seine kurzen Ärmel geschoben. Ich umschloß seine Schulter, als wollte ich ihn beschützen. Er lobte das Essen in den höchsten Tönen, genauso den Nachtisch: Schokoladen-Mousse-Kuchen in kleingehackter Oreo-Kruste. Gemeinsam leerten wir die Teller. Während er eingehend den Brief von der Juristischen Fakultät studierte, ließ ich Wasser in die Spüle laufen.
»Das ist wirklich toll, Alex.«
Ich trocknete mir die Hände ab. »Danke, daß du mir geholfen hast.«
»Ich hab doch gar nichts gemacht.« Unsere Blicke trafen

sich, und wir sahen uns lange an. Ich hatte das Gefühl, den verborgensten Winkel in seinem Herzen geknackt zu haben. Das, was dort schlummerte, konnte mich zu höheren Sphären tragen, wenn es mir nur gelang, nicht in dem Glanz und der Wärme, die er ausstrahlte, dahinzuschmelzen. Er schloß die Augen, und das war für mich das Zeichen für den Angriff. Ich hakte einen Finger in seinen Jeansbund und öffnete die drei Knöpfe seines Kragens. Ich küßte die behaarten, nördlichen Zonen seiner Brust, bis er meinen Kopf hochzog und seine brennenden Lippen auf meine preßte. Ich legte ihm die Hände auf den Hintern und zog ihn fest an mich. So viel Spaß hatte ich in der Küche noch nie gehabt. »Hättest du was dagegen, wenn ich heute nacht hierbliebe?« flüsterte er.

Sechzehn Monate hatte ich darauf gewartet, daß er diese Frage stellte. Wenn ich nur geahnt hätte, daß er an diesem Abend damit ankam, dann hätte ich mir die nervenaufreibende Zeit davor sparen können. Das war der Beweis dafür, daß es dumme Zeitverschwendung war, sich selbst zu bemitleiden und sich Sorgen um die Zukunft zu machen. Man sollte jeden Tag voll auskosten, in der Gewißheit, daß sich die Träume mit Sicherheit erfüllen, wenn man nur daran glaubt.

»Bitte, bleib bei mir«, sagte ich, nachdem ich leere Phrasen wie »O Gott, wie kannst du so was nur fragen?« mental über Bord geworfen hatte. Was bedeutete das für mich? Offensichtlich hatte es Querelen mit Barney gegeben, und zwar so schwerwiegende, daß er sich zu diesem Schritt hinreißen ließ. War es um mich gegangen? Hatten sie sich getrennt? Würde ich morgen, wenn ich nach Hause kam, einen Koffer vor der Tür finden, vollgestopft mit den Sachen, die Nick vorerst brauchte, bis Barney aus ihrem Haus ausgezogen war und sich bei seinen Eltern über der Garage eingenistet hatte?

Ich warf einen Blick auf die Uhr: fünf vor zwölf. Das bedeu-

tete, sieben Stunden gemeinsam im Bett. Ich schwor mir, keine Sekunde zu vergeuden. Er ging runter zum Auto und holte für den nächsten Tag seinen Anzug und eine Tasche mit dem Nötigsten für eine Übernachtung (übernachten – das war Musik in meinen Ohren). Dann ging er in mein Schlafzimmer. Ich putzte mir die Zähne und beobachtete im Spiegel, wie er sich auszog. Als ich ins Schlafzimmer kam, lag er schon im Bett – in meinem Bett, um die Nacht bei mir zu verbringen. Ich blieb stehen, um mich an dem Anblick zu weiden. Ich konnte mit ihm reden, ihn massieren, ihn küssen und mit seinem Penis spielen. In jeder beliebigen Reihenfolge und solange wir wollten. Irgendwann konnte ich mich dann in den Schlaf fallen lassen, in dem Wissen, daß ihm niemand in der ganzen Welt näher war als ich und daß er, wenn ich aufwachte, an meiner Seite lag, und mir womöglich sagte, daß er mich liebte.
Es war der glücklichste Tag meines Lebens.

Liebster Alex,
ich wußte es. Ich wußte, daß Du bist wie ich. Das ist Schicksal. Ich muß Dich sehen, dringender als jemals zuvor.
Ich will Dir beschreiben, wie ich aussehe. Ich bin 1,76 groß, hab dunkle Haare, bin schlank gebaut und großzügig ausgestattet. Ich hab durchgestochene Brustwarzen, aber wenn's nicht Dein Geschmack ist, muß ich den Ring nicht tragen. Im Moment bist Du gerade auf dem Bildschirm und ziehst Dein blaues Hemd aus. Deine Produzenten wissen schon, wie man Dich am liebsten sieht.
Anbei findest Du eine erotische Original-Kohlezeichnung und ein Gedicht von Alister Crowley. Ich bin nicht nur ein Zauberer, ich bin auch Künstler. Wir sollten uns bald

mal treffen. Verzeih mir, wenn ich Dir sage, daß ich Dich gerne lutschen würde.
»Astaroth«

»Wirklich brillant, Jane«, ließ ich Anna Ford wissen. Ich sah von dem Zeichenblock auf, den die künstlerische Abteilung mit Pfeilen, Gleichungen und chemischen Symbolen vollgekritzelt hatte. »Sonst hat das doch noch niemand gesehen, oder?«

Anna trug ein jägergrünes Sweatshirt, das mit ihren aufgebauschten haselnußbraunen Haaren harmonierte, dazu passende kurze Hosen. Wohlweislich hatte sie ihre Storchenbeine so verschlungen, daß sie nicht mit im Bild waren. Ich wußte nicht, was die Autoren planten, nachdem Jane die erste Dosis der Potenzdroge nach der Rezeptur von Simons Vater erstellt hatte. (Sie war der Meinung, es handele sich um ein Mittel gegen Leukämie.) Doch im Moment mußte ich sie glauben machen, ich wolle sie ganz groß rausbringen als Madame Curie von Harts Crossing und ich sei in sie verliebt.

Ich konnte Anna nicht ausstehen. Früher war sie der Teeny-Star eines bekannten Familiendramas gewesen, eine mittelmäßige Serie in den frühen Achtzigern. Sie war schon seit sechs Jahren bei *Hearts Crossing* dabei, aber eine richtige Soap-Opera-Berühmtheit war sie nie geworden. Sie bildete sich ein, eine ernsthafte Schauspielerin zu sein, und zitierte laufend den Schauspiellehrer, bei dem sie zusammen mit Sharon Stone gelernt hatte. Das war zwei Jahre, bevor sie ein Stück geschrieben hatte, das in irgendeinem Theater in Los Feliz zum Selbstkostenpreis aufgeführt worden war. An der Seite von Glenn Scarpelli spielte sie drei Rollen. Vom ersten Tag an hatte sie sich mir gegenüber blöde verhalten. Sie nahm es mir übel, daß uns der Handlungsstrang zusammenführte, auf den Trichter war ich schon gekommen. Bevor ich hinzugekommen war, war sie in eine leidenschaftliche Dreiecksgeschichte mit Gwens jüngerem Bruder (dem italienischen Sexbombenteeny Cary Rietta) und Debbie Kringle (Nori Ann Marshall) verwickelt gewesen, und man hatte sie zehn Tage lang zu Aufnahmen nach Key West mitgenommen.

»Aber nein, Simon, in meinem Labor bin ich ganz allein«, versicherte sie mir.

»Das hört sich ja verlockend an«, bemerkte ich in schäkerndem Ton und ließ mich neben sie auf das altmodische Sofa sinken. Ich nahm sie in die Arme, wie es im Drehbuch stand und wie wir es eingeübt hatten. Es war, als würde ich eine Spanholzplatte umarmen. Ich hielt inne und wartete darauf, daß sie ihren Satz sagte: »Mit dir ist alles so aufregend.« Es kam aber nichts.

»Tut mir leid«, rief Anna. War mir auch recht, so konnte ich endlich von ihr ablassen. Das war nun schon die dritte Klappe, und sie konnte es einfach nicht lassen, alles zu vermasseln.

»Kurze Pause«, unterbrach der Aufnahmeleiter aus der Kabine. Das Team zerstreute sich zu einer Fünf-Minuten-Pause. Tommie hatte aber wenigstens so weit mitgedacht, daß er mein Gesicht abtupfte, bevor er sich für ein Zigarettchen auf das offene Dach zurückzog.

»Wie geht's denn so, Süßer?« fragte er.

»Ging schon mal besser.«

»Die war ja heute ein richtiger Drache. Ich will ja nicht aus dem Nähkästchen plaudern, aber Miss Anny-Fanny hat sich heute im Frisierraum wie eine Furie aufgeführt wegen der Szene, die ihr einfach nicht zu Ende bringt, besonders wegen dem Kuß.«

»Sie will mich nicht küssen?« Ich war außer mir. Zuvor hatte ich Anna genau zweimal geküßt. Beide Male war mein Atem taufrisch gewesen – ach, was sag ich, mir war geradezu eine

Mintfahne vorausgeflattert. Es gab nur eine Erklärung, und die stank zum Himmel.
»Nimm dich in acht, jetzt gibt's Ärger.« Als Anna mit dem Produktionsleiter Reese Jacobs auftauchte, der mich zu sich winkte, verdrückte sich Tommie hinter der Rückwand von Janes Apartmentkulisse.
»Komm mal 'ne Sekunde her«, sagte Reese und führte uns zu Janes Couch. »Die Szene klappt einfach nicht, irgend etwas läuft immer schief.«
»Soll ich irgendwas anders machen?« fragte ich, ganz kooperative Unschuld.
»Nein, Alex, du machst es gut. Wir werden sie einfach früher aufhören lassen.« Er faltete einen Zettel mit Regieanweisungen auf. »Nach ›Wirklich brillant, Jane‹, sagt sie ›Danke, Simon. Ich bin ja froh, daß du mich für das Projekt ausgewählt hast‹, dann geht sie hinter die Couch und legt dir die Hand auf die Schulter. Wir schließen dann mit der Großaufnahme von euch beiden. Sie ist überglücklich, und du zeigst uns deinen altbewährten teuflischen Blick, Alex, okay?«
»Fantastisch«, sagte ich. So machten wir es auch, und die nächste Aufnahme war ein Volltreffer. Zum Glück war es meine letzte Szene mit ihr.
Seit dem Outing war ein Monat vergangen. Ich befand mich in der zweiten Woche meines letzten Optionszyklus und war inzwischen der Überzeugung, daß meinem Status als Festangestellter bei Daytime nichts mehr im Wege stand. Und jetzt das. Vor dem ganzen Team, ganz zu schweigen von Babs Flanagans Nichte, der Studentin, und ihren Verbindungsschwestern, die zufällig zu Gast bei den Aufnahmen waren. Bei der Vorstellung, welcher Tratsch sich nun breitmachen würde, wurde mir richtiggehend schlecht. Klar, daß jetzt einige vermuteten, ich hätte AIDS. War es möglich, daß diese dumme Ziege seit fünfzehn Jahren in Hollywood lebte und

immer noch glaubte, so was bekäme man vom Küssen? Meine haßerfüllten Gedanken über Anna brachen sich in den Szenen Bahn, die ich noch zu spielen hatte. Dabei legte ich mir im Geiste zurecht, wie ich sie vor allen anderen in einem eindrucksvollen Racheakt runterputzen würde. Doch als ich endlich in meinem Umkleideraum war und mir die kühlende Creme ins Gesicht massierte, wurde mir bewußt, daß mir eine Attacke im Grunde überhaupt nichts brachte, egal, wie verlockend der Gedanke auch sein mochte. Es war wirklich nicht gerade ratsam, im Studio großen Wirbel zu machen. Ich schnappte mir meine Tasche und marschierte aus dem Zimmer, im Bewußtsein innerlicher Reife. Doch als ich an Annas Tür vorbeikam, hatte ich eine Idee. Ein guter Kompromiß, wie mir schien. Ich klopfte an. Sie bat mich herein. Nasse Haare, ein überreich verschnörkeltes Unterhemdchen im Picasso-Stil, das wahrscheinlich Hunderte von Dollars gekostet hatte. »Hi«, sagte sie mit ausdruckslosem Gesicht. Sie war ehrlich überrascht, mich zu sehen, da bin ich sicher.

»Ich bin übrigens HIV-negativ«, ließ ich sie wissen. »Aber wenn ich du wäre, würde ich mal einen Test machen lassen.« Sie machte ein Gesicht, als hätte sie ihren Cousin beim Masturbieren ertappt. Ich weidete mich gerade mal zwei Sekunden an ihrem Unbehagen und verschwand dann, ohne auch nur noch ein Wort zu verlieren. Ich mußte an einer Reihe von Studiogästen vorbeigehen, die hinter einer Sicherheitsabsperrung darauf warteten, für die letzte Aufzeichnung von *Verrückt nach Barem* eingelassen zu werden. Die Spielshow hatte erst vor kurzem traurigen Ruhm erlangt, weil man eine Bibliothekarin überredet hatte, sich für ein ach-so-großzügiges Honorar von achtzehntausend Dollar mitten im Zentrum von Beverly bis auf den BH und das Höschen auszuziehen. Ich begrüßte den Knaben, der die Menge unter Kontrolle hielt, und ging in Richtung Wagen. Moment mal – hatte mich eben jemand in der Reihe eine Schwuchtel genannt? Ich hätte schwören können, so was gehört zu haben. Mir wurde bewußt, daß ich stehengeblieben war, also tat ich in meiner Verzweiflung einfach so, als kramte ich nach meinen Schlüsseln. Langsam wurde ich paranoid. Ach was, Touristen hätten sich niemals so rüde benommen. Die Sache mit Anna Ford hatte mich durcheinandergebracht, das war alles. Ich schob The-Shirelles'-Greatest-Hits in den Kassettenrecorder und machte meine Atemübungen. Von anzüglichen Anrufen und diesem hartnäckigen Kerl von *Edge* wurde ich nun nicht mehr belästigt, seit ich meine Nummer geändert hatte. Die Fanbriefe, in denen sich diverse Gays anbiederten, kamen auch nur noch sporadisch. Also mußte ich nur noch mit Anna, dieser blöden Zicke, fertigwerden. Okay, ich war kampfbereit. Mir bleiben noch elf Wochen, um mich professionell und angepaßt zu verhalten, bevor sie mich feuern konnten.

Es hätte mir gutgetan, mit Trevor darüber zu reden, aber da Homosexualität zwischen mir und meinem männlichen Partner der wunde Punkt war, beschloß ich, die Story mit Anna für mich zu behalten. Seit ein paar Wochen fühlte ich mich im Grunde so gut wie zu Hause bei ihm. Unsere rasanten Karrieren ließen uns kaum noch Zeit füreinander, also war das um so praktischer. Und es war nicht nur der Sex – Trevor hatte einfach den besseren Duschkopf.

Als ich ankam, war er gerade beim Fitneß und der Gesichtsmassage. Die Wohnung war tipptopp sauber. Dora, die Putzfrau, war dagewesen. Ich warf einen prüfenden Blick in den Kühlschrank, in der Hoffnung, daß sie eine Portion grüne Enchiladas für uns gemacht hatte. Nada. Ich suchte mir eine Fresca raus und hörte anschließend den Anrufbeantworter ab. Gleich beim ersten Klingeln schaltete er sich ein. Das hieß, jemand hatte mir aufs Band gesprochen. Nachdem ich meinen »Geheim«-Code eingehämmert hatte – 666, nicht gerade originell –, meldete Trevors Apparat, ein Anruf sei in der Leitung. Frustriert legte ich auf. Sein Telefon klingelte. Wie immer ließ ich die Maschine laufen, das gebot mir die Diskretion. Trevors übertrieben freundliche Grußformel war zu hören, ein Piepsen, und dann: »Hi, Trevor, hier ist Vidal von der *Advocate*-Redaktion. Hier hat ein Kerl angerufen, der *dringend* Kontakt mit dir aufnehmen will. Er hat heute zweimal angerufen. Er heißt Barney Gagnon ...« Während Vidal eine Nummer in Santa Monica runterratterte, ertrank um mich herum alles in Kaskaden aus einer irrealen Welt. Nicht möglich, das ist einfach nicht möglich, leierte eine innere Stimme in stumpfer Monotonie herunter. Ich konnte die Nachricht nicht noch mal laufen lassen, weil dadurch alles andere gelöscht gewesen wäre. Aber ich war mir ganz sicher. Er hatte »Barney Gagnon« gesagt, und die Chancen, daß es noch einen Barney Gagnon gab, der zufällig den Freund von dem Kerl kannte, der mit dem festen Partner eines anderen Barney eine heiße Liebschaft gehabt hatte, waren gleich Null; ungefähr genauso wahrscheinlich wie die Möglichkeit, daß Tipper Gore mit den Shakespeare's Sisters auf Tournee ging. Und Barney war auch noch in der Stadt – heute.

Ich hörte meinen Anrufbeantworter ab. Nick hatte darauf gesprochen. »Hallo, Fernsehstar, ich hab dich im Studio angerufen, aber die haben mir gesagt, du bist schon weg. Könnte aber auch nur 'ne Sicherheitsmaßnahme gewesen sein, nehm ich mal an. Aber egal, jedenfalls hab ich's jetzt endlich mal geschafft, nach L. A. zu kommen. Ruf mich doch mal an ...« Er hinterließ mir seine Nummer. Es war dieselbe wie auf Trevors Band! Sie waren zusammen hier – mein größter Alptraum, abgesehen von einem festen Engagement bei *Großer Bruder Jake*.

Noch bevor ich mir einen Plan zurechtlegen konnte, hörte ich Trevors Schlüssel in der Tür. Er stapfte in die Wohnung, baute sich vor mir auf und legte ab. »Hi!« Er schleuderte die Sporttasche aufs Sofa und schlenderte in die Küche. »Keine Enchiladas.« Dann trällerte er: »›O verdammt ... wär ich doch nur dein Geliebter ... ich würde es die ganze Nacht mit dir treiben ... du solltest lächeln und freundlich sein ... ich bin dein ein und alles ...‹ Diese Woche mußte ich bei der Serie singen.«

»Trevor, du hast eine Nachricht erhalten.«

»Ich hör sie mir später an.«

»Ich denke aber, du solltest sie jetzt laufen lassen.«

Er kam aus der Küche, das Sweatshirt hatte er bereits ausgezogen. »Was ist denn los?« fragte er irritiert und ein bißchen verärgert, weil ich ihn so herumscheuchte. Er hämmerte auf die Play-Taste, ohne meine Antwort abzuwarten. Wir hörten uns gemeinsam an, was Vidal auszurichten hatte, ohne uns dabei anzusehen. Nachdem die Nachricht zu Ende war, sah er mich an. Sein Gesicht war eine Nuance heller geworden.

»Alex, ich kann dir das erklären ...«

»Schieß mal los.« Meine Neugierde überwog tatsächlich meine Wut.

»Erinnerst du dich noch, daß ich mal in Texas war?«

»Ja, klar.«

»An dem Abend, an dem du mich im Club gesehen hast.« Ich nickte. »Okay, ich fang mal von Anfang an. Seit wir uns kennen, hast du immer von Nick erzählt und daß du es einfach nicht fassen kannst, daß er schon so lange mit diesem häßlichen, dämlichen Typen zusammen ist. Ich hab immer gedacht, du übertreibst maßlos, weil du eifersüchtig bist. Na ja, und dann war ich eben in Austin, hatte ein bißchen Zeit und wollte mir mal selbst ein Bild davon machen.«

Hochinteressant, wirklich, ich wartete gespannt, wie's weiterging.

»Also, ich hab ihn im Telefonbuch gesucht, angerufen und

nach Nick gefragt. Er hat gesagt, der verdient Geld, und gefragt, wer ich bin. Ganz schön neugierig. Also hab ich gesagt: ›Ist da Barney?‹ Ja, hat er gesagt. Ich ruf noch mal an, hab ich gesagt und aufgelegt. Ich bin runtergegangen, hab mir vom Hotel ein Rad geliehen und bin zu ihrem Haus gefahren. In Austin kommt man wirklich locker überall hin. Hat mir gut gefallen. Ich hatte meine Radlerhose an und dieses enge Muskelshirt, aber als ich in die Nähe von ihrem Haus gekommen bin, hab ich das Oberteil ausgezogen und in die Tasche gesteckt. Dann hab ich mir ein bißchen von dem Kettenöl irgendwie hierhin geschmiert.« Er fummelte im Zickzack irgendwo an seiner rechten Brustwarze herum.

»Ich hab das Fahrrad in der Nähe des Hauses unter einen Busch geschoben und geklingelt. Mein Gott, Alex, du hast wirklich nicht übertrieben, der ist tatsächlich völlig daneben. Hausbackene, ausgebeulte, verlotterte Klamotten und eine saudämliche Frisur. Alles einfach ins Gesicht gekämmt.«

»Was hast du zu ihm gesagt?«

»Daß meine Fahrradkette abgesprungen ist und ich mal telefonieren müßte. Ich hab so getan, als würde ich telefonieren, und dabei hat er mich die ganze Zeit so komisch angestarrt, als hätte er noch nie vorher einen gutaussehenden Kerl gesehen. Was nicht den Tatsachen entspricht, das weiß ich ja«, fügte er hastig hinzu. »Und irgend so ein kleiner Teufel hat mir inwendig die ganze Zeit eingeflüstert, ich soll ihn anmachen, nur um rauszukriegen, was dann passiert.«

»O Gott, Trevor, du hast doch nicht etwa …«

Er saß dicht neben mir und hatte, während er erzählte, seine Hand auf meinen Arm gelegt. Hin und wieder schenkte er mir ein entwaffnendes, schüchternes Lächeln. »Ich hab ihn gefragt, ob ich mal das Bad benutzen dürfte, um mich zu waschen. Er hat ja gemurmelt und mir das Bad gezeigt. Während ich die Dusche aufgedreht und mir die Schuhe und Socken ausgezogen habe, hat er die ganze Zeit an der Tür rumgehangen. Als ich aus der Hose wollte, hab ich ihn kurz angeguckt, und da ist er wie von der Tarantel gestochen in den Flur zurückgehastet. Also bin ich in die Dusche gestiegen, hab mich eingeseift und ihm irgendwann zugerufen: ›Barney, kannst du mal 'n Augenblick kommen?‹ So, und jetzt hör gut zu. Ich hab gehört, wie die Eingangstür ins Schloß fiel. Dann hat er mich vom Flur aus gefragt: ›Äh, was ist denn?‹ Also hab ich den Duschvorhang zurückgeschoben und, nackt und triefendnaß wie ich war, gesagt: ›Ich glaub, ich hab mir was verzerrt, als ich versucht hab, das Fahrrad zu reparieren. Kannst du mir vielleicht mal den Rücken einseifen?‹ Es war genau wie in einem William-Higgins-Film.«

»Trevor, falls du dir die Geschichte ausgedacht hast und das alles nur ein übler, kleiner Scherz ist, dann halt die Klappe, okay?«

»Ist Wort für Wort wahr.«

Ich seufzte. »Was ist dann passiert?«

»Er kam mit total dämlichem Gesichtsausdruck auf die Dusche zumarschiert, zum Teil war's wohl Entsetzen und zum Teil etwas Undefinierbares, wahrscheinlich seine sexy Anmachgucke. Er hat angefangen, meinen Rücken zu streicheln, und ist mir dabei auch mal für 'ne Sekunde über den Hintern gefahren. Ich hab gedacht, ich muß losprusten, also hab ich mich umgedreht und ihm die Hände auf die Schultern gelegt. Er ist natürlich naß geworden. Irgendwie war das recht komisch, denn ich hab gemerkt, daß mich das *wirklich* langsam anturnte, und das, *obwohl* der Typ ein richtiger Trottel ist. Ich glaub, es war die Macht, die ich über ihn hatte. Die Tatsache, daß er mir mit Haut und Haaren ausgeliefert war und daß ihm so was nie wieder im Leben passieren würde. Ich meine, ohne daß er was dafür bezahlen muß.«

»Hast du ihn geküßt?«

»Ich bitte dich, ich esse mit diesen Lippen.« O weia. »Er hat angefangen, mir einen zu blasen. Völlig ungeschickt, muß ich hinzufügen. Also bin ich dazu übergegangen, ihm Anweisungen zu geben. Zum Beispiel: ›Zieh die Hose aus.‹ ›Küß meinen Hintern.‹ ›Hol mir einen runter‹«.

»Und er hat das alles gemacht?«

»Als wär er von Sinnen.«

Schon seit Jahren hätte ich alles dafür gegeben, um etwas Bestimmtes zu erfahren: »Was hat er für einen Schwanz?«

»Den größten, den ich je gesehen hab.«

Ich öffnete den Mund, wollte etwas erwidern, war von Entsetzen gepackt. Trevor grinste. »Kurz und stummelig. Wie eine von diesen Fisher-Price-Männchen. Hast du die auch gehabt? Egal, er hat so schnell masturbiert, daß ich's fast nicht sehen konnte. Na, jedenfalls war mir klar, daß er nicht drauf aus war, es mir zu besorgen. Also hab ich mir selbst den Rest gegeben und ihm alles ins Gesicht gespritzt. O Mann, war das ekelig.«

Ich schielte auf Trevors Shorts und sah, daß sich dort während unseres Gespräches Andeutungen seismischer Bewegungen abzeichneten. Wenn wir nach diesem höchst befremdlichen Bekenntnis auf dem Sofa gelandet wären, hätte ich mich mein Leben lang beschmutzt gefühlt.

»Ich hab mir dann seinen geschnappt und der Sache mit zweimal rauf und runter ein Ende bereitet. ›Lutsch ihn, lutsch ihn‹, hat er gestöhnt. Als ob ich so was gemacht hätte! Mein Gott, was für 'ne Schweinerei. Während ich mich angezogen habe, hat er auf dem Badezimmerboden gesessen und war total ausgepowert, und dann hab ich ihm den üblichen Mist erzählt: Was für ein unglaublich abgefahrenes Abenteuer das war, und daß wir uns bestimmt wiedersehen, und schon war ich weg. Hab mich aufs Rad geschwungen und ihn nie wieder gesehen. Ich schwör's.«

»Ich glaub's dir«, ließ ich ihn wissen. »Aber er hat wohl rausgefunden, wer du bist. Er muß dich im *Advocate Men* wiedererkannt haben, sonst hätte er nicht bei der Zeitschrift angerufen.«
»Hat er etwa die Ausgabe?«
»Wahrscheinlich hat er 'ne riesige Sammlung. Nick hat mir erzählt, daß er ein richtiger voyeuristischer Lustmolch ist.«
Trevor schauderte, als wär's geschmackloser von Barney, sich an seinen Fotos aufzugeilen, als von ihm, Barney ins Gesicht zu spritzen.
»Du bist verrückt«, sagte ich zu ihm, als sei das was Schlimmes, was es ja gar nicht ist.
Er zog die Beine an und beugte sich über seine Knie. »Ich hab eine Tracht Prügel verdient.« Dagegen konnte ich nichts einwenden. »Bist du mir böse?«
»Ich weiß nicht recht. Sollte ich's deiner Meinung nach sein?«
»Nein.«
»Und warum nicht?«
»Weil du und ich nicht ... zusammen waren, als das passiert ist, und ich hab's auch nicht gemacht, um dir eins auszuwischen.«
»Warum hast du mir's dann nicht erzählt?«
»Hättest du's an meiner Stelle erzählt?«
»Ich hätte so was nie gemacht!« Ich mußte mir ein Lachen verkneifen.
Trevor bohrte einen Finger ins Kissen und starrte auf seine Fußspitzen. »Ich glaub, ich hab gedacht, du könntest die Geschichte vielleicht ausnutzen, um wieder mit Nick zusammenzukommen.« Was für eine verrückte Idee. Das konnte er sich gleich wieder aus dem Kopf schlagen. »Aber ich wollte nicht, daß das passiert, weil ich dich liebe.«
Ich sah ihm tief in die haselnußbraunen Augen, die einem die Sprache verschlagen konnten, und suchte nach einer Spur von

Sarkasmus oder Ironie. Aber ich entdeckte nichts dergleichen, und das jagte mir Angst ein.

»Trevor ...« begann ich, weil ich das Gefühl hatte, etwas sagen zu müssen. Er strich mir mit den Fingerspitzen über die Wange. Ich breitete die Arme aus, und er kuschelte sich an mich. Meine Hände glitten über seine gutgeformte Rückenmuskulatur. Ich spürte, wie perfekt sein nackter Rücken gerundet war, wie bei einer Marmorstatue. Sein Kopf lag an meiner Brust. Ich strich ihm mit den Fingern durch den Fünfzig-Dollar-Haarschnitt.

Er hob den Kopf und gab mir einen keuschen Kuß – mit geschlossenen Lippen. »Ich hab noch so'n komisches Gefühl von der Gesichtsmassage, ich werd also mal kurz duschen. Laß uns danach essen gehen.«

»Okay.«

Er verschwand im Schlafzimmer. Oh, mein Gott. Ich versuchte das, was in den letzten fünfzehn Minuten auf mich eingestürzt war, ein wenig zu sortieren. Barney hatte Nick betrogen. Ich glaubte Trevor die Geschichte. Warum sollte er sich so etwas Abwegiges ausgedacht haben? Aus lauter Bosheit? Und Barney war hier, in Santa Monica, und versuchte, wieder Kontakt mit Trevor aufzunehmen (oder mit Randy Northcutt, als den ihn die Fans von *Advocate Men* kannten). Und er wollte es tatsächlich wieder tun. Daran hatte ich während Trevors Beichte die ganze Zeit denken müssen. Für mich stand fest, daß ich Nick, wenn wir ein Paar wären, treu bleiben würde, ganz egal, wie verführerisch sich mir Trevors nackter Charme in einer noch so verführerischen Situation aufdrängte.

Plötzlich machte es klick bei mir. Während Nick und ich uns in seinem Büro leidenschaftlich umarmt hatten, war zwischen Barney und Trevor ... dieser gottverdammte Anruf ... wegen ein paar Keksen! Womöglich hatte er Zeit rausschinden wollen, um die Samenspuren verwischen zu können. Oh, was für eine bittere Ironie. Und doch, Nick war nicht wegen mir hierhergekommen. Gegen diese Wunschvorstellung wehrte ich mich standhaft. Damals und heute überschattete Barneys Anwesenheit die Situation, die sonst traumhaft gewesen wäre, auch wenn Barney nur ein kleiner Nacktmodel-Ficker war. Sara hatte mir erzählt, daß sich Nick Sorgen um ich machte, aber ich ahnte, daß er nie begriffen hatte, welche Höllenqualen mir sein ständiges Hin und Her bereitet hatten. Mal war er interessiert an mir gewesen, mal nicht. Nicht mal ein Dutzend Titelgeschichten in irgendwelchen Schundblättern hätten mich so treffen können.

Ich konnte ihm auf gar keinen Fall von Barneys Seitensprung erzählen. Selbst wenn ich ihm irgendwie verklickern konnte, was sich da zugetragen hatte, würde er bestimmt denken, ich hätte das alles inszeniert und Trevor auf Barney angesetzt. Wie Jill Abott in *Stürmische Jungs*. Natürlich würde sich Trevor nie wieder mit dem Trottel treffen – immerhin lief in ein paar Wochen eine Fernsehserie mit ihm an, eine Familienserie zur Hauptsendezeit –, also konnte Nick sie auch nicht in flagranti ertappen. Und um dem Ganzen noch die Krone aufzusetzen, liebte Trevor mich ...

Noch so ein Problem, mit dem ich mich auseinandersetzen mußte. Ich hatte sofort Schuldgefühle bekommen, weil ich ihm nicht gesagt hatte, daß ich ihn auch liebe. Aber so war's einfach nicht. Ich war verrückt nach Trevor, und vielleicht war das so eine Art keimende Liebe, die jeden Moment erblühen konnte, nur, im Moment tat sich noch nichts in der Richtung. Ganz zu schweigen davon, daß ich mich wie ein Trottel gefühlt hätte, wenn ich ihm was von Liebe gesagt hätte, nachdem er mir die Barney-Geschichte aufgetischt hatte. Und falls wir nun in eine Liebesbeziehung traten, bedeutete das, daß wir in Zukunft analen Sex treiben würden? Wie konnte ich ihm so sehr trauen, daß ich mich, wenn auch mit Kondomen,

auf griechische Liebe einließ, selbst wenn ich nur die passive Rolle dabei spielte? Oh, mein Gott, hilf mir doch.
Es wurde höchste Zeit, bei Nick anzurufen. Trevor war bestimmt bald fertig mit dem Duschen, und dann machten wir uns auf den Weg zu einem lauschigen, schicken Restaurant, wo es das Hühnchen in Medaillonform gab. Ich kramte nach meiner PacBell-Karte – für den Fall, daß es nach Santa Monica ein Ferngespräch war, das dann auf Trevors Rechnung auftauchte. Während ich die Nummern eintippte, überlegte ich, ob ich mir nicht, wenn Barney abhob, einen kleinen Scherz mit ihm erlauben sollte. Nein, beschloß ich, er hatte schon genug zu leiden. Immerhin wartete er Stunde um Stunde auf Randy Northcutts Rückruf.
»Hallo?« Es war Nick.
»Hi, Nick, hier ist Alex.« Ich nahm das schnurlose Telefon mit auf den Balkon.
»Wie geht's denn so?«
»Prima.«
»Und kannst du es fassen, daß ich es tatsächlich geschafft habe, nach L. A. zu kommen?« Nein, Baby, daran habe ich immer noch schwer zu schlucken, und ich will, daß du mir die Wahrheit sagst. »Können wir uns morgen treffen?«
Ich stellte meine Falle auf. »Ehrlich gesagt, hab ich im Moment 'ne Menge Streß bei der Serie, und ich hab mir überlegt, ob ich nicht ein, zwei Tage nach San Diego runterfahren soll. Mal aus allem rauskommen. Warum kommst du nicht mit?«
»Oh, ich hab hier eine Menge Termine. Ich glaub nicht ...«
»Wann sind die denn? Wir können gleich danach losfahren, ganz ohne Hintergedanken. Was meinst du?« Das war wirklich ein mieser Schachzug von mir, aber weil ich seine Antwort schon kannte, war ich froh, daß ich mich nicht schon wieder einem freien Fall meiner Gefühle ausgesetzt hatte.
Er klang so traurig, daß es mir fast schon weh tat, aber wenn

er genauso traurig gewesen wäre wie ich, hätten sich die Dinge nie so entwickelt. Stimmt doch, oder? Wann hatte ich das letztemal mit ihm telefoniert, ohne daß es zum Trauma für mich geworden war? »Ich kann nicht, Alex, wirklich«, sagte er.

»Muß ich noch fragen, warum? Er ist hier, Nick, stimmt's? Du hast ihn mit nach L. A. genommen.« Er antwortete nicht. Während mir heiße Tränen in die Augen stiegen, fragte ich mich, wieso alles so beschissen war, wo ich doch nichts anderes als eine Chance gewollt hatte, mit ihm glücklich zu werden. »Sag mir, daß Barney auch hier ist«, fauchte ich ihn an.

»Ja. Ich konnte nicht kommen, ohne ...«

»Wie kannst du behaupten, daß du dir was aus mir machst?« Ich legte auf, selbst bestürzt, daß ich so mit ihm gesprochen hatte. Ich fühlte mich, als hätte ich soeben ein niedliches kleines Hündchen überfahren. Ich hätte zurückrufen und eine Verabredung für den nächsten Tag treffen können, hätte ihm die ganze Geschichte erzählen – ich hatte ja schließlich nichts falsch gemacht – und ihm klarmachen können, daß Barney Ehebruch begangen hatte und nun sehnlichst darauf brannte, seinen Fauxpas zu wiederholen. Er hätte mir geglaubt. Er hätte ...

»Was ist denn los?« fragte Trevor unter der Tür. Er hatte das weiße Handtuch über der durchtrainierten Schulter hängen. Lose baumelte es vor seinem unverhüllten Prachtstück.

»Ich hab nur mal nach Hause durchtelefoniert«, erklärte ich ihm.

»Alles cool?«

»Klar doch. Ich hab doch die neue Nummer, und die kennen nur die engsten Freunde.«

»Was soll ich heute abend anziehen?«

»Radlerhosen und Kettenöl. Vielleicht hast du ja Glück.«

»Hab ich doch schon.« Er drängte mich aufs Sofa.

März 1991

Einfach unmöglich, um die Mittagszeit in der Stadt einen Parkplatz zu finden. Also hatte ich Sara gebeten, mich am Mezzaluna abzusetzen, dem Restaurant, in dem mich Nick zum Mittagessen treffen wollte. Er wollte »etwas Wichtiges und ziemlich Aufregendes« mit mir besprechen.

»Das ist womöglich der entscheidende Augenblick«, plapperte ich drauflos, während Sara über den Red River Richtung Süden fuhr und gleichzeitig versuchte, ihre leuchtende, schwarze Haarpracht zu bändigen.

»Hör schon auf!« knurrte sie und gab sich dabei Mühe, ärgerlich zu klingen. »Du hast doch keine Ahnung, worum es geht.«

»Doch, hab ich. Er wird mir sagen, daß Barney auszieht, und daß wir noch mal kurz bei Big-Sur-Wasserbetten vorbeifahren, um uns eins von den Luxusmodellen zu kaufen, das keine Wellen schlägt.«

»Ich hoff's für dich, Darling. Okay, wir sind da.«

»Tschüß. Seh ich gut aus?«

»Wie ein kleiner Engel.«

»Danke, daß du mich mitgenommen hast.« Ich stieg aus.

»Alex! Dein Rucksack.« Sie warf ihn mir zu. Ich stiefelte auf das elegante Restaurant zu, das bei gestylten Yuppies in dreiteiligen Anzügen total in war. Nick eingeschlossen. Er winkte mir bereits von einem Tisch am Fenster zu.

»Na, du. Ich hab uns schon mal ein paar Vorspeisen bestellt. Ich hoffe, du bist damit einverstanden.«

»Prima«, sagte ich und lächelte warmherzig. »Was gibt's?«

»Gleich zur Sache, was?«

»Na ja, du hast gesagt, es ist wichtig und aufregend.«

»Na ja, vielleicht.«
»Hör auf. Spann mich nicht auf die Folter.«
Es ging nicht um den bescheuerten Barney. Trotzdem war ich, verdammt noch mal, neugierig, was eigentlich los war. Er griff in die Aktentasche und holte einen Stapel Blätter heraus.
»Ich hab versucht, was für deine Filmkarriere auf die Beine zu stellen«, sagte er und überreichte mir die Papiere, die sich nun als ein Skript entpuppten.
»*Blutjunge Bräute Christi*? Von Fisher MacDonald? Wer ist denn Fisher MacDonald?«
»Also, sein richtiger Name ist Ed Cohen, aber er hat ein Pseudonym gewählt, weil er dachte, die Leute könnten sich daran stoßen, daß ein Jude einen Film über Nonnen schreibt, die von einem Halbstarken im Kloster massakriert werden. Gary Van Owen, einer der Partner in der Firma, produziert ihn zusammen mit ihm.«
»Und das wird ein richtiger Film?«
»Aber ja doch. Sie drehen ihn schon bald in Dallas. Dieses eine Mädel, die auch im *Playboy* war und 'ne Menge Horrorfilme gemacht hat, spielt dabei mit. Die Sache ist, daß der Kerl, den sie für die männliche Hauptrolle eingesetzt haben, irgendwie nicht mehr gut auf sie zu sprechen ist und daß sie schnell jemand neuen finden müssen. Also hab ich das Skript überflogen und mir überlegt, daß du genau der Richtige wärst. Ich hab Gary von dir erzählt, und er meint, es wär einen Versuch wert. Was sagst du dazu?«
»Ja, klar. Ich meine, würd ich liebend gern machen. Wahrscheinlich wollen die, daß ich vorspreche oder so ...«
»Ä-hä. Gary hat mit Ed gesprochen, und der hat gesagt, du sollst auf dem schnellsten Weg ein Bild und einen Lebenslauf von dir nach Dallas schicken. Ich hab dir aus dem Büro schon einen Umschlag mit den vollständig ausgefüllten Unterlagen mitgebracht. Du mußt ihn also nur noch in den Kasten am

Tower auf dem Campus einwerfen. Der Regisseur fliegt dieses Wochenende von L. A. zurück nach Dallas. Du kannst mal vorbeifahren, und dich mit ihm und Ed treffen.«

Wirklich süß von ihm. Während ich sein Gesicht beobachtete, so schön aufgeregt und einfach zum Küssen, kamen mir die Tränen. »Danke, Nick. Du weißt gar nicht, was mir so eine Chance bedeutet.«

»Doch, ich glaub schon.« Er fixierte mich mit hypnotischem Blick. Sag's schon, signalisierte sein Blick: Ich liebe dich. Ich liebe dich ...

»Nick, ich ... ich überleg schon die ganze Zeit, ob du auch wirklich sicher bist, daß die so einen Typen wie mich für die Rolle suchen?«

»Er muß blond und unheimlich gutaussehend sein – wie du, und ungefähr zweiundzwanzig. Du mußt nichts weiter tun, als ein paar Szenen in Unterwäsche zu drehen. Du hast nämlich was mit einer der Nonnen.«

»Diese abgefuckten Klosterschlampen, die vor nichts zurückschrecken.«

Wir bestellten uns große Nudelportionen mit Sahnesoße und teilten uns ein Stück Amaretto-Käsekuchen. Als er mich zurück zum Unterricht fuhr, rückte ich mit der Frage raus, die ich bis zum letzten Moment aufgeschoben hatte: »Kannst du Samstag morgen mit mir rauf nach Dallas fahren?«

»Schon möglich, Alex.«

Als ich das verruchte Skript durchlas, stellte sich heraus, daß meine Rolle, die des Paul Hunt, die dritte Hauptrolle war. (Sie kam gleich nach Schwester Corky und Bernadette.) Ich las immer weiter, bis zur Seite siebenundsiebzig, wo diesem Paul eine Mistgabel durch den Bauch gejagt wird. Das Drehbuch war zwar anstößig, aber auf eine witzige und unkonventionelle Art, die mir irgendwie gefiel. Unberechenbare junge Nonnen wurden von einem psychopathischen ehemaligen

Meßdiener in zahl- und einfallsreichen Variationen absurder Mordszenen »bestraft«. Ich mußte unbedingt mitspielen. Gott sei Dank waren es nur vierundzwanzig Stunden, die ich mich mit Abwarten quälen mußte. Ed Cohen rief Nick am späten Nachmittag des nächsten Tages an und sagte ihm, ich solle kommen. Ich würde Ed und den Regisseur Carl DeAngelis am Samstag um zehn Uhr in Dallas im Marriott treffen.

Natürlich konnte Nick nicht mit mir fahren, aber Valerie und Chuck hatten vor, ihre Mutter in Forth Worth zu besuchen, und boten mir an, mich mitzunehmen. Wir kamen am Freitag nach Mitternacht an und schlichen uns in das imposante Haus, echt nachgemachter Kolonialstil, man konnte es locker als Juwel des Viertels bezeichnen. Wir bemühten uns, so leise wie möglich zu sein, und entdeckten dann, daß Valeries Mutter ein riesiges Festessen vorbereitet hatte – vorsorglich in Tupperware verpackt und im zweitürigen Kühlfach des Eisschrankes verstaut, gleich neben der automatischen Eismaschine. »Ich hab gedacht, Ihr habt vielleicht Hunger. Bis morgen früh. Liebe Grüße, Mom«, stand auf einem Zettel am Kühlschrank, der mit einem Sesamstraßen-Magneten befestigt war. Wir machten uns über kaltes Hühnchen, Kartoffelsalat und Pekannuß-Pie her und tranken in Vals früherem Kinderzimmer Sangria, bis wir irgendwann auf ihrem Bett rumhingen, Dr.-Seuss-Bücher lasen und uns halbtot lachten.

Am nächsten Morgen kamen wir in den Genuß eines herzhaften Frühstücks, das Valeries dicke texanische Mom für uns vorbereitet hatte. Sie forderte mich auf, ein paar Szenen aus dem Skript vorzuführen, und rief dann begeistert aus: »Also, Süßer, du kriegst die Rolle.« Valerie und Chuck fuhren mich ins Hotel, wünschten mir Glück und gingen an den Swimmingpool, um sich dort zu vergnügen. Ich suchte den Waschraum auf und stylte mich dort mit Gel zurecht. Ich trug schwarze Hosen und ein anthrazitfarbenes T-Shirt, das unter den Achseln leichte Schweißringe aufwies. Ich schaltete den Trockner ein und kümmerte mich um das Problem. Zum Glück war ich von Natur aus geruchsfrei. Nun war ich bereit, dem Produzenten von Kassenschlagern wie *Angriff der Miederhöschen* und *Cyborg, der Schlächter* gegenüberzutreten.

Ich fuhr mit dem Fahrstuhl in den zehnten Stock und bezähmte meine Ängste, daß ich gerade dabei wäre, in die Falle eines internationalen arabischen Schwulensexrings zu tappen. Ich beruhigte mich, indem ich mir Nick vorstellte, wie er, vor meinem geistigen Auge nur schemenhaft und verschwommen auszumachen, in seinem Büro saß und telefonierte, nur um meine Schauspielkarriere in Gang zu bringen. Ich klopfte an der Tür 1017 an, wohlbedachte drei Minuten zu früh. Ein kleiner Glatzkopf mit schwarzem Bart und in völlig unpassenden Hawaii-Klamotten öffnete die Tür. »Alexander?«

»Hi, toll, Sie zu treffen«, ließ ich mich vernehmen und hatte bereits ein Zahnpastalächeln und einen Metzgerhändedruck parat.

»Ed, Ed Cohen. Gary Van Owen hat mir viele gute Dinge über Sie erzählt.« Gary Van Owen hatte ich in meinem Leben noch nie gesehen. Ed schob mich zum Stuhl. »Wollen Sie ein Bier?« fragte er und durchforstete den Kühlschrank.

»O nein, danke. Ich will nichts.«

Die aufgedonnertste Schwuchtel, die ich je gesehen hatte, kam reinspaziert. »Mein Gott, die Hitze gibt mir noch den Rest!« Er hatte dünnes blondes Haar, das – glatt nach hinten gekämmt – an seinem langen Kopf klebte, trug eine John-Lennon-Sonnenbrille und ein legeres weißes Hemd. Mit spitzen Fingern lüftete er sein Hemd und fächerte sich Luft zu. »Texas im März. Wer hätte das gedacht? Hi! Wer ist denn das?«

»Alexander Young«, sagte Ed. »Und das ist unser Regisseur, Carl DeAngelis.«
Wir tauschten Höflichkeitsfloskeln aus, und Carl ließ sich auf einem kleinen Sofa nieder. Er studierte eingehend meinen Lebenslauf. »Ich weiß nicht, ob Gary Ihnen schon erzählt hat, in was für einem Schlamassel wir stecken. Dieser total bepißte Agent von dem Schauspieler hat uns mit den Verträgen hingehalten, in der Hoffnung, daß sich noch was mit 'ner Serie tut. Hat dann auch geklappt, und jetzt haben die uns sitzengelassen. Wir fangen eigentlich Montag in einer Woche an – ohne männlichen Hauptdarsteller. *Kein Problem*! Wir nehmen einfach irgendeinen, der ungefähr der richtige Typ ist. Meinst du nicht, Ed?«
»Absolut deiner Meinung.«
Wir lasen die erste Szene – Bernadette sagt Paul, daß sie ein Keuschheitsgelübde abgelegt hat, bevor sie sich zu einem Nümmerchen auf dem Dachboden überreden läßt. »Sehr hübsch«, gurrte Carl und klatschte drei-, viermal in die Hände. Ed nickte. Wir gingen über zum dramatischen Höhepunkt, bei dem Paul zwei ehemalige Nonnen entdeckt, die Sebastian, dem Soziopathen, in die Hände gefallen sind. Langsam kommt er auf den Trichter, daß Sebastian womöglich der Mörder ist.
»Sehr gut«, sagte Carl. »Anneliese Collins macht das Casting in L. A. Kennen Sie sie?«
»Nein«, erwiderte ich. »Ich hab noch nie in Hollywood gearbeitet.«
»Oh, tatsächlich. Ich bin *begeistert* von Hollywood«, sagte er und studierte nochmals eingehend meinen Lebenslauf. »Sie haben doch vor, nach Hollywood zu gehen, oder?«
»Sobald ich im Mai meinen Abschluß gemacht hab«, kam es mir über die Lippen, obwohl ich davon selbst noch nichts gewußt hatte. Sie sagten mir, ich hätte meine Sache gut

gemacht, und fragten, ob ich für zwei oder drei Wochen verfügbar sei. Ich versicherte ihnen, daß ich das bringen könnte, und sie begleiteten mich zur Tür.
Ich schleppte mich zum Pool, vollkommen verwirrt. Hatte ich die Rolle nun oder nicht? Hätten sie mich nicht auffordern müssen, die Zeilen öfter als einmal zu lesen? Vielleicht nicht. Ich hatte mich gut vorbereitet. Und daß Gary Van Owen mich empfohlen hatte, mußte mächtig ins Gewicht fallen. Nick hatte mir erzählt, daß er einen »guten Batzen« zum Filmbudget beitrage, außerdem hatten sie mir gesagt, ich könnte das Skript behalten. Aber was sollten sie auch sonst sagen? »Geben Sie uns das Skript wieder?« Selbst wenn sie mich scheußlich fanden, wäre das ziemlich plump gewesen. Wer weiß, wie viele andere Schauspieler sie sich noch angesehen hatten? Die Schauspielfakultät der Southern Methodist University war zwar ein Witz, aber sie rühmte sich sicherlich einiger begnadeter Schauspieler, unter denen sie sich einen aussuchen konnten. Und war es auch möglich, daß Carl sich in die Schwulenszene von Dallas verirrte und dort irgendeine Entdeckung machte, die er unterbringen wollte?
Ich behielt all diese zermürbenden Fragen, auf die es sowieso keine Antwort gab, für mich. Half ja nichts. Außer abwarten und versuchen, meinen Freunden die nächsten Tage nicht völlig zu vermiesen, konnte ich nichts tun. Als ich am Sonntag abend in meine Wohnung zurückkam, hatte kein Schwein eine Nachricht für mich hinterlassen. (Nick hatte mich Samstag nachmittag bei Valeries Mutter angerufen, richtig süß, und ich hatte ihm alles haarklein erzählen müssen.) Montag war die Hölle. Nach jeder Unterrichtsstunde hörte ich meinen Anrufbeantworter ab, und wenn er nicht nach dem ersten Klingeln ansprang, weil keine Nachricht drauf war, warf ich wütend den Hörer auf die Gabel. Ich verkniff mir, abends bei Nick anzurufen, und quälte mich mit vier Stunden Vorberei-

tungen fürs Studium. Wenn ich jetzt schon vorarbeitete, um später zwei Wochen den Unterricht schwänzen zu können, wirkte das bestimmt wie ein Zauber. Ich mußte die Rolle einfach bekommen.

Der Zauber wirkte. Am Donnerstag morgen, als ich mich gerade abtrocknete, rief mich Nick an, um mir zu sagen, daß ich die Rolle bekommen hatte. »Meinen Glückwunsch, Filmstar. Du meldest dich am Sonntag im Best-Western-Motorhotel. Zweitausend die Woche, zwei Wochen lang, außerdem noch ein paar Scheine pro Tag fürs Essen. Hört sich das gut an?«

»Ich weiß nicht, wie ich dir danken soll, Nick. Das ist das Aufregendste, was mir je passiert ist.«

»Ich hab mit Ed Cohen gesprochen, und er hat gesagt, der Film kommt erst mal für immerhin eine Woche ins Kino, bevor er in den Videoläden landet.«

»Zu schade, daß es in der Innenstadt keine guten Drive Ins mehr gibt.«

»Du hast den Anfang geschafft, Mr. Young. Er hat gesagt, du bist genau der richtige Typ für die Rolle.« Warum, um Gottes willen, hatten sie mich dann zweiundsiebzig Stunden lang auf die Folter gespannt? »Auch Gary ist ziemlich aus dem Häuschen. Er will uns am Samstag zum Essen einladen.«

»Fantastisch! Hast du heute abend Zeit zu einer kleinen Feier?«

»Diese Woche klappt's wohl nicht, Alex. Ich sag dir was ... Am Samstag fahren wir an den See. Wir überreden Sara, ihr Bikinioberteil auszuziehen. Falls du nicht zu beschäftigt bist?«

Er raubte mir wirklich den letzten Nerv. »Würd ich liebend gern.«

»Ich freu mich wirklich für dich. Und ich werd dafür sorgen, daß Gary uns ein richtig nobles Lokal aussucht.«

»Okay. Du weißt ja, daß du 'ne kleine Anerkennung dafür kriegst.«

»Oh, nein. Vergiß es. Von diesem hartverdienten Geld gibst du mir keinen Cent.«

»Ich hab auch nicht an Geld gedacht.«

Er summte geheimnisvoll. Wir legten auf, und ich ging zum Unterricht. Ich mußte all meinen Lehrern mitteilen, daß ich für vier Wochen nicht in der Stadt sein würde. Entweder sagte ich ihnen die Wahrheit – daß ich eine Filmrolle bekommen hatte –, oder aber ich machte ihnen weis, es sei wegen einer dringenden Familienangelegenheit, und das war davon abhängig, wie locker sie drauf waren.

Liebe Mrs. Wanda Blake,
Sie sollten wissen, daß es Simon Arable war, der versucht hat, Sie umzubringen, nicht Sean! Ich kann's nicht fassen, daß niemand dahintergekommen ist. Simon ist verlogen, und er ist ein Mörder! Sie sollten ihn auf keinen Fall als Redakteur in Ihrer Zeitung einstellen. Nach der Folge heute bin ich ziemlich sicher, daß er wieder versuchen wird, Cyrinda umzubringen. Vielleicht schon am Freitag. Darum schreibe ich Ihnen noch heute abend diesen Brief. Sie müssen sie aus dem Krankenhaus schaffen! Ich freu mich schon drauf, bei Simons nächstem Versuch Zeuge zu sein. Jeder Tag wär mir recht, nur Donnerstag nicht, denn da muß ich immer auf die kleine Ashlynn und den kleinen Billy Joe junior aufpassen.
Michelle Martin
Roanoke, VA

Lieber Alex,
ich dachte, Du solltest das mal sehen.
Diese armen, armen Menschen!
Viele Grüße, Babs

Trevor brachte die sechste *Dino-&-Muffin*-Folge glücklich hinter sich. Die folgende Woche hatte ich frei, weil Simon nicht in *Hearts Crossing* auftrat. Trotzdem bekam ich weiter zweitausendfünfundzwanzig Dollar pro Woche, mein Mindestgehalt. Wir flogen runter nach Puerto Vallarta und verbrachten fünf wollüstige Tage in einem malerischen kleinen Tropenhotel, das uns Trevors Model-Freund empfohlen hatte. Ich fand's umwerfend komisch, als sich herausstellte, daß der Laden von vorn bis hinten ein Schwulenschuppen war. Trevor war die ganze Zeit über unruhig, arrangierte sich dann aber mit der Situation, indem er sich jedesmal bis zur Unkenntlichkeit verkleidete, wenn er das Zimmer verließ, und sozusagen mit Tarnkappe herumlief.

Die Jungs im Zimmer neben uns waren ausgelassene USC-Studenten und trieben's ziemlich wild. Sie hatten sich hier, weit weg von zu Hause, zu einem romantischen, streng geheimen Stelldichein zusammengefunden. Da wir uns alle vier auf geheimen Abwegen befanden, löcherte mich Trevor mindestens viermal mit dem nicht ganz spaßig gemeinten Vorschlag, einen flotten Vierer mit Dave und Kip anzuleiern. Ich tat so, als sei ich empört über diese Idee – was ich eigentlich gar nicht war, Dave war nämlich von Beruf Feuerwehrmann, mit kräftiger Brustbehaarung und unter seinem Boca-Chica-Slide-Tuch ausgestattet mit einem Ding, das aussah wie ein Schlauch für Großbrände, Alarmstufe vier. Aber ich war um Klassen besser. (Wenn auch nicht um viele.)

An unserem letzten Abend in Mexiko freute ich mich darauf, bald wieder allein in meiner Wohnung zu sein. Ich hatte mich

nur noch ein paar Minuten in der Woche dort aufgehalten, eigentlich nur, um meine Post abzuholen und die Schecks für das Mädchen bereitzulegen, das dort für Ordnung sorgte. Trev und ich streunten durch die Gegend, und ich kaufte ein paar superkitschige Katholiken-Souvenirs. Wir beschlossen spontan, in einem baufälligen, heruntergekommenen Touristencafé einzukehren, um dort früher als sonst zu Abend zu essen. Ein volltrunkener *Monchichi* führte uns an einen wackeligen, grob gearbeiteten Tisch, direkt neben einem Papageienkäfig, dessen Insasse, ein zerzauster Vogel mit langen Klauen, die an eine Filmdiva erinnerten, an der uns zugewandten Käfigseite rauf und runter kletterte und Unverständliches auf Spanisch krächzte. Ab und zu flogen blaue und grüne Federn auf unseren Korb mit schmierigen, vertrockneten Tortilla-Chips. Trevor goß uns Margarita nach, während ich geistesabwesend an dem Haifischzahn-Halsband herumfingerte, das ich während der ganzen Reise nicht abgelegt hatte. Trevor wollte ja immer alles genau wissen. Ihm hatte ich erzählt, das Halsband habe zu meinem *Psycho-Beach-Party*-Kostüm gehört. Nick, an den ich doch öfter als einmal gedacht hatte, wollte ich Trevor gegenüber nicht erwähnen.
»Mein Gott, es ist traumhaft hier«, sagte Trevor. »Ich meine in Mexiko, wie ein zum Leben erwachtes Champagner-und Starkbier-Stilleben. Wie schmecken die Fisch-Tacos?«
»Irgendwie komisch, aber zusammen mit den Drinks kriegt man sie runter.«
»Ich hab das unbezähmbare Verlangen, mir den Einteiler vom Leib zu reißen und dich unter dem Papageienkäfig zu vergewaltigen.«
Ich schnappte nach Luft. Schon eine Weile her, seit er das letztemal in Stimmung für solche Spielchen gewesen war. »Ich muß doch sehr bitten, mäßige dich. Du weißt ja, die Gefängnisse hier unten … kein hübscher Gedanke.«

»Ja, die wären ganz scharf darauf, dich und deinen großen, blondbehaarten Penis zu betatschen. Die würden dich auf sechs verschiedene Arten als Sonntagsbraten zubereiten.« Er ließ seine erfahrene Zunge über die Lippen gleiten und umklammerte lustvoll einen Brustmuskel.

»Trevor ... was ist denn nur in dich gefahren?«

»Ich weiß auch nicht. Das Leben hat's gut gemeint mit uns, oder nicht?« Ich nickte, und er zückte seine Platin-Karte. »Laß uns hier abhauen.«

Wir schlenderten die festlich geschmückten Straßen entlang, tranken so viel, daß wir Gefahr liefen, von blutrünstigen Schwarzmagiern entführt zu werden, die auf Menschenopfer lauerten, aber in diesem Liebesparadies passierte einem nie was Ernsthaftes – höchstens mal Darmprobleme. Über uns leuchtete der Mond von Mexiko. Von hier unten sah er aus wie eine sauber abgerundete, auf den belebten Sternenhimmel gekleckste Kugel Vanille-Eiscreme. Wir hatten die ungefähre Richtung unseres verborgenen Liebesnestes am Meer eingeschlagen, aber ein witziges Kino lenkte uns ab. Auf einem grellbunten Vordach wurde auf spanisch für *Basic Instinct* geworben.

Wir kauften uns Eintrittskarten und gingen über eine Treppe mit rotem Teppich auf den Balkon. Am hinteren Ende fanden wir noch ein paar freie Plätze, direkt hinter drei Frauen aus Vallartan in Lockenwicklern und Hausanzug, die während der heißen Szenen, egal, wie harmlos sie waren, im Flüsterton miteinander schnatterten, ständig kichernd, was viel unterhaltsamer war als der niveaulose Film. Nicht, daß uns das gestört hätte.

Trevor legte mir diskret einen Arm um die Hüfte und vergrub seine Pranke in der Tasche meiner Shorts. Immer wenn es zu der Szene paßte, beugte er sich vor und quietschte: »Ich glaub, ich hab mein Höschen vergessen!« Dann küßte er mich aufs Ohr und den Hals, bis er lachen mußte und ein paar Frauen vor uns sich umdrehten.

»Ich liebe dich«, sagte Trevor.

»Ich dich auch.« Vielleicht entsprach mein Gefühl nicht dieser allmächtigen Naturkraft, die einem den Atem verschlägt, aber womöglich war es nur dumm und selbstverstümmelnd, wenn ich auf so eine Liebe wartete. Das, was Nick in mir hervorgerufen hatte, dieses schaurige, erregende, tiefempfundene Gefühl, ohne Boot über die Stromschnellen eines warmen, reißenden Flusses zu treiben – würde ich das überhaupt jemals wiederfinden können? Gehörte es nicht in den vergänglichen Garten der ersten Lieben, den man nur flüchtig durchstreift?

Ich mußte das Hier und Jetzt genießen, genauer gesagt, das mitternächtliche Vergnügen in der Brandung, für das wir uns nach dem Kinobesuch entschieden. Trevor schrie: »Vorsicht, Quallen!« und stürzte sich auf mich. Er riß uns beiden die Badehosen vom Leib, so daß wir nackt zurück zur Terrasse rennen mußten, die zu ebener Erde direkt am Strand lag. Wir sprangen ins Bett, immer noch naß, und fanden zwei Stunden lang keinen Schlaf. Ich wachte mitten in der Nacht auf, fror und war verwirrt. Irgend jemand müßte bei mir sein, sagte mir mein Gefühl, aber da war keiner. Ich wußte nicht mehr, wo ich war, bis Trevor aus dem Badezimmer kam und wieder ins Bett schlüpfte.

Wir nahmen jeder einen anderen Flug zurück von Mexiko: Trevor flog zu *Guess*-Modelaufnahmen nach Seattle (wo er den Agenten der Zeitschrift küssen und sich bei ihm anbiedern würde, wenigstens bis die Herbststaffel für *Dino & Muffin* fest eingeplant war) und ich nach Burbank. Ich nahm den Bus zu den Hügeln von Hollywood, ging in meine Wohnung und beantwortete, während ich auspackte, einige Anrufe. Bei allen – bei Allison Slater Lang, bei meinen Eltern und sogar bei meiner Putzfrau – meldete sich der Anrufbeantworter. Ich duschte heiß, verschwand ins Bett und freute mich auf ein gemütliches Wochenende allein. Ich würde mit dem Walkman auf den Ohren Lebensmittel einkaufen, ein paar Kapitel in *Die älteste noch lebende Rebellenwitwe erzählt* lesen und vielleicht in die Sauna gehen – die Welt stand mir offen.

Und nun zu der Post. Man hatte mir eine Einladung zur Emmy-Verleihung in New York geschickt. Im Grunde bedeutete das aber nichts anderes, als daß ich einen horrenden Preis für ein Ticket bezahlen mußte, um meine Zeit mit ein paar Kerlen mit schwarzer Krawatte abzusitzen, die mich nicht mal für den Jungen-Drama-Nachwuchsdarsteller nominiert hatten. Für *Hearts Crossing* standen insgesamt vier Preise aus – drei für die Technik und einer für Brent Bingham als bester Hauptdarsteller – das Todesurteil für die Television Academy. Ich stopfte den Emmy-Wisch wieder in den schillernden, mit Goldlettern beschriebenen Umschlag und schleuderte ihn in die Ecke. Dann wandte ich mich dem Päckchen vom Studio zu, in dem das Skript für die nächste Woche steckte. Ich suchte mir die Donnerstagsfolge raus und überflog die Synopsis, eine zweiseitige Szenenzusammenfassung, die von Collegestudenten erstellt wurde. Keinen Penny bekamen die dafür, und man erlaubte ihnen nicht mal, sich bei den Donuts und dem Streichkäse zu bedienen, die jeden Morgen für das Team bereitstanden.

Simon gab Jane den Laufpaß. Keine Sekunde zu früh, wenn mich einer fragen würde. Bevor ich nach Mexiko geflogen war, hatte Simon die Computerdatei kopiert, in der die Formel für die Potenzdroge abgespeichert war. Dann hatte er einen Virus in Janes Programm eingeschleust und es somit zerstört. Jetzt gab er ihr die Schuld dafür und benutzte ihre »Achtlosigkeit« als Vorwand, sie aus seinem Leben zu verbannen. Natürlich

war er im Besitz der Geheimformel, an der Jane so hart gearbeitet hatte. Außerdem hatte er aus dem Labor ein Probefläschchen der Droge mitgehen lassen, bereit und imstande, nun jeden Moment die ahnungslosen Bewohner von Harts Crossing damit zu traktieren.
In dieser Folge war ich ziemlich oft im Einsatz. Ich hatte mit Ann Ford vier Szenen in meinem Büro bei der Zeitung, aber das war okay, weil ich der ignoranten Schlampe häßliche Dinge an den Kopf werfen mußte. Dann wechselte das Szenario zu Allie's Allee, wie wir den aus unerklärlichen Gründen unheimlich langen Kulissenaufbau nannten, der Natalies Wohnzimmer darstellen sollte. Ich hatte eine lustige Auseinandersetzung mit ihr, an deren Ende sie mich schließlich aufforderte, auszuziehen. Die Zuschauer zu Hause konnten nicht sonderlich überrascht darüber sein – seit Thanksgiving schrieb ich ihr Erpresserbriefe, ganz zu schweigen davon, daß ich ihre Liebesromanze mit Sean zerstört hatte, denn ich war's schließlich gewesen, der ihn beschuldigt hatte, für den versuchten Mord an Cyrinda verantwortlich zu sein. Das wäre für jedes Mädel zuviel gewesen, keine Frage. Auch bei der letzten Szene der Folge sollte ich auftreten:

ACT VII
SZENE 3
AUFBAU SIMONS SCHLAFZIMMER
SIMON, MÖBELPACKER

Während ich die Zusammenfassung las, gefror mir das Blut in den Adern:

SIMON *fordert einen sexy aussehenden, jungen* MÖBELPACKER *auf, seine Sachen auszupacken. Als der* MÖBELPACKER *sein Hemd auszieht, wendet sich ihm* SIMON *in einer ganz besonderen Art von*

Aufmerksamkeit zu. SIMON *plaudert mit dem* MÖBELPACKER. *Spannung baut sich auf. Dann umarmt er ihn. Angedeuteter Kuß nach der Abblende.*

Ein schlechter Scherz, anders konnte es nicht sein. Irgend so ein Witzbold im Produktionsbüro hatte sich einen Gag erlaubt und die Szene zur Synopsis geheftet. Ich blätterte zum Ende des Skripts. Oh, mein Gott. Da stand es:

SIMON (*tritt näher heran*)
Haben wir uns nicht schon mal irgendwo gesehen?
MÖBELPACKER
Schon möglich.
SIMON
Ich glaub nicht, daß ich das vergessen hätte.

(Sie stehen sich nah gegenüber, ihre Blicke bohren sich leidenschaftlich ineinander – ein gefährlicher Moment, in dem Spannung aufgebaut wird. Langsam und behutsam läßt Simon die Finger über die muskulöse Brust des Möbelpackers gleiten ...)

MÖBELPACKER
Nimm dir doch, was du haben willst.

(Sie umarmen sich innig, lassen sich dann aufs Bett fallen, mit geschlossenen Augen, als würden sie sich jeden Moment – nach der Abblende – küssen.)

ABBLENDE
ENDE AKT VII

Niemand würde sich die Mühe machen, nur um mich zu verarschen, eine vier Seiten lange Szene zu erfinden. Die meinten das tatsächlich ernst. Gebannt und fassungslos las ich das Skript von Anfang an. Automatisch sagte ich mir Simons Zeilen vor, als würde ich die Rolle spielen. Das Telefon klingelte. Ich sprang erschrocken auf, hätte beinahe das Skript fallen lassen.

»Hallo?«

»Alex! Gott sei Dank, daß du wieder da bist. Hier ist Allie Lang.«

»Hi. Hast du das Skript für Donnerstag gesehen?«

»Ja! Deshalb hab ich dich auch letzte Woche angerufen. Hörst du nie deinen Anrufbeantworter ab?«

»Nein ... ich meine, Lindas Sekretärin hat meine Nummer in Mexiko gehabt, und meine Agentin auch. Aber egal ... Herrje, Allie, was zum Teufel soll das werden?«

»Simon ist schwul. Das soll's werden. Letzte Woche gab's kein anderes Gesprächsthema.«

»Was sagen denn die anderen?«

»Daß es lächerlich ist! Ganz abgesehen davon, daß sie es für einen persönlichen Angriff gegen dich halten. Das ist eine noch blödere Story als die Sache damals, als die achtjährige Göre in die Grundschule geschickt wurde und drei Monate später als Nori Ann Marshall zurückgekommen ist.«

»Also, Allie, ich werd mal Jerry Reynolds anrufen und mir anhören, was er zu sagen hat.«

»Gut. Aber versuch, ruhig zu bleiben. Du bist fantastisch. Egal, was die da für 'nen Scheiß zusammenbauen und als Skript verkaufen, du bist einfach immer besser.«

»Danke.«

»Hast du 'ne schöne Zeit in Mexiko gehabt?«

»Oh, ja.«

»Du willst mir doch nicht weismachen, daß du ganz allein in dieses wollüstige Paradies gefahren bist.«

»Nee, will ich dir nicht weismachen.«

»Okay ...«
»Ich bring dir am Donnerstag ein Foto von ihm mit.«
»Tschüß, Alex.«
Ich kramte den Zettel mit den *Hearts-Crossing*-Nummern raus (würde Juliana Butts nicht ihre linke Titte dafür geben, nur um einen Blick hineinzuwerfen, schoß mir durch den Kopf) und wählte Jerry in seinem Strandbungalow an der Marina del Rey an.
Nach dem ersten Klingeln: »Hallo?«
»Jerry? Hier ist Alexander Young.«
Stotternd: »Ah ... h-h-hi. Alex ... Bist du wieder zurück von deiner Reise?«
»Ja, ich bin gerade reingekommen und hab schon mal einen Blick ins Skript geworfen, aber ich bin einfach nicht über die Donnerstagsfolge hinausgekommen. Du weißt doch, welche ich meine, oder?«
»Oh, ja. Simon und ...«
»Was soll das, Jerry?«
»Alex ... wir wollten schon die ganze Zeit ... warte mal, ich mach den Computer aus.« Er schrieb Freitag abend die Skripte für die Seifenoper? Guter Gott. »Okay, ähm ... also, wir wollten's schon immer mal mit einer Schwulengeschichte versuchen, äh, schon 'ne ganze Zeit lang, und mit der Liebschaft zwischen Jane und Simon waren wir auch nicht so glücklich ... die Zuschauer haben sie uns nicht richtig abgekauft ...«
»Was soll das heißen?«
»Die Briefe haben irgendwie darauf hingedeutet, daß die Story nicht echt wirkt.«
»Soll sie ja auch nicht. Er benutzt Jane ja nur, um an die Geheimformel heranzukommen, stimmt's nicht?«
»Ja und nein. Sieh mal, wir lassen das mit den Beziehungen gern offen. Aber manchmal passen zwei Menschen einfach

nicht zusammen, du weißt schon ... die Zuschauer sind nicht ...«

Ich mußte behutsam vorgehen. Er war der Coproduktionsleiter und hatte ein Wörtchen mitzureden, wenn es um mein Schicksal ging. Ach, zum Teufel, der Kerl war einfach 'ne Null.

»Also, Jerry, eigentlich möchtest du wohl zum Ausdruck bringen«, sagte ich in das bedrückende Schweigen hinein, »daß niemand den Hetero in mir sehen kann, daß das bei einem wie mir einfach nicht drin ist.«

»Nein! Alex, das ist ... so ist es nicht ...« Natürlich traf das den Nagel auf den Kopf. »Es ist nur so, wir wollten einfach nur mal einen etwas abwegigen neuen Handlungsstrang ausprobieren. Nicht daß Schwulsein abwegig ist ... Ich schreib gerade die Simon-Geschichte zu Ende. Ich glaub, sie wird wirklich lustig.« Na klar, ungefähr so lustig wie ein Amy-Grant-Konzert. »Ich hoffe, du bist nicht sauer, Alex.« Angst schwang in seiner Stimme mit.

»Und was soll nun tatsächlich passieren?« fragte ich.

»Ach – na ja, du weißt ja, wie das ist. So genau kann ich das noch nicht sagen ... es ist nur ...«

»Danke, Jerry, wir sehen uns am Donnerstag.« *Klick.*

Nach Ablauf der Woche war Simon in ein abscheuliches Schwuchtelapartment gezogen, das man anscheinend komplett aus Conran's-Habitat-Ausstellungsraum übernommen hatte. Die romanische Gipsbüste gab dem Ganzen eine besonders gelungene Note, fand ich. Ich war schon mächtig gespannt, was sie sich für sein Schlafzimmer ausgedacht hatten. Womöglich ein paar geschmackvolle Mapplethorpe-Drucke aus dem *Schwarzen Buch* und ein schmiedeeisernes Bett, an dem Ketten für die Fuß- und Handgelenke angebracht sind.

Am Freitag, als ich mich mit Connie bei Johnny Rocket zum

Mittagessen traf, beschwerte ich mich bitterlich. »Du kannst überhaupt nichts daran ändern, Honey. Die schreiben das Zeug, und du spielst es. Eine Einbahnstraße, verstehst du? Herrje, waren die Fritten hier schon immer so dick?«
»Ich nehme mal an, es gibt keine Möglichkeit für mich, aus dem Vertrag wieder rauszukommen«, sagte ich, während ich meinen Chicken-Burger aus der Verpackung schälte.
»Ich bitte dich, du bist für weitere zweieinhalb Jahre an die Serie gekettet. Und laß dich bloß nicht feuern, ich hab noch Rechnungen offenstehen.«
»Connie, welchen Einfluß wird das auf meine Karriere haben?« Das klang zwar pathetisch, aber wozu hatte man eine Agentin.
»Um ehrlich zu sein, schadet es einem Schauspieler mehr, bei einer Seifenoper mitzumachen, als einen Schwulen zu spielen. Wer hat mehr Angebote, William Hurt oder Stephan Nichols?«
»Wer ist denn Stephan Nichols?«
»Eben.«
»Daß beides auf mich zutrifft, macht mich ein bißchen nervös«, ließ ich sie wissen.
»Sieh mal, du bist ein fantastischer Schauspieler, bleib so. Bleib locker und versuch damit klarzukommen. Linda Rabiner und Reese Jacobs sind begeistert von dir. Sie halten dich für einen prima Kerl. Du weißt ja, daß sie ein paar andere überhaupt nicht leiden können, oder? Zum Beispiel Brett Butthole oder wie der noch mal heißt. Die Geschichten, die ich höre ...« Sie knüllte eine Serviette zusammen und betupfte ihre Mundwinkel. »Verdammt, mein Lippenstift. Du schaffst das schon, Alex, davon bin ich fest überzeugt.«
Trevor war weniger überzeugt. Er rastete zwar nicht aus, als ich ihm erzählte, daß Simon demnächst der berühmteste

Homo bei Daytime würde, aber ich spürte, wie unsere Beziehung um ein, zwei Grade abkühlte. Ich konnte nicht erwarten, daß er hocherfreut war, aber es kam mir doch krankhaft vor, daß wir uns auf einmal nur noch zu den abwegigsten Zeiten Filme ansahen, nämlich dann, wenn die Kinos wie leergefegt waren. Genauso verletzte es mich, daß er sich weigerte, in Restaurants zu gehen, in denen man uns womöglich zusammen mit dem Menü ein Blitzlichtgewitter bescherte.

Obwohl sich Trevor immer optimistisch äußerte, war er in Wirklichkeit doch sehr skeptisch, wie sich seine Karriere entwickeln würde, die mit *Dino & Muffin* steil aufwärtsgehen sollte. Erst wenn die sechste, bereits gedrehte Folge im Frühsommer gesendet wurde, würde man über das weitere Schicksal der Serie Genaueres erfahren. In der Zwischenzeit setzte Trevor alle Hebel in Bewegung, um ganz groß rauszukommen. Er ließ die kleine Agentur sausen, die ihn bei *Dino & Muffin* untergebracht hatte, und unterschrieb bei CAA. Er spielte als Gaststar in einer Detektiv-Pilotsendung mit, das Neueste vom Neuen, und in der Rolle eines Artisten, der ein blutiges Ende findet (ganz schön stressiger Job). Daß er am Boden zerstört war, als man ihm – nach zwei Rückrufen – für ein Disney-Projekt über Yukon-Schlittenhunde absagte, konnte ich wirklich nicht nachvollziehen. »Heute nacht brauch ich dich«, ließ er mich wissen, bat mich, ihn zu massieren und sank sofort in Tiefschlaf.

Ein paar Tage bevor die erste Schwulenfolge gesendet wurde, brachte die Zeitschrift *Soap Opera* einen kleinen Artikel in der Klatschspalte: »Gerüchten zufolge soll es bei *Hearts Crossing* demnächst eine groß aufgemachte Schwulengeschichte geben ... Wir wissen nur, daß bei einem der Seriendarsteller homoerotische Neigungen entlarvt werden, wie man das bei Daytime nie zuvor gesehen hat ... Wir wollen keine Namen nennen, tippen aber auf einen bestimmten jungen Superbösewicht, über den man vor kurzem in Klatschzeitungen Gerüchte lesen konnte ...« Diese Mistkerle, mit denen arbeite ich nie wieder zusammen. Höchstens, wenn ich ganz dringend Publicity nötig hatte.

Einen Tag bevor die Folge ausgestrahlt wurde, rief ich meine Mutter an und erzählte ihr davon. Ich fühlte mich elend, als hätte ich die Konsequenzen eines nie wieder gutzumachenden, sündigen Verhaltens zu beichten. Sie war, wie immer, lieb. Eine wahre Stütze. Doch irgendwie fühlte ich mich dadurch noch mieser. Meine Großeltern erwähnten wir beide mit keinem Wort. Vermutlich würde Mom schon irgendeine Geschichte für sie einfallen. Es kotzte mich wirklich an, daß meinen Großeltern jetzt der Spaß an *Hearts Crossing* für immer verdorben war.

Ich hatte nicht genug Kraft, um mir zu überlegen, wie ich meine Verwandten schonend auf meine neue Berühmtheit besonderer Art vorbereiten konnte. In dem Moment, als ich den stählernen italienischen Möbelpacker aus dem Türrahmen in mein Bett zerrte, liefen bei *Hearts Crossing* die Telefone heiß, und das tagelang. Die Zuschauer waren geschockt, außer sich, erfreut und angenehm erregt – in verschiedenen Kombinationen, wie ich aus der Flut von Fanbriefen erfuhr. Connie redete mit Linda Rabiner und Jerry und richtete mir aus, daß die beiden »erfreut« waren über das »hohe Maß an Interesse und Einfühlsamkeit«, das sich in den Zuschauerreaktionen auf den neuen Handlungsverlauf widerspiegelte.

Auch *Soap Opera Weekly* und *Soap Opera Update* zeigten sich höllisch interessiert. Sie reagierten auf die Schwulenstory im Daytime-Drama mit niveaulosen Artikeln. Ich sagte Connie, sie solle alle Anfragen wegen eines Interviews abwimmeln. Mein »Terminkalender läßt keine Zeit für Interviews«. Ich hätte mich nicht positiv zu der Sache äußern können, denn dieses Hin und Her bei Simon, mal hetero, mal homo, war einfach nur blöde. Und mein Privatleben als Homosexueller hatte mit dem mörderischen, machtbesessenen Intriganten überhaupt nichts gemein (auch wenn Barney das vielleicht anders dargestellt hätte). Wenn ich mich aber negativ zu dem Drehbuch der Serie geäußert hätte, wäre das eine sichere Methode gewesen, mein wöchentliches Gehalt von ungefähr drei Scheinen auf Null zu reduzieren. Meine neue Telefonnummer riegelte mich zum Glück hermetisch von der Außenwelt ab, so daß *Edge* und *Frontiers* – zwei Zeitschriften, die alles mögliche zum Thema Schwulsein und Sado/Maso brachten – es schließlich aufgeben mußten, Connie mit Interviewfragen zu löchern. Wieder ließ mein Terminkalender keine Interviews zu.

Trevor und ich redeten so gut wie nie über die Serie, denn das Thema machte ihn nervös. Dadurch konnte ich mir in meiner Einbildung eine fragwürdige Scheinwelt aufbauen, in der die Wirklichkeit nicht existierte. So belog ich mich die ersten paar Wochen selbst, damit ich wenigstens ins Studio gehen, meine Rolle spielen, nach Hause kommen und allen Tratsch und Spott ignorieren konnte.

Sara rief an und erzählte mir, daß der Mistkerl, der mich geoutet hatte, demnächst eine hinterhältige Zeitungsnotiz über Simons vor kurzem offenbarte sexuelle Neigungen bringen wollte, zusammen mit einer kleineren Kopie von dem altbekannten Kuß-Foto. »Aber wenn's dir ein Trost ist: Morgen erscheint ein entzückendes Starprofil von dir in der Presse, geschrieben von jemand ganz Besonderem.« Den *Paseo-del-Rio*-Artikel hatte ich schon ganz vergessen. »Ich werd ihn rahmen lassen und bei deiner Mom und deinem Dad vorbeibringen.«

»Das mußt du aber wirklich nicht tun …«

»Will ich aber. Ich glaub, ich mach ihnen eine Freude damit.

Deine Mutter hat angerufen und mich zum Abendessen eingeladen. Da werde ich ihn mitbringen.«

»Okay, aber den Rahmen will ich bezahlen. Ich schick dir einen Scheck.«

»Wer bist du denn auf einmal, Richie Rich? Mach dir keine Gedanken, Alex. Wie läuft's mit Trevor?« Ich berichtete ihr.

»Dieser Mistkerl. Als ob nicht jeder wüßte, daß er ein verkappter Schwuler ist. Wer sonst hört sich im Miata non stop Taylor Dane an? Wenn ich du wäre, würde ich das mit ihm locker angehen. Wenn er nicht reif genug ist, um damit klarzukommen, jag ihn zum Teufel, du bist zu gut für ihn. Wie geht's denn jetzt eigentlich in der Serie weiter?«

So ging's weiter bei der Serie: Zwischen Simon und Ollie Tarlton – dem früheren Ehemann und momentanen Liebhaber von Gwen Tarlton – bahnte sich eine innige Freundschaft an. Das Leben des *Crossing-Herald*-Gesellschaftskolumnisten Ollie war immer noch aus den Fugen, seit Gwen von Chip Blake, ihrem adoptierten, drogensüchtigen Stiefbruder, vergewaltigt worden und ihr Intimleben dadurch gestört war, auch wenn sie den Vorfall verdrängte. Eigentlich konnte man die Freundschaft zwischen Simon und Ollie schon als sehr innig bezeichnen. So innig jedenfalls, daß jeder auch nur halbwegs mitdenkende Zuschauer längst ahnte, daß ein gewisser für den Emmy nominierter und als launisch bekannter, christlich orientierter Muskelhengst demnächst Simons neuer Gespiele würde. Natürlich kam der mercedesfahrende Darsteller, von dem hier die Rede ist, kurze Zeit später dahinter. Womöglich hatte es ihm ein lieber Kollege aus dem Team gesteckt, oder aber er hatte die Spalte »Wie's weitergeht« im *Soap Opera Digest* gelesen, jedenfalls war die lautstarke Auseinandersetzung zwischen Brent und der Produktionsleiterin Linda Rabiner in ihrem Büro tagelang bei den Dreharbeiten Thema Nummer eins.

Als Phalita und ich uns am nächsten Tag zu einer Mineralwasser-Session in ihrem Umkleidezimmer trafen, erklärte sie mir die genaueren Umstände: »Brent hat überhaupt keine Lust mehr, bei der Serie mitzumachen, aber sein Vertrag kann erst wieder in acht Monaten aufgelöst werden. Ich weiß nur nicht, wie er, verdammt noch mal, irgendwo anders unterkommen will – ob er den beschissenen Emmy nun kriegt oder nicht.« Sie war schon ziemlich lange nicht mehr nominiert worden.

»Wenn er für alle so 'ne Last ist, warum kaufen sie ihn dann nicht einfach aus der Serie raus?« fragte ich.

Sie schnitt eine Grimasse, fast schon eine Fratze. »Er ist zu billig: dreihundertfünfzig pro Serie, zwei Serien pro Woche fest. Diese jahrelangen Optionszyklen sind totaler Mist. Aber wenn er aus dem Vertrag aussteigt, schulden sie ihm keinen Heller. Ich persönlich glaub ja, daß sie diesen niveaulosen Blödsinn nur angezettelt haben, damit ihm der Hintern zu jucken anfängt. Sollte kein Wortspiel sein. Einfach, um mal auszuprobieren, wieviel er schlucken kann.«

»Sollte wohl auch kein Wortspiel sein«, parierte ich.

Sie mußte so lachen, daß sie mit dem Mineralwasser um die Wette blubberte.

»Hallo?«

»Oh, hi, Alex?«

»Wer ist denn dran?«

»Oh, 'tschuldigung, hier ist Brent Bingham.«

Das ist ja ein Ding. Brent. Gerade noch hab ich an dich gedacht. Wie hätt's auch anders sein können, wo man doch von uns verlangt, daß wir uns morgen früh vor laufenden Kameras küssen? Ich lag allein im Bett, bäuchlings, und las die eine, entscheidende Szene durch. Trevor und ich hatten vor vier Tagen eine völlig hirnrissige Auseinandersetzung darüber gehabt, wer von uns dran ist, eine ganze Einkaufstüte Filme zum Video West zurückzubringen. Seitdem hatten wir nicht mehr miteinander geredet. Ich wollte abwarten, bis er sich wieder meldete, hatte ich entschieden. Halsstarrig, wie er von Natur aus war, war die Geschichte womöglich so was wie die Lunte an unserer Beziehung, die anschließend im Feuersturm unterging und zu einem Häufchen Asche zusammenfiel. Trotzdem war ich immer noch guten Mutes – der Optimismus lag mir einfach im Blut – und hoffte tatsächlich jedesmal, wenn das Telefon klingelte, Trevor sei's. Übrigens ging das Telefon bei mir viel seltener, als man's bei einem so netten und erfolgreichen Kerl wie mir vermuten sollte.

»Was gibt's denn, Brent?« Seit wir Arbeitskollegen waren, hatte er sich *mir* gegenüber immer korrekt verhalten, aber über unsere Rollen hinaus hatten wir uns nicht viel zu sagen. Nur Gott weiß, was ihn dazu bewogen hatte, nun bei mir anzurufen.

»Morgen gibt's 'ne ganze Menge für uns zu tun, und ich hab mir überlegt, vielleicht hast du ja Lust, heute abend schon mal ein bißchen zu üben.«

»Ist okay«, sagte ich wie unter Schock.

»Willst du einfach mal kurz vorbeikommen?«

»Nach Malibu, stimmt's?«

»Richtig, die Adresse steht in der Anschriftenliste. Hast du eine?«

»Ja, die muß irgendwo hier rumliegen. Ah, jetzt hab ich sie. Soll ich gleich losfahren?«

»Klar doch. Gleich neben meinem Parkplatz ist noch einer frei. Neben dem Mercedes, du weißt schon. Es steht zwar ›reserviert‹ dran, aber die sind im Moment nicht da.«

»Alles klar, ich bin schon unterwegs.«

»Bis gleich, Junge.«

Ich zog mir ein Sweatshirt über, schnappte mir mein Skript und fuhr den Sunset Boulevard runter. Bloß nicht darüber nachdenken, auf was für eine verrückte Sache ich mich da eingelassen hatte. Was war, wenn er die Story für morgen gelesen hatte, völlig ausgerastet war und mich nun abmurksen wollte? Man würde meine Leiche in einem Graben im Trances Canyon finden, und das Ganze anschließend zu einem Fernseheinteiler verarbeiten, mit Rick Schroder und Stephan Baldwin in den Hauptrollen.

Ich fischte die neueste CD von Maniac's unter meinem Sitz hervor und schob sie in den Player. Ein CD-Deck zum Rausnehmen hatte ich mir von meiner Fahrkostenerstattung geleistet, aber eigentlich nie eine CD im Auto rumliegen, weil ich befürchtete, sie könnte dort schmelzen. Als ich bei Brent vorfuhr, war das Album fast zu Ende. Mein Gott, so weit mußte er jeden Tag fahren? Da flog man ja schneller nach Vegas. Er wohnte in einem Doppelhaus mit Blick aufs Meer, am Pacific Coast Highway gelegen. Unter einer Sonnenplane erkannte ich die Umrisse von Brents Mercedes, das kleine Modell, und quetschte mich in den Parkplatz, den er mir zugedacht hatte.

Ich ging durch ein offenes Holzgatter und marschierte über Steinplatten ums Haus herum. Der Weg endete an einer Redwoodterrasse. Der kleine Swimmingpool in der Mitte war rundum von einem niedrigen Zaun umgeben. Die Rückfront des Hauses bestand ganz und gar aus Glas, was mir überraschende Einblicke gewährte: Brent, wie er sich gerade an den Eiern kratzte. Ich wartete ab, bis er seine Hand wieder aus den Shorts gezogen hatte, und klingelte. Ein paar Sekunden später öffnete er mir in einem Gold's-Sport-Muskelshirt. Unter dicken Büscheln schwarzer Haare wölbten sich wohltrainierte Brustmuskeln. »Wie geht's, Alex?«

Er bat mich mit einer einladenden Handbewegung herein.

Jede Menge häßlicher weißer Möbel, ein Crate-&-Barrel-Eßtisch, auf dem eine nasse, sandverkrustete Badehose lag, eine Kaminattrappe, verziert mit einer Ehrenurkunde für den beliebtesten Soap-Star, und ein paar Baseballtrophäen. Ein goldfarbener Labrador mit rotem Halsband döste in der Ecke vor sich hin. Ich setzte mich auf das in Einzelteile zerlegbare Sofa.

»Tut mir leid, daß es so unordentlich ist«, entschuldigte sich Brent. »Das Mädchen hat heute frei.« Er entdeckte einen angetrockneten Salsafleck auf dem scheußlichen Beistelltisch aus Chrom und Glas und deckte ihn mit der letzten *People*-Ausgabe zu, die auf einem dreißig Zentimeter hohen Bücherstapel gelegen hatte. Darunter befand sich auch eine mächtige Lederbibel, auf deren Deckel in Goldlettern Brents Name eingeprägt war. Brent tauchte mit der Hand zwischen den Sofakissen unter und machte die Fernbedienung für seinen gigantischen Fernseher ausfindig. Er drehte dem Blut-und-Degen-Klassiker auf Video den Saft ab und fragte mich, ob ich Diät-Pepsi oder gekühlten Wein wolle.

Wir kamen gleich zur Sache und arbeiteten an unseren Szenen. Unter anderem ging es um diesen Blödsinn, daß ich Ollie versicherte, Gwens Job stehe unter meinem persönlichen Schutz, und das, obwohl ich das Zeitungsteam wieder mal in einen kaltherzigen Machtkampf verwickelte. Entscheidend dabei waren die erläuternden Texte, die Brent vollkommen zu überfordern schienen. Ich konnte in meinem Part die erotische Spannung überhaupt nicht ausspielen, wenn er weiterhin so schwerfällig blieb. Sollte ich ihm etwa erklären, wie er so was zu spielen hatte, fragte ich mich hilflos. Der ganze Abend ärgerte mich – alles für die Katz', wenn's so weiterlief. Wir gingen alle Szenen zweimal durch, nur die mit dem Kuß ließen wir aus. Natürlich war das die Schlußeinstellung der Folge.

»Das bringt überhaupt nichts«, schmollte Brent. Er stand auf und schlurfte in die Küche.

Etwas zögernd ging ich hinterher. Der Labrador umschnüffelte einen leeren Futternapf. »Vielleicht solltest du besser morgen im Studio noch mal daran arbeiten«, schlug ich vor.

Er holte aus der Vorratskammer einen Fünfzig-Pfund-Sack Purina-Hundefutter, füllte den Napf damit randvoll auf und kümmerte sich nicht darum, daß ein paar Brocken auf dem Saltillo-Kachelboden landeten. »Scheiße. 'tschuldigung, daß ich so fluche, Alex.« Er verstaute das Hundefutter wieder und kramte einen riesigen Tupperware-Behälter hervor, in dem mindestens drei Oreo-Dosen Platz hatten, sackte auf einem Stuhl am Eßtisch zusammen und machte sich über das Oreo her. »Das mit der Serie macht mich völlig fertig. Bedien dich ruhig! Die wissen, daß ich nächstes Jahr abhaue – gleich am Ersten, sobald mein Vertrag abgelaufen ist. Also versuchen sie, mich um den Emmy zu bringen, und kommen mir mit dieser blöden Geschichte. Nichts gegen dich.« Er leckte die Creme aus einem Oreo. Ein Anblick, bei dem ich unwillkürlich erschauderte.

»Ist schon okay. Ich find das alles ja auch ziemlich blöd.«

»Mein Manager sagt mir die ganze Zeit, ich soll bloß keinen Ärger machen, aber der muß sich ja auch nicht mit solchen Arschlöchern wie Reese Jacobs und Linda Rabiner rumschlagen. Entschuldige bitte meine Ausdrücke. Die Serie ist unter anderem durch mich so berühmt geworden – ich hab fünf Jahre hintereinander im *Soap Opera Digest* ganz oben auf der Hitliste der begehrtesten Muskelprotze gestanden. Nicht mal Don Diamont hat das geschafft. Trotzdem – ich werd ihr Spielchen mitmachen und ihnen eins auswischen. Egal, was die zusammenschreiben, ich werd was Tolles daraus machen. Ich krieg meinen Emmy.« Wobei allerdings das, was ich eben von ihm gesehen hatte, nicht darauf hindeutete. »Ist Jerry Reynolds schwul?« Er sah mich mit todernster Miene an.

»Ich weiß nicht«, sagte ich. »Könnte gut sein.«

»Ich dachte, ihr merkt das sofort.« Seine entwaffnend naive Art hatte schon wieder was Charmantes.

»Schön wär's«, platzte ich heraus, und hätte es am liebsten sofort zurückgenommen. Ich beobachtete, ob sich irgendeine versteckte Reaktion in seinem Gesicht widerspiegelte, aber er schien sich nur für den dreckigen Boden zu interessieren, auf den er stierte.

»Laß uns das Ganze noch mal durchgehen«, sagte er, stand auf und griff mit der Hand über die Schulter, um sich die Finger zwischen die Schulterblätter zu pressen. Eine Stelle, an der es nichts gab als wohltrainierte Muskeln. »Autsch. Ich hab mir 'nen Muskel gezerrt oder irgendwas ausgerenkt. Morgen muß ich mal zur Massage.«

O Gott. Daran darfst du nicht mal denken, Alex, nicht eine Sekunde. Führe uns nicht in Versuchung und bring uns heil aus Malibu zurück. Wir wanderten rüber ins Wohnzimmer und schnappten uns wieder die Skripte. Ganz plötzlich klappte es bei ihm – inklusive Untertext und allem anderen. Wir sprachen noch mal die vier Szenen durch, die wir schon zuvor geübt hatten, und er wagte sich weiter vor in jungfräuliche Textgefilde, Akt 7, Szene 3.

»Es ist schon spät. Ich will dich nicht aufhalten«, sagte Brent/-Ollie zu mir/Simon.

»Ach, sei doch kein Dummerchen. Es war ein wundervoller Abend, Ollie.« Schwuchteliger konnten meine Zeilen doch nicht sein, was? »Erwartet dich Gwen nicht?« Ich wußte verdammt gut, daß sie zu Brittany gezogen war, die – Ironie des Schicksals – zum Zeitpunkt der Vergewaltigung die Ehefrau des schändlichen Wüstlings gewesen war.

»Ich wollte zwar nicht drüber reden, aber sie ist erst mal zu Brittany gezogen«, sagte Ollie.

SIMON: »Tut mir leid.« *(Aber in seinen Augen flackert eine geheimnisvolle Leidenschaft.)*

Ja, wahnsinnig geheimnisvoll.

Brent stand auf und ging in die Mitte des Zimmers, so wie es die Regieanweisung vorsah. »Ich glaub, der Therapeut hat sie auf diese Idee gebracht, und irgendwie bin ich gar nicht so unglücklich darüber. Wir hatten ... sehr komplizierte Probleme.«

»Aber du hast versucht, damit klarzukommen, das weiß ich.« *(Er erhebt sich und geht zu ihm hinüber.)* Und die Szene wäre geschmissen gewesen, wenn ich mich nicht genau an die Anleitung gehalten hätte.

Brent drehte sich um und sah mir in die Augen. »Du warst mir während der ganzen Zeit ein guter Freund, Simon. Es bedeutet mir mehr, als du weißt. Eigentlich ...« Er wich einige Schritte zurück, sah mir dabei aber unverwandt in die Augen.

»Ja?« bohrte ich und rückte ein Stück nach.

»Es ist verwirrend, aber in letzter Zeit hab ich dir gegenüber etwas seltsame Gefühle.«

»Erzähl mir davon.«

»Ich weiß nicht, ob ich's dir mit Worten erklären kann.«

»Dann zeig mir, was du fühlst«, flüsterte ich mit zusammengepreßten Zähnen. Ich hoffte die Stimmung zu unterstreichen, indem ich wie angewurzelt stehenblieb, es war nämlich die letzte Zeile der Szene. Doch bevor ich begriff, was passierte, legte mir Brent die Hände auf die Schultern. Als er die Lippen auf meine preßte, schmeckte ich den Oreo-Schokoladengeschmack und spürte seine harte Brust, Hemdgröße 10, an meiner. Verdammt und zugenäht, was machte er da?! Ich war wie von Sinnen. Sein Griff wurde fester. Jetzt ist es

passiert, dachte ich panisch, er hat die Kontrolle verloren. Im nächsten Moment würde ich aus dem Traum aufwachen und durch die Glaswand fliegen.
Doch statt dessen ließ er von mir ab und fragte trocken: »Und, wie war's?«
»Gut«, sagte ich.
»Danke, daß du rausgekommen bist. Ich glaub, das läuft morgen ganz locker.«
»Also, gut, tschüß dann.« Ich schenkte ihm ein flüchtiges Lächeln und machte mich eiligst aus dem Staub, bevor er sich die Kleider vom Leib riß und versuchte, mich in dem kleinen Swimmingpool zu taufen. Auf der Rückfahrt war ich noch irritiert von dem ungewöhnlichen Intermezzo. Wir hatten nur versucht, Brents Auftritt in eine drehreife Form zu bringen, mehr nicht, und doch fragte ich mich die ganze Zeit, ob er nicht – wenn er das nächste Mal schwach wurde, die Gebote des Himmels in den Wind schrieb und sich einen runterholte – wenigstens für den Bruchteil einer Sekunde an den heutigen Abend dachte.
Ich ignorierte meinen Anrufbeantworter – exakt »0« Nachrichten angezeigt – und warf mich, ohne noch was zu tun, ins Bett. Irgendwann nachts träumte ich, daß ich im *Hearts-Crossing*-Bühnenaufbau von Simons Wohnung stehe und versuche, mich an meine Zeilen zu erinnern. Ich wartete darauf, daß Brent zurückkam, damit wir die Kußszene drehen können. Als ich wieder hochsah, stand an der für Brent markierten Stelle Nick. Wir hatten die Szene unterbrochen und eine Pause gemacht, aber nun war alles bereit für die Aufnahmen, und der Bühnenleiter rief: »Wir haben jetzt Saft drauf. Ruhe bitte.« Ich kapierte einfach nicht, was Nick da machte, also sah ich mich um und entdeckte Jerry Reynolds. Ich ging zu ihm, um mit ihm darüber zu reden.
»Wußtest du nichts davon? Wir haben Brent aus dem Vertrag

entlassen. Das ist die neue Besetzung«, sagte er und zeigte auf Nick.

»Aber das ist …« wollte ich einwenden. Plötzlich drehten wir die Folge, und ich stand Nick gegenüber.

»Es verwirrt mich, aber ich glaub, ich hab mich in dich verliebt«, sagte er.

Mir schien das zwar nicht der richtige Text zu sein, aber ich sagte trotzdem meine Zeilen auf. Wie niederschmetternd, daß wir auf dem Bildschirm ein Paar wurden, dachte ich, nachdem er mich doch im wirklichen Leben nicht gewollt hatte. Aber gleichzeitig brannte ich darauf, ihn zu küssen. Wir taten es. Ich wartete die ganze Zeit darauf, daß der Regisseur jeden Moment über die Sprechanlage »Schnitt« rief, schließlich wich das, was wir hier taten, vom Drehbuch ab, und viel zu lang war es auch. Nick tastete nach meinem Schritt – eindeutig nicht zulässig auf dem Bildschirm. Mir wurde bewußt, daß wir allein waren. Es war zwar nicht die Kulisse, aber trotzdem Simons Wohnung, was mir im Traum irgendwie ganz logisch vorkam. Nick und ich zogen uns aufs Sofa zurück, er hielt mich unglaublich fest und innig in den Armen und flüsterte mir ins Ohr: »Siehst du? Ich hab dir doch gesagt, es wird alles gut.« Schließlich war er doch zu mir gekommen.

Ich wachte auf, und es war dunkel. Das Bild von Nick in meinen Armen verblaßte und hinterließ bei mir den schalen Nachgeschmack bitterer Enttäuschung, und dieses Gefühl breitete sich wie ein Leichentuch über mir aus. Durchs Fenster hörte ich Stimmen. »Da liegst du falsch, Yip«, sagte mein schwuler Nachbar von unten glucksend. Ich sprang aus dem Bett und kroch zum Fenster. Mein Nachbar saß, in Kimono und Boxershorts, am Gartentisch und genoß bei Kerzenschein die romantische Zweisamkeit mit einem asiatischen Jüngling in ärmellosem Keith-Haring-T-Shirt. »*Kevin Glover* ist der Pornostar mit dem kleinsten Schwanz.«

Yip plapperte irgendwas, das ich nicht verstand. Ich zwängte meinen Penis, der langsam anschwoll, zwischen Bauch und Wand und spitzte die Ohren, um mitzukriegen, wie das Wortgefecht weiterging.

»Hast du denn nicht *Top Men* gesehen?« fragte mein Nachbar Yip. »Komm, wir gehen rein und klären die Sache auf, ja? Videos lügen nicht.«

Sie standen auf, und ich sprang zurück, damit sie meine schattenhaften Umrisse nicht hinter dem Vorhang herumgeistern sahen. Ich stieg wieder ins Bett, umarmte eines von meinen schaumstoffgefüllten Kissen und ließ meine Gedanken wieder zurück in die Traumwelt meiner Leidenschaft wandern, aus der ich soeben gerissen worden war. Eigentlich sprach nichts dagegen, Nick anzurufen – gleich morgen früh. Einfach nur den Hörer abnehmen, seine Nummer im Büro wählen und ihm erzählen, was passiert ist. Es war ja nicht so, als ob wir uns nicht treffen *könnten*, ich müßte nur nach Austin fliegen, denn da gab es dieses Hotel, direkt gegenüber von Nicks Bürogebäude. Am Freitag mußte ich nicht mal arbeiten. Ich stellte mir vor, wie das Telefonat mit Nick verlaufen würde, und dachte mir etwas aus, womit ich ihn ins Zimmer Soundso locken würde. Wenn er dann das Zimmer betrat, stand ich mitten im Raum und sagte kein Wort. Stand einfach nur da, bis er mich in die Arme schloß. Dann flüsterte ich ihm mit hauchzarter, beinahe brechender Stimme zu: »Ich liebe dich, Nick, ich liebe dich.« Ich hab natürlich nicht angerufen.

Trevor tauchte Ende der Woche wieder aus der Versenkung auf, an dem Tag, an dem man mich fragte, ob ich beim großen Aufmarsch des Long-Beach-Gay-Pride-Festivals mitmachen wolle. Die Anfrage schmeichelte mir und verlockte durch die Möglichkeit, an einem bedeutenden Ereignis teilzunehmen und gleichzeitig jede Menge niedlicher Kerle kennenzulernen. Aber ich wollte nicht in einem rosafarbenen Cabriolet – oder schlimmer noch: in einem mit Papierwimpeln geschmückten Festwagen – um Mitternacht durch das Stadtzentrum paradieren. Connie fand die Idee auch nicht gut: »Mach bloß kein Brimborium um dich, Alex. Geh an den Long Beach, feiere kräftig mit, sei ausgelassen und knüpf ein paar Kontakte mit den Kids, aber bitte nicht diesen Aufmarsch-Quatsch. Du wirst sowieso noch bekannt wie ein bunter Hund, wenn du erst mal was mit Mr. Sonntagsschule angefangen hast, mitten in der Woche um zwei Uhr nachmittags. Diese lasterhafte Serie, die wollen's so richtig verdorben, wie? Dann sollten die mal eine Soap Opera über mein Leben schreiben. Tschüß dann, Süßer.« Hoffentlich war es für die Veranstalter noch nicht zu spät, RuPaul zu fragen, ob er Zeit hatte. Ich schrieb den Festivalorganisatoren eine charmante, handschriftliche Absage. In diesem Moment klingelte das Telefon und sofort sprang mein Anrufbeantworter an. Ich hatte vergessen, ihn wieder auszuschalten, nachdem ich die über Tage aufgenommenen Nachrichten abgehört hatte (nur bedeutungsloses Bla-bla).

»Alex, hier ist Trevor. Ich weiß, daß du zu Hause bist, bitte heb ab.«

Jawohl, Sir, wird sofort gemacht. »Hi«, sagte ich.

»Hey.«

»Tja, also ...«

»Was treibst du so?«

»Na ja, ich arbeite hier gerade so vor mich hin. Aber offensichtlich weißt du das ja.«

»Ich war zufällig in der Gegend und hab dein Auto gesehen.« Er war vorbeigefahren, wie interessant. »Tatsächlich? Wie geht's dir denn so?« Ich war ja so kühl und gelassen. Meine Augen wanderten durch die Wohnung und blieben an dem *Erledigt-Mr.-Right*-Poster hängen, unter das Ann Maguson für mich ein Autogramm gesetzt hatte, als ich bei *Alles, nur nicht Liebe* mitgespielt hatte. Ich las immer wieder die dort aufgeführten Namen der Schauspieler, fragte mich, was die Drehbuchautoren Floyd Byars und Laurie Frank wohl im Moment gerade trieben, ob ihnen überhaupt bewußt war, an was für einem Filmklassiker sie mitgewirkt hatten, und ob Trevor jetzt Schluß mit mir machte.

»Karrieremäßig läuft's ziemlich mies, und sonst auch. Also, Alex, wenn du für immer stinkig auf mich sein willst, sagst du's mir am besten gleich. Ich wollte eigentlich nicht mal anrufen, aber ...«

»Ich bin froh, daß du angerufen hast, Trevor.« Er hatte den ersten Schritt getan, warum sollte ich mich jetzt noch stur stellen?

»Willst du nicht rüberkommen, Alex?«

»Ich muß morgen früh aufstehen ...«

»Ich versprech dir, daß es sich lohnt.«

Als ich ankam, lag er nackt ausgestreckt auf dem Sofa und tröpfelte sich aus einer Flasche Sauvignon Blanc langsam die Flüssigkeit über seinen goldfarbenen, wohlgeformten Oberkörper. »Ich hab vor kurzem mal *Playgirl* gelesen«, erklärte er, »wegen der Artikel. Da stehen gute Ideen drin ...« Zu einer Aussprache über unsere Beziehung würde es wohl nicht kommen, wurde mir schlagartig bewußt. Wir hatten ultra-heißen Sex, redeten ein paar Takte, kuschelten uns unter die rote Satinsteppdecke und sahen uns die landesweit ausgestrahlte *Mr.-Mouth-Show* an. Das perfekte Durchschnittspaar, wenn man mal vom West-Hollywood-Standard ausging.

Später würden mich die Leute bestimmt fragen, wie man sich fühlt, wenn man Szenen spielt, die als besonders empörendes Stück Soap-Geschichte Berühmtheit erlangen. Dann würde ich ihnen sagen, daß ich eine verdammt gute Zeit hatte – ich stritt mich mit Natalie rum, fing was mit Ollie an, kidnappte meinen Exliebhaber Frederic (einen ehemaligen Vertragsschauspieler aus *Santa Barbara*, der nur deshalb in *Hearts Crossing* auftauchte, um von mir eins übergebraten zu kriegen) und spie den anderen meine streitsüchtigen Dialoge ins Gesicht. (»Natalie, du bist wirklich fadenscheinig wie ein Gefängnisbettlaken, und ein genauso dreckiges Stück.«) Mitch (für seine Freunde Mittens), der die Kostüme entwarf und unbedingt das Klischee untermauern wollte, daß Homosexuelle sich besser anzogen als andere, wartete mit ein paar wirklich entzückenden Garnituren für mich auf, in denen ich die Stadt zu terrorisieren hatte.

Daß *Entertainment Tonight* immer noch gern gekauft wurde und auch die Einschaltquoten nicht zurückgingen, änderte nichts daran, daß einige sich überhaupt nicht mit dem neuen Simon abfinden konnten. Die BUNTE LIGA GEGEN DIE DIFFAMIERUNG VON SCHWULEN UND LESBEN war ziemlich erbost über das negative Schwulenimage, das durch meinen sadistischen, verdorbenen, sexuell aktiven, affigen und mordlustigen Charakter aufgebaut wurde. Besonders, nachdem sich herausgestellt hatte, daß Simon die geheimnisvolle Potenzdroge dazu benutzt hatte, um *Brent von einem Hetero in einen Homo zu verwandeln.*

»Ein Science-fiction der Schwulenverachtung ... diese unverantwortliche und lächerliche Soap-Handlung wird uns zusammen mit der einzigen Schwulenrolle bei Daytime präsentiert. Der Charakter ist so verdorben und pervers, wie die ungeschriebenen Fernsehgesetze es gerade noch zulassen ... Daß der schwule Schauspieler Alexander Young bei dieser verachtenswerten Effekthascherei mitmacht, ist besonders verwerflich ...« Verwerflich war auch eines der Lieblingsadjektive des Dialogschreibers der Serie. Dieser offene Brief, den die BUNTE LIGA verfaßt hatte, ermunterte die Leser, ihrer

Mißbilligung Ausdruck zu verleihen und dem Sender, dem Produktionsbüro, der lokalen Fernsehstation oder mir zu schreiben oder aber bei einer der genannten Adressen anzurufen. Sicherlich hatte die BUNTE LIGA nicht *förmlich* dazu aufgefordert, daß mich die Leute zu Hause anriefen, aber irgendwie war dieser Mob anonymer Aktivisten, der sich einfach nicht abschütteln ließ, an meine Nummer gekommen. Sie hinterließen bei mir auf Band Nachrichten wie »Steh für deine Leute ein! Steig aus der Serie aus!« und »Du kotzt mich an, du feiger, beschissener Verräter.« Also mußte wieder eine neue Nummer her. Ich schickte Nick eine lustige Karte mit meinen Initialen ins Büro, auf der ich ihm die Nummer mitteilte. Nur so für alle Fälle.

Obwohl ich mich dagegen wehrte, kam ich doch immer wieder ins Grübeln, wie Nick wohl zu dieser neuen Kontroverse stand. Die BUNTE LIGA hatte enge Verbindungen zum Service Center für Gays und Lesben in Austin und ich wußte, daß Nick geholfen hatte, Petitionen zusammenzustellen, wenn man irgendwo Diskriminierungen als Aufhänger nahm, um zwei Männer zusammen im Bett zu zeigen. War ich ein Unmensch, wenn ich mich damit arrangierte, daß die Kulturkönige geschmacklose Propaganda verbreiteten? Die Serie war so überkandidelt, daß ich mich gar nicht persönlich angesprochen fühlen konnte. Und außerdem war Simon schon lange, bevor man ihn als Schwulen entlarvt hatte, ein von Grund auf böser, erzböser Charakter gewesen. Es war ja nicht so, als habe man extra den teuflischsten Homo der Welt kreiert.

O nein, meldete sich schwach ein leutseliges, politisch engagiertes Stimmchen in mir. Simon ist erst schwul geworden, als Alex' Orientierung öffentlich bekannt wurde. Und wir wollen doch in eine künstlerische Entscheidung keinen persönlichen Verriß oder eine Art *Bestrafung* hineindeuten, oder? Himmel, nein. Das war einfach nur einer von diesen unglaublichen

Seifenoper-Zufällen, ähnlich dem, als Michael Damian in *Joseph und der wunderbare Technicolor-Traummantel* am Broadway mitspielte und gleichzeitig in seinem Engagement in *Jung und unbezähmbar* genau dieselbe Rolle hatte.

Aber was sollte ich denn tun? Aussteigen? Tut mir leid, Connie, ich kann einfach keinen schwulen Psychopathen mehr spielen. Nur wenn ihr – als positives Gegenstück zu meiner Rolle – noch einen männlichen, freundlichen, sozial integrierten schwulen Helden dazunehmt, der beim Sex diskret ist und ganz normale Vorlieben hat. Außerdem verlange ich, daß Simon mindestens drei Stunden die Woche bei der AIDS-Hilfe Dienst leistet.

Das sind meine Forderungen. Wir sehen uns dann beim Schlichtungsverfahren. Dann gab's auch noch die Möglichkeit, daß ich mich bei der Serie so dämlich anstellte, daß sie mich feuerten. In beiden Fällen könnte ich froh sein, wenn ich jemals wieder eine Einladung zum Vorsprechen bekam. Es gab aber auch etwas, was mehr zählte als Geld und Showbusineß-Karriere – der Einsatz für die moralische und ethische Überzeugung.

Vielleicht bin ich ja ein schlechter Kerl, aber ich glaubte an nichts von alledem. Und irgendwie kam mir ab und zu der Verdacht, daß Nick – nachdem Barney sich schlafengelegt hatte – zu Hause vorm Fernseher saß und sich an den Aufzeichnungen meiner Intrigen erfreute, ein Grinsen im Gesicht, wenn nicht sogar einen Steifen in der Hose.

Erwartungsgemäß ignorierte die Produktion das Gemecker der BUNTEN LIGA und fuhr nach dem von Jerry Reynolds verfaßten Skript fort. Montag – Simon bringt in Cyrindas Büro eine Wanze an. Mittwoch – Simon läßt Gwen wissen, daß Ollie bei ihm einzieht.

S: »Die Wohnung hat nur ein Schlafzimmer, und ich hab auch keine Schlafcouch … falls du mich verstehst.«

G: »Willst du mir damit sagen, daß du und Oliver – daß Ollie ...? Oh, mein Gott, das glaub ich nicht! Du lügst! Du lügst!«
Donnerstag – Simon foltert Frederic mit einer lebenden Ratte. Freitag – Simon tätigt am Ende der Serie einen geheimen Anruf, der ahnen läßt, daß er mit der Sexdroge Macht ausüben will, flächendeckend sozusagen.
Zwischen den Szenen saßen Allie und ich in meinem Umkleidezimmer und mühten uns durch den Stapel Briefe, die acht oder zehn Frauenmagazine an unser Fanpostbüro weitergeleitet hatten. Dabei war auch ein Brief für mich aus dem Gefängnis und einer von einer bekannten Gleitmittelfirma, samt beigefügter Probepackung. Babs Flanagan schneite herein und bracht uns die neue *Entertainment-Weekly*-Ausgabe.
»Das müßt ihr euch mal ansehen!« kreischte sie aufgeregt und hielt mir eine Seite des Magazins vor die Nase. Mein Blick blieb sofort an einem Bild von Corey Haim, Trevor (nur im Overall, sonst nackt) und ein paar anderen Kerlen hängen, die sich um den Muffin-Kinderstar mit den Grübchen scharten. Darunter ein ansatzweise sarkastischer Artikel, in dem man sich darüber ausließ, daß die alberne neue Sitcom auf dem Sommerspielplan stand und die Premiereparty in der UCLA-Studentenbewegung voraussichtlich live auf MTV ausgestrahlt wurde. Verglichen damit, war uns die *Hearts-Crossing*-Spalte auf der nächsten Seite geradezu wohlgesonnen. Ein Bild von mir, Babs und Megan und dazu eine augenzwinkernde Empfehlung der Serie, von der es hieß, sie sei »Daytimes bissigste und schamloseste Ansammlung von Traumata.«
»Um Gottes willen, was hab ich nur auf dem Foto an?« Babs zog eine Fünfziger-Jahre-Brille aus der Tasche ihres Kaftans und blinzelte auf das Bild. »Ah, zum Teufel. Alex, Honey. Du siehst entzückend aus.« Sie nahm eines der Fotos, die ich

gerade signiert hatte, in die Hand. »›Wir sehen uns in der Hölle‹? O Alex, jetzt bist du aber zu weit gegangen!« sagte sie kichernd.
Ein wenig später drehten wir eine Szene in Blakes Villa. Ich merkte, daß sich im Team eine unterschwellige Unruhe ausgebreitet hatte, die nichts mit dem üblichen Ärger über Babs zu tun hatte, die uns alle Aufnahmen verdarb, weil sie ihren Text nicht gelernt hatte und Zeile für Zeile von der Lesemaschine ablas. Als wir eine Fünf-Minuten-Pause einlegten, fragte ich unseren dreieinhalb Zentner schweren Bühnenleiter, was eigentlich los sei. »Draußen läuft so was wie 'ne Demo«, sagte er, während er seinen Kopfhörer abzog, vorsichtig am Kitkat vorbei, um das Mikrophon nicht zu beschmieren. »Die anderen sind alle in der Kabine, um sich das mal anzusehen.«
Ich eilte nach hinten in die Kabine, und dort war's rappelvoll. Auf einen der Monitore auf der Bildschirmwand war die Überwachungskamera am Studioeingang geschaltet. Eine unübersehbare Menschenmenge hatte sich dort versammelt und schwenkte kämpferische Protestschilder. Eines wurde lange genug von der Kamera erfaßt, ich las: HEARTS IST ABSCHAUM. WEG MIT SIMON!
»Das ist diese BUNTE-LIGA-Bande«, sagte der Regieassistent.
»Die haben's auf dich abgesehen, Baby«, ließ mich Reese Jacobs wissen und tätschelte mir den Rücken.
Eigentlich wollte ich einen hysterischen Anfall kriegen, aber die Stimmung in der Kabine war erstaunlich locker. Alles, was die Eintönigkeit eines Drehtages unterbrach, war ihnen recht. Alle schnatterten und spekulierten darüber, ob das in den Nachrichten kam oder nicht, bis es Zeit wurde, wieder an die Arbeit zu gehen. Wir spielten die nächste Szene, meine letzte für diesen Tag, und Allison machte auf dem Weg zum Büh-

nenaufbau von Natalies Büro, wo gerade die Kameras aufgebaut wurden, kurz bei mir halt.
»Hey, Alex, wenn du auf mich wartest, geh ich mit dir zusammen raus. Ich hab nur noch ein paar kurze Szenen zu drehen, dann bin ich fertig.«
»Okay«, sagte ich. Während Natalie ein paar emotionsschwangere Augenblicke mit ihrem gesetzlich angetrauten Liebhaber abdrehte, duschte ich, zog mich um, ging in den Bühnenaufbau von Simons Wohnung am anderen Ende des Studios, wo es nun dunkel war, und rollte mich dort auf dem Sofa zusammen. Ich überlegte, wann meine Szenen wohl so viel Ärger bereiten würden, daß man sich dafür entschied, meine Rolle zusammenzustreichen.
Plötzlich schoben sich eine Cord-Levi's und ein behaarter Streifen Bauch unter einem prall ausgefüllten Nike-T-Shirt in mein Blickfeld. Ich sah auf – Brent. Er setzte sich.
»Was ist los, Alex?« fragte er in ruhigem Ton. Ich griff mir an die Stirn und schüttelte deprimiert den Kopf. »Dieser große Zwergenaufstand da unten? Ich hab das nicht ganz kapiert. Die sind doch schwul, oder nicht? Ich hab gedacht, die wollen mehr Schwule im Fernsehen. Ich versteh auch nicht ganz, warum die sich BUNTE LIGA nennen, wenn das so ein trister Meckerverein ist.«
»Eigentlich ist der Name noch länger«, erklärte ich ihm blöderweise auch noch. »Du weißt schon, man nimmt nur die ersten beiden Worte, und damit tritt man dann in der Öffentlichkeit auf.«
»Ach, schon klar, wie bei Elvis Presley.«
Brent war ein Herzchen, er gab sich wirklich Mühe, mir zu folgen. »Genau.«
Das Team war fertig, und Allison kam rüber. »Fertig? Hi, Brent.«
»Hey, Allison.«

»Willst du dich nicht mehr abschminken?« fragte ich sie.
»Mach ich zu Hause. Komm schon.«
Wir verabschiedeten uns von Brent, der sein großes Goldkruzifix mit dem T-Shirt polierte, gingen in ihr Umkleidezimmer, und sie zog sich in meiner Gegenwart um. »Wenn dich die Demonstranten dämlich anquatschen, ignorier sie einfach. Du schuldest ihnen keine Erklärung.« Sie suchte ein paar verstreut herumliegende Sachen zusammen und stopfte sie in die Tasche.
»Sie halten mich für einen Verräter der Schwulen.«
»Scheiß drauf. Ich kenn 'ne Menge Schwule, die verkommener sind als Simon, und die meisten davon sind Casting-Leiter. Du tust nur deine Arbeit.«
»Genau wie Eichmann.«
Wir passierten die schalldichte *Angel-dir-ein-Date*-Kabine, die im Studiogang verloren auf ihren Rädern rumstand, und gingen zum Aufzug. »Wie geht's Trevor?« fragte Allison. Vor kurzem waren Trevor und ich zusammen bei Allison und ihrem Mann zum Abendessen gewesen, und anschließend hatten wir uns *Baby Doll* auf Video angesehen. Sie wohnten in einem wunderschönen spanischen Haus am Commodore Sloat Drive.
»Er zweifelt ein bißchen an sich selbst.«
»Wenn man so aussieht, kann einem doch keiner was, oder?«
»Irgendwie ist das Timing schlecht.«
»Was denn für ein Timing?«
»Na ja, daß ich schon richtig bekannt bin und er noch kein großer Star ist. Ich meine, er versucht es zwar zu verstehen, aber ...« Ich wußte nicht, wie ich die unterschwellige Spannung beschreiben sollte, die wie ein Schleier über uns lag, selbst in unseren zärtlichsten Momenten, ohne daß Trevor wie das letzte Arschloch dastand. Das ging eigentlich nur, wenn ich überhaupt nicht darüber redete, vermutete ich.

»Wenn du mal Lust hast, rauszukommen oder einfach ein bißchen abzuhängen oder mal einen abgedrehten Schwarzweißfilm zu sehen, bist du jederzeit bei uns willkommen. Allein oder mit Anhang. Ruf mich einfach nur an, okay?«
»Danke, Allie, das mach ich.«
Wir verließen das Gebäude und gingen auf den Parkplatz zu. Heute standen keine Schlangen für die Spielshow an, Gott sei Dank, aber ob die Demonstranten noch vor dem Studio standen, würden wir erst beim Rausfahren merken. Allie stieg in ihr marineblaues BMW-Cabrio und schloß das Verdeck. »Bleib dicht hinter mir«, forderte sie mich auf.
Ich ließ den Wagen an, und wir fuhren in Kolonne ums Gebäude. Ungefähr zwanzig oder dreißig BUNTE-LIGA-Kids paradierten vor dem Haupteingang auf und ab. Allison und ich näherten uns mit der vorgeschriebenen Geschwindigkeit von dreißig Meilen. Ein Ü-Wagen vom örtlichen Studio eines anderen Senders hatte sich quer über die Straße gestellt, begierig darauf, den Rivalen mit dem Live-Knüller in Mißkredit zu bringen.
Wir waren inzwischen so nahe herangefahren, daß wir die Demonstranten erkennen konnten – hauptsächlich der ganz gewöhnliche Durchschnittsaktivist, Männlein und Weiblein gemischt, so um die fünfunddreißig, mit dem üblichen Schnickschnack an Club-Emblemen in allen Variationen. Sie grölten irgendwas, und ich kurbelte mein Fenster einen winzigen Spalt herunter, um es zu verstehen. »Ein positives Image muß her! Ein positives Image muß her!«
Allison war am Tor angelangt, die mechanische Schranke hob sich, und sie fuhr durch. Jeden Moment würde sie auf die Straße einbiegen. Die Demonstranten umringten ihren Wagen und versuchten, ihr ein Flugblatt zuzustecken, aber sie fuhr einfach weiter und reihte sich bei der ersten Gelegenheit in den Verkehr ein.

Die Menge wandte ihre Aufmerksamkeit nun meinem Wagen zu, der sich unter der Schranke durchschob. In panischer Angst überprüfte ich, ob alle vier Fenster verschlossen waren. Als ich bemerkte, mit was für schneeweißen Knöcheln meine Finger das Lenkrad umklammerten, lockerte ich meinen Griff. Vielleicht hatten sie die Serie ja noch nie gesehen, und außerdem hatte ich gerade heute Trevors Riesensonnenbrille auf der Nase.

Die Demonstranten drängten sich um meinen Wagen. Ein fetter Kerl mit froschäugigen Brillengläsern und einem Endora-T-Shirt drückte mir eine computergedruckte Schmähschrift ans Fenster, die die Überschrift trug: »Heartless Crossing«. Fünf oder sechs schilderschwingende Kerle standen unmittelbar vor meinem Wagen, aber ich rollte langsam weiter. Dann schlug mir jemand auf die Kühlerhaube, und ich hörte ihn klar und deutlich schreien: »Das ist er! *Das* ist Alexander Young!«

Verdammter Mist. Nun drängten sie sich alle dicht ans Fenster, um einen Blick auf mich zu erhaschen, und ich hörte durch die Sicherheitsscheiben schrilles Geschrei. Ich drückte auf die Hupe, der Mob wich ein Stück zurück. Zu meiner Linken diskutierte der Studio-Wächter mit ein paar Leuten, aber dadurch wurde die Durchfahrt für mich auch nicht schneller frei. Trotzdem bahnte ich mir einfach weiter meinen Weg durch die Menge. Später entdeckte ich, daß mir einer hinterrücks einen dreieckigen pinkfarbenen Sticker auf die Stoßstange geklebt hatte, auf dem stand: WER SCHWEIGT, IST SCHON TOT. (Ich ließ ihn dran.) Als ich gerade rechts in die Avenue biegen wollte, sprang ein spitzbärtiger Wahnsinniger auf die Kühlerhaube, schwenkte die Faust und grölte irgendwas Provokatives.

Völlig entnervt bog ich – mit dem Typ auf der Haube – in die Straße ein und gab Gas. Einige Demonstranten rannten hinter

mir her. Der Kerl erinnerte sich offenbar daran, wie gemein ich angeblich war, und krabbelte an den Rand der Kühlerhaube. Auf wackeligen Beinen setzte er – bevor ich auf die Idee kommen konnte, auf die Schnellstraße zu fahren oder ihn zu erschießen – zum Sprung an. Ich trat so plötzlich auf die Bremse, daß er runterfiel. Im Rückspiegel beobachtete ich, wie er zu einer Mülltonne am Straßenrand torkelte und mir Obszönitäten hinterherbrüllte.
So hatte ich mir das Berühmtsein irgendwie nicht vorgestellt.

Mai 1991

Am 31. Mai mußte ich aus der Wohnung raus. Saras Sommerjob beim *Paseo del Rio* fing am 3. Juni an. Wenn wir also noch ein gemeinsames Wochenende in L. A. verbringen wollten, mußten wir zwangsläufig schon am Donnerstag, dem achtundzwanzigsten, in San Antonio losfahren. Meine Eltern waren am Freitag zuvor nach Austin gekommen, und wir hatten gemeinsam meinen ganzen Krempel nach San Antonio geschafft. Mein Vater ließ für alle eine Pizza springen und sagte in einer kleinen Ansprache, wie stolz er und Mom seien, daß ich meine Träume verwirklichte und nach Hollywood ging, um Schauspieler zu werden. Zufällig wußte ich aber, daß er an der Sache mit dem Jurastudium ziemlich schwer zu schlucken hatte (die Vorauszahlungen für die Privatstunden bekam ich zum Glück zurückerstattet). Als er einen Scheck über zwanzigtausend Dollar aus der Tasche zog (ein Viertel der Abfindung, die ihm das Gericht in seinem Fall kürzlich zugesprochen hatte) mit den Worten, das sei das Examensgeschenk von ihm und Mom, haute mich das fast um.

»Wir wollen nicht, daß du dich da oben noch mit irgendwelchen beschissenen Jobs rumschlagen mußt, wenn du dich schon für deine Filmkarriere abrackern mußt«, sagte er.

Sara war Feuer und Flamme. Während der Dreharbeiten für *Blutjunge Bräute Christi* hatte sie ein paar Tage mit mir in Dallas verbracht. Ihr Kommentar: »Genau das, was du immer machen wolltest.« Und trotz meines Neunzehn-Stunden-Tages, meiner zänkischen, ständig betrunkenen Schauspielkollegen und trotz des Regisseurs Carl DeAngelis, der mich bei zwei Gelegenheiten begrapschte, wußte ich, daß sie im Grunde recht hatte. Ich hatte noch nie so sehr das Gefühl gehabt, am Puls des Lebens zu sein, nicht mal zusammen mit Nick. Es waren zwei Wochen voller Zauber, wenn auch aufregend und zermürbend, und ich würde alles dafür geben, um sie noch mal zu erleben. Die anderen aus der Besetzung schürten meine Wunschträume, indem sie mir Unterschlupf anboten und mich ihren Agenten vorstellten.

Der einzige Haken an der Sache war, daß ich Nick in Texas zurücklassen mußte, aber ich hatte keine andere Wahl. Solange er Barney nicht den Laufpaß gab, sah ich für unsere Beziehung keine Zukunft, und falls er Pläne in diese Richtung hegte, wußte ich nichts davon. Immer wenn ich mir das kommende Semester im Frühjahr ausmalte, lief es mir eiskalt den Rücken runter. Verrückt, sich selbst ins Unglück zu stürzen und zusätzlich zu dem Erstsemesterstreß, den ein Jurastudium nun mal mit sich bringt, sich täglich mit der Frage zu quälen, ob Nick mir *diese* Woche wohl seine Liebe gestehen und sich für mich entscheiden würde oder ob sich mein freier Abend tragischerweise mit seinen Verpflichtungen Barney gegenüber überschnitt. Wie sollte ich mich auf einen tausendseitigen Zivilrechtstext konzentrieren können, wenn ich die ganze Zeit nur Nick im Kopf hatte?

Er hatte nie versucht, mich davon abzuhalten, nach L. A. zu gehen. Hätte er auch dann nicht, wenn es nur ihn und mich gegeben hätte, Barney als Kind ausgesetzt worden wäre oder sich entschieden hätte, in der Möbelfirma seiner Eltern zu arbeiten und nicht aufs College zu gehen, also auch nie ein Auge auf diesen Nick zu werfen, der für mich immer nur das Allerbeste wollte (sich selbst aber offenbar ausgeschlossen). Ich tat genau den richtigen Schritt zur richtigen Zeit, nämlich, bevor ich Falten um die Augen bekam. Wenn doch Nick nur mal für sich selbst das Beste gewollt hätte! Wenn er einen Schlußstrich unter sein abgesichertes, todlangweiliges Dasein in Austin gezogen und die Chance genutzt hätte, mit mir zu kommen. Das stand völlig außer Frage, das wußte ich, aber der Gedanke, daß ich ihm nicht das Gefühl geben konnte, er könnte sich voll und ganz auf meine Liebe verlassen, machte mich trotzdem traurig.

Der Film war im Kasten, das Examen gelaufen und meine Zelte in Austin abgebrochen. Bei all den Aktivitäten hatten Nick und ich uns nicht sonderlich oft gesehen. Unmittelbar nachdem ich aus Dallas zurückgekommen war, hatten wir ein paar wundervolle Abende miteinander verbracht, aber seit dieser einen Nacht – dem herausragenden Meilenstein in unserer Geschichte – hatte er nie mehr bei mir übernachtet. Ob er nicht wollte oder nicht konnte, weiß ich nicht. Unsere Verabredung für meinen letzten Tag in Texas stand schon lange fest, also fuhr ich am Morgen des Memorial-Days von San Antonio nach Austin, auf dem Rücksitz eine Luftmatratze und einen tragbaren CD-Player. In meiner leeren Wohnung wartete ich auf ihn.

Er klopfte, ich öffnete die Tür, und da stand er – zum letzten Mal. Er trug ein weißes Baumwollhemd und Khaki-Shorts, Arme und Beine sonnengebräunt von einem kleinen Ausflug zum See, den er vor kurzem zusammen mit der Bulldogge gemacht hatte.

»Wie leergefegt«, sagte er.

Ich nickte und brachte keinen Ton raus. Wollte nicht schon losheulen, bevor wir Sex gehabt hatten. Wir sahen uns lange in die Augen, dann küßte er mich, wie noch nie jemand um elf Uhr morgens geküßt worden ist. »Ich glaub, ich vermiß dich jetzt schon«, sagte er.

»Sollst du aber nicht«, flüsterte ich. »Der Tag heute wird nie zu Ende gehen. Ist beschlossen.« Ich zog ihm hastig das Hemd aus, strich über seine nackten Schultern und die Traumbrust, bevor ich mich leidenschaftlich und im Zeitraffertempo daran machte, an seinen Brustwarzen zu saugen und seinen Bauch zu lecken. Sein Penis drängte sich gegen meine Brust, und ich tastete mich die Shorts hinauf. Durch den Slip hindurch drückte und bearbeitete ich die heiße Wölbung, bahnte mir einen Weg durch die Beinöffnung seiner Unterwäsche und fand, was ich suchte – seinen steifen Schwanz –, schob die Khakihose weit genug hoch, um die sechs, sieben Zentimeter auf seinen behaarten, durchtrainierten Oberschenkeln freizulegen, nahm ihn, während er mir das Flying-Fish-T-Shirt über den Kopf zog, zwischen die Lippen und reizte ihn mit der Zunge. »Auch deine Hose«, gurrte er mit einer so männlichen Schlafzimmerstimme, daß sogar Rambo zum Schwulen geworden wäre. Ich fügte mich. Währenddessen zwängte auch er die Hose über die schwellende Erektion. Dann legte er mich, mitten im Schlafzimmer, auf die Luftmatratze, die ich extra dafür aufgeblasen und mit einem frischen Bettlaken von Mom bedeckt hatte.

Fünfzig Minuten später bettete ich meinen Kopf auf seine Brust und ich überlegte, daß ich womöglich zum letztenmal so eine Liebe erlebt hatte. Ihn so sehr lieben war manchmal – gerade in den Krisenzeiten – verdammt hart gewesen, härter sogar als sein großer Penis, stellte ich verwundert fest. Angefangen hatte es in der Erstsemester-Bibliothek, und das war nun das Ende. Ich vergrub mein Gesicht unter seinem Arm in der warmen Rückenmuskulatur. Ob ich ihn wohl naß machte, wenn ich weinte? Wie konnte ich das alles nur aufgeben?

»Hast du schon Lust auf Mittagessen?« fragte Nick und rieb mit dem Zeigefinger über meine Taille.

»Dieser Nick-Burger hat meinen Appetit angeregt«, sagte ich und spielte mit dem guten Stück, das ich meinte.

Er lachte.

Wir gingen über die Straße zum Hyde Park Bar & Grill und verdrückten Unmengen, während wir uns darüber unterhielten, wie ich meine Fahrt nach L. A. am besten organisierte. Ich erzählte von der Schauspielerin, die in *Blutjunge Bräute Christi* meine Kollegin gewesen war und in deren Studio-City-Apartment ich mich während der nächsten paar Wochen einnisten würde, worüber sie »total aus dem Häuschen« war. Eigentlich war sie ständig abgebrannt, weil sie über Billigstreifen nicht hinauskam.

Der Rest des angebrochenen Tages verstrich bei einer Nachmittagsvorstellung von *Glaub's oder trau dich* im luxuriösen Arbor-Kino im Norden von Austin. Auf der Rückfahrt zu mir nach Hause plauderten wir über die Qualitäten des Films, aber ich spürte, wie das furchteinflößende Schreckgespenst Abschied bereits mit Lichtgeschwindigkeit auf uns zugerast kam. Ich hatte meiner Mutter versprochen, um acht Uhr zu Hause zu sein, denn es gab ein großes Abendessen. Viel Zeit blieb nicht mehr, erschreckend.

Wir gingen hinauf und ich holte aus dem verödeten, von Mom blitzblank geputzten Kühlschrank Cokes und Peppermint-Patties für uns. Wir setzten uns auf die Luftmatratze, denn die einzige Alternative wäre der Fußboden gewesen. Seit anderthalb Jahren brannte ich darauf, ihm etwas zu gestehen. Also tat ich es.

»Nick ... wir haben uns nicht bei den Aktivisten für Menschenrechte an der Juristischen Fakultät kennengelernt. Ich bin noch nie bei so einem Treffen gewesen.«

»Ich weiß.«

»Das weißt du?«

»Ich hab's immer gewußt, Alex.« Er lächelte und legte mir die Hand auf die Schulter. »Ich wußte es schon, als ich das erstemal bei dir war.«

»Warst du sauer?«

»Oh, nein. Ich glaub, das wär das falsche Wort. Also, wo war's dann? Ich hab immer gedacht, daß du mich mal in einer

Schwulenbar gesehen hast. Ich hab mich zwar nicht oft geoutet, aber manchmal schon. Im Boathouse?«
Ich schüttelte den Kopf. »Ich hab dich in der Bibliothek für die Erstsemester gesehen. Eigentlich nur deinen Rucksack und die *Jock*-Ausgabe, die rausgeguckt hat. Weißt du noch, das Heft mit Joey Stefano?«
Verwundert schüttelte Nick den Kopf. »Ich erinnere mich, daß Barney mich gebeten hat, ihm das bei Hastings zu besorgen.« Oh, vielen Dank auch, Barney Gagnon. »Danach bin ich tatsächlich in die Bibliothek gegangen! Aber woher wußtest du meinen Namen?«
»Hab ich auf einem Ordner gelesen, der neben der Zeitschrift lag. Ich hab dich dann aus dem Telefonbuch ausgesucht.«
»Warum?« Er sah mich an, als sähe er mich zum erstenmal. Plötzlich machte mein Herz hoffnungsvolle Sprünge.
»Weil du der hübscheste Kerl bist, den ich jemals gesehen hab.«
Er nahm mich in die Arme. »Du bist ein Engel, Alex«, flüsterte er.
Sara, verzeih mir. Ich sorgte dafür, daß wir Augenkontakt hatten, und sagte es. »Ich liebe dich. Vom ersten Moment an, damals im Restaurant. Ich werd dich immer lieben. Das versprech ich.«
Ich beugte mich vor, um ihn zu küssen, aber er wich mir aus, sprang auf und barg das Gesicht in den Händen. Ich hörte ihn zwar nicht schluchzen, sah aber, daß seine Schultern ein wenig bebten, und seine Tränen fielen wie samtene Tropfen auf den Teppich. Ich versuchte, ihn in die Arme zu nehmen.
»Nein, bitte nicht«, brachte er halb erstickt hervor.
»Warum nicht?« Nun weinte ich auch, was ich aber erst merkte, als ich meine belegte, gebrochene Stimme hörte.
»Weil ich versucht habe, dich mit aller Kraft zu lieben. Und jetzt bringt es mich um.« Ich konnte es einfach nicht fassen.

Er hatte es gesagt. Ich schloß ihn in die Arme. Er wehrte sich noch einen Moment lang, dann zog er mich an sich und hielt mich fester als jemals zuvor. Und er ließ mich nicht los – nicht vor, nicht während und nicht nach der Serie heißer Küsse.
»Was wird nun aus uns, Nick?«
Er schüttelte den Kopf. Wir landeten rücklings auf der Matratze, sozusagen mit einem Plumps. »Ich kann nicht mit dir nach Kalifornien gehen, Alex, auch wenn es noch so verlockend ist. Ich denk schon lange darüber nach.«
»Ich hab vierundzwanzigtausend Dollar, Nick. Das reicht ein Jahr locker für uns beide. Sobald ich eine Wohnung hab ...«
»Alex.« Die alte Platte. »Ich kann Barney nicht verlassen. Er braucht mich.«
»Ich brauch dich auch.«
»Du verstehst das nicht. Alex. Wenn ich ihn verlasse, findet er nie wieder einen anderen. Ich kann nicht.« Ich hätte alles darum gegeben, wenn dieser mit Eiern behängte, rothaarige Liebessklave jetzt unter *meinem* Bett gelegen und den letzten entscheidenden Satz gehört hätte. Konnte jemand so wenig Stolz haben, daß er sich damit zufriedengab, dritte Wahl zu sein? Selbst wenn's ein Typ wie Barney war?
Nick starrte hoch zur Decke. »Eines Tages wirst du mich verstehen, Alex, ganz sicher.«
Es war das erste und einzige Mal, daß er mich angelogen hatte.

Lieber Mr. Young,
Ich sehe mir regelmäßig *Hearts Crossing* an. Mir gefällt Ihre Rolle als Simon Arable, ein ganz ausgezeichneter Bösewicht in der Serie. Es gefällt mir *nicht,* wie Sie mit Cyrinda umgesprungen sind. Es gefällt mir *auch nicht,* wie Sie Sean angeschwärzt haben. Auch nicht, wie Sie dann auch noch Jane angelogen, die Geheimformel gestohlen und Oliver umgekrempelt haben, damit er Ihr

schwuler Liebessklave wird. Ich mag auch nicht, wie Sie Natalie eingeschüchtert haben, damit sie Rutherford nichts weitererzählt, und das, nachdem Sie ihr Erpressungsbriefe geschrieben und Cyrinda vergiftet und Sean angeschwärzt und Jane angelogen und die Geheimformel gestohlen und Oliver umgekrempelt haben, damit er Ihr schwuler Liebessklave wird.
Aufrichtig
Ihre Gigi Polanski
Lincoln, NE

Während der zweitägigen Drehpause wegen der Daytime-Emmy-Verleihung wurde viel über die Simon-Geschichte geschrieben – in *The Advocate*, *Buzz*, *Details*, *Genre*, *Inches*, *The L. A. Weekly*, *MTV*, *The National Enquirer*, *Newsweek*, *People*, *Playboy*, *Playgirl*, *Rolling Stone*, *Soap Opera Digest*, *Spin*, *Spy*, *TVGuide*, *Us* und *The Village Voice*, teils positiv, teils negativ, eigentlich in jedem Blatt, nur in *Humpty Dumpty* nicht. Ich wimmelte alle Anfragen nach einem Interview ab, auch die sämtlicher Moderatoren von der Ostküste – für *Inside Word*, Oprah Winfrey, Jane Whitney, Montel Williams, Arsenio Hall und – zu meinem großen Bedauern – sogar die für Ricki Lake. Connie bestand darauf, daß nichts über mich an die Öffentlichkeit gelangte. »Ich mache dich zu einer geheimnisvollen Persönlichkeit, Süßer. Keiner wird denken, daß er wirklich was von dir weiß, trotz all dem Rummel, und wenn der ganze Wirbel vorbei ist, bist du für die Leute immer noch interessant und taufrisch.«
Das war auch eine gute Entschuldigung für mich, keine persönlichen oder politischen Stellungnahmen abzugeben. Obwohl ich, wie die BUNTE LIGA es ausdrückte, »täglich 22 Millionen schwule Amerikaner auf den Arm nahm«. Ihre Proteste gegen die Serie hatten nicht nachgelassen und ihnen

zu einer breiten Publicity verholfen. Der Knüller bei der ganzen Sache war, daß *Hearts Crossing* auf Platz vier der Nielsen-Skala geklettert war und sogar wochenlang Platz drei ansteuerte.

Trotz des Medienrummels bekam Brent Bingham den Emmy, und nach den Verleihungsfeierlichkeiten in New York bekam er einen Wutanfall nach dem anderen. Keine seiner üblen Launen war direkt gegen mich gerichtet, aber wenn ich bis zehn oder elf Uhr abends dableiben mußte, um Aufnahmen nachzuholen, die wegen ihm nicht zustande gekommen waren – weil er sich zwei Tage krank gemeldet hatte –, mußte ich trotzdem mit allen anderen darunter leiden.

An einem dieser Abende kam ich spät abends nach Hause und entdeckte Trevors Yale-Sweatshirt (ja doch, kein Druckfehler), wie zufällig auf dem Wohnzimmertisch drapiert. Ich drang tiefer in meine Gefilde vor und entdeckte seine Turnschuhe vor dem Badezimmer. Ich schaltete das Licht im Flur an und warf einen Blick in die verborgensten Winkel meines Schlafzimmers. Da lag er – in Lauerstellung, malerisch hingestreckt wie auf einer Schwarzweißpostkarte, das Laken lose um die neunzig Zentimer-Taille geschlungen, einen seiner athletischen Arme unter dem Kopf verschränkt. Aus unerklärlichen Gründen gerührt, stapfte ich ins Wohnzimmer und checkte, ob jemand auf Band gesprochen hatte.

»Hi, hier ist Sara. Es ist dringend, ruf mich pronto zurück. Tschüß.« Ich gab die eingespeicherte Nummer ein, und beim sechsten Klingeln nahm sie ab. »Hallo?«

»Hier ist Alex.«

»Herrje. Wie spät ist es denn?«

»Du hast gesagt, es ist dringend.«

»Ja, na klar. Wart mal 'ne Sekunde. Bist du eben erst nach Hause gekommen?«

»Ja. Ich hab die letzten sechs Stunden damit verbracht, überzeugend rüberzubringen, wie ich mich ängstlich frage, ob Ollie mich mit meiner eigenen Schwester hintergeht.«

»Ich hab gedacht, du hast mit dieser Wunderpotenzdroge einen Schwulen aus ihm gemacht?«

»Womöglich stimmt was nicht mit der Geheimformel. Aber genug jetzt von dem Blödsinn. Was gibt's denn?«

»Ist ein ziemlicher Hammer. Du solltest dich lieber hinsetzen.« Ich blieb zwar stehen, stellte aber vorsichtshalber die noch verschlossene Box mit Krabbensalat, die ich aus dem Kühlschrank genommen hatte, auf der Arbeitsplatte ab. »Erinnerst du dich noch an Juliana Butts?«

»Wie könnt ich die vergessen?«

»Jetzt rate mal, wer zusammen mit der lieben Mama einen baptistischen Zensurverein gegründet hat und damit lokale Schlagzeilen macht?«

»Soll das ein Scherz sein?«

»Nein! Und diese beschissenen, dämlichen Zeitungen hier haben ein widerliches Feature von denen gedruckt. Die Gruppe nennt sich ›Für ein anständiges Fernsehen‹. Ist das nicht niedlich? Und sie haben so eine Fernsehabschußliste, und *Hearts Crossing* steht ganz oben.«

»Diese scheinheilige Schlampe«, sagte ich. »Sie und ihre verdammte Mutter haben jede Folge von *Hearts Crossing* gesehen, das haben sie mir selbst erzählt. Alles nur, weil ich ihr gesagt hab, sie soll sich verpissen.«

»Die gehen auch gegen andere Serien vor. Gegen *Schwestern*, *Roseanna*, *Silberstreifen* und gegen alles von Fox. Erschreckend an der Sache ist, wie effektiv die arbeiten und wie sie die Leute mitreißen. Arbeiten mit der Wildmon-Gesellschaft für amerikanische Familien zusammen und mit diesem landesweiten Kirchensender. Sie haben eine massive Briefkampagne gestartet und decken damit Sponsoren und Sender ein.«

»Haben sie eine gute Presse in Antonio?«

»Mehr als das. Vor ein paar Tagen haben sie die Fernsehstation hier belagert. Sie wollen, daß *Hearts Crossing* in San Antonio nicht mehr ausgestrahlt wird.«

»Sara, wenn ich von noch so einer Protestaktion gegen die Serie Wind bekomme, wandere ich aus. Diese beschissene Seifenoper! Steht denn überhaupt niemand auf meiner Seite?«

»Du weißt ja, wie erzkonservativ die Leute in San Antonio sein können, obwohl ich mir alle Mühe gegeben hab, dagegen anzukämpfen. Ruf mich morgen im Büro an, dann schick ich dir die neuen Zeitungsartikel. Ich hoffe mal, daß das hübsche Foto von Juliana und Eunice gut rüberkommt. Wie geht's Trevor?«

»Ich bin gerade nach Hause gekommen und hab ihn im Schlafzimmer entdeckt.«

»Nackt?«

»Wie sonst?«

»Tja, bei mir sieht das nicht so rosig aus.«

»Wo ist denn Richard? Ich vergeß immer wieder, daß ihr zusammengezogen seid. Ihr wohnt doch noch zusammen, oder nicht?«

»Klar doch. Die Band hat heute nacht einen Auftritt in San Marcos. Ich muß dir mal die Demokassette schicken. Irgendwie ist das so 'ne Mischung aus Ramones und Morrissey. Ich muß wieder ins Bett, Baby.«

»Okay.«

»Ich schick dir morgen das Fax. Oh, Alex? Du solltest dir lieber einen Presseagenten nehmen. Ich hab im letzten *Modern Maturity* gar nichts von dir entdecken können.«

»Der Mist bei der miesen Presse über mich ist, daß ich keine anderen Angebote mehr kriege, ich meine, als Schauspieler. Außer für dieses furchtbare Stück im ›Pro-Schwule‹-Theater in West Hollywood. Dafür hab ich aber nicht mal Geld bekommen.«

»Wie schaffst du's überhaupt, noch was nebenher zu machen? Du stehst doch bei der Serie unter Vertrag.«

»Es gibt schon Möglichkeiten, und es ist immer nett, wenigstens gefragt zu werden.«

»Gute Nacht, du Medienhengst.«

»Tschüß.« Rechtzeitig, bevor Trevor schlaftrunken aus dem Zimmer kam, legte ich auf.

»Wer war das?« fragte er.

»Sara.«

»Alles in Ordnung?«

»Klar.« Ich wollte nicht darüber reden. Ehrlich gesagt, hatte ich Angst, darüber zu reden. Das wäre womöglich das entscheidende Signal für Trevor gewesen, den letzten Schritt zu tun und sich nicht länger zu winden, sondern endgültig Schluß zu machen. Grund genug, nicht weiter über unsere Beziehung nachzudenken.

Welcher noch so treue und passende Freund war es schon wert, sich über ihn den Kopf zu zerbrechen? Trevor hatte eben einfach die Schnauze voll davon, mit dem »schwulen, teuflischen Superhirn« aus dem Daytime-Drama liiert zu sein. Andererseits – wo fand man in ganz Schwulen-Country jemals wieder so einen Hintern, dachte ich – zugegeben oberflächlich –, als Trevor sich vorbeugte und *Vanity Fair* aufhob, um mir seine Werbung für Guess zu zeigen. Ich war mir sowieso sicher, daß mich alle Schwulen haßten. Ich hörte Trevors Geplapper über den Fotostylisten zu, der ihn bumsen wollte. Vielleicht hatte ich ja Glück, und Terry Sweeny war noch Single.

Juliana hatte als studentische Bürohilfskraft an der Roosevelt-High-School bereits Erfahrungen im Umgang mit Verwaltungsangelegenheiten gesammelt. Offensichtlich eine gute Investition, jedenfalls, soweit ich die Sache verfolgen konnte. Mit selbstzerfleischender Gründlichkeit verleibte ich mir – durch Sara und Mom auf dem laufenden gehalten – die Saga vom anständigen Fernsehen ein. Immer wieder berichtete die Zeitung von San Antonio über die Kontroverse, ob die South-Texas-Tochtergesellschaften des Senders *Hearts Crossing* aus dem Programm nehmen sollten. »Wenn es den Leuten nicht paßt, was im Fernsehen läuft, sollen sie doch einfach ausschalten«, sagte Mom, als ich sie in ihrem Haus im Nordosten von San Antonio anrief. Es traf mich schon, daß die lokale Senderdirektion sogar eingewilligt hatte, sich mit Eunice, Juliana und »anderen Schlüsselpersonen der Gruppe« zu treffen, darunter auch der Diakon der Trinity-Baptistenkirche. Ihre Forderung, *Hearts Crossing* aus dem Nachmittagsprogramm zu nehmen, in dem sich nur »auf Familien abgestimmte Sendungen« finden sollten, die die »christliche Gesinnung der Gemeinde widerspiegelten«, belastete mich eigentlich weniger. Trotz einer Petition und einigen Anti-*Crossing*-Kampagnen, die die Stadt mit düsteren inhaltlichen Zusammenfassungen davon überzeugen wollten, wie verwerflich und skandalös die Serie sei (was womöglich nur noch mehr Zuschauer vor den Fernseher lockte), wurde der Antrag vom örtlichen Fernsehsender abgelehnt, nachdem Sara einen großartigen Artikel im *Express-News*, einer lokalen Zeitung, veröffentlicht hatte. Gerade noch rechtzeitig, bevor der ACLU Nutzen aus der Situation ziehen konnte.

Natürlich ging die harte Arbeit, die Eunice und Juliana leisteten, um die Freiheit in Wort und Bild zu untergraben, nicht spurlos an denen vorbei, die in direktem Kontakt zu Jesus selbst standen. Nach kurzer Zeit schon wurde den Mädels vom »Anständigen Fernsehen« die höchste Medienehrung unter Bekehrten zuteil: ein Auftritt im *Club 700*, der beliebte-

sten christlichen Unterhaltungssendung mit informativem Hintergrund.
Am Tag ihres Auftritts strich ich meinen sonst streng eingehaltenen Saunabesuch, hetzte nach dem Fitneß direkt nach Hause und schaltete gerade noch rechtzeitig den Fernseher ein, um zu hören, wie Pat Robertson sagte: »Diese jungen Damen aus Texas haben einen Mißstand aufgedeckt in Sendungen, die hierzulande ausgestrahlt werden, und sie scheuen keine Mühen, damit aufzuräumen. Darüber werden wir heute reden. Herzlich willkommen. Für uns sind sie den weiten Weg von San Antonio gekommen: Eunice und Julie Ann Butts!«
Und da waren sie. Wie ich ziemlich gut wußte, schlug die Kamera immer noch mal fünfundzwanzig Pfund drauf. Also, um fair zu bleiben, Eunice Butts hatte schätzungsweise zwei Zentner vierzig drauf. Sie trug einen rosaroten Hosenanzug, ihr Kopf war von einer bauschigen Dauerwelle à la achtziger Jahre umrahmt, und sie hatte jede Menge Make-up im Gesicht, inklusive aufgemalter Augenbrauen, die an Divine in *Polyester* erinnerten. Juliana hatte ein höllisches Blond ausprobiert, abgerundet mit einem Lockenwirbel auf der Stirn, in der Größe eines Pastetentellers. Immerhin paßte ihr blauer Lidschatten zu dem Kleid, das sie sich vor kurzem erst in der North Star Mall gekauft hatte.
»Hallo, Pat. Wir sind überglücklich, daß wir hier sein können«, gurrte Eunice.
»Die Freude ist ganz unsererseits«, versicherte ihr Pat. »Und ich sollte wohl auch erwähnen, daß ihr beide ganz wundervoll ausseht. Nun erzählt mal unseren Zuschauern zu Hause, worum es bei der Organisation ›Für ein anständiges Fernsehen‹ geht.«
»Na ja, sehen Sie, Pat«, begann Eunice … und erfreut stellte ich fest, daß sie bereits zu schwitzen anfing. »Ich bin beruflich

außer Haus tätig – ich leite den regionalen Außendienst für eine große Kosmetikfirma –, und eines Tages hatte meine Tochter einen Nachmittag frei, und wir hatten zufällig den Fernseher laufen. Wir konnten einfach nicht fassen, was wir da bei dieser Seifenoper zu sehen bekamen. Zwei Männer küssen sich auf dem Bildschirm. Ich war schockiert.«

Juliana fuhr hoch. »Pat, wir persönlich halten Homosexualität für einen krankhaften und perversen Lebensstil im Angesicht unseres Herrn Jesus Christus, aber ich verurteile nicht, was die Leute hinter verschlossenen Türen machen. Erst wenn sie es den Leuten auch noch im Fernsehen schmackhaft machen, fühle ich mich angegriffen.«

»Absolut richtig.« Pat nickte und war völlig ihrer Meinung.

»Wir sind keine großen Fernsehgucker«, behauptete Eunice (na klar doch), »aber wir sehen inzwischen soviel wie möglich, Tag und Nacht, nur um rauszufinden, was da für ein Schmutz gesendet wird, Pat. Wir haben ein Tagebuch geführt und rausgefunden, daß fünfzig Prozent ...«

»Sechzig Prozent«, verbesserte Juliana.

»Danke, Honey. ... *sechzig* Prozent aller Serien Themen wie vorehelichen Sex, Ehebruch, sexuelle Perversion, Fäkalien oder einfach nur völlig abwegige Sinnlichkeit anschneiden, oder es werden Witze in diese Richtung gemacht oder Andeutungen.«

Pat schüttelte unentwegt den Kopf, die Verderbtheit der Welt war für ihn ein bodenloses Faß des Ärgernisses. »Und das auch in ganz normalen Fernsehsendern«, erinnerte Juliana den zukünftigen Präsidentschaftskandidaten mit schriller Stimme. »Wir reden hier nicht nur von Kabel- oder Filmkanälen oder irgendwas in der Richtung.«

»Oh, mein Gott, von diesen Filmen wollen wir gar nicht erst reden«, sagte Pat. »Die Pornographie, die sie dort als ›Kunst‹ verkaufen – es ist einfach empörend.«

»Wir machen uns große Sorgen darüber, wie die heutigen Filme aussehen, Pat«, sagte Eunice. »Aber wir haben das Gefühl, das ist ein verlorener Kampf. Ich mein, wenn man schon einen Transvestiten für die Academy-Auszeichnung nominiert, stehen christliche Werte in Hollywood offensichtlich *nicht* an erster Stelle. Wir konzentrieren uns aufs Fernsehen, weil wir glauben, daß die Zuschauer da viel bessere Chancen haben, Kontrolle über die Sendungen auszuüben.«
»Ja, sicher, es ist sehr wichtig, daß man ein bestimmtes Ziel vor Augen hat«, pflichtete Pat ihr bei. »Und mit dieser Daytime-Seifenoper hat für euch alles angefangen?«
»Ja. Mit *Hearts Crossing.*« Eunice versuchte zu lächeln, aber gleichzeitig spiegelten ihre gekräuselten Lippen auf entzückende Art Ekel wider.
»Homosexualität, Voyeurismus, Vergewaltigung, wechselnder Geschlechtsverkehr, Sklaverei – all das kommt dort vor. Eigentlich jede Perversion, die man sich nur denken kann«, fügte Juliana hinzu. Honey, du sprichst wohl aus Erfahrung? Das Vokabular, das sie für ihren nationalen Fernsehauftritt einstudiert hatte, versetzte mich fast schon in Ehrfurcht, und ich war hundertprozentig der Anlaß für diesen Auftritt. Ich dachte, jetzt fang ich an zu spinnen, als Pat als nächstes sagte: »Wir haben einen kurzen Ausschnitt aus der Seifenoper. Sie alle zu Hause, die Sie nicht Daytime gucken, werden unangenehm überrascht sein, wie *plastisch* die Verdorbenheit hier zutage tritt.«
Es kam ein Ausschnitt aus einer Szene mit mir. Ich umgarnte meinen Exliebhaber Frederic hinterlistig und wiegte ihn so in Sicherheit, bevor ich ihm mit dem Kerzenleuchter eins über den Schädel zog und ihn in einem verborgenen Winkel meines Dachbodens in einen Käfig sperrte. Wie, zum Teufel, war diese Wahnsinnsshow nur an den Clip gekommen? Dieser verdammte Sender war einfach zu dämlich oder so übermäßig

auf Publicity aus, daß er auf jede Anfrage einging. »Mach nicht so ein finsteres Gesicht«, sagte ich schnippisch zu dem überrumpelten Schönling, der nur Unterwäsche anhatte. »Dir hat so was doch immer gut gefallen.«
Die Kamera hatte nun wieder Juliana, Eunice und Pat im Bild. Alle drei schüttelten wie einstudiert die Köpfe. »Wenn man sich vorstellt, daß jedes Kind, das krank zu Hause liegt und nicht zur Schule kann, so was sehen kann«, sagte Eunice.
»Meine Damen, was können wir tun, um diesen Schmutz aus unseren Fernsehern zu verbannen?«
»Es ist ganz einfach, Pat«, beteuerte Eunice.
»Aber jeder muß seinen Teil dazu beitragen«, ergänzte Juliana.
»Nutzt eure Rechte und setzt eure Stimme ein«, fuhr Eunice fort, »schreibt an den Sender und macht denen klar, daß ihr diese Art von Sendungen nicht gutheißen könnt. Schreibt den Sponsoren dieser niveaulosen Serien und erklärt ihnen, daß ihr nicht länger an ihren Produkten interessiert seid, solange sie ihr Geld in solche Serien stecken.« Ihr Gesicht hatte entschlossene, harte Züge angenommen, eine stählerne Maske. Sie stand kurz vor einem Kiefermuskelkrampf.
»In wenigen Sekunden blenden wir auf dem Bildschirm unsere gebührenfreie Nummer ein«, sagte Pat. »Wir möchten, daß Sie anrufen, wenn Sie interessiert daran sind, beim Kampf der Initiative ›Für ein anständiges Fernsehen‹ mitzumachen und sich für ein gemäßigtes Familienprogramm einzusetzen. Wir notieren uns Ihren Namen und Ihre Adresse und schicken Ihnen ein Informationspaket. Stimmt's, Julie Ann?«
»Ja«, zwitscherte Juliana. Ich betrachtete eingehend ihr Gesicht, um wenigstens Spuren einer Verärgerung zu entdecken. Schließlich sprach Pat ihren Namen die ganze Zeit falsch aus.
»In dem Paket ist eine Liste der verdorbensten Serien, ihrer Sponsoren und aller Senderadressen. Außerdem ein paar

Tips, wie man selbst zu Hause oder in der Kirche eine eigene Kampagne ›Für ein anständiges Fernsehen‹ starten kann.«

»Während die Telefonnummer auf dem Bildschirm erscheint, möchte ich die Damen bitten, mit mir zusammen zu beten. Einverstanden?« Sie falteten die Hände. Ich verkrampfte ebenfalls die Hände, sonst hätte ich laut losgeschrien. »O Gott, hilf uns und diesen guten Christen bei ihrer Mission, damit sie …«

Mein Telefon klingelte. »Hallo?«

»O … mein … Gott.« Es war Sara. »Ich hoffe ja, du hast das aufgezeichnet.« Hatte ich nicht, verdammt.

»Hab ich vergessen.«

»Okay, ich mach dir 'ne Kopie von meiner Kassette und schick sie dir. Solltest du wie einen Schatz verwahren. Diese verlogenen Zicken. Du glaubst gar nicht, wie gern ich denen einen Skandal anhängen würde«, sagte sie kochend vor Wut.

»Was willst du denen denn anhängen?« fragte ich. »Daß sie ignorante Ziegen sind? Daraus haben sie eigentlich keinen Hehl gemacht.«

»Irgendwas werd ich schon finden«, sagte Sara. »Verkehrswidrigkeiten, Kinderbelästigung, Tanzen am hellichten Sonntag. Ich wette, Eunice hat einen riesigen Vibrator mit einem Julio-Iglesias-Bild auf dem Schaft. Ich könnte mal bei denen zu Hause einbrechen …«

»Ist die Sache nicht wert. Glaub mir.«

Sie grunzte. »Okay. Aber ich werd bei dieser gebührenfreien Nummer anrufen und denen mal was erzählen. Richard, gib mir doch bitte mal einen Stift. Richard läßt dich grüßen. Wann kommst du mal wieder hierher?«

»Wahrscheinlich dann, wenn sie mich gefeuert haben.«

»Hör schon auf. Du bist die einzige schillernde Persönlichkeit bei Daytime, das wissen doch alle.«

»Soaps sollten mit solchen Kontroversen nichts zu tun haben.

Ich hab das Gefühl, als würde ich durch einen Tunnel gehen, und am Ende ist eine tiefe, eisige Todesschlucht.«

»Halt dich wacker. Ich hab dich lieb.«

»Ich dich auch.«

Nicht alle verabscheuten Simons Intrigen; einige bekannten sich sogar öffentlich dazu. Barry Walters schrieb einen Wahnsinnsartikel mit der Überschrift: »Bei Simon wird's verdammt prickelnd: Warum ich nie *Hearts Crossing* verpasse.« Er schrieb über mich, ich sei »engelsgleich, gutaussehend und wunderbar ausdrucksstark.« Der Grundtenor war, daß die Serie ein herzerfrischender Blödsinn sei, aber immerhin täglich einen Homosexuellen, der sich nicht ständig dafür entschuldigt, in Millionen Haushalte ausstrahle und so den Weg zu einer neuen, früher unvorstellbaren Offenheit ebne. *The Advocate* brachte widersprüchliche Stellungnahmen von National Gay und Lesbian Task Force – beide Organisationen verdammten die Serie. Dieser Barry hatte mir schon immer gefallen.

Tommie, der Mann fürs Make-up, brachte mir eine Ausgabe von *Spunk* und zeigte mir die Werbung einer Video-Bar namens Revolver, mitten in West Hollywood. Mittwoch abend war dort *Hearts-Crossing*-Nacht: »Eure Lieblingssoap von zehn bis zwei, mit Simon-Specials (Drinks zu Schleuderpreisen) den ganzen Abend!« Ich fragte mich, ob es so was auch woanders gab. Wäre schön, wenn sich mal ein Student die Mühe machte, das zu recherchieren und seine Examensarbeit darüber zu schreiben. Ungefähr zur selben Zeit tauchten die ersten illegal hergestellten Simon-T-Shirts am Melrose und in Santa Monica auf. Neben einem unscharfen, aber hübschen Bild von mir standen dort die Worte »Simon sagt« und darunter irgendeiner der vielen Schwulenslogans. Lange Zeit kam ich an keines ran, doch dann schickten mir zwei Fans eines zu. Kurz zuvor hatte ich vor Marix Tex-Mex einen Kerl mit so einem T-Shirt angehalten und ihm fünfzig Dollar dafür geboten. Er war völlig aus dem Häuschen, mich persönlich kennenzulernen, und zog es sofort aus. Mein Geld wollte er nicht. Dann zerrte er mich – mit nacktem Oberkörper – in das Restaurant und nötigte mich, mit ihm und seinen Freunden Margaritas zu trinken. Irgendwann schob ich ihm dann zwei Zwanziger in seine Tasche und verschwand.

Als das Debüt von *Dino & Muffin* näherrückte, war mir das gerade recht, denn der Medienrummel überlagerte meinen schlechten Ruf. Trevor hätte fast sein Auto zu Schrott gefahren, als er das erstemal am Sunset Boulevard eine Reklamefläche entdeckte, auf der – eingerahmt von ein paar anderen Darstellern – seine Brustmuskulatur prangte: eine tolle Werbung für die Serie. Dann ging's ab nach New York, wo sich die Crew mit ein paar hübschen Clips vorstellte, die Premiereparty im UCLA-Sigma-Chi-Haus vorbereitete und von Duff eingeladen wurde, nach der Ausstrahlung der Sitcom in MTV aufzutreten.

Nach Trevors Trip nach New York holte ich ihn vom Flughafen ab. Wir unterhielten uns über das Medienspektakel und wie lustig es doch wäre, wenn man »Muffin« irgendwie beim Eintreten von Mülleimern erwischen und mit den Zwillingen aus *Full House* zusammenstecken könnte. Plötzlich, aus heiterem Himmel, sagte er: »Zu dieser Party bei der Studentenverbindung kann ich nicht gut jemanden mitbringen. Das verstehst du doch, oder?«

Nein, um ehrlich zu sein, ich verstand das nicht. War es anmaßend von mir, davon auszugehen, daß mich mein Partner (der mich schließlich *liebte*) dabeihaben wollte, wenn er den Stapellauf einer Serie feierte, die ihn womöglich zum Star machte? War er etwa der Meinung, ich würde ihn bloßstellen und in aller Öffentlichkeit vor laufenden Kameras bei MTV eine affige Show abziehen und mit ihm rumknutschen? Keine Gäste bei einer Premierenparty? Hielt er mich tatsächlich für

so dämlich? Und selbst wenn die Produzenten das wirklich gesagt hatten – ich war doch nicht *irgend jemand.* Verdammt noch mal, schließlich war ich Alexander Young! kreischte die Diva in mir auf. Ich war wirklich tief verletzt, sagte aber kein Wort. Ich zuckte einfach nur die Schultern und erwiderte: »Schon okay.« Klang vollkommen überzeugend. Ich drehte die Utah-Saints-CD-Maxisingle auf, um somit jede weitere Unterhaltung auf unserem Heimweg abzuwürgen.
Es war schon nach Mitternacht, und Trevor hatte um acht Uhr morgens einen Fototermin für *Sassy*, also gingen wir sofort ins Bett, und kurze Zeit später schlief er bereits. So konnte es für mich nicht mehr weitergehen – bei der Serie wurde ich herumgeschubst, die Presse machte sich landesweit über mich lustig, und nun wälzte ich mich wach im Bett herum, unglücklich, weil mich Trevor Renado wie ein Stück Scheiße behandelte. Zeit, mein Leben wieder selbst in die Hand zu nehmen. Nicht mal heißer Sex mit einem gutriechenden, witzigen Kerl war es wert, sich so elend zu fühlen. Ich betrachtete ihn ein paar Minuten lang in der Dunkelheit, nur um sicher zu sein. Er hatte mir ein Geschenk aus New York mitgebracht – Kerzenständer mit Satyrgesichtern aus Flußstein, aus einem Kuriositätenladen im Osten der Stadt. Hekate und Jekate hießen die beiden, hatte er gesagt. Okay, in der Sache mit der Party würde ich Klarheit schaffen, das konnte ich nicht länger vor mir herschieben.

Er war dran. Nachdem man mir das Haar frisiert und Make-up aufgetragen hatte, zog ich mich in meinen Umkleideraum zurück und rief beim Produktionsbüro von *Dino & Muffin* an. Es war nicht sonderlich riskant, so zu tun, als sei ich Trevor. Trevor war im Griffith Park und umgarnte ein paar Fotojournalisten von *Sassy*, die wahrscheinlich erst vor einer Woche bei Sarah Lawrence ihr Examen gemacht hatten.

Ich: »Oh, hallo, hier ist Trevor Renado.«
Übersprudelndes-Assistenten-Mädel: »Hi, Trevor!«
Ich: »Wer ist denn dran?«
Ü-A-M: »Amber! Was gibt's denn? Du kommst doch morgen abend, oder?«
»Ja, deshalb ruf ich an. Kann man morgen jemanden mitbringen?«
Ü-A-M: »Ach Gott, ja! Hast du nicht den Aushang von Andy gelesen? Die wollen das Haus rappelvoll haben. Sag mir einfach morgen früh Bescheid, dann kann ich noch Leute auf die Liste eintragen.«
Ich: »Okay! Das war's schon! Tschüß dann!«
Okay. Das war's. Tschüß dann.

Die MTV-Live-Sendung lief – nach Pazifik-Zeit – zwischen halb sechs und zehn, damit die Premiere von *Dino & Muffin* alle Zeitzonen des Landes umfaßte. (Natürlich war es eine Acht-Uhr-Show.) So gegen vier würde Trevor nach Westwood fahren, vermutete ich, aber ich wartete noch den Stoßverkehr ab. Dann fuhr ich mit einer Reisetasche und einem handgeschriebenen Brief in seine Wohnung.
Ich schloß auf und versuchte, wütend zu werden, während ich im Schlafzimmer meine Klamotten zusammensuchte. Er ist ein egoistischer, arroganter Kriecher, rief ich mir immer wieder ins Gedächtnis, während ich *Lauter Narren*, *Die Jungs auf dem Felsen* und *Requiem an einen Traum* aufhob, alles Bücher, die ich ihm geliehen und die er nicht mal angefaßt hatte. Ich stopfte sie, zusammen mit einem Dutzend CDs, die ich krankhaft pedantisch auf einem Extraregal getrennt von seinen aufbewahrt hatte, in meine Tasche. Verdammt, den Absolut Citron hatte ich bezahlt, dachte ich mit einem höhnischen Grinsen und packte die Flasche Wodka mit in den Beutesack. Ich hatte sie gekauft, um eine seiner

winzigen Aufwärtsbewegungen auf der Karriereleiter zu feiern.
Erst als ich ins Badezimmer kam und meine Zahnbürste aus dem silberfarbenen Halter neben dem Waschbecken zog, brach ich in Tränen aus. Ich setzte mich auf den Wannenrand, umklammerte mit einer Hand eine Flasche Tangerine-Grapefruit-Duschgel und wischte mit der anderen hastig die Tränen weg, die ich um der heißen Umarmungen willen vergoß, denen wir uns unter dem pulsierenden Massageduschkopf hingegeben hatten. Das gab's nun nie wieder. Ich kramte noch ein paar persönliche Sachen zusammen und ging nach unten, um den Parkausweis am Rückspiegel abzumachen. Ich legte ihn zusammen mit dem Schlüssel auf meinen Brief, an dem ich gestern abend stundenlang im Schweiße meines Angesichts herumgebastelt hatte. Das zwei Seiten lange Psychodrama hatte ich am Ende zu dieser knappen Notiz zusammengestrichen:

Trevor,
tut mir leid, daß ich Dir das in einem Brief mitteile, aber wir konnten nie darüber reden, wie sich meine Situation auf Dich und unsere Beziehung auswirkt. Um's kurz zu sagen: einfach fatal. Mit jemandem, der so sehr unter den Hauptaspekten meines Lebens leidet, sehe ich auf kurze oder lange Sicht keine Zukunft. Ich hänge an Dir, aber so, wie die Dinge stehen, komm ich besser allein zurecht. Wenn ich nichts von Dir höre, gehe ich davon aus, daß Du meiner Meinung bist.
Alex

Daß ich ihm den Rettungsanker ließ, sich bei mir zu melden, war nicht ganz selbstlos von mir, aber ich war einfach zu romantisch veranlagt, um mir die Möglichkeit, daß Trevor reuevoll zu mir zurückgekrochen kam, mit braunen Kulleraugen, in denen Tränen standen und die um Vergebung flehten, ganz aus dem Kopf zu schlagen.

Ich ging auf dem direkten Weg zum Fitneßcenter und erledigte mein Mittwochs- und Donnerstagsprogramm hintereinander. Nachdem ich die Hauptmuskelgruppen so lange trainiert hatte, daß sie säuerlich wurden, schleppte ich mich in den dritten Stock, um die Endorphine in meinem Blut zu verteilen, wie man es laut Vorschrift tun sollte. Ein doppeltes Fernsehset zeigte eine Gruppe Kids, die sich zu »Roam« wiegte. Als das Lied zu Ende war, sprang Duff auf die Bildfläche. »Also irgend jemand hat mich *total* bespritzt!« kreischte sie. »Warst du das, Trevor?«

Das Bild schwenkte zu Trevor Renado, mit aufgeknöpftem Hawaiihemd, an den sich zwei – in Worten: zwei – kleine Schwarze klammerten. »Also ich hab dich bestimmt nicht naß gemacht!« erwiderte Trevor frech. Alle drei Mädels brachen in johlendes Gelächter aus.

»Trevor Renado, du spielst ja bei *Dino & Muffin* den Ky, was hältst du von unserer kleinen Party heute abend?«

»Haben Sie was dagegen, wenn ich umschalte?« fragte ich die einzige Frau, die sich mit mir durchs Aerobic-Programm quälte, eine Blondine mit dickem Hintern auf einem Fahrrad. Hatte sie nicht. Ich schaltete zu »Sex Symbols« auf VH-1, die zum zwölfhundertstenmal »Der Liebe ergeben« spielten. Ich stülpte mir die Kopfhörer über und drehte auf meinem tragbaren CD-Player volle Suppe Bananaramas *Greatest Hits* auf (eine Importversion, auf der »Help!« stand). Eine von Trevors Lieblings-CDs, aber er hatte es nie geschafft, sie für sich aufzunehmen. Tja, zu dumm. Ich trainierte, bis ich kaum noch die Treppen runterkam.

Ich überlegte mir, wann ich das letztemal mit Nick gesprochen hatte. Wie hatte ich ihn so aus den Augen verlieren können? Er war hier gewesen und hatte mich sehen wollen. Wenn er nun keine andere Wahl gehabt hatte, als Barney mitzunehmen? Barney war offensichtlich ganz verrückt danach gewesen, es noch mal mit Trevor, alias Randy Northcutt, zu treiben. Wahrscheinlich hatte ihn das hierher getrieben. (Komisch, aus meiner Verbitterung gegenüber Barney war so was wie Sympathie geworden, auch wenn mich das selbst erschreckte. Wie konnte ich etwas anderes als Mitleid für jemanden empfinden, der all dies besaß – Verstand, eine solide Ausbildung, einen Kerl wie Nick – und doch nicht fähig war, ein richtig rundes Leben daraus zu machen? Das war viel schlimmer als ein Dutzend gescheiterter Romanzen. Na ja, sagen wir mal, schlimmer als zwei.) Wie es auch gewesen sein mochte, womöglich war es meine letzte Chance gewesen, Nick in den Armen zu halten.

Ich huschte durch die Studioflure. An diesem Tag trug ich einen Anzug, was mir beinahe genauso zuwider war wie die dreißig Seiten langen Gerichtsszenen – überhaupt das langweiligste, was es in Soap Operas gab (außer vielleicht noch Hochzeiten und Taufen), und zudem noch höllisch schwer zu drehen. Talentierte Schauspieler, die fest unter Vertrag standen – wie ich zum Beispiel –, saßen tagelang im Gerichtssaal-Bühnenaufbau herum wie Falschgeld und verfolgten konzentriert den ungeheuer wichtigen Verlauf der Verhandlung, die trotzdem nur im Schneckentempo vorankam. Diesmal war es das Sean-Nortonsen-Verfahren. Angeblich hatte Sean ja versucht, Cyrinda umzubringen. Was mich anging, ich bekam rund dreihundertachtzig Dollar für meine schlappen, wortlosen Reaktionen.

Ich zögerte meinen kleinen Spaziergang zum Imbiß zwischen den Szenen etwas länger hinaus, blieb sogar vor dem Glaskasten neben der Herrentoilette stehen, wo man das Neueste lesen konnte, und überflog das rosafarbene Poster. »Jährliche Fanclub-Gala« lautete die nicht zu übersehende Überschrift in Schönschrift. Das hatte ich ganz vergessen, aber am Ende der Teilnehmerliste an dem Bankett am übernächsten Samstag stand mein Name. Nicht zu fassen, daß der Club nicht mal das nötige Kleingeld für das Mondrian oder das Hollywood Roosevelt springen ließ, denn das Mittagessen fand bei Stouffer's in Woodland Hills statt.

Ich hätte mich gern mit Allison zu einer Fahrgemeinschaft zum Partyabend verabredet, aber sie und Danny verbrachten den Donnerstag und Freitag vor der Gala in Santa Barbara und wollten am Samstag morgen von dort aus losfahren. Ich traf sie also erst in dem behelfsmäßig als Festsaal hergerichteten grünen Zimmer, zusammen mit neunzehn anderen Festangestellten und Gelegenheitsdarstellern, darunter auch offensichtliche Lückenbüßer wie Beth Maitland, die ungefähr einmal im Monat Rutherford Blakes neugierige Sekretärin spielte, und Cliff Shivers, der *letzten* Sommer den Rettungsschwimmer gespielt hatte. Er war weder hübsch noch besonders talentiert, aber – und das war viel wichtiger – Linda Rabiners Neffe. Da kann man sich leicht vorstellen, wie sauer die Fans waren, die mit *denen* zusammen an einem Tisch saßen. Und wie sauer die Schauspieler aus dem Team waren, als sie erfuhren, daß eine Sitzordnung festgelegt war: zwölf Fans und zwei Schauspieler an einem Tisch – ich saß zusammen mit Nori Ann Marshall an Tisch fünf. Ich mochte Nori zwar, aber ich konnte mich sowieso nicht mit ihr unterhalten, weil wir zu jeder Seite des Tisches durch sechs Soap-Besessene getrennt wurden.

Linda Rabiner, die in ihrem teuflisch roten Schneiderkostüm etwas streng wirkte, kam hereingeschossen, um uns ganz offiziell die Fanclub-Präsidentin Naylene vorzustellen. Blonde Strähnchen, immer darauf erpicht, alles unter Kontrolle zu

haben, und im übrigen Hausfrau. Bei Allison war sie bereits unten durch, weil sie sich darüber aufgeregt hatte, daß Danny auch kommen wollte und nicht auf der Liste stand.
»Wir können doch noch einen Stuhl dazwischenquetschen, etwa nicht?« hatte Allie freundlich nachgefragt.
»Also, ich … ich wär doch froh gewesen, wenn ich vorher davon erfahren hätte«, antwortete Naylene.
»Wir sind gerade auf dem Rückweg von kurzen zweiten Flitterwochen in Santa Barbara, stimmt's nicht, Honey?« wollte Allison sich Dannys Beistand sichern. Sie hatte, wie ich sofort merkte, alle Mühe, ihr irisches Temperament unter Kontrolle zu halten. Ihr Mann, ein ruhiger Typ, aber nett und immer zu Scherzen aufgelegt, nickte ernst.
»Wahrscheinlich ist es zu spät, jetzt noch ein zusätzliches Menü für einen weiteren Gast zu bestellen«, sagte Naylene schnippisch.
»Er kann sich meines mit mir teilen«, sagte Allie.
»Ich glaub schon, daß es klappt … ich hätt's halt nur gern, wenn mir die Leute vorher erzählen, was sie vorhaben, bevor das Programm steht«, sagte Naylene in halb beleidigtem Tonfall und marschierte schon wieder aus der Tür.
Etwas lauter als gewöhnlich sagte Allison: »Vielen Dank. Ich bin froh, daß Sie das in Erwägung ziehen. Schließlich ist es ja nicht so, als kämen die Fans, um mich zu sehen.« Naylene wirbelte auf ihren Sandalen herum und erfreute uns durch eine Miene, die zur Hälfte leer war, zur Hälfte Entsetzen und tödliche Verletzung zeigte. Allison stand bereits bei einem Grüppchen aus dem Team und schenkte Naylene keine Aufmerksamkeit mehr. Sie verdrehte nur die Augen und verzog die Oberlippe, die eben noch ein Lächeln gezaubert hatte, zu einer Grimasse. »Diese nervige Ziege« sollte das heißen. Alle lachten, auch Cary Rietta, Allisons Tischnachbar.
Letzte Woche hatte sie mir anvertraut, daß dieser – einer

Marmorbüste gleichende – zwanzigjährige Hüne mit den schimmernden Augen in ihren erotischen Träumen vorgekommen war. Wenn ich ihn mir jetzt so ansah – offenes schwarzes Jackett über einem tief ausgeschnittenen Muskelshirt und so enge Jeans, daß sich jede Faser seines Hinterns abzeichnete –, würde ich vielleicht heute nacht auch solche Träume haben.

Unser Einzug in den Speisesaal war von Naylene choreographisch festgelegt worden, damit's auch ja so affig wie möglich aussah. Nachdem Linda Rabiner eine alberne Eröffnungsrede gehalten hatte, rief uns der *Hearts-Crossing*-Ansager in Zweiergrüppchen auf. Nori und ich hielten Händchen und schoben uns – unter wildem Applaus – zu unserem Tisch. Die mit Namensschildchen geschmückten Platzanweiser des Fanclubs rückten uns den Stuhl zurecht. Ähnliche Schildchen lagen – beschriftet mit dem richtigen und dem Rollennamen – auf unseren Tellern. Bei mir hatte man einen fluoreszierenden pinkfarbenen Leuchtstift gewählt. Ich lächelte, begrüßte die Fans neben mir und steckte etwas zögerlich das Namensschild an. Ich suchte die Tische ab, um festzustellen, ob ich der einzige mit Pink war. Sah fast so aus – doch im selben Moment lenkte mich das Prunkstück der Tafel ab, eine riesige Eisskulptur des Serien-Logos.

Nori faszinierte an ihrem Tischende alle Fans, sie tätschelten ihr die Schulter und führten mit offenen Mündern und unter ständigem Kopfschütteln eine beredte Pantomime begeisterter Fassungslosigkeit vor. Meine direkten Tischnachbarn waren eine ältere Dame, die ihr Programm studierte, und eine junge schwarze Matrone, die in ein Gespräch mit dem Mädchen neben ihr verwickelt war. Da man mich nicht beachtete, sah ich mich im Saal um, in der Hoffnung, einen sarkastischen Blick von Phalita oder Allison aufzuschnappen. O mein Gott, Babs Flanagan goß sich unter dem Tisch aus einem Silberfläschchen eine undefinierbare Flüssigkeit in den Eistee und packte den Flachmann hastig wieder ein. Fast so gut wie Megan DuBois, die ein Goldlamélätzchen hervorzauberte und sich um den grazilen Hals schlang – ohne die leiseste Spur von Selbstironie.

Gab's denn wenigstens ein paar heiße Typen, die nicht zur Besetzung gehörten? Laß mal sehen – an dem Megan/Reggie-Van-Wyck-Tisch saß einer mit Jurassic-Park-Baseballkappe. Was machte es schon, daß er den Arm um seine Verlobte gelegt hatte? Er war eine Art Upper-Class-Version von Robert Beltran aus *Laß uns Raoul vernaschen*. Unsere Blicke trafen sich. Er hatte mich dabei ertappt, wie ich ihn anstarrte. Wie peinlich. Ich lächelte, neigte den Kopf und gab mir Mühe, nicht den Eindruck zu erwecken, als sei ich auf der Pirsch. Er reagierte gar nicht, hob nur die Augenbrauen und flüsterte dann seiner Freundin etwas zu. Ich tat so, als schaute ich nicht zu ihnen hin, sondern zu dem Tisch daneben, aber ich merkte, wie die Freundin mich musterte, ihm dann auch etwas zuraunte und kicherte. Ich sah sie an und winkte ihr zu. O Gott.

Die Kellner tischten uns einen blassen, verwelkten Salat auf, der mit zweitklassigen, fade schmeckenden Cocktailtomaten garniert war. Ich angelte mir die Pfeffersoße aus dem Drehständer mit Salatdressing und merkte, daß mir jemand auf den Arm tippte. Es war die alte Dame. »Entschuldigen Sie«, sagte sie, »aber kommen Anna Ford und Brent Bingham auch noch?«

»Glaube ich nicht«, ließ ich sie wissen.

»Oh«, sagte sie. »Sie sind doch der Kerl, der meine kleine Cyrinda ins Krankenhaus gebracht hat. Der Schwule.«

Ich sah sie an und registrierte verdutzt eine Spur Feindseligkeit. Solche Leute zahlten mir im Grunde mein Gehalt. Vielleicht wußte sie nicht, daß ich auch im wirklichen Leben

»andersrum« war, obwohl es keiner aufwendigen Gehirnakrobatik bedurfte, Parallelen zu ziehen. »Ich mag Sie. Sie sind gut. Würden Sie mir ein Autogramm geben?« Sie überreichte mir ihr Programm und einen Stift des Hauses.

»Klar«, sagte ich und signierte das Programmheft für Vondo. Den Namen hatte ich von ihrem Schildchen abgelesen.

»Sie sind ein guter Bösewicht«, fuhr sie fort. »Erinnern Sie sich noch an den Kerl aus *Jung und unbezähmbar*? Shawn? Er hat Lauren Fenmore lebendig begraben.«

»Ich hab die Serie nie so verfolgt ...« erklärte ich ihr dummerweise. Das Ergebnis war, daß sie mir die Geschichte aus der Mitte der achtziger Jahre in voller Länge erzählte. Während des gesamten Entrees – ein klassisch fades Stück aus der Hotelküche, inklusive Hühnchen à la King in Knödelform und mit einer Art Pastetenkruste. Nach dem Kaffee und grüner Götterspeise mit – ich schwöre, daß das stimmt – kalter Mayonnaise wurden die Fans langsam unruhig. Naylene führte uns alle in die Lobby mit angrenzendem Innenhof, damit sich die Leute »durchmischten« und die Stars Autogramme geben konnten.

Während sich die meisten Fans um Megan, Phalita und Cary Rietta scharten, stürzten Allison und ich aufeinander zu. »So was möcht ich nie wieder durchmachen«, flüsterte sie mir ins Ohr. »Die Leute sind doch bekloppt. Die sitzen da rum und quetschen dich über die Folgen aus, und ich kann mich nicht mal erinnern, daß ich die jemals gedreht hab. Du weißt ja, wie die alles durcheinanderbringen können. Und sie wollen schmutzigen Klatsch über die Stars. Hier geht's zu wie bei meiner Mutter. Danny, willst du Alex nicht wenigstens begrüßen?«

»Hab ich doch schon«, wehrte er sich. »Ich versuch mal, 'nen Fernseher zu finden, bevor die Dame zurückkommt.«

»Welche Dame?« fragte ich die beiden.

»Ach – die, die mir die Tarot-Karten legen will.« Er verdrückte sich, und Allison schüttelte den Kopf.
»Wie war euer kleiner Wochenendausflug?« wollte ich wissen.
»Er hat sich die ganze Zeit über in ein Buch vergraben. Bin ich aber selbst schuld, ich hab's ihm eingepackt. Komm, wir setzen uns.« Sie zog mich auf ein rundes Sofa, in dessen Mitte ein Bonsai-Baum gepflanzt war. Dort blieben wir sitzen, während sie artig mit unzähligen auf sie einstürmenden Neugierigen plauderte, die ihr in blinder Verehrung zugetan waren. Daß sie Floskeln wie »Gott schütze Sie« benutzte und jedem einen Kuß auf die Wange drückte, brachte mich zur Weißglut. Ich war vollkommen abgeschrieben. Ein paar aufgetakelte Frauen – der Typ, dem man am Tresen von Plattenläden begegnet – baten mich, daß ich mich mit ihnen fotografieren ließ, und anschließend brauchte ich eine Weile, um ein paar pummelige, vollkommen identisch aussehende Ehepaare davon zu überzeugen, daß ich niemals in *Ryans Hoffnung* unter irgendeinem Haartrockner gesessen hatte. Aber meistens stand ich herum, ohne daß mich jemand beachtete. Ich kam zu der Schlußfolgerung, daß es dafür verschiedene Gründe gab, und zwar in folgender Reihenfolge: Erstens: Schurkenrollen sind nicht angesagt; zweitens: größere Berühmtheiten aus dem Team stellten mich in den Schatten; drittens: Schwulenrollen sind nicht angesagt; viertens: schwule Schauspieler sind auch nicht angesagt. Ich warf Beth Maitland einen ärgerlichen Blick zu, bei der doch tatsächlich eine ganze Reihe von Leuten anstand, die was von ihr wollten. Das einzige, was schlimmer war, als von schnatternden, starbesessenen Glotzesüchtigen belästigt und mit Beschlag belegt zu werden, war, von ihnen mißachtet zu werden. Und ich hatte noch nicht mal einen Freund. Ich konnte mich nicht zu ihm nach Hause flüchten und mich bemitleiden lassen. Ich schlenderte zur Bar und bestellte mir die siebte Diätcoke an diesem Nachmittag.

Diese ganzen Geschichten, daß man angeblich *spürt*, wie man beobachtet wird, hab ich eigentlich nie geglaubt. Eine Erfindung der Horrorfilme aus den frühen Achtzigern mit Jamie Lee Curtis. Und außerdem hatte meine eigene voyeuristische Erfahrung, die ich mit dem immer nackt rumlaufenden Schwimmer aus dem Apartmentblock gegenüber in den ersten zwei Monaten als Erstsemester gemacht hatte, die Theorie widerlegt. Und dennoch beschlich mich, während ich so am Kübel mit der Zwergfeige herumstand und mir überlegte, ob ich mich wohl an Linda Rabiner und der gefürchteten Naylene vorbeischleichen und aus dem Staub machen könne, eben dieses unerklärliche Gefühl. Ich bemerkte sofort, wessen Blick mich getroffen hatte: Ein hagerer dunkelhäutiger Kerl, der auf der anderen Seite der Bar stand, hatte mich angestarrt.

Alles an ihm war schwarz – Haare, Spitzbart, Hemd, Jeans und Schnürstiefel. Er erinnerte mich an einen Brandstifter oder vielleicht auch an jemanden, der am Melrose arbeitet. Er war ungefähr dreißig und hatte eine Zigarrenschachtel in der Hand. Jetzt kam er auch noch auf mich zu, mit viel zu schnellen Schritten, weswegen er – wenn er mich nicht umrennen wollte – so abrupt stehenbleiben mußte, daß es aussah, als sei er auf ein Kraftfeld gestoßen.

»Alexander«, sagte er. Seine Augen waren so dunkel, daß sie keine Pupillen zu haben schienen. Der starke Patschuligeruch erinnerte mich an den aufgedunsenen Eigenbrötler in meiner Filmklasse an der Uni.

»Der bin ich«, sagte ich und wich zurück, wobei ich wie ein Idiot in den Feigenbaum latschte. Er starrte mich weiterhin unverwandt an und ließ die Zunge vorschnellen, um die offenen Lippen zu befeuchten. »Kennen wir uns?« fragte ich schließlich.

Er nickte. Im rechten Ohrläppchen hatte er so was wie einen

silbernen Talisman, aber ich war inzwischen schon zu aufgebracht, um genau festzustellen, was es war. »Ich bin Astaroth«, sagte er.
Astor Roth? Ich kannte nur einen Roth, den Kameramann, der in meinem zweiten Film für die Überblendungen zuständig war. Eine Telefonsexkomödie mit Roger Corman übrigens, die sofort in die Videoläden wanderte. Ich schüttelte den Kopf. »Tut mir leid ... ich kann mich wirklich nicht erinnern ...« Solche Leute gingen mir auf die Nerven. Da hatte man irgend jemandem mal hallo gesagt, weil er ins Studio spaziert war oder weil man ihn in Book Soup angerempelt hatte, und dann erwarteten die Typen, daß man sich an ihren *Namen* erinnerte.
»Ray Lanville«, murmelte er beschwörend und legte mir – wie unangenehm – seine lange, olivfarbene Hand auf den Unterarm. »Du hast mir geschrieben. Du hast mein Filmposter signiert. Raymond Lanville, aus Silverlake. Astaroth.«
O Gott, *der* Trottel! Der mit dem Ring durch die Brustwarze, dem Hexengedicht und der großen »Ausstattung«. Ich schüttelte ihm die Hand, aber eigentlich nur, weil ich mich aus seinem Griff befreien wollte. »Oh, hallo. Schön, dich mal kennenzulernen. Ich bin froh, daß wir uns noch getroffen haben, ich will nämlich gerade gehen«, sagte ich lächelnd und wandte mich zum Gehen, während ich unwillkürlich Raymonds schmale Brust nach einem Schmuckstück absuchte, das sich unter dem Stoff abzeichnete.
»Ich hab was für dich«, ließ er mich wissen, darauf hätte ich wetten können. Er überreichte mir die Zigarrenschachtel. »Ich glaube, du solltest sie erst öffnen, wenn wir oben sind.«
»Häh? Was meinst du damit?« Aus den Augenwinkeln sah ich, daß Allison und Danny sich im Gespräch mit Phalita auf mich zubewegten. Gott sei Dank.
»Ich hab für uns hier ein Zimmer reserviert. Komm, ich zeig's

dir.« Er lag sozusagen schon auf mir. Ich spürte seinen Atem an meinem Ohr und zuckte zurück.

»Sieh mal, Ray, im Moment paßt mir's nicht so gut. Möchtest du vielleicht nicht noch jemand anderen von der Serie kennenlernen? Warum vertreten wir uns nicht ein bißchen die Beine und – äh ...« Du kannst dich in die Herrentoiletten zurückziehen und dir ein paarmal einen runterholen. »Wir sehen uns später.«

»Ja, Alex, das werden wir.«

Er warf mir einen letzten männermordenden Blick zu und verdrückte sich, im wahrsten Sinne des Wortes. Jemand tippte mir auf die Schulter, und als ich mich umdrehte, stand Allie neben mir. »Wer, zum Teufel, war denn das?« fragte sie. Ich warf einen Blick über die Schulter, um zu sehen, wie weit Ray schon weg war. Er schien vom Erdboden verschluckt zu sein. Ich entspannte mich.

»Ich kann's gar nicht glauben, daß ich dir nie von ihm erzählt hab«, sagte ich. »Er ist so was wie der Hexenmeister vom Silverlake und völlig verrückt nach mir. Komm, wir gucken mal, was da drin ist.« Ich bohrte einen Fingernagel unter den Deckel der Zigarrenschachtel und klappte ihn auf. (Daß ich mir – meiner Fernsehkarriere zuliebe – die Nägel nicht mehr abkauen durfte, war für mich übrigens die schwerste Entbehrung.) Schau an, eine Bleistift-und-Kohle-Zeichnung von mir. Ich als Motiv – nackt, offensichtlich freischwebend im Raum – wurde gerade gebumst von einer beflügelten Kreatur, die unübersehbare Ähnlichkeit mit Raymond Lanville hatte, oder mit Astaroth, wie er dieses Original signiert hatte. Allison riß es mir aus der Hand und betrachtete es nachdenklich. Sie schüttelte den Kopf. »Dazu hast du ihn beflügelt«, sagte sie in gespielt ernstem Ton. Danny tauchte auf und schnappte nach Luft, als er diese diffamierende Zeichnung sah.

»Astaroth?« fragte er.

»Ich nehm mal an, das ist ein Name aus der Unterwelt«, sagte ich. Allison kam er bekannt vor.

»Ja doch, das ist der Zauberer aus *Bettknöpfchen und Besenstiele*«, klärte Danny uns auf.

»Hey, du hast recht, das war mein Lieblingsbilderbuch in der Grundschule«, gestand ich.

Allie warf einen letzten Blick auf das Bild. »Ich vermute, ein Disney-Hexenmeister ist genau das, was dich anmacht«, bemerkte sie und überreichte Phalita die Skizze, die zu uns an die Bar geflüchtet war, um sich ein Mineralwasser zu bestellen.

»Vor ein paar Wochen hat er mir eine Kohleradierung von seinem Penis geschickt«, erzählte ich ihnen.

»Als ich mit *Traumfrauen* quer durchs Land auf Tour war, hat so ein Verrückter aus Cincinnati zwei Dutzend Rosen hinter der Bühne für mich abgeben lassen, zusammen mit einem knallbunten Selbstporträt von ihm, nackt, zum Antörnen. Die Telefonnummer aufs Gesicht geschrieben«, plauderte Phalita aus ihrer Vergangenheit, so daß die dauergewellte Pummelige aus der Fangemeinde (tolle Brille auf der Nase, getönt und durchgeschliffen) alles mit anhören konnte. Sie stand ein paar Meter von uns entfernt, wie erstarrt. In einer Hand, an der ein Talisman-Armband baumelte, hielt sie das lederne Autogrammbuch. »Na ja, und am nächsten Wochenende, als wir in Dayton waren, hat er sich im Hotel heimlich in mein Badezimmer geschlichen und einen BH und ein Höschen von mir geklaut.«

»Woher weißt du, daß er das war?« fragte Allie.

»Weil ich am nächsten Tag wieder zwei Dutzend Rosen bekommen hab, wieder mit einem Bild von ihm, auf dem er diesmal die verdammte Unterwäsche anhatte. Honey, ich war am Boden zerstört, denn den BH hatte ich von Mick Jagger bekommen. Na ja, ich glaub, er hätte sowieso lieber meine Rolle in der Show gespielt. Verstehst du, was ich meine?« Und dann gurrte sie der Frau mit der Superbrille zu: »Keine falsche Bescheidenheit, Baby, her mit dem alten Buch.« Natürlich hatte Phalita schon in den Startlöchern gestanden und ihren eigenen Autogrammstift gezückt.

Kurze Zeit später fuhr ich auf der 134 Richtung Osten. Alles an diesem Nachmittag hatte mir die Laune verdorben. Die Soap-Fans hatten mich geschafft, und nicht nur die, die sich persönlich bei mir vorgestellt hatten, wie Astaroth. Sie machten meine sämtlichen Ideale aus der Schauspielschule zunichte. Eine Schauspielkarriere bedeutet, mit dem Publikum auf einer höheren Ebene der Gefühle oder des Bewußtseins in Verbindung zu treten, hatte ich mir eingebildet. Im Zuschauerraum sieht man überall lautlos murmelnde Lippen, hatte ich gedacht, weil alle, die da unten sitzen, unablässig Harlequins *Versuchungen* nachempfinden. Das Publikum, wie ich es mir vorgestellt hatte, sah keinerlei Veranlassung, aus der Bibel ein Diskussionsthema zu machen, bloß weil ihr zufolge Homosexualität verwerflich sein sollte. Es fand *Drei Männer und eine kleine Lady* einfach »hübsch«. Es hinterließ Namen und Nummern auf Sally Jessy Raphaels Anrufbeantworter, wenn das Thema »Ehefrauen, die nicht den Mund halten wollen« zur Sprache kam.

Berufsschauspieler zu sein, das bedeutete lediglich, so viel Geld zu verdienen, daß man nicht abends kellnern oder auf der Straße wildfremden Leuten Mitgliedskarten für irgendeinen Gesundheitsclub andrehen oder als Aufreißer für ein billiges Etablissement im Beverly-Center arbeiten mußte. Mit Kunst hatte es ungefähr so wenig zu tun wie die Bestandskontrolle in einem Lebensmittelladen, und was die Seriosität betraf, stand es etwa auf derselben Stufe.

Ray Lanville hatte mir aus verschiedenen Gründen die Laune verdorben, zum Beispiel weil Typen wie er das Vorurteil schürten, Gays seien pervers und hätten in einem Boy-London-Schuppen Sex mit Fremden. Aber eigentlich fand ich es noch frustrierender, daß unter allen in Frage kommenden Junggesellen hier in der Gegend, die *womöglich* ein peripheres Interesse an der Serie hatten, nur einer sich bemüht hatte, mich heute kennenzulernen, nämlich Raymond.

Wenigstens kein Stau auf der Schnellstraße. Seit Wochen schon, seit ich in einem Zeitungsbericht gelesen hatte, daß Kriminelle einen auf der Straße rammten und dann ausraubten, wenn man an den Rand fuhr, um nachzusehen, ob womöglich die Stoßstange Schaden gelitten hatte, warf ich immer wieder zwanghaft einen Kontrollblick in den Rückspiegel. Egal, wie reich ich geworden war, so flott wie mit dem Honda, den ich im Moment fuhr, kam ich mit keinem anderen Auto durch L. A. Ich merkte mir vor, daß ich Montag morgen die dunkelsten Scheiben bestellen wollte, die gesetzlich zugelassen waren, und fuhr dann in Burband raus, um mir in der Nähe der Studios, bei Pavilions, ein paar Lebensmittel einzukaufen.

Während ich meine rote Einkaufskarre tänzelnd durch das ausgedehnte, verzweigte Labyrinth der Regale schob, behielt ich die Sonnenbrille auf. Ich genoß dieses spontane Einkaufen ohne Liste, das mein großzügiges Einkommen mir erlaubte. Ich war stehengeblieben und versuchte herauszufinden, seit wann Müsliriegel bei bestimmten Marken zu heimtückisch getarnten Zuckerbomben geworden waren, als ein Einkaufswagen den Gang heraufgekarrt wurde und meinen rammte. Zwei Flaschen Perrier purzelten aus dem Six-Pack und landeten im Kindersitz auf einem dicken Nudelpolster. Ich befreite mich von der Verdunkelung, eine Reflexbewegung, und stand nun von Angesicht zu Angesicht einem som-

mersprossigen Mädchen gegenüber. Ihre braunen Locken quollen aus wahllos angebrachten Haarspangen hervor. Sie trug einen Badeanzug im Leopardenlook, kombiniert mit knallig pinkfarbenen, enganliegenden Hosen. *»O mein Gott!«* schrie sie auf. »Simon! Ich faß es nicht ... Allmächtiger Gott! Mom, komm mal her! O Gott, beeil dich! Tut mir leid ... Sie müssen denken, ich hab sie nicht mehr alle«, sagte sie an mich gewandt und streckte mir über zwei Einkaufswagen hinweg die Hand hin. Ich schüttelte sie, innerlich hocherfreut über diese doch relativ heilsame Streicheleinheit für mein Ego.
»Hi, ich bin Alex«, sagte ich.
Sie drehte sich um und polterte los: »Mom, das ist Alex Young, aus *Hearts*!«
»Du mußt nicht so rumschreien, Tina, ich weiß schon, wer das ist.« Eine Valley-Mom vom Typ Linda Evans hatte sich zu uns gesellt. »Wir finden Sie einfach umwerfend. Sie sind so ein toller Schurke. Ich hoffe, die behalten Sie für immer bei der Serie.«
»Ich kann einfach nicht glauben, daß Sie in *diesem* Supermarkt einkaufen gehen«, keuchte Tina. »Wohnen Sie hier in der Nähe?«
»Nein«, klärte ich die Sachlage eilig auf, »ich bin nur zufällig vorbeigefahren.«
Eine mexikanische Frau mit einem niedlich zurechtgemachten kleinen Mädchen im Einkaufswagen blieb stehen. Sie fragte Tinas Mutter: »Ist das nicht der Kerl aus der Seifenoper? Simon?«
Mom nickte und schmierte mir weiter schwärmerisch Honig ums Maul. »Sie sind ja so verdorben in der Serie, daß ich manchmal richtig zittere. Wirklich. Um Gottes willen, Tina, weißt du noch – die eine Folge, wo er Natalie angegriffen und im Springbrunnen ertränkt hat?«

»Das war doch nur ein Traum, Mom.«
»Ich *weiß*, daß es nur ein Traum war, aber so spannend, einfach haarsträubend.«
»Oh, bitte, Sir, können Sie mir ein Autogramm geben?« Die mexikanische Dame hatte einen Stift aus der Tasche gekramt und vertraute ihn mir nun an. »Signieren Sie einfach hier!« Sie reichte mir eine Kix-Box. »Meine Freundinnen werden so neidisch sein!«
Inzwischen hatte sich eine ziemliche Menschenmenge um uns versammelt, und zwei Minuten später befand ich mich mitten in einem Stau von Einkaufswagen und wurde mit Fragen attackiert – alles Frauen beim Einkaufen, Mädels, von denen ich geglaubt hatte, sie seien viel zu abgestumpft, um sich nach einem Soap-Opera-Star umzudrehen. Waren sie aber ganz und gar nicht. Sie wollten von mir wissen, wie man an »Eintrittskarten« für die Serie kam, sahen keine Zukunft für Sean und Cyrinda und ließen mich wissen, daß ihnen klar sei, wie schwer es sein mußte, so einen Bösewicht zu spielen. Sie fanden, diese Schwulengeschichte sei mal ganz was Neues und anderes. Sie wollten wissen, ob Brent Bingham wirklich aus der Serie ausgeschieden sei und ob es einen Ersatz geben würde.
Ein Abteilungsleiter kämpfte sich an meine Seite durch und fragte, ob alles okay sei bei mir. Alles bestens, ließ ich ihn wissen. »Wissen Sie, manchmal können solche Situationen ganz schön unangenehm werden«, teilte er mir vertraulich mit, während ich einer Frau auf der Rückseite eines Scheckbuchs ein Autogramm gab. »Vor ein paar Wochen erst ist so ein armes zurückgebliebenes Kind aus *Kämpf für dein Leben* hier reingekommen, um sich ein Eis zu kaufen. Wir mußten es durch den Hinterausgang rausbegleiten. Die Leute waren außer Rand und Band.«
»Ich geh jetzt gleich, aber danke«, sagte ich, ganz der nette

Junge von nebenan – und außerdem ein Promi, mit dem er, zusätzlich zu seiner Papp-Rolodex, künftig Verkaufswerbung betreiben konnte.

Doch bevor ich freundlich dafür sorgen konnte, daß sich die Gruppe zerstreute, entdeckte ich ein verdächtiges Subjekt am Ende des Ganges, hinten bei den Milchprodukten. War das etwa …? Jemand bewegte sich geradewegs in mein Blickfeld. Ich zog Tina zu mir heran und sagte: »Können Sie mir einen Gefallen tun? Gucken Sie doch mal am Ende des Ganges nach und sagen Sie mir, ob da ein Kerl rumlungert, der vollkommen schwarz angezogen ist. Das ist so ein seltsamer Fan, der mir den ganzen Tag gefolgt ist.«

»Klar, Alex!« gluckste sie, jagte los und ließ mich allein mit dem Gefühl, ich sei ein ziemlich aufgeblasener, krankhafter Typ. Ich fing an, mich aus der Menge herauszuschlängeln, und schlug zielstrebig die Gegenrichtung ein, weg von Ray Lanville, der – darauf hätte ich schwören können – dort hinten herumlungerte.

Eine ältere Frau legte mir die knochige Hand auf den Oberarm und fragte mich, ob sie einen Kuß bekommen könne. Ich fügte mich und schmeckte förmlich die Ladung Gesichtspuder, die Aspercreme und die Avon-Duftwolke auf ihrer auf entwaffnende Weise übermäßig mit Rouge geschminkten Wange. Tina kam zurück. »Ich hab niemanden gesehen, der so aussah, wie Sie's beschrieben haben«, berichtete sie mir. »Und ich hab drei Gänge in beide Richtungen abgesucht.«

»Danke«, sagte ich und tätschelte ihr den Rücken. »Danke euch allen, daß ihr euch die Serie anseht. Es war toll, euch kennenzulernen.« Ich brachte meine Einkäufe würdevoll zu Ende, während sich die kleine Menschenansammlung tuschelnd über *Hearts Crossing* austauschte und darüber, wie *nett* ich doch in Wirklichkeit sei. Die sollten mal ernsthaft in Erwägung ziehen, die nächste Fanclub-Gala in einem Lebensmittelladen abzuhalten, überlegte ich mir. Vielleicht in dem riesigen Ralph's an der Ecke Third und LaBrea. Allein das Geld, das sie so für Hotelreservierungen sparen konnten! Wir hätten alle diese Rosinen mit Yoghurtüberzug essen können, die man sich aus der Auslage nehmen konnte und die sowieso nie jemand bezahlte. Ich mußte Naylene mal eine Notiz zukommen lassen.

In der Reihe an der Kasse traf ich wieder auf Tina und ihre Mutter. »Wir sind die einzigen, die kein Autogramm von Ihnen bekommen haben«, sagte Mom in gespielt schmollendem Tonfall.

»Also haben wir uns das hier geholt«, sagte Tina und zeigte mir einen Stapel von allen erhältlichen Soap-Heften, in denen ich erwähnt wurde. Ich schrieb pflichtbewußt in alle sechs Ausgaben etwas hinein und sagte dann der Kassiererin, ich wolle keine Plastik-, sondern Papiertüten.

Der eine Parkplatz vor meinem Wohnblock war von einem Motorroller besetzt, also mußte ich in meiner Box im Carport hinter dem Haus parken und mit meinen Sachen aus der Reinigung und dem Supermarkt dreimal die Treppe hinauflaufen. Die schwerste Tasche stellte ich in die Haustür, damit sie nicht zufiel. Ich vergaß, sie dort wegzunehmen, und erinnerte mich erst wieder daran, als ich die Tiefkühlsachen ins Gefrierfach legte. Ich ging runter und holte sie. Als ich wieder in meine Wohnung kam, sagte Ray Lanville: »Hi, Alex.«

Er stand mitten in meinem Wohnzimmer. Die Tasche mit Säften rutschte mir aus der Hand, aber bevor sie aufs Parkett schlug, hatte ich sie wieder im Griff. »Was machst du hier? Wie bist du ...« Wie, war ja eigentlich klar. Und warum ... Wie karminrote Videobomben blitzten Bilder von Rebecca Schaeffer, der Expertin für Hollywoods Gruselwelt, in meinem Hirn auf.

»Wir mußten mal allein sein«, sagte er und stellte sich zwischen mich und die Tür. »Also bin ich dir gefolgt. Das wolltest du doch, Alex, oder?«

»Nein. Das wollte ich nicht. Ich will, daß du gehst. Okay? Sofort.« Mein Oberkörper spannte sich wie in einem Krampf, und ich mußte mir Mühe geben, damit meine Stimme nicht in höhere Regionen aufstieg.

Er schüttelte den Kopf und fing an, sein Hemd aufzuknöpfen, warf es über die Schulter und kam auf mich zu. Sein Körper war schlank, aber muskulös, unbehaart, bis auf ein dunkles Dreieck in der Mitte der Brust. Ein großes Silberornament baumelte an einer seiner Brustwarzen, die beinahe schwarz waren und von der Größe eines viel benutzten Radiergummis. Ich zog in Erwägung, in rasantem Spurt durchs Zimmer zum Telefon zu jagen. Wenn er nun aber ein Messer hatte? Ersatzweise zog ich mich weiter in die Wohnung zurück und schloß mich im Badezimmer ein.

Ich bin ein Idiot, dachte ich sofort. Jetzt war er allein in meiner Wohnung. Wenn er irgendwo was anfaßt, bring ich ihn um, knurrte ich wutentbrannt in mich hinein. Ich schob das Fenster so hoch wie möglich. Zu schmal, um zu entkommen.

»Alex, komm raus.« Er rüttelte an der Tür. Zur Hölle mit ihm. »Ich brauche dich«, sagte er. Besonders bedrohlich hörte sich das nicht an.

Von unten hörte ich eine Oper. *Mikado*. Mein Nachbar war also zu Hause. Ich schrie um Hilfe. Keine Reaktion. Ich brüllte noch mal los. War die Musik etwa *noch* lauter geworden? Also, gut. Ich hatte die Nase voll. Ich zog den Kopf wieder zurück und suchte verzweifelt irgend etwas, das man auch als Waffe benutzen konnte. Das beste, was ich finden konnte, war eine große Flasche Mundwasser. Ich preßte mein Ohr an die Tür, aber außer Gilbert und Sullivan war, verdammt noch mal, nichts zu hören. Eigentlich war ich überraschend ruhig. Immerhin entschieden die nächsten paar Minuten darüber, ob ich am Leben blieb und mich weigern konnte, die Story an Janet Charlton zu verkaufen.

»Raymond?« rief ich durch die Tür. »Raymond, bist du da draußen?« So geräuschlos wie möglich schloß ich die Tür auf und stellte mich mit dem Rücken zur Wanne, eisblaues Mundwasser an den Innenwänden meiner einzigen Waffe gegen den völlig ausgerasteten Astaroth. Als sich nichts Schreckliches ereignete, wagte ich halb geduckt ein paar Schritte, drehte den Türknauf und riß die Tür auf. Gleichzeitig sprang ich wieder – mit erhobener Flasche – zurück zur Badewanne. Kein geifernder Bote des Todes. Vielleicht war ihm das Ganze peinlich geworden, und er war gegangen. Ich schlich zur offenen Tür und griff nach dem Knauf, jederzeit bereit, die Tür zuzuschlagen und mich wieder im Bad zu verschanzen, falls Ray irgendwo auf der Lauer lag. Ein Blick nach rechts – der Flur war leer. Ich verstärkte meinen Griff um das Mundwasser, machte einen Schritt aus dem Badezimmer und spähte nach links. Freier Durchgang bis zu meiner Schlafzimmertür. Ich beschloß, daß es das klügste wäre, wenn ich zusah, daß ich so schnell wie möglich aus meiner Bude rauskam, und jagte Richtung Wohnungstür los.

Ray Lanville erschreckte mich zum zweitenmal an diesem Tag zu Tode. Er stand im Wohnzimmer, splitternackt, bis auf seine Schnürstiefel. Mit der einen Hand rieb er seinen Körper mit Patschuli-Öl ein, mit der anderen wichste er. Das mit seiner »Ausstattung« war kein Scherz gewesen: mindestens siebenundzwanzig Zentimeter. Noch schockierender war der riesige goldene Piratenring, der an der durchstochenen Eichel baumelte. Was, um Gottes willen, sollte ich seiner Meinung nach mit dem Ding tun? überlegte ich wie ein Wahnsinniger in dem einen Bruchteil einer Sekunde, in der ich die Szene betrachtete, um anschließend wieder zur Tür zu hasten. »Leg dich aufs Sofa, Alex«, befahl er. Meine Hand zitterte, als ich den Türknauf drehte. Abgeschlossen. Noch mehr in Panik, schloß ich alle drei Schlösser auf und riß die Tür auf. In Freiheit! japste ich im Geiste auf. Zu früh. Ray warf sich von hinten auf mich.

»Verdammter Mist!« schrie ich. Er packte mich am Arm und zerrte mich zurück ins Wohnzimmer, dann schlug er die Tür zu. Die Flasche mit dem Mundwasser war in die Ecke gerollt, neben meine Einkaufstasche. Wie ein Kleinkind krabbelte ich auf allen Vieren los, um sie mir wieder zu holen. Ray sprang auf mich, und wir rangen auf dem Boden miteinander.

»Ergib dich! Ergib dich!« zischte er mir die ganze Zeit zu.

»Zur Hölle mit dir, du perverser Hurensohn!« erwiderte ich. Ich schrie und hämmerte mit Händen und Füßen auf den Boden, um meine Nachbarn zu alarmieren. Es war praktisch unmöglich, sein glitschiges Fleisch in den Griff zu kriegen. Er hatte mich schon bald auf den Bauch gedreht und mir schmerzhaft den Arm auf den Rücken verdreht.

»Beweg dich nicht«, sagte er in höflichem Tonfall. Er griff unter mich, um mir die Hose zu öffnen, entschied dann aber, daß es lohnender sei, mir die Knöpfe von meinem neuen Geofrey-Beene-Hemd zu reißen. Er zerrte an meiner Brustwarze und preßte sich gegen meinen Hintern. Das war zuviel. Ich ließ meinen Fuß so kräftig wie möglich hochschnellen und traf ihn in der unteren Rückenregion. Er schrie auf, fiel nach vorne über meinen Kopf weg und ließ dabei meinen Arm los. Ich legte ihm beide Hände um den Hals, würgte ihn und rappelte mich dabei auf.

»Du Stück Scheiße«, knurrte ich. Dann fing ich an, um Hilfe zu schreien. Raymonds schmieriger Körper war aber erstaunlich stark. Es gelang ihm, sich aufzurichten, obwohl ich die ganze Zeit versuchte, ihn zu strangulieren. Dann drückte er mit spitzen Fingern zu, links und rechts vom Hals, an der Stelle, an der alle lebenswichtigen Nerven zusammenlaufen.

Darauf war ich natürlich nicht gefaßt, der Schmerz zwang mich zu Boden.
»Es muß nicht so laufen, Alex«, sagte Ray. Mein Kopf war auf der Höhe seines Schritts. Unser Gerangel hatte dort nichts ausrichten können, nur daß sich seine Lust noch gesteigert hatte – sein Riesending stand voll erigiert in steilem Winkel nach oben. Er griff mir mit der linken Hand in den Haarschopf und stieß mein Gesicht immer wieder gegen seinen Schwanz. Tat ganz schön weh! Besonders als mir sein Genitalien-Schmuck ins Auge flitschte. »Du wirst jetzt meinen Ständer schlucken«, bellte er. Kein Vergleich mit Trevors subtilem Bettgeflüster. Ich zog in Erwägung, das Ding wirklich zu schlucken und anschließend abzubeißen, doch statt dessen versuchte ich ein so verklärtes Gesicht wie möglich zu machen und donnerte Ray die Faust in den flachen olivfarbenen Bauch. Er krümmte sich und ging, nachdem ich durch einen Stoß nachgeholfen hatte, zu Boden. Er hatte sich aber bei mir in einem Haarbüschel festgekrallt, und so war's wieder Zeit für einen Ringkampf. Daß ich einen so engen und persönlichen Kontakt mit seinem Phallus gehabt hatte, brachte mich auf eine Idee. Jedenfalls griff ich nach unten, hakte meinen Zeigefinger in dem Ring fest und zerrte daran. Ray schrie auf und schlug nach mir.
Aus den Augenwinkeln sah ich, daß jemand meine Tür aufstieß. »O mein Gott! Alex, bist du in Ordnung?« Im nächsten Moment zogen mein Nachbar und ein Asiate mich und Ray auseinander.
»Laßt den Mistkerl bloß nicht entkommen!« sagte ich. Wir hatten uns aufgerappelt, Ray stand in Verteidigungsposition da. Mit gehetztem Blick sah er sich um, wie ein Tier im Käfig. Sein Pimmel war zwar geschrumpft, nach Länge und Umfang aber immer noch bemerkenswert. »Er ist mir gefolgt und hat mich angegriffen«, erklärte ich, weil ich plötzlich das Gefühl

hatte, daß sie womöglich glaubten, ich hätte den Kerl irgendwo aufgegabelt und zu mir nach Hause eingeladen, wo er dann ungemütlich geworden war.

Mein Nachbar, der sich noch schnell einen Seidenkimono übergeworfen hatte, bevor er zu meiner Rettung herbeigeeilt war – wobei sich sein Kimono übrigens ganz furchtbar mit den fein gewebten, grün und orangefarbenen Shorts seines Tagesgespielen biß –, legte mir die Hand auf die Schulter. »Ich werd jetzt mal die Polizei anrufen«, sagte er. Unter nervösen Zuckungen gestikulierte ich – Ray fest im Blick – Richtung Telefon. Und da stürzte sich Ray plötzlich auf den Asiaten. Daraus entwickelte sich ein kleiner Karatekampf, wobei der Kumpel aus Fernost nicht nur für sämtliche Schläge, sondern auch für das stilgerechte fremdsprachige Kampfgebrüll sorgte.

Zack! Ray wurde gegen das Sofa geschleudert, das ich nun mit Wasserdampf reinigen lassen mußte. *Peng*! Der Asiate ließ Astaroth zu Boden gehen und spießte ihn dort wie einen Schmetterling fest. Dieses Drama, geschrieben vom wirklichen Leben, überwältigte mich.

Mein Nachbar legte den Hörer auf. »Die Cops sind unterwegs. Seid ihr beide okay?«

»Mir geht's gut«, sagte ich.

»Und du, Run Run?« Der Asiate nickte. »Hast du ihn ... unter Kontrolle?«

»Der geht nirgendwo mehr hin«, sagte Run Run.

»Ich bin sicher, daß ich noch irgendwo Handschellen hab. Ich komm gleich wieder.« Mein Nachbar verschwand.

Ich wollte irgend etwas sagen. »Vielen Dank«, fing ich an.

»Kein Problem. Sie sind Fernsehstar, stimmt's?«

»Ja, ich mach bei *Hearts Crossing* mit. Manchmal ganz schön gefährlich für meine Gesundheit.«

»Oh, *Hearts Crossing*. Wirklich 'ne hübsche Serie.« Ray zuckte unter Run Run. War er k. o. geschlagen? Er murmelte irgendwas. »Klappe!« befahl Run Run und wendete irgendeine orientalische Drucktechnik an, bei der Ray laut aufschrie.

Noch bevor mein Nachbar wieder da war, traf die Polizei von L. A. ein. Ein Typ von der Sorte George Kennedy hörte sich meine Geschichte an, sagte Ray, er solle sich anziehen, machte sich über seinen Intimschmuck lustig und legte ihm Handschellen an. Dann kam seine Nachhut im eigenen Auto angefahren – und das war Liebe auf den ersten Blick. Officer Carvajal sah aus wie Chippendales Mexiko-City-Version von einem Cop. Er nahm Rays Brieftasche an sich, und sie gaben seine Personalien durch. Wir hatten schon bald rausgefunden, daß Astaroth ein Sortiment unbezahlter Strafzettel bei sich hatte, was für sich sprach, darunter auch der, den er für die dämliche Aktion bei mir bekommen hatte.

Mein Glück. Die Krönung war, daß die Polizei Ray einbuchten wollte, und das, obwohl ich mich gegen eine Anzeige entschied. Ich wußte nicht genau, ob in meinem Fall irgendein obskures Gesetz Anwendung finden konnte, denn seine Terroraktion hatte ja nur einen Nachmittag gedauert. Außerdem fand ich es nicht gerade verlockend, all die absurden Einzelheiten der versuchten Vergewaltigung noch einmal zu erzählen. Und weil mir nichts passiert war, würde Ray sowieso zwangsläufig wieder freigelassen werden und mit einer Mordswut im Bauch durch die Straßen ziehen – und irgendwann kam dann unweigerlich das tragische Ende.

Als George Kennedy Raymond rausschaffte, knurrte ich mit meiner Simon-Stimme so angsteinflößend wie möglich: »Rück mir, verdammt noch mal, nie wieder zu nahe auf die Pelle.« Eigentlich nur, um mir Luft zu machen. Bevor Carvajal mit ihm verschwand, sagte ich zu ihm: »Ich hab keine Ahnung, wie das bei solchen Sachen läuft, aber ich wäre

wirklich froh, wenn der ganze Vorfall nicht in die Presse käme.«
Er setzte ein umwerfendes Lächeln auf und legte den Arm um mich: »Ich werd alles tun, was in meiner Macht steht. Sie sollten sich keine Sorgen machen.«
»Vielen Dank.« Ich glaub, ich sollte jetzt wirklich nicht allein sein. Wann haben Sie Feierabend und wie mögen Sie Ihre Eier am liebsten?
»War toll, Sie mal kennenzulernen, Alexander«, sagte er. »Ich bin auch so was wie ein Fan.«
»Fans wie Sie könnte ich mehr gebrauchen«, sagte ich noch, bevor er verschwand. Knapp fünfzehn Sekunden blieben mir, mich an seiner Herzenswärme zu weiden, dann stand mein Nachbar vor der Tür und bestand darauf, daß ich mit ihm und Run Run zu Abend aß. Ich nahm die Einladung an, weil ich nicht undankbar wirken wollte. Obwohl es viel einfacher für mich gewesen wäre, auf Kreditkarte den Begleitservice anzurufen und die Rechnung meines Nachbarn für diesen Abend zu bezahlen, einschließlich eines großzügigen Trinkgelds für Run Run, versteht sich.
Zum Glück konnte ich mich noch auf den *Hard-Copy*-Beitrag zu »Anständiges Fernsehen« freuen. Schon wieder ein Knüller. Eine bunte Montage von erregenden und/oder »perversen« Soap-Opera-Ausschnitten. Dann eine längere Passage, in der man Eunice Butts aus ihrem Chevy Celebrity steigen und in ihr weitläufiges französisches Landhaus in San Antonios Stadtteil Royal Ridge watscheln sah, wo Juliana ein Team von Hohlköpfen dabei beaufsichtigte, wie es Hunderte von Umschlägen vollstopfte. Als dann ein Überraschungsauftritt unserer Produktionsleiterin Linda Rabiner, die mit klaren Worten den Inhalt der Serie verteidigte und gesunden Biß zeigte, indem sie, als der scharfsinnige Reporter meinen (mit Hilfe der Graphikabteilung eindrucksvoll ins Bild gerückten)

Revolerblattkuß ansprach, mit den Worten konterte: »Wir schreiben unsere Geschichten und Rollen nicht, um das Privatleben unserer Schauspieler wiederzugeben. Nächste Frage.« Schneller Schnitt zu mir – die Szene mit dem Filmkuß mit Brent. Der scharfsinnige Reporter: »Alexander Young, der – wie jeder weiß – schwule Schauspieler, der den verführerischen, diabolischen Simon Arable spielt, lehnte jeglichen Kommentar ab.« Das war doch verrückt. Gleich morgen mußte ich meine Agentin anrufen.

»Zeit, mit dieser Verschwörung aufzuräumen, Connie. Die wollen mich totschweigen. Als ob ich 'ne beschissene kleine Hämorrhoide wär, über die man nicht spricht.«

»Tja – und was willst du unternehmen?«

»Mit jemandem reden. Solange noch irgendein Aas an mir interessiert ist. Hat in letzter Zeit jemand um ein Interview mit mir gebeten?«

»*Interview.*«

»Ja, du weißt schon – man quatscht mit 'ner Zeitschrift, und die schießen ein paar Fotos.«

»Du kleiner Klugscheißer. *Interview*, die Zeitschrift, Honey. Klingelt's endlich bei dir? Eine von den großen in New York. Ach was, von den ganz großen. Ich find bloß im Moment die verdammten Unterlagen nicht auf meinem Couchtisch. O Mann, das macht mich jetzt wahnsinnig. Jedenfalls haben die letzte Woche angerufen. Wollen sich mit dir unterhalten. Ich hab mein übliches Sprüchlein aufgesagt. Aber ich ruf an und sag, daß du Interesse hast.«

»Klasse, danke. Oder meinst du, ich mach einen Fehler?«

»Nein. Und was soll's? Das kann jetzt auch nichts mehr schaden. Sei aber trotzdem lieb und nett.«

Ein paar trevorlose Tage später traf ich mich mit einem zappeligen jungen Journalisten. Er *Interview*te mich bei Butterfield's und schleppte mich dann zu einer Villa, ehemals in

Fatty Arbuckles Besitz, um davor ein paar Fotos zu schießen. Ich war lieb und nett; lustig, geistreich, schlagfertig, wenn's um Simon und *Hearts Crossing* ging, und doch wohlwollend, verbindlich und aufgeschlossen. Trotzdem – als die Ausgabe erschien, war ich bereits aus der Serie raus.
Als Jerry Reynolds mich am Samstag abend anrief und fragte, ob ich mich in einer Stunde mit ihm an der Marina del Rey treffen könne, wußte ich, daß irgendwas verdammt faul war. Er wollte mir nichts Genaueres sagen, und als ich mich nicht sofort einverstanden erklärte, hörte ich auf einmal aus seinem bislang lockeren, freundlichen Tonfall eine Spur Feindseligkeit heraus, mit leicht drohendem Unterton. Mir blieb also keine andere Wahl, als mich in eine bequeme Jeans zu werfen und mir beim Red Onion in der Hafengegend den Wagen einparken zu lassen. Ein düsterer Schuppen, zu je einem Drittel Disco, Bar und Alptraum, im Stil einer Sandra-Bernhard-Show-Bühne. Der Student an der Tür musterte mich und sagte: »Du weißt aber, daß heute Grateful-Dead-Nacht ist«, als hätte ich überhören können, daß drin jemand mit heiserer Stimme die Cover-Version von »Bertha« plärrte. Irgendwo in den Tiefen des Clubs befand sich also eine Live-Band, die meinen Blicken noch verborgen war.
»Schön«, antwortete ich, »kostet's Eintritt?« Wehe, wenn.
»Fünf Scheine. Dafür kriegst du aber fünf Getränkebons«, fügte er freudestrahlend hinzu.
Ich schob ihm die Mäuse rüber und ging rein. Es war gerammelt voll, alles Typen mit Schlips und Kragen, Börsenmakler mit Bügelfalte und Makramee-Westen, flippige Exhippies, die auf der Tanzfläche den Hintern wiegten oder sich vor dem Büfett tummelten. Ich schob mich durch die Menge und entdeckte Jerry. Er kauerte an einem Tisch in der Ecke und kippte ein schlammiges rotes Gebräu runter. Ich setzte mich zu ihm.

»Hi, Alex«, sagte er und kramte – kurzsichtig, wie er war – nach seiner Brille.
»Hi. Was ist denn los? Bist du ein Dead-Fan?« Obwohl ich mich weit zu ihm rübergebeugt hatte, mußte ich brüllen. Er roch nach Rum.
»Nee, bestimmt nicht! Ich wollte mich nur irgendwo mit dir treffen, wo uns niemand erkennt.« Also, ich hätte in dem Fall Chuck E. Cheese bevorzugt. »Willst du was trinken?«
Als die Kellnerin aufkreuzte, zog ich die Papierbons heraus, die mich an die Karnevalsfeiern zu Schulzeiten erinnerten, und bestellte eine Margarita. »Für mich noch ein Erdbeer-Daiquiri, bitte«, sagte Jerry, »und noch mal fünf Bons.«
Fünf Drinks hatte er schon intus? Wieviel muß ein hundertzwanzig Pfund schwerer Mann (auch wenn er eins achtzig groß ist) konsumiert haben, um hackevoll zu sein? Mein Blick fiel auf einen Büfetteller in Puppengröße, auf dem ein paar angetrocknete mexikanische Zakuskas lagen. »Nimm dir 'ne Flauta«, bot mir Jerry an und schob mir mit seinen knochigen Fingern den Teller zu. Ich nahm mir eine, nur damit er sich ein bißchen entspannte, und spürte, wie sich die Flauta feurig ihren Weg durch meinen Verdauungstrakt bahnte – eine nette kleine bleibende Erinnerung an den Abend.
»Du willst bestimmt wissen, warum ich mich mit dir treffen wollte«, fing er an. Ich nickte andeutungsweise. »Ich hab mich das Ganze Wochenende damit rumgequält, ob ich es tun soll oder nicht, aber ich glaub, du hast ein Recht, es zu erfahren.«
»Was zu erfahren?« Keine Frage, hier war *wirklich* was faul.
»Die putzen dich vom Bildschirm, Alex, in drei Wochen bist du ein toter Mann. Das schlimmste ist, daß sie's dir verschweigen wollten, bis du das Skript in den Händen hast.«
Unsere Drinks wurden gebracht, und Jerry trank seinen in zwei Zügen. So mußte man sich fühlen, wenn sie einem eröffnen, daß sie einem irgendwelche Gliedmaßen amputie-

ren wollen. Die Serie war die Grundfeste meines Lebens. Egal, womit ich mich vor oder hinter der Kamera rumschlagen mußte, die Serie hatte mir Selbstvertrauen gegeben und mich finanziell und sozial abgesichert, und das fast ein Jahr lang. Fest unter Vertrag zu stehen, gab mir Selbstwertgefühl, war lebensnotwendig für mich. Wenn man mir das nahm, war ich nichts weiter als ein hilflos seinen Ängsten ausgelieferter Schauspieler, einer unter vielen. Und der traurige Ruhm, den ich in letzter Zeit erlangt hatte, schadete mir wahrscheinlich nur, zu einem neuen Job verhalf er mir jedenfalls bestimmt nicht. Gerade jetzt – wie sollte ich da Arbeit finden, stöhnte ich innerlich auf, während eine innere Kontrollstimme monoton und beschwichtigend auf mich einredete: Du hast dir in den letzten zwei Jahren genug zusammengespart. Gott sei Dank hast du dir nicht diesen Dreißigtausend-Dollar-Wagen gekauft.

»Warum?« war das einzige, was ich rausbrachte.

»Die Sache hat zu viele Wellen geschlagen«, erklärte Jerry unglücklich. »Donnerstag sind zwei Sponsoren ausgestiegen. Die Leute von Daytime sind in Panik geraten. Linda und Reese waren damit einverstanden.«

»Ist es wegen ›Anständiges Fernsehen‹? Wegen dieser Boykottdrohungen?«

»Das haben sie zwar nicht wörtlich gesagt, aber ich hab so ein Gefühl ...« Jerry beäugte meinen Drink, an dem ich nur genippt hatte. Schmeckte wie Z-Rex-Leim. »Die haben ganz schön Druck gekriegt von der BUNTEN LIGA und den Schwulenrechtlern.« Die Schmähschriften von *denen* sind ja wenigstens noch grammatikalisch korrekt, dachte ich. »Alex, die Geschichte ist doch nicht schlecht, oder? Du findest sie doch nicht abscheulich, oder?«

Er weinte. Ich beobachtete, wie er gestikulierte, um sich noch einen Drink zu bestellen. »Jerry, das ist eine Seifenoper. Es ist 'ne wilde Geschichte. Ich glaub nicht ...« Warum mußte ich eigentlich *ihn* trösten?

»Alex, die schmeißen mich auch raus! Mein Vertrag wird nicht verlängert, denn der Sender gibt mir für den ganzen Schlamassel die Schuld. Linda hatte das letzte Wort bei der Simon-Story ... ich hab nur das meiste davon geschrieben. Sie sind der Meinung, daß ich der Serie den Ruin gebracht habe.« Er brach in Schluchzen aus, riß sich die Brille von der Nase und tupfte sich mit einer Cocktailserviette die Tränen ab.

»Alles in Ordnung?« fragte die Kellnerin und stellte noch einen ungesund aussehenden Daiquiri ab.

»Todesfall in der Familie«, erklärte ich. Sie machte ein betroffenes Gesicht und verschwand. Greateful-Dead-Konzerthöhepunkte aus den Siebzigern flimmerten tonlos auf einem Projektionsfernseher. Jerry wollte seinen Daiquiri trinken, aber ich legte ihm die Hand auf die Schulter, und er stellte das Glas brav wieder zurück.

»Laß uns hier abhauen«, sagte ich. Es fiel ihm nicht gerade leicht zu stehen, aber wir schafften es irgendwie aus der Tür raus. Ich steckte den Jungs vom Parkservice ein paar Scheine zu, und sie sagten, okay, Jerrys Volvo könne über Nacht stehenbleiben. Wir stiegen in meinen Wagen, und er wies mir volltrunken murmelnd den Weg zu seinem Haus.

Wir gingen hinein, und er schleppte sich in sein Arbeitszimmer und ließ sich dort auf den Regiestuhl vor seinem von einem Papierberg umgebenen Computer plumpsen. Beinahe hätte ich laut aufgestöhnt, als mir klar wurde, wie sehr ihn all das, was passiert war, treffen mußte: das ganze Zimmer war sozusagen ein einziger *Hearts-Crossing*-Schrein. Ein Foto der momentanen Besetzung, gerahmt und in Postergröße, umgeben von Dutzenden kleineren Erinnerungsstücken – Ausschnitte aus Zeitschriften, Bilder von Jerry mit einer strahlenden Schar von Daytime-Stars (ich inbegriffen), Gedenktafeln und ein Skript-Titelblatt von *Auf der Suche nach einem Morgen*, auf dem sein Name am Ende einer Liste von Autoren stand. (War das etwa sein erstes Skript gewesen?) Ich überlegte, ob die Idioten vom Sender jemals einen Blick in sein Zimmer geworfen hatten und ob es *überhaupt* schon mal jemand gesehen hatte.

Jerry hatte irgendwas auf seinem Computerterminal aufgerufen. »Ich mußte heute das Aus für dich schreiben. Cyrinda erlangt plötzlich das Gedächtnis zurück und schießt sechsmal auf Simon. Reine Notwehr. Tut mir so leid, Alex, du warst ein toller Simon. Ich hab unheimlich gern für dich geschrieben.« Er versuchte gar nicht erst, seine Tränen zu unterdrücken.

»Jerry, du hast deine Sache großartig gemacht. Die verdienen dich gar nicht. Ich bin sicher, daß du was Besseres findest. Ich muß jetzt aber wirklich nach Hause. Kommst du allein zurecht?« Sein Geheule und dann noch die vielen elektrischen Geräte – wenn er sich nur keinen Schlag holt, dachte ich besorgt. Peinlicher hätte die Situation nicht mehr werden können – glaubte ich jedenfalls.

Jerry stand auf. »Danke für alles.« Er legte die Arme um mich. Ich tat es ihm gleich, spürte jede Rippe. Er strich mir über die Schultern und glitt mit den Händen an meiner Brust runter. Hey, Moment mal. »Oh, Alex, du hast so einen wunderbaren Körper.« Er sah mir sekundenlang in die Augen und küßte mich plump. Ich packte ihn an den Armen, da wo eigentlich sein Bizeps sein sollte (aber da war nichts, meine Fingerkuppen trafen sich), und schob ihn sanft von mir weg.

»Jerry, du bist jetzt durcheinander ...« entschuldigte ich blöder Kerl auch noch sein Verhalten. Er drehte sich um und hüpfte – unter fortwährendem Schluchzen – wie eine Gazelle mit zerebraler Lähmung die Treppen hinauf. Ich folgte ihm ins Schlafzimmer, wo er auf dem Bett zusammengebrochen war. »Jerry, bitte ...« Keine gute Idee, ihn jetzt zu berühren.

»Geh nur, Alex! Ich bin ...« Den Rest verschluckte das Kissen.
Ich ging die Treppe runter. Meine Eltern hatten den gleichen Computer, nur nicht so eine neue Ausführung. Ich wußte also, wie man ihn ausschalten mußte. Noch einmal betrachtete ich die Wände, bevor ich in den Wagen stieg und nach Hause fuhr, alle Fenster runtergekurbelt.

Mein erster Gedanke war, nachdem ich meine letzte Folge gedreht hatte, noch am selben Abend aus der Stadt abzuhauen und erst mal lange Ferien zu machen, aber Connie überredete mich, hierzubleiben, um nicht irgendeine Rolle zu verpassen, die für mich in Frage gekommen wäre. Nachdem ich zwölfmal vorgesprochen hatte und siebenmal zurückgerufen worden war, buchte ich keinen Urlaub.
Ich verbrachte eine Menge Zeit damit, mich fit zu halten, und stellte für zwei Tage die Woche einen Privattrainer ein. Ich las alles, was ich mir im letzten Jahr vorgenommen hatte, und bestellte Namenskarten, um sie an die Chefs der Besetzungsbüros zu schicken. Manchmal sah ich mir auch *Hearts Crossing* an, aber nachdem Cyrinda sich wieder an alles erinnert, ich sie erneut umzubringen versucht und sie mich dann mit sechs Schüssen niedergestreckt hatte, war die Serie längst nicht mehr so gut. Jetzt, wo es mich nicht mehr gab und ich Ollie nicht mehr täglich eine Dosis von der schwulmachenden Wunderdroge verabreichen konnte, fiel Ollie in den Schoß der heterosexuellen Gesellschaft zurück und tat sich wieder mit Gwen zusammen. Nach kurzen Nachforschungen entließ man Sean aus dem Gefängnis. Seine beiden Exfreundinnen, mußte er feststellen, waren inzwischen verlobt. Die meisten anderen Darsteller waren über den Sommer in Geschichten fürs Herz verwickelt, bei denen es um Babys cracksüchtiger Mütter ging. Was mit Jane los war, verfolgte ich nicht so genau,

denn immer wenn Anna Fords blöde Visage auf dem Bildschirm erschien, schaltete ich zu TBN um. Allison versorgte mich mit einer interessanten Randnotiz. Sie ließ mich wissen, daß Ray Lanville Cary Rietta ein Gedicht vermacht hatte, ein total versautes Kunstwerk. Cary war ausgeflippt, und sein Manager hatte das FBI angeschleppt. Allie berichtete mir, daß man Ray, der übrigens Übersetzer in einem bekannten, renommierten Maklerbüro war, in Arrest genommen hatte.
Während der letzten Folgen hatten sich die meisten mir gegenüber großartig verhalten. Megan veranstaltete in ihrer Garderobe eine kleine Abschiedsfete für mich, mit einer Torte von der Melrose Baking Company und einem Haufen Geschenke: von Phalita und Allison ein Videorecorder, von Nori Ann Marshall eine Belinda-Carlisle-CD, importiert, und von Brent Bingham ein wirklich schönes T-Shirt. »Für einen Schauspieler, der richtig gut drauf und talentiert ist. Und für einen guten Freund. Viel Glück! Gott schütze Dich! Brent.« Ich war gerührt, besonders, weil sein Name in den letzten paar Wochen immer wieder von »Anständiges Fernsehen« erwähnt worden war und man seine Christlichkeit in Frage gestellt hatte. Anna Ford kam auf ein Stück Kuchen vorbei, um mir auf Wiedersehen zu sagen, und wenn man mich fragt, muß sie das eine große Überwindung gekostet haben.
Ich lächelte ihr besonders liebenswürdig zu. Den Kerl von *Interview* hatte ich vor einiger Zeit angerufen und ihm gesagt, er könne den Namen der schwulenfeindlichen Ziege aus der Besetzung, auf die ich während des Mittagessens diskret zu sprechen gekommen war, ruhig in seinem Artikel erwähnen. Ich vergaß nur leider, ihm zu sagen, daß man mich feuern würde. Na ja, gut. Als die Ausgabe sechs Wochen später erschien, lief die Serie noch fast drei Wochen mit Simon. »Anständiges Fernsehen« legte sich nach meinem Rausschmiß noch mehr ins Zeug. Sie betrachteten mein Ende als

gerechten Sieg ihrer Diffamierungskampagne, und das feuerte sie an. Ihr nächstes Angriffsziel war *Roseanne*, die Serie, in der man »rohe Späße, Sex unter Teenagern und Lesbentum« zu sehen bekam. Ganz großer Fehler. Der Versuch, Sponsoren abspenstig zu machen und Gruppen, die sich für qualitatives Fernsehen engagierten, für sich zu gewinnen, wurde ein Schuß in den Ofen. Roseanne wehrte sich höchstpersönlich, erschien in der *Abend-Show*, nannte Eunice und Juliana eine »Inzuchtversion der Judds-Schwestern« und ermunterte beide öffentlich, sie »doch am Arsch zu lecken«, nicht ohne den Hinweis: »Eunice, das solltest du zensieren lassen!« Die große Stunde von »Anständiges Fernsehen« war vorbei. Bald war die Gruppe nur noch ein farbloses lokales Ärgernis und Gegenstand regelmäßiger humoristischer Artikel in Saras neuer *Paseo-del-Rio*-Kolumne »Was man als Mädchen so alles schlucken muß«.

Der Sommer nahm seinen Lauf, *Dino & Muffin* wurde zu einem großen Top-Ten-Hit, und man plante die Serie auch fürs Frühjahr ein. Trevor hatte mich nie wieder angerufen. Er bekam die Hauptrolle in einem Fernsehfilm und tauchte überall in der Stadt mit einer appetitlich verpackten Filmschauspielerin auf (die aber, nur für Eingeweihte angemerkt, mit Haut und Haaren Sappho-Schwester war). Ob da Scientology dahintersteckte? Ich fragte mich, wie lange es wohl dauerte, bis die Jungs in Hollywood auf eine bestimmte Ausgabe von *Advocate Men* stießen.

Mein Nachbar unter mir flog für zehn Tage nach Thailand und bat mich, bei ihm die Blumen zu gießen. Ich konnt's mir einfach nicht verkneifen, ein bißchen rumzuschnüffeln, und entdeckte einen Louis-quatorze-Schrank mit einer noch verpackten, batteriebetriebenen Gummimuschi, einer Familienpackung mit irgendwas, was sich Ellbogenfettcreme nannte, Orville-Redenbacher-Popkorn für die Mikrowelle in verschiedenen Geschmacksrichtungen und eine Singlezeitschrift mit dem Titel *Kung Pao Pork*, auf der ein asiatischer Titeljunge samt Erektion abgebildet war. Ich erledigte sämtliche Post, die anfiel, und spielte mit dem Gedanken, meinen Trainer auf ein Bierchen einzuladen. Sara und Richard hatten vor, mich Ende August zu besuchen, und bis dahin mußte ich unbedingt einen Job haben.

Ich blätterte gerade *Dramalogue* durch, verstohlen nur, als das Telefon klingelte. Beim ersten Klingeln riß ich – wieder ganz in die Gewohnheiten des Schauspielers zurückgefallen, der verzweifelt um Erfolg kämpft – den Hörer hoch. Es war der Direktionsassistent der BUNTEN LIGA. Er wollte wissen, ob ich nicht Lust hätte, bei einem außerordentlichen Projekt mitzumachen. Es täte ihm leid, daß man mich bei der Serie rausgeschmissen hatte, sagte er. Ich reagierte darauf mit, wie mir schien, angemessenem Zynismus. Ich sei ein ausgezeichneter Schauspieler, ließ er mich wissen, und dann fragte er, ob ich mich am nächsten Tag mit ihm treffen könne. »Wir haben in einer Sache gemeinsame Interessen«, sagte er, und ich willigte ein. Höflichen Jungs mit tiefen Stimmen konnte ich noch nie widerstehen.

Am nächsten Nachmittag tauchte ich um drei Uhr im BUNTE-LIGA-Büro auf. Ich hatte eine coole dunkelblaue Jacke an, wie man sie in L. A. zu formalen Anlässen trägt, dazu passende Hosen, Socken und italienische Slipper. Ich war schließlich nicht irgendein dämlicher blonder Fernsehbimbo, den man mir nichts, dir nichts beschwatzen und als Marionette der Aktionsgruppe mißbrauchen kann. Nein, nicht mit mir. Ich wartete geduldig und schlug nicht die Beine übereinander, bis eine weibliche Angestellte mit Bud-Bundy-Haarschnitt mich in ein kleines Büro führte, in dem ein wildes Durcheinander herrschte: Videorecorder, komplett mit Monitor, und ein Tisch, der mit Zeitschriften und ausgerissenen Kalenderseiten überhäuft war. »Nick wird sich gleich um Sie kümmern«, sagte sie.

Früher oder später mußte ich ja wieder mal einem Nick begegnen. Ich schnappte mir die Ausgabe von einer Soap-Zeitschrift, die nach meinem Rausschmiß erschienen war. Ich hatte die Reaktionen der Presse auf meinen Abgang nicht verfolgt. War einfach zu deprimierend. Was für ein scheußliches Bild von Linda Dano. Das arme Ding sah ja aus wie Mephisto ...

»Mr. Young?«

Mein Kopf schnellte hoch wie bei einer Marionette, an der man zu heftig gezogen hat. Nur ein Mann auf der ganzen Welt hatte so eine Stimme. »Nick? O mein Gott. Was machst du denn hier?« Die größte Überraschung meines Lebens, abgesehen von meiner ersten Ejakulation. Tief in mir brauste ein Wirbelsturm widerstreitender Gefühle und machte sich schon bald in meinem Gehirn breit. Wenn ich nicht daran gezweifelt hätte, daß das alles wahr sein konnte, und mich nicht darüber geärgert hätte, daß er tatsächlich in L. A. war, ohne mich auch nur anzurufen, wäre ich in Freudentränen ausgebrochen. Gleichzeitig empfand ich aber ein so starkes Gefühl der Erleichterung und wiederaufflammender Hoffnung, daß meine Muskeln weich wie Pudding wurden. Ich starrte ihn an – diese texanische Schönheit, die als Kevin Klines Cousin durchgegangen wäre –, hing an seinen blauen Augen, die mich bis an mein Lebensende verfolgen würden, mehr als sämtliche Trevors und *Hearts Crossings*, die es noch bis ans Ende aller Zeiten geben mochte. Er trug eine Jeans und ein Comic-T-Shirt, auf dem stand: ICH HAB NICHTS DAGEGEN, WENN LEUTE EHRGEIZIG SIND – SIE SOLLTEN SICH NUR ÖFFENTLICH ZU IHREM SCHWULSEIN BEKENNEN.

Ich unternahm keine Anstrengungen, aufzustehen oder sonst irgendwas zu tun. Die Erinnerung daran, welche entscheidende Rolle Barney bei Nicks letztem Auftritt in L. A. gehabt hatte, legte mich lahm wie ein Horrortrip. Nick saß lässig auf der Ecke seines Schreibtischs und lächelte. »Ich wollte dich überraschen«, sagte er.

»Das ist dir gelungen.«

»Ich hab hier vor ungefähr einer Woche angefangen – Handlangerdienste. In Austin haben sie mich rausgeschmissen. Ich glaub, sie nennen es Stellenabbau.«

»Tut mir leid«, sagte ich.

»Ach, es war an der Zeit, daß ich mich mal verändere. Ich hab meine Arbeitslosigkeit dazu genutzt, mich dieses Frühjahr in das kalifornische Gerichtswesen einzuarbeiten. Die Leute hier haben dann gemeint, sie könnten mich vielleicht irgendwo unterbringen.«

Ich nickte und dachte darüber nach, ob das mit dem Projekt wohl ein Trick gewesen war, um mich herzulocken. Wenn das stimmte – was bezweckte er damit? »Und du«, sagte er und stupste mit seinen Cowboystiefeln meinen Schuh an. »Du hast ja jede Menge Ärger gemacht, alte Skandalnudel.«

»Deshalb bin ich ja in dem Geschäft«, parierte ich.

»Ich weiß, daß es dir die BUNTE LIGA verdammt schwer gemacht hat. Aber wir möchten, daß du – falls du nicht allzuschlecht auf uns zu sprechen bist – als Diskussionsleiter bei einer Medienkonferenz in Chicago mitmachst. Diesen Oktober.«

Also war das ein Treffen geschäftlicher Art. »Ich glaub nicht, daß ich was Großartiges zu sagen habe«, erwiderte ich. »Ich mein, ich hab bei der ganzen Sache nie so richtig einen politischen Anspruch gehabt. Keine Ahnung, was die Moral der Geschichte ist.«

»Du hast immer ehrlich zu deinen Neigungen gestanden«, sagte er.

Ich nickte verwirrt. Dann schnappte ich mir einen Kuli und gestikulierte wie ein Dozent vor Nick herum. »Und das müssen wir auch immer im Hinterkopf behalten, egal, wie die anderen reagieren«, sagte ich.

»Hört sich gut an, find ich. Wenn du den Sender nur nicht zu leicht aus seiner Pflicht entläßt.«

»Diese Idioten.« Nick lachte, als er sah, wie verächtlich ich den Mund verzog. »Ich glaub, ich bin interessiert ...« fing ich an, immer noch ganz kribbelig, weil Nick nur einen Meter von mir entfernt saß. Ganz zu schweigen davon, daß ich mit ihm zusammen an einem kulturellen Projekt außerhalb der Stadt arbeiten sollte. Nicks Telefon klingelte.

»Nick, Ihr Mitbewohner auf Leitung zwei«, sagte jemand über Sprechanlage.

»'tschuldige mal 'nen Moment.« Er nahm den Hörer ab. »Hi ... ja. Katzenfutter hab ich gestern mitgebracht. Also, wenn ich's mir genau überlege, könnt's noch draußen auf dem Balkon stehen ... kein Problem ... Wir sehen uns dann ja später.« Ich hörte, wie er auflegte, sah ihn nicht an. Ich starrte auf den Kachelboden, den ich – je nachdem, wie ich meinen Augapfel entspannte – verschwommen oder klar sehen konnte. Am besten brachte ich das hier schnell hinter mich und verschwand. Ich konnte Connie bitten, später hier anzurufen und ihnen zu sagen, ich hätte noch mal darüber nachgedacht – ich mach doch nicht mit. Wie konnte er mir das nur antun? Wie nur, verdammt? Er wußte wahrscheinlich nicht mal, was er mir da antat. Ich bedeutete ihm eben nicht das, was er mir bedeutete.

»To-Bel«, sagte Nick. Ich zwang mich, ihn anzusehen. Stell dir einfach vor, es ist Brent, riet mir eine innere, hilfreiche Stimme. »Ich wohn mit einem Freund aus der Uni unten in Redondo. Nur für 'ne Zeit natürlich. Netter Kerl, aber keine Ahnung von Katzen.«

Ich ließ mir keine Chance, mein Gehirn auch nur in Gang zu setzen, bevor ich losblökte: »Was ist mit Barney?«
Nick faltete die Hände und starrte eine Zeitlang darauf, bevor er sagte: »Barney ist nicht hier.«
»Oh.« Ich kam etwas zu schnell zur Sache, aber ich war es müde, Spielchen zu treiben. Also fragte ich ihn: »Was ist passiert?«
Er schüttelte den Kopf, sah erst an mir vorbei, stellte sich dann aber doch meinem Blick mit aufgerissenen Augen. »Ich glaub, du hast die Sache ins Rollen gebracht, denn plötzlich war alles anders. Ich hab's versucht ... aber, äh ...« Tiefer Seufzer. »Kalifornien ist kein geeigneter Ort für Barney. Also ist er in Austin geblieben. Ohne mich.«
Was sollte ich dazu sagen? Herzlichen Glückwunsch? Ich schwieg, nickte kaum merklich mit dem Kopf.
Nick stand auf und setzte sich hinter den Schreibtisch. Geistesabwesend machte er sich daran, die Unordnung vor sich in den Griff zu bekommen. »Ich weiß, daß du wahrscheinlich 'ne Menge zu tun hast, Alex. Vielleicht können wir uns so noch mal treffen und beim Abendessen über die Konferenz und das alles reden. Heute abend?«

Ich stieg aus der Dusche und ging geradewegs in die Küche, um einen tiefen Schluck Tropicana Twister zu nehmen (»Ein Geschmack, von dem Mutter Natur nur träumen kann«). Ich hatte immer noch keinen Plan, was ich morgen für das Treffen mit – glaube es, wer kann! – Gus Van Sant anziehen sollte.
Oh, verdammt, das Päckchen. Ich zog mir Shorts über und jagte die Treppe runter. Es stand immer noch vor der Tür. Es war das Skript, das mir Tom – zuständig für die geschäftlichen Abwicklungen bei der Agentur – wie versprochen vorbeigeschickt hatte. Während ich bei der BUNTEN LIGA gewesen war,

hatte er mir die schönste Nachricht meines Lebens auf Band gesprochen.
Gus Van Sant und sein Produzent wollten sich um elf Uhr mit mir treffen. Es ging um den neuen Film. Kein Skriptlesen, kein Vorsprechen, sondern ein *Meeting*, um das Ganze zu *besprechen*. Tim berichtete mir, daß sie mich in der Seifenoper gesehen hatten, von der Sache im *Interview* begeistert waren und mir ein Skript zukommen ließen. Ich würde es allerdings erst später lesen.
Ich schleuderte die Shorts in die Ecke, kramte Unterwäsche aus dem Schrank und machte mich daran, mich anzuziehen. Kleine Unterbrechung – ich verteilte Gel gleichmäßig im nassen Haar. Als ich den Fön einschaltete, hörte ich es an der Tür klopfen. Fön wieder aus. Ich lauschte ... mußte ich mir wohl eingebildet haben. Es klopfte wieder. Ich ging an die Tür, spähte durch den Türgucker und öffnete. »Hey, wie bist du denn reingekommen?«
»Dein Nachbar ist gerade nach Hause gekommen. Der junge Chinese.«
»Oh, ich glaub, der war nur zu Besuch.«
»Die Ausschilderung hier ist perfekt. War überhaupt kein Problem, den Weg um die große City herum zu finden. Eine tolle Wohnung.«
Ich schloß die Tür hinter ihm und machte ihm gestikulierend klar, daß ich noch das Haar trocknen und eine Hose anziehen mußte. (Mein Hemd war länger als die Unterhosen – äußerst dezent.) »Ich brauch noch ein paar Minuten, Nick.«
Er sah auf die Uhr. »Tut mir leid, ich bin zu früh ...«
Ich versuchte, viel Feierlichkeit in meinen Blick zu legen, als ich ihn fixierte und mit einem mißlungenen Lächeln sagte: »Früh? Das seh ich anders, Mister, du bist verdammt spät dran.«
Und dann küßte er mich.

Knaur

THAT'S IT!

Das einzig Wahre ist die Phantasie

(60215)

(60019)

(60056)

(75058)

(60283)

(60151)

Knaur

THAT'S IT!

Das einzig Wahre ist die Phantasie

(60264)

(60233)

(60240)

(60270)

(60231)

(60263)

Knaur

THAT'S IT!

Das einzig Wahre ist die Phantasie

(60335)

(60234)

(60315)

(60173)

(60230)

(2930)

Knaur

Michael Crichton

(60021)

(60223)

(60380)